VIRGINIA M. FELLOWS

O código Shakespeare

Tradução

Eduardo Rieche

A misteriosa
autoria da obra
shakespeareana

CIP-BRASIL. CATALOGAÇÃO-NA-FONTE
SINDICATO NACIONAL DOS EDITORES DE LIVROS, RJ.

F371c
    Fellows, Virginia M.
       O código Shakespeare / Virginia M. Fellows; tradução Eduardo Rieche. — Rio de Janeiro: Best*Seller*, 2010.
      il.

    Tradução de: The Shakespeare code
    Inclui bibliografia
    ISBN 978-85-7684-213-2

    1. Shakespeare, William, 1564-1616 — Autoria. 2. Bacon, Francis, 1561-1626. 3. Monogramas. I. Rieche, Eduardo. II. Título.

09-2674

CDD: 822
CDU: 821.111-2

Texto revisado segundo o novo Acordo Ortográfico da Língua Portuguesa.

Título original norte-americano
THE SHAKESPEARE CODE
Copyright © 2006 by Summit Publications, Inc.
Copyright da tradução © 2010 by Editora Best*Seller* Ltda.

Este livro foi publicado pela Summit University Press, um selo da Snow Mountain Press, e impresso nos EUA. Esta obra foi editada em língua portuguesa de acordo com os termos contratuais firmados entre a Editora Best Seller Ltda e Summit University Press.

Summit University Press é marca registrada de acordo com a legislação de marcas e patentes dos Estados Unidos e de outros países. Todos os direitos reservados.

Proibida a reprodução, no todo ou em partes, sejam quais forem os meios empregados, sem autorização prévia por escrito da Summit University Press, exceto para resenhas literárias, que podem reproduzir algumas passagens do livro, desde que citada a fonte.

Para informações, entrar em contato com: Summit University Press
63 Summit Way, Gardiner, Montana 59030-9314, USA
Tel.: 1-406-848-9500 — Fax: 1-406-848-9555
E-mail: info@summituniversitypress.com
Website: http://www.summituniversitypress.com

Capa: Julio Moreira
Editoração eletrônica: FA Editoração

Todos os direitos reservados. Proibida a reprodução,
no todo ou em parte, sem autorização prévia por escrito da editora,
sejam quais forem os meios empregados.

Direitos exclusivos de publicação em língua portuguesa para o Brasil
adquiridos pela
EDITORA BEST SELLER LTDA.
Rua Argentina, 171, São Cristóvão
Rio de Janeiro, RJ — 20921-380
que se reserva a propriedade literária desta tradução.

Impresso no Brasil

ISBN 978-85-7684-213-2

Seja um leitor preferencial Record.
Cadastre-se e receba informações sobre nossos lançamentos
e nossas promoções

Atendimento e venda direta ao leitor
mdireto@record.com.br ou (21) 2585-2002

Dedico este livro à minha maravilhosa família e a todos aqueles que foram pacientes, oferecendo-me sua ajuda para que eu pudesse concluí-lo. Agradeço a todos vocês do fundo do meu coração. Quero agradecer aos dedicados membros da Francis Bacon Society of London, pelos vários anos de incansáveis investigações, em todos os aspectos possíveis da anatomia Shakespeare-Bacon. Devo muito a seu vasto conhecimento na área.

* * *

Os editores gostariam de agradecer especialmente a Lawrence Gerald, Simon Miles e a todos aqueles que gentilmente ofereceram suas impressões e seus comentários.

Sumário

	Nota dos editores	13
	Prefácio	17
1	Uma história de dois estranhos	21
2	O paraíso da infância	41
3	Uma revelação para mudar a vida	69
4	Mais revelações	85
5	Deportado para Paris	105
6	Julieta e seu Romeu inglês	119
7	A glória de um rei	137
8	Os rapazes de ouro	149
9	Dois irmãos	159
10	Tente, tente, tente de novo	183
11	Problemas vindos de Stratford	201
12	Essex, Bacon e a tragédia	215

13	A queda dos Tudor	231
14	A ascensão dos Stuart	245
15	Uma ascensão acidentada	259
16	Um sacrifício final	275
17	Novos mundos	295
18	Na zona de sombra	311
	Sobre aquelas cifras	327
	Lista dos personagens principais	357
	Cronologia	359
	Bibliografia selecionada	365
	Notas	373

Ilustrações

Elizabeth Wells Gallup	25
A roda das cifras do dr. Orville Owen	34
Sir Nicholas e lady Anne Bacon	43
York House	44
Francis Bacon em sua infância	46
Robert Dudley, rainha Elizabeth e Francis Bacon	47
Uma antiga gravura de Gorhambury	51
A mansão Theobalds, de lorde Burghley	51
William Cecil, lorde Burghley	53
Henrique VIII	89
A rainha Elizabeth em sua coroação	102
Marguerite de Valois	126
Pierre de Ronsard	128
Estátua de sir Francis Bacon, em Gray's Inn	140
Interior do hall de Gray's Inn	145
"Jovem Homem entre as Rosas", por Nicholas Hilliard	153
Philip Sidney	157
Palas Atena, a "Portadora da Lança"	158
Rainha Elizabeth, aproximadamente em 1588	161
Palácio de Richmond	163

Robert Cecil	175
Edmund Spenser	180
Detalhe da vista panorâmica de Londres	187
Henry Wriothesley, conde de Southampton	189
A rainha Elizabeth em seus últimos anos	233
Lady Macbeth	236
James I	247
George Villiers, duque de Buckingham	277
Sir Edward Coke	282
Selo de Terra Nova, em homenagem a Francis Bacon	298
Christopher Marlowe	304
Alice Barnham, esposa de Francis Bacon	315
Memorial a Francis Bacon	325
Páginas da roda das cifras	350

Não estou em busca de minha própria glorificação, mas da honra e do progresso, da dignidade e do bem permanente para toda a humanidade (...).

Sempre mantenho o futuro em meus planos, buscando ser reconhecido não em minha época ou entre meus compatriotas, mas entre as pessoas que estão muito distantes daqui, não em nosso tempo, mas na segunda era dourada do conhecimento.

— Francis Bacon

NOTA DOS EDITORES

Em novembro de 1623, foi publicado o Primeiro Fólio das peças de William Shakespeare. O fólio é uma das obras mais detidamente analisadas da literatura inglesa, mas, ainda assim, deixa muitas questões em aberto. Em outubro de 1623, um mês antes, Francis Bacon, uma das figuras mais expressivas da Renascença inglesa, publicara um livro que trazia a descrição completa de um novo e engenhoso sistema de transmitir mensagens em códigos. Seria mera coincidência que esses dois livros tenham sido publicados com o intervalo de apenas um mês?

Na verdade, os códigos descritos por Bacon desvendam muitos dos mistérios do Primeiro Fólio. A chave para o código Shakespeare estava embutida em um livro que circulou bastante em sua época, e que circula até os dias de hoje. Mesmo assim, decorreram mais de 250 anos até que alguém percebesse que o que Bacon escrevera por meio de cifras não era apenas um exercício teórico, mas a própria descrição de seu método de registrar as histórias secretas de seu tempo.

Francis Bacon usou esse e outros códigos para conceber em segredo sua obra, em livros publicados sob seu próprio nome e sob os nomes de Shakespeare, Spenser, Marlowe e outros autores de sua época. As mensagens ocultas nos revelam uma história surpreendente. Revelam segredos e escândalos de Estado — o casamento da "Rainha Virgem", assassinatos e intrigas, corrupção e mentiras nos mais altos níveis do governo. E também nos mostram a história de vida pessoal do próprio Francis Bacon.

Essas histórias não poderiam ser contadas com segurança na época de Bacon — algumas pessoas foram severamente punidas por ousar revelar essas verdades. Bacon, então, ocultou-as em códigos, esperando que no futuro elas pudessem ser descobertas por homens que estariam mais livres para falar e conhecer a verdade. Os códigos e os segredos neles contidos foram descobertos no fim do século XIX. Acreditamos que é chegada a hora de a verdade ser conhecida e de a história das cifras atingir um público maior.

Este livro é menos um relato sobre a complexidade das cifras e do trabalho detetivesco daqueles que as descobriram do que sobre a própria história nelas embutida. Ele preenche, sim, algumas lacunas históricas, porém, mais importante que isso: recupera a importância de Francis Bacon, um dos mais notáveis homens que o mundo já viu.

Bacon viveu em uma época repleta de grandes homens e mulheres, cujos nomes são conhecidos até hoje: Walter Raleigh, Francis Drake, Ben Johnson, Leicester, Essex, rainha Elizabeth I. Seu nome pode não ser tão conhecido em nossa época quanto alguns dos outros nomes da lista, mas ele foi a pessoa mais influente de todas elas, e somos todos beneficiários de sua obra.

No idealismo próprio da juventude, ele concebeu um grande plano para mudar o mundo. Tentou libertar a mente dos homens da camisa de força da ortodoxia religiosa e secular. Rejeitou a ciência de seu tempo, acusando-a de não apresentar resultados práticos. Anteviu uma época em que a ciência e a indústria iriam nos libertar da maldição do Éden. E estabeleceu as bases de uma nova filosofia da ciência e da natureza para atingir esses objetivos. Tudo isso está registrado nos livros de história.

A surpreendente história oculta nos códigos revela ainda mais coisas. Ela aponta Francis Bacon como o verdadeiro autor das peças e dos poemas atribuídos a Shakespeare. As peças estão entre as mais brilhantes obras da literatura inglesa. Elas abrangeram com clareza temas como

NOTA DOS EDITORES

amor e vida, certo e errado, lealdade e amizade, misericórdia e justiça. Mais que isso, Bacon tentou criar uma nova linguagem e uma nova literatura na Inglaterra, que pudessem ser usadas para expressar os mais sublimes conceitos de integridade moral e filosofia, para que as grandes ideias e ideais pudessem ser acessíveis a todos, e não apenas àqueles que podiam falar e ler em latim.

Os códigos também revelam a face oculta de Francis Bacon e as dificuldades pelas quais passou. Falam sobre um destino que lhe foi negado, segredos que não poderiam ser revelados. Falam sobre tragédia e perdas, uma grande perseguição por aqueles tidos por seus inimigos. Ainda assim, em meio a isso tudo, o espírito de Bacon não se deixou abater; seu otimismo não foi afetado. Contra todas as dificuldades, ele forjou uma vitória em meio a uma aparente derrota.

Os códigos e suas revelações não representam o fim da história de Francis Bacon, mas apenas um começo. São uma forma de nos aproximarmos de sua vida e de suas fascinantes realizações, mas não a única. Este livro combina tais revelações com a história oficial, a fim de traçar um panorama de Francis Bacon que nunca foi contado.

A autora, Virginia Fellows, trabalhou por muitos anos para trazer o livro à nossa fruição. Estamos satisfeitos por poder apresentar a história em sua mais recente edição, que foi significativa e amplamente revisada. As novidades desta edição estão, principalmente, nas ilustrações, legendas e notas. Também acrescentamos uma seção que inclui uma explicação sobre os códigos e detalhes das obras pesquisadas por ela.

Virginia ficou satisfeita ao ver o começo dos trabalhos da nova edição, em 2005. Infelizmente, não viveu o suficiente para vê-la concluída. Um pouco antes de sua morte conseguimos mostrar-lhe a nova capa e ela ficou agradecida em saber que uma parte importante do que considerava ser a sua missão seria, finalmente, realizada.

Ao ler este livro, esperamos que você compreenda a alma de Francis Bacon, da forma como Virginia o via, e da maneira que passamos a conhecê-lo. Há lições aqui para todos nós.

Bacon era um visionário e um poeta, mas também alguém que circulava pelos corredores do poder, tendo ocupado os maiores cargos públicos da Inglaterra. No fim das contas, os ricos e poderosos o baniram; como um bode expiatório, deveria ser sacrificado para que eles pudessem dar continuidade à própria corrupção. Bacon não se tornou um homem ressentido nem amargo. Ao contrário, determinou-se a buscar novamente as aspirações de sua juventude, e, talvez, suas maiores contribuições tenham sido feitas após seu afastamento da vida pública.

Dentre os vários trabalhos daqueles últimos anos estava *A nova Atlântida*. Era a grande visão de uma terra prometida. Para ele, o idealismo da juventude não havia desaparecido. Com a passagem dos anos, Bacon não abandonou seus sonhos, mas encontrou maneiras de torná-los mais reais.

Ele era um profeta do mundo moderno — e de uma futura era dourada. Muitas das coisas que ele previu já aconteceram, mas nem todas, ainda. A Grande Instauração, o plano que concebeu para a reconstrução da sociedade, aguarda sua realização. A construção desse novo mundo ainda não está concluída. Por isso, a história ainda não terminou. Há trabalho a ser feito. E cada um de nós está convocado a desempenhar um papel.

E, talvez, a alma de Francis Bacon ainda guarde as chaves da era dourada prevista por ele — um destino que permanece escrito nas estrelas.

OS EDITORES

PREFÁCIO

"É impossível", observou um crítico, "escrever um livro desinteressante sobre Shakespeare." Certamente, essa é uma afirmação generosa, considerando a grande quantidade de material publicado nos últimos quatro séculos sobre o famoso gênio, e, ainda assim, não é uma afirmação totalmente sem fundamento.

Embora o nome William Shakespeare figure no topo da lista como um dos mais influentes autores do mundo ocidental, os leitores têm experimentado uma aura indefinível de mistério em torno de suas grandes obras dramáticas. Algo parece estar faltando, e, de fato, está. Apenas metade da história foi contada. A metade não revelada está repleta de mais drama, intrigas, códigos, falsa identidade, tragédia, traição e mistério do que qualquer autor popular de ficção jamais ousaria inventar. Foi esse elemento inconfundível de mistério que despertou, antes de tudo, meu interesse.

Quando soube que havia dúvidas sobre a autenticidade da história contada pelas fontes ortodoxas — não por má vontade de sua parte, mas por uma conspiração de silêncio em torno do dramaturgo —, fiquei fascinada. Um enigma desconcertante parece ter sido cuidadosamente escondido por trás daquelas peças tão geniais.

Em seguida, fiquei sabendo que alguns pesquisadores acreditavam que Francis Bacon era o verdadeiro autor. Era toda a inspiração da qual eu precisava. Ignorando a complexidade da história que estava prestes a encontrar, fiquei tão entusiasmada quanto uma principiante, e parti em uma busca impetuosa por soluções para esses enigmas que, desde o começo, pareciam ter envolvido toda a questão da autoria dos textos.

As peças poderiam, realmente, ser obra do famoso filósofo-político-autor britânico conhecido como Francis Bacon? Eu logo estaria, e ainda estou, tantos anos depois, em permanente perplexidade diante do que descobri.

Em nosso mundo moderno, a influência e os reflexos da vida desse homem notável são pouco conhecidos ou compreendidos pelos historiadores oficiais. Grande parte do que é ensinado sobre ele está incorreto ou é mal-interpretado. Nem a época exata nem as circunstâncias de seu nascimento são conhecidas, tampouco a verdadeira identidade de seus pais. Sua vida foi um quebra-cabeça; sua morte, um mistério. Apenas uma fração ínfima de sua real contribuição ao mundo foi revelada.

O século XXI promete ser um século de muitas revelações; será o momento em que todos os detalhes da "Controvérsia sobre Shakespeare" poderão, finalmente, ser esclarecidos. "Você se comporta como se escondesse algum mistério", escreveu Ben Jonson, amigo de Bacon. Apenas alguns "detetives" sérios se preocuparam em chegar ao cerne do enigma.

O primeiro passo de minha pesquisa foi visitar a Francis Bacon Library, em Claremont, Califórnia, onde uma ampla coleção de livros relacionados a Bacon, doadas pelo filantropo Walter Arensberg, foi preservada. Arensberg, firme e entusiasta, foi um grande admirador de Bacon no início do século XX. (A encantadora e pequena biblioteca foi fechada recentemente, e a coleção, arrematada pela prestigiada Huntington Library, em San Marino.) Pedi à então diretora, Elizabeth Wrigley, que me recomendasse um único livro que oferecesse a verdadeira história de Francis Bacon. "Isso não existe", ela respondeu, "você vai ter de ser a pessoa a escrevê-lo."

Desde aquela época, visitei dúzias de excelentes bibliotecas universitárias e públicas; vasculhei livrarias e sebos, e entrevistei muitas pessoas, por meio de cartas e contatos pessoais. Adquiri uma coleção de livros baconianos e estive em contato próximo com a Francis Bacon Society, em

PREFÁCIO

Londres. Esse grupo de estudiosos foi fundado no século XIX para investigar os verdadeiros episódios referentes à história de Bacon-Shakespeare. São pesquisadores dedicados em busca da verdade, e, embora me tenham revelado inúmeros fatos fascinantes sobre o aristocrata elisabetano, ainda não conseguiram chegar a uma conclusão sobre ele. O único ponto sobre o qual eles estão, *de fato*, de acordo é que Bacon foi o verdadeiro autor das obras de Shakespeare.

Logo no início de minhas pesquisas, aquele estranho fenômeno que Carl Jung chamou de sincronicidade me colocou diante do mais surpreendente artefato baconiano que eu poderia ter imaginado. Muitos leitores já estão familiarizados com essas situações surpreendentes. Subitamente, vindos de um lugar indefinido, exatamente na hora certa e no lugar certo, algum objeto ou informação essencial aparece, como se um gênio do bem estivesse trabalhando nos bastidores. Para mim, essa surpresa surgiu na forma de uma estranha geringonça de madeira conhecida como roda das cifras. Nas páginas impressas, afixadas na roda, está registrada, por meio de um código extremamente engenhoso, a verdadeira história de Francis Bacon — um relato real e surpreendentemente concebido por ele, com suas próprias palavras. Trata-se de uma narrativa que muda o atual conceito da história inglesa.

Não seria mais necessário fazer conjectura alguma. A tarefa, agora, seria encaixar os detalhes da vida de Bacon, conforme indicados pelas cifras, nos registros admitidos pela história. *O código Shakespeare* é minha tentativa de fazer exatamente isso, explicar o que é a roda das cifras e por que Bacon sentiu a necessidade de criá-las. É uma história pungente e trágica — mas que termina com uma inesperável marca de triunfo.

É uma história que está implorando para ser contada.

Capítulo 1
Uma história de dois estranhos

*A confissão [de segredos] não é para proveito mundano,
mas para aliviar o coração de um homem.*

No último quarto do século XIX, um cavalo solitário e uma carreta podiam ser avistados praticamente a qualquer hora do dia ou da noite passeando pelas estradas poeirentas em torno da cidade de Detroit. O dr. Orville Owen, um jovem médico, tinha não apenas uma espantosa memória, mas também um notável senso de responsabilidade. As pessoas que o conheciam mais intimamente estavam certas de que um dia ele se tornaria o cirurgião mais destacado daquele estado.

Enquanto o doutor circulava com seu cavalo e sua carreta em suas rondas diárias, ele percebeu que suas preocupações em relação a determinado paciente estavam sendo levadas aos pacientes seguintes. Para distrair a mente entre um atendimento e outro, começou a recitar poemas em voz alta enquanto conduzia seu cavalo. Grande admirador de Shakespeare, ele decidiu, por fim, decorar todas as peças de seu poeta favorito, memorizando uma edição moderna e aperfeiçoada, e, posteriormente, a versão original do Primeiro Fólio, de 1623. No devido tempo, o dr. Owen havia aprendido todas elas tão bem que seus companheiros considerawam uma brincadeira divertida testar sua memória recitando um verso de uma peça e desafiando Owen a identificar o ato e a cena corretos.

Isso não significava um problema para Owen. Ele conseguia citar com facilidade até mesmo os versos anteriores e posteriores. As únicas vezes em que ficava na dúvida era quando considerava que, entre uma peça e outra de Shakespeare, os versos eram praticamente idênticos. Nesse caso, teria de pedir que lhe fossem fornecidos versos adicionais.

Essas repetições confundiam Owen, assim como haviam confundido outros estudiosos, antes e depois daquela época. Ele refletia sobre elas e, mais ainda, sobre passagens fora de contexto, que apareciam com muita frequência nas peças. Havia, ainda, trechos estranhos, que não faziam sentido algum. Ninguém parecia ser capaz de explicar essas passagens, assim como algumas partes curiosamente relacionadas, que surgiam aleatoriamente de peça em peça, sem nenhuma razão aparente.

Quanto mais familiarizado o doutor se tornava com as peças, mais intrigado ficava. Por que tantas repetições? Passagens sem sentido, criadas pelo dramaturgo mais talentoso do mundo? Por que algumas palavras estavam desnecessariamente em itálico, enquanto outras estavam grafadas erroneamente, com letras maiúsculas? Owen estava bastante ciente das inconsistências da ortografia e dos meios de impressão elisabetanos, mas essas excentricidades iam muito além do que poderia ser explicado por esse fato isoladamente.

E ele começou a especular, da mesma forma que a estudiosa norte-americana Delia Bacon fizera anteriormente,[1] por que Shakespeare ambientara tantas de suas peças em contextos que se assemelhavam a cenas da Inglaterra elisabetana. Por que Hamlet frequentava uma universidade que nem sequer havia sido fundada? Por que ele escreveu sobre armas de fogo antes de elas serem inventadas; sobre relógios, quando não havia relógios? Qual seria o sentido disso tudo? Um homem suficientemente familiarizado com a história inglesa, como autor das peças históricas, certamente saberia que não havia canhões no reinado do rei John.

Owen se debruçou sobre essas anormalidades e, finalmente, se convenceu de que esses e outros equívocos similares eram "erros" deliberados por parte do dramaturgo, e não apenas ignorância ou falta de atenção. Mas por quê? Qual seria o objetivo?

Ele se concentrou, principalmente, nas várias referências a navios e mar, que começaram a ocorrer, aparentemente, de modo aleatório e totalmente fora de contexto. Em *As alegres comadres de Windsor*, por exemplo, há um trecho singular, sem qualquer conexão com a peça:

> Esta mulher, decerto, é uma das mensageiras do deus Cupido.
> Afrouxai mais as velas, persigamos o inimigo!
> Descubramos os anteparos!
> Fogo! Ela é minha presa, ou que o mar tudo trague!
>
> *Ato II, Cena 2*

Essa passagem peculiar não tinha relação alguma com a ridícula perseguição de Falstaff às alegres donas de casa. O que ela estaria fazendo ali? Owen não conseguiu encontrar explicação. Ele também percebeu outros trechos igualmente confusos.

Naquele momento, a curiosidade do bom doutor já estava despertada para além de seu limite. Meticulosamente, anotou todas as passagens em que as referências náuticas apareciam. Em seguida, ele as leu em conjunto e descobriu, para seu completo espanto, que estava diante de um relato mais ou menos reconhecível de uma grande batalha marinha, especificamente acerca da assombrosa vitória dos elisabetanos sobre a esquadra espanhola, a Armada, enviada para atacá-los em 1588. Parecia impossível acreditar, mas estava evidente — duas histórias diferentes sendo contadas com as mesmas palavras, usadas em sequências diferentes.[2]

O dr. Owen ficou não apenas chocado, mas enfeitiçado pela história. Todos os minutos que conseguia poupar passaram a ser dedicados a destrinchar as peças, verso por verso. Um trecho no prólogo de *Troilus e Créssida* chamou sua atenção.

Nossa peça vai agora começar pelo meio. Deste ponto
Dirá quando puder caber no conto.

Começar pelo meio de quê? E por quê? O que o dramaturgo estava querendo dizer? Suas investigações foram ainda mais adiante.

Após muitos ensaios e erros, Owen descobriu "o meio" — no grupo intermediário de peças, as peças históricas. Na primeira peça histórica, *Rei John*, ele encontrou o seguinte trecho: "Assim começarei, apoiando-me ao cotovelo" (Ato I, Cena 1).

Essa é uma frase com a qual estamos familiarizados atualmente, mas não era um modo típico de se expressar naquela época. Era a brecha pela qual Owen estava procurando. A partir daquele instante, ele estava se encaminhando para fazer uma das mais surpreendentes descobertas literárias de todos os tempos: as peças de William Shakespeare eram um pretexto para encobrir uma biografia cifrada, uma história totalmente diferente dos temas em torno dos quais as peças se desenvolviam. O doutor de Detroit estava vislumbrando detalhes de uma história de vida pungente e secreta, contada em detalhes minuciosos e no mesmo estilo de versos brancos, tão típicos de Shakespeare.

À medida que prosseguia em seu trabalho, Owen descobriu que certas palavras-chave — como reputação, destino, honra, tempo, natureza — demarcavam os trechos com frases que pertenciam à história cifrada. Peças inteiras, e até mesmo poemas, foram engenhosamente escondidos sob a máscara de histórias de fachada, que viriam a se tornar conhecidas em todo o mundo.

As demandas de sua descoberta forçaram Owen a abrir mão de muitas horas de prática médica para dedicar tempo a este trabalho, muito antes de perceber que precisava de ajuda. Elizabeth Wells Gallup, respeitada professora de um colégio de ensino médio em Michigan, Kate Wells, sua irmã, e outras pessoas foram contratadas para datilografar os trechos, à medida que ele os lia em voz alta. Depois que esses secretários datilografavam os trechos, distribuíam-nos em diferentes caixas, de acordo com o tema principal e as palavras-chave. Quando uma pilha se formava, Owen verificava todos eles em conjunto e unia as frases de acordo com as regras que havia descoberto nas próprias cifras.

Enquanto avançava, descobriu que, ao fim, tinha material suficiente para preencher cinco pequenas caixas diferentes. Essa obra foi publicada pela Howard Publishing Company, sob o título *Sir Francis Bacon's Cipher Story*. Esses pequenos livros estão, agora, fora de catálogo, mas muitas das grandes bibliotecas ainda guardam algumas cópias (e alguns deles estão disponíveis na internet).

Elizabeth Wells Gallup
Ao assessorar o dr. Owen na decodificação da Cifra de Palavras de Bacon, a srta. Gallup descobriu uma segunda cifra, a Cifra Biliteral, embutida nos mesmos trabalhos de Shakespeare.

À medida que o trabalho prosseguia, a srta. Gallup chamou a atenção para o uso incomum dos caracteres itálicos nas publicações originais. Nenhuma outra explicação razoável para isso poderia ser encontrada a não ser pelo fato de constituir algo fora de lugar. Ela se recordou que Francis Bacon havia descrito, com riqueza de detalhes, um estilo de escrita cifrada que fora denominado Cifra Biliteral, em seu próprio livro *De Augmentis Scientiarum*, publicado em 1623. A srta. Gallup examinou-o com cuidado e descobriu que, além da Cifra de Palavras reveladas por Owen, as mesmas peças e textos continham uma Cifra Biliteral, exatamente conforme descrita por Bacon.

Em ambos os estilos, a mensagem era a mesma. E o que ela revelava era, no mínimo, tão espantoso quanto a existência das próprias cifras. A mensagem dizia que Francis Bacon não era filho de sir Nicholas Bacon e de sua esposa. Por incrível que possa parecer, ele era filho de Elizabeth Tudor, a "Rainha Virgem" da Inglaterra, e era uma criança reconhecida na vida privada, mas não publicamente.

A grande Elizabeth, determinada a entrar para a história como um símbolo da mítica Virgo, a Rainha Virgem, havia ocultado do grande público o nascimento de seu filho, cujo pai era seu protegido, Robert Dudley — mais tarde, lorde Leicester. Ainda assim, ela havia avisado ao Parlamento: "Isto, para mim, será suficiente: que uma lápide de mármore diga que uma rainha, que reinou nesta época, viveu e morreu como uma virgem."[3] Ela não estava disposta a abrir mão dessa imagem cuidadosamente criada para si mesma; tampouco estava disposta a abrir mão de seus prazeres pessoais e sexuais.

Bacon não ousou opor-se à rainha revelando sua verdadeira identidade. O único recurso era ocultar sua verdadeira história por meio de cifras, e esperar que, um dia, ela fosse descoberta e revelada ao mundo. Seu grande receio era o de que as cifras nunca fossem descobertas, e sua obra se convertesse em um verdadeiro caso de "trabalho de amor perdido".

O dr. Owen descobriu que a Cifra de Palavras usava frases extraídas de várias peças, criando um contexto ou uma história totalmente diferente dentro de um mesmo verso branco. A Cifra Biliteral, descoberta pela srta. Gallup, usava duas fontes distintas, ou dois estilos, nas páginas originalmente impressas. Essas fontes eram diferentes entre si, mas tinham uma aparência bastante semelhante, e a mensagem oculta foi descoberta pela decodificação do padrão formado por elas. O que a srta. Gallup decifrou foi um texto de frases curtas, em forma de prosa, que, ao fim, corroborava todas as descobertas que Owen havia feito quanto aos versos poéticos da Cifra de Palavras.

O esquema do triplo conteúdo das peças (a história original e as duas histórias cifradas) era muito mais brilhante do que Gallup ou Owen poderiam ter imaginado, como eles bem sabiam. À medida que aplicavam as regras, peça por peça, não tinham alternativa senão assimilar, com perplexidade, a impressionante história que estava sendo descortinada. À medida que prosseguiam em seu trabalho, descobriram que os mesmos métodos poderiam ser aplicados a alguns outros textos escritos nos séculos XVI e XVII — e que revelavam as mesmas cifras que haviam sido introduzidas pelo próprio Bacon.

Seria completamente impossível que esse material pudesse ser extraído dessas obras se não tivesse sido propositalmente colocado lá desde o começo. Owen pensou no ditado "Nada vem do nada". Nenhum homem teria o dom de identificar uma peça onde não houvesse nenhuma. Se ele tivesse sido o responsável por esse feito impossível, teria sido um gênio ainda maior do que Bacon e "Shakespeare" juntos.

O editor de Owen, George Goodale, escreveu a seguinte opinião sobre o tema:

> A existência de uma cifra por meio da qual essas histórias pudessem ser reveladas é um fato indiscutível. As histórias não são invenções do dr. Owen. Ele não as concebeu, pela única razão de que nem ele nem nenhum outro homem vivo é dotado da insuperável capacidade de fazê-lo. Ninguém tem o direito de julgar (...), se não tiver lido, antes, o livro.[4]

Owen estava ciente, há bastante tempo, de que algumas pessoas acreditavam que as magníficas peças, adoradas em todo o mundo, não

eram fruto do trabalho de um ator de Stratford, mas do brilhante filósofo Francis Bacon. O doutor não havia prestado muita atenção a essa
ideia antes, porque não conseguia perceber nenhuma razão justificável
para uma fraude desse tipo; mas eis que surgia, revelada verso após verso, uma explicação mais do que justificada. Aqui estava o homem que
havia feito um esforço enorme para deixar sua biografia secreta escondida nas peças, afirmando que ele era o filho, evidentemente não reconhecido, da rainha Elizabeth. De um modo quase acidental, Owen deparara
com um segredo de Estado, que, caso tivesse sido revelado, teria reescrito
a história da Inglaterra da dinastia dos Tudor.

Dúvidas sobre quem havia escrito as obras oficialmente atribuídas a
um jovem camponês de uma aldeia do interior, em Warwickshire, já tinham sido levantadas publicamente mais de dois séculos antes que Owen
aparecesse. E ninguém saberia quanto tempo antes disso aqueles manuscritos privados circularam entre os que estavam a par do segredo.

Em 1769, um curioso e pequeno panfleto circulou publicamente —
The Life and Adventures of Common Sense. Nesse documento peculiar
um homem chamado Common Sense [Senso Comum] conversa com um
estranho sobre "uma pessoa que pertence ao teatro".

> Esse homem era um devasso em sua juventude, e, como afir-
> mam alguns, costumava roubar cervos (...). [Ele] se aprovei-
> tou da primeira oportunidade que surgiu para roubar [dos
> homens] tudo aquilo em que pudesse colocar as mãos (...).
> Agora, dedica-se a estudar um livro de citações, contendo
> uma infinita variedade de modos e formas de expressar to-
> dos os diferentes sentimentos da alma humana, acompa-
> nhados de regras de utilização, (...) aplicáveis sobre todos
> os temas ou ocasiões passíveis de ocorrer na dramaturgia
> (...). Com esses materiais e com bons personagens, deu iní-

cio a uma carreira de autor de teatro. O quanto ele se tornou bem-sucedido é desnecessário dizer, quando o leitor ficar sabendo que seu nome é Shakespeare.[5]

Alguns anos depois, em 1786, apareceu outro pequeno panfleto, *The Story of the Learned Pig*. O autor alegava ser um "oficial da Marinha Real". Espirituoso e satírico, é o suposto relato da reencarnação de um porco em Sadler's Wells (uma antiga fonte medicinal, onde um teatro que frequentemente produzia peças de Shakespeare foi posteriormente construído).

Inicialmente, esse porco teria surgido como Romulus, fundador de Roma, e, depois, como Brutus, legendário fundador da Inglaterra. Durante o reinado de Elizabeth, o porco, agora conhecido como Pimping Billy, havia reencarnado como filho do personagem de ficção Cob, criado por Ben Jonson. Um dos amigos de Billy era Will Shakespeare, a quem ele acusa de certo cabotinismo deselegante, incluindo o fato de ser "falsamente apontado como autor" de peças que não pertenciam a ele. As peças mencionadas são *Hamlet, Otelo, Uma peça como você gosta, A tempestade* e *Sonho de uma noite de verão*. Seria difícil precisar quem foi o "autor" dessa zombaria com Shakespeare, mas podemos conjecturar que tenha sido algum membro de uma sociedade secreta, possivelmente da Ordem Rosa-cruz, que estava ciente da verdadeira história de "Shakespeare".

Pequenos panfletos como esses produziram pouca turbulência nos mares literários. Porém, mais ou menos na mesma época, nos anos 1780, outra dissensão veio à tona, provocando uma tempestade um tanto maior. Tratava-se do reverendo James Wilmot, pároco da pequena aldeia Barton-on-the-Heath, que ficava a apenas alguns quilômetros ao norte de Stratford-on-Avon, a terra natal de Shakespeare.

Wilmot fora contratado por uma empresa de Londres para escrever uma biografia de Shakespeare, um poeta e dramaturgo que estava se tornando cada vez mais popular. Wilmot aceitou a oferta e se lançou vigorosamente à tarefa de coletar dados, histórias, lembranças pessoais — toda e qualquer coisa que pudesse encontrar sobre o homem de Stratford. Entretanto, viagens e mais viagens à cidade vizinha não produziram nenhum resultado relevante. Parecia não haver absolutamente nada acerca do mais famoso habitante de Stratford. Ninguém parecia saber nada a seu respeito. Não havia uma anedota sequer sobre sua juventude ou sobre a vida privada que levava na cidadezinha, nenhuma história sobre sua formação escolar — nada!

O entusiasmo de Wilmot decaía progressivamente a cada nova visita. Ele não conseguia encontrar a menor razão para acreditar que a imortal *Lucrécia*, a mística *Tempestade*, os enigmáticos sonetos ou até mesmo uma única linha dos mais belos versos brancos em língua inglesa pudessem ter sido escritos por um homem que vivera na miserável e pequena Stratford, naquela época apenas uma cidade mercantil.

Wilmot não encontrou nem mesmo um vestígio de oportunidades culturais e educacionais imprescindíveis, que teriam sido essenciais para a formação do autor das peças. Por acaso, algum menino chamado Shaksper ou Shastpur ou Shaxper (havia muitas grafias para tal nome — nunca Shake-speare, com hífen, como algumas vezes foi impresso) teria estudado algum dia na escola primária local, com apenas uma sala de aula? Não havia nenhum registro para provar que ele realmente a frequentara. Haveria livros disponíveis que ele poderia ter utilizado? Wilmot vasculhou toda a região rural em um raio de oitenta quilômetros e não encontrou nem um único livro sequer que tivesse pertencido a Shakespeare.

Poderia o autor do mais sublime inglês já falado tê-lo aprendido com base no grosseiro e praticamente incompreensível dialeto dos rudes habitantes de Warwickshire? Tanto o pai quanto a mãe de Will Shaksper eram analfabetos e assinavam seus nomes com um X.

Stratford-on-Avon revelou-se para Wilmot nada mais do que uma pequena e lúgubre cidadezinha do interior, cujos habitantes eram, em sua maioria, analfabetos; cuja Câmara Municipal tinha dificuldades para convencer os cidadãos a não colocar o lixo nas ruas; cujas sarjetas estavam "cheias de infâmias" e cuja escola, com sua única sala de aula, não possuía um único livro de gramática. Um livro de gramática teria sido um item essencial para uma educação adequada, o tipo de educação que, naqueles dias, estava disponível apenas a crianças das classes mais altas.

Relutantemente, Wilmot admitiu que as origens da formação, da cultura e do aprendizado que teriam constituído um indispensável pano de fundo para a elaboração da esplêndida literatura de Shakespeare não estavam em Stratford. Ele desistiu, desencorajado, e voltou para casa, em Barton.

Chocado com sua descoberta, Wilmot guardou para si suas reflexões, mas compartilhava seus achados, de tempos em tempos, com alguns visitantes escolhidos. Suas teses foram publicadas somente uma vez, em um documento que um desses visitantes apresentou na prestigiada Ipswich Philosophical Society. Wilmot estava convencido de que apenas um homem em toda a Inglaterra possuía uma mente tão brilhante e a erudição suficiente para ter escrito aquelas peças ilustres. Esse homem, disse ele, era ninguém mais ninguém menos que o grande filósofo e estudioso Francis Bacon.

Como era de se esperar, esse documento sobre a descoberta de Wilmot causou um alvoroço na Ipswich Society. A informação foi apresentada naquela instituição em duas ocasiões, com os mesmos resultados — descrença e reprovação. Foi somente em 1932 que um professor deparou com o grande segredo de Wilmot e o publicou para que o mundo tivesse conhecimento.[6]

Enquanto isso, a autoridade daqueles que duvidavam da autoria de Shakespeare aumentava cada vez mais. John Greenleaf Whittier escreveu: "Não sei se Bacon escreveu ou não aquelas peças maravilhosas, mas tenho quase certeza de que o homem Shakspere não o fez, nem poderia tê-lo feito."[7] O dr. W. H. Furness, por sua vez, escreveu: "Sou um daqueles que nunca conseguiram conceber, dentro de um mesmo espaço planetário, a vida de William Shakespeare e as peças de Shakespeare (...). Penso que não conseguiríamos encontrar nenhuma outra pessoa daquele período a quem atribuir os louros a não ser Francis Bacon."[8] Henry James disse: "Estou (...) mais ou menos convencido de que o divino William é a maior e mais bem-sucedida fraude já praticada em um mundo tão suscetível a elas."[9] Até mesmo Mark Twain se juntou à bulha: "Aquele homem não poderia ser o Shakespeare de Stratford — e *não era*."[10]

No fim do século XIX, um congressista norte-americano de Minnesota, de nome Ignatius Donnelly, tomou a questão para si. Donnelly foi autor de um dos primeiros livros sobre a Atlântida.[11] Ele também foi um dos primeiros a alegar que havia descoberto uma cifra nas obras de Shakespeare. Valendo-se de um complicado sistema baseado em certos números-chave, ele extraiu diversas passagens intrigantes da vida de Will Shaksper e Francis Bacon. Donnelly, no entanto, nunca conseguiu organizar suas ideias em um sistema metódico, e quando seu livro sobre esse assunto, *The Great Cryptogram,* foi finalmente publicado, em 1888, foi recebido com tanto escárnio que, desesperado, ele desistiu e nunca concluiu o desenvolvimento de suas teorias. (Minha impressão é que ele estava prestes a fazer uma descoberta legítima, e é uma lástima que esse estilo particular de cifra não tenha sido levado adiante.)

Há inúmeros livros bons no mercado, novos e antigos, discutindo a controvérsia sobre Shakespeare, explicações fascinantes e detalhadas demonstrando por que o inculto Will não poderia ter escrito as notáveis peças atribuídas a ele. Cada autor apresenta o próprio contendor favorito a quem atribuir as honras. Edward de Vere, Christopher Marlowe, William Stanley, Roger Manners, sir Walter Raleigh e inúmeros outros foram sugeridos como candidatos, incluindo, até mesmo, a própria rainha Elizabeth. Todos eles eram amigos e conhecidos de Francis Bacon.

Não é o objetivo deste livro despertar controvérsia sobre por que Will Shaksper ou quaisquer outros pretendentes não poderiam ser considerados o verdadeiro autor. Isso já foi adequadamente examinado e explicado por outros. Este livro é sobre Francis Bacon, sobre o praticamente inacreditável drama de sua vida, como ele próprio revela, especialmente por meio dos códigos, em seus diversos escritos.

Para auxiliar seu trabalho de decodificação, Owen construiu uma geringonça única, conhecida como a roda das cifras. Farei, agora, uma descrição desse dispositivo e de minha conexão pessoal com ele.

Constatamos que Owen, à medida que prosseguia com sua decodificação, descobriu que o autor original, Francis Bacon, havia inserido nas próprias obras instruções codificadas para facilitar a exaustiva tarefa de transcrição das cifras.

O fato de que as instruções para a decodificação das cifras tenham sido expressas também em cifras motivou zombarias entre aqueles que negavam a legitimidade do trabalho de Owen. Qual seria o propósito de fornecer instruções sobre o código se, em primeiro lugar, é preciso decifrar o código para ter acesso às instruções? A objeção parece ser suficientemente válida, exceto pelo fato de que as instruções estão lá, e ninguém poderia tê-las inserido, a não ser o próprio autor original:

A maneira mais fácil de realizar o trabalho é
Pegar uma lâmina e seccionar todos os nossos livros em pedaços,
Dispondo as folhas em uma grande e sólida roda
Que gira e gira.[12]

O dr. Owen seguiu à risca essas instruções. Após inúmeros experimentos, ele construiu duas grandes rodas, ou cilindros, de madeira. Em torno dos cilindros, que mediam 91,5cm de diâmetro e 1,22m de altura, ele envolveu 300m de material semelhante ao linho, à prova d'água. As rodas foram montadas em uma estrutura de tal maneira que poderiam ser giradas para a frente e para trás, de modo bastante parecido com o funcionamento de um pergaminho ou de um tocador de fitas moderno. Sobre o tecido ele colou as páginas impressas, retiradas de livros raros ou de cópias de livros do período da Renascença inglesa. Quando as grandes rodas de madeira eram giradas para a frente e para trás, as páginas dos livros antigos ficavam expostas para uma visualização fácil, permitindo, assim, que centenas de páginas se tornassem visíveis e desaparecessem com apenas uma rotação. A roda das cifras era grande, desajeitada e deselegante, mas atendia admiravelmente a seu propósito.

Quando, pela primeira vez, tomei conhecimento do estranho dispositivo, ele estava sob propriedade de Elizabeth Hovhaness, de Massachusetts, e de seu então marido, Alan Hovhaness, ambos músicos bastante renomados. A roda, encaixotada e intocada por anos, estava armazenada em temperatura inadequada no quinto piso de um depósito de concreto, em uma região desvalorizada de Detroit, a agradáveis 96 quilômetros da cidade de Flint, onde eu vivia naquela época. A senhora Hovhaness planejava mudar-se para a Inglaterra e não queria levar consigo o pesado engradado. (Ele pesava quase 180Kg e era quase tão fácil de ser despachado por navio quanto um grande piano.)

A roda das cifras do dr. Orville Owen
Essa ilustração, da publicação original do dr. Owen sobre a história das cifras, mostra a roda das cifras montada conforme ele a utilizava em sua oficina. À medida que Owen lia as passagens expostas na roda, seus assistentes as datilografavam. As folhas eram, então, distribuídas de acordo com as palavras-chave, datilografadas no topo de cada página.

Sempre fui fascinada pela existência dessa intrigante roda das cifras, mas nunca imaginei que teria sorte suficiente para, de fato, vê-la, e, mais que isso, tê-la para mim. Fiquei sabendo, por intermédio de Elizabeth Wrigley, da Bacon Library, agora sediada em San Marino, que a sra. Hovhaness estava buscando um lugar permanente para deixar a roda. A pequena Bacon Library não tinha espaço suficiente para ela. Contatei entusiasticamente a sra. Hovhaness em sua casa, na Costa Leste. Dentro de poucos dias, disse-me ela, estaria embarcando para Londres. Ela ficou quase tão feliz quanto eu por encontrar um local para a roda das cifras antes de partir. Ela estipulou somente uma coisa: que a roda deveria ter um abrigo permanente, onde estivesse segura, pudesse ser apreciada e estar prontamente disponível para consulta e avaliação mais profunda. Consegui prometer-lhe que, ao fim de tudo, a roda iria para a Summit University, em Montana, onde está agora protegida e onde, ocasionalmente, é exibida ao público.

A sra. Hovhaness, graciosamente, enviou ordens expressas ao depósito para liberar o enorme engradado para mim. Dentro de poucos dias estávamos eu, um amigo e um caminhão recolhendo esse tesouro. Eu não poderia ter escolhido um dia pior para fazê-lo. Mal havíamos retirado o enorme engradado de dentro do depósito, carregando-o na caçamba aberta do caminhão, quando o funil de um tornado começou a se formar por sobre a cidade, a menos de 1,5 quilômetro de onde estávamos. O estardalhaço nos céus descarregou estrondosamente bolas de gelo grandes o suficiente para amassar a lataria do caminhão. Por sorte, elas quicaram na lona impermeabilizada que cobria o engradado, evitando um dano mais sério.

Os 96 quilômetros de volta para casa em meio à tempestade foram lentos e arriscados, e foi com verdadeiro alívio que finalmente chegamos com nossa carga intacta. Foram necessários três homens altos e fortes para deslizar a grande caixa por sobre as tábuas de madeira para fora do caminhão até o chão de concreto de uma sala anexa à nossa garagem. Meu tesouro estava ileso e seguro.

O valor desse objeto único, certamente, não pode ser medido em termos de dinheiro. Mas ele é o resultado do trabalho extremado e exaustivo de dois homens dedicados: Francis Bacon e Orville Owen. Eles nasceram com um intervalo de trezentos anos, mas, ainda assim, juntos criaram uma maravilhosa máquina na qual estão registrados segredos da história com os quais o mundo nem sonha. Tenho esperança de que este livro ajude a restaurar a reputação desses dois homens notáveis, pois suas histórias estão implorando para ser contadas.

Esta é uma narrativa tão estranha — a vida de Francis Bacon conforme revelada por meio das cifras — que foi difícil fazer com que as pessoas, saturadas pela história "oficial", acreditassem nela. Mas o autor das cifras havia, ele mesmo, antecipado esse fato. A Palavra Cifrada assume a forma sábia de uma conversa entre Bacon e um homem do futuro, que ele esperava ser, algum dia, seu decodificador.[13] Bacon conversa com seu interlocutor como se estivesse falando com seu amigo mais querido. O decodificador faz algumas objeções:

Mas as pessoas não poderão argumentar que tudo isso é fruto do acaso?

Bacon responde:

Pensamos nisso; e se algum homem imaginar
Que tudo foi feito de modo assistemático (...)
Deixe que ele tente montar uma história
Desprezando as instruções. Ele não conseguirá examiná-la
Até o fim (...)
Nenhum homem conseguirá entender as mudanças, ou
como ir adiante (...)
Até que encontre nossos quatro começos.

Em outro momento, o decodificador se queixa:

Os homens, sem dúvida, pensarão que sou um mentiroso.
Você deve saber que serei considerado,
Por um bom tempo, um idiota.
Serei ridicularizado mundialmente.

E o desafio de Bacon a todas as suas objeções:

> O que você quer dizer?
> Você vai perder sua reputação por dizer a verdade?[14]

Os esforços incansáveis da srta. Gallup e do dr. Owen para deslindar o mistério conquistaram muitos adeptos; mas eles também fracassaram em convencer algumas pessoas. O pároco da igreja de Stratford-on-Avon parece ter sido convencido contra sua vontade. Esse cavalheiro havia chegado aos Estados Unidos para dar uma série de palestras, com a esperança de despertar o interesse de norte-americanos abastados e recolher contribuições ao Shakespeare Memorial, em Stratford. Tendo tomado conhecimento das descobertas de Owen, fez uma viagem a Detroit para mostrar ao doutor os equívocos de seus métodos. Planejando revelar a fraude de uma vez por todas, visitou Owen em seu estúdio e pediu para ver os trabalhos sobre as cifras. O dr. Owen, delicadamente, demonstrou seu trabalho ao pároco e permitiu que ele participasse de algumas das transcrições executadas com a roda. Ele reduziu o bom homem ao silêncio. De acordo com o dr. William Prescott, colega de Owen, o pároco cancelou o restante do roteiro de suas palestras e logo retornou à Inglaterra, aparentemente sem ânimo para angariar fundos para um projeto no qual não mais acreditava.[15]

Há outras histórias sobre os êxitos do dr. Owen. Um destacado jornal de Detroit publicou uma matéria sarcástica sobre uma das palestras de Owen, que a considerou difamatória e conseguiu um mandado de segurança contra o jornal. Para liquidar a disputa, o jornal enviou uma de suas melhores redatoras para testemunhar uma demonstração do trabalho de decodificação realizado por Owen. Em pouco tempo, para enorme surpresa da redatora, Owen não somente a havia convencido, como ela própria estava de fato trabalhando com as cifras. O jornal publicou uma matéria de capa pedindo desculpas a Owen, e o caso foi encerrado.[16]

Todo e qualquer cético foi gentilmente convidado pela srta. Gallup e pelo dr. Owen a participar de demonstrações dos métodos de decodificação. Sintomaticamente, e talvez como era de se esperar, nenhum dos assim chamados intelectuais da comunidade acadêmica parece ter aceitado o convite.

A ideia de que Francis Bacon seria o verdadeiro autor das obras atribuídas a Shakespeare (a teoria baconiana) sempre foi controversa. Alguns críticos alegaram que Bacon não poderia ter escrito as peças porque "não possuía veia poética".

Essa afirmação está tão distante da realidade que se deve perguntar se tais estudiosos teriam alguma vez lido uma palavra sequer do que Bacon escreveu. Em simplicidade, ritmo e clareza, seus *Ensaios* foram comparados aos trabalhos de Shakespeare, e isso por pessoas que não tinham ideia alguma da conexão entre os dois. Mesmo nos escritos mais mundanos e científicos de Bacon, brilha a alma de um poeta. Seus pensamentos simples eram concebidos com poesia. Tributos póstumos, redigidos após sua suposta morte, não deixam dúvidas de que seus contemporâneos o consideravam um poeta. As mascaradas, escritas para a corte e sabidamente assinadas por Bacon (e há inúmeras), são tão originais, imaginativas, líricas e poéticas quanto as obras concebidas para o palco.* Até mesmo o poeta Shelley reconheceu poesia na alma de Bacon:

---

* As mascaradas, ou, simplesmente, "máscaras" (do inglês *masque*), eram formas semidramáticas de entrenimento, tendo aparecido pela primeira vez na corte dos Médici, na Itália, onde receberam o nome de *trionfo* ou *mascherata*. O gênero foi levado para a Inglaterra no reinado de Henrique VIII, difundiu-se no de Elizabeth I e encontrou grande popularidade nos reinados seguintes, de James I e Charles I. Nessas encenações, realizadas dentro ou fora dos palácios, os atores usavam máscaras e apresentavam um espetáculo de dança, poesia, música, trajes suntuosos e efeitos cenográficos espetaculares. Quando havia ação, esta era reduzida a alguns elementos mitológicos ou alegóricos. (N. *do T.*)

UMA HISTÓRIA DE DOIS ESTRANHOS

> Lorde Bacon era um poeta. Sua linguagem tem um ritmo doce e majestoso, que satisfaz os sentidos, quase na mesma proporção em que a sabedoria quase sobre-humana de sua filosofia satisfaz o intelecto (...). Ela (...) distende e, então, extrapola os limites da mente do leitor, estendendo-se por (...) fundamentos universais, com os quais se mantém em perpétua harmonia.[17]

Shelley afirmava que ele preferiria ser "condenado com Platão e lorde Bacon a ter de ir para o céu com Paley e Malthus".[18] E quem melhor para reconhecer um poeta do que outro poeta?

Alguns fizeram a pergunta óbvia: se Bacon era o autor, por que isso não se tornou amplamente conhecido? A história secreta, revelada nas passagens codificadas, explica por que esse grande poeta e filósofo não foi merecidamente reconhecido.

Agora, vamos nos debruçar sobre a vida de Francis Bacon conforme ela é revelada pela história e pelo Código Shakespeare. À medida que fizermos isso, descobriremos segredos que permaneceram ocultos por centenas de anos. Também teremos uma nova compreensão a respeito do homem que, talvez mais do que qualquer outro indivíduo, foi o responsável pelo nascimento do mundo moderno.

Capítulo 2

O paraíso da infância

As alegrias dos pais são secretas,
assim como suas angústias e medos.

Voltemos agora à Inglaterra do início dos anos 1560. Se pairava alguma dúvida sobre o local de nascimento do filho mais novo de Nicholas Bacon, ou, até mesmo, sobre sua filiação, o próprio menino, felizmente, não tinha conhecimento disso. Francis teve êxito em sua vida como filho de Nicholas Bacon e de sua esposa, lady Anne. Não foi antes dos 15 anos que Francis ficou sabendo de sua verdadeira identidade, e de um modo bastante perturbador. Foi somente após essa descoberta decisiva que o trabalho das cifras começou, e grande parte da história cifrada conta os eventos que aconteceram depois daquele período. O que sabemos sobre a infância de Francis Bacon teve de ser coletado, principalmente, a partir de uma colcha de retalhos de outras fontes.

Fossem ou não seus verdadeiros pais, os Bacon eram, certamente, bons. Honrado, gentil e amoroso, sir Nicholas descendia de uma família de guardas pessoais do rei, e havia sido distinguido logo cedo, no reinado da jovem rainha Elizabeth, que reconhecia sua confiabilidade, integridade e sabedoria. Ele era o homem que ela escolhera como primeiro lorde chanceler-mor do Reino, um título especialmente concebido para ele (a palavra *lorde* foi adicionada ao título já existente).

Pai de seis filhos em seu primeiro casamento, sir Nicholas tomou as providências para que uma das estudiosas filhas do célebre educador sir Anthony Cooke se empregasse em sua casa, para auxiliar na recuperação de sua esposa enferma, Jane. A filha mais nova de Cooke, Anne, conquistou o emprego por conta de seu vigor e de seu estilo confiante e vivaz, e adorava cada minuto de sua tarefa. Jane Bacon não sobreviveu, e muito antes disso, Anne teve de lidar sozinha com a espaçosa residência.

Sir Nicholas logo percebeu a óbvia devoção de Anne por ele e pediu-a em casamento. Por mais jovem que fosse, Anne aceitou voluntariamente comandar o lar dos burgueses Bacon, uma função que consumiria toda a força e a sabedoria que ela conseguiria reunir, à medida que os estranhos destinos dos vários indivíduos sob seus cuidados se descortinavam. Anne não apenas assumiu os cuidados dos seis filhos de Nicholas, como acrescentou mais dois à prole — um deles indubitavelmente gerado por ela, e o outro, se aceitarmos a história cifrada, carregado em segredo para casa logo após seu nascimento, em uma caixa redonda e decorada. Anne o criou e amou tão devotadamente como se fosse seu próprio filho.

O mais velho dos dois rapazes, Anthony, recebeu esse nome em homenagem ao avô materno. Nunca conseguiu ser uma criança forte, estava sempre doente, e quando ficou mais velho, mancava. Anne havia perdido dois bebês antes de seu nascimento, e podemos imaginar o quanto ela deve ter-se desdobrado em cuidados, com grande ansiedade e solicitude, para o bem dessa pequena criança, cuja cabeça redonda e cabelos ralos lembravam muito sua própria aparência. Embora fisicamente incapacitado, não havia nada de errado com a mente de Anthony, exceto, talvez, a timidez fora do comum. Ele tinha um intelecto excepcionalmente original e vigoroso, uma engenhosa perspicácia e, como o tempo provaria, uma enorme capacidade de humor, lealdade, generosidade e amizade, traços de personalidade pelos quais seu irmão mais novo lhe seria grato por muitas e muitas vezes, à medida que o tempo passava.

Sir Nicholas e lady Anne Bacon

O menino mais novo, Francis, era uma criança bastante diferente. Ele se uniu à família cerca de três anos depois de Anthony, nos primeiros meses de 1561, e foi batizado em homenagem ao rei francês François II, que havia acabado de falecer, com apenas 16 anos, deixando sua jovem viúva, Mary, a Rainha dos Escoceses, entregue a seu singular destino. O pequeno inglês Francis era forte desde seu nascimento, com uma aparência atraente e compleição elegante.

O aspecto charmoso de Francis, sua disposição, seu suave encanto e certa cortesia natural tornavam-no admirado por todos aqueles que o conheceram no início de sua vida. Dizia-se que havia um quê de indefinível mistério que o circundava, até mesmo em seus anos de infância. Ele parecia atrair mais atenção do que seria esperado de uma criança dos gentis, porém modestos, Bacon.

Não há registro do dia exato do nascimento de Francis, mas a data de seu batismo na igreja de St. Martin-in-the-Fields foi 25 de janeiro de 1561. Setenta e cinco anos depois o secretário e capelão William Rawley, diria que a data de seu nascimento[1] foi 22 de janeiro de 1561, e parece não haver razões para questionar essa afirmação.

York House, residência de Nicholas Bacon em Londres
A história oficial registra que Francis Bacon nasceu na York House. O primeiro biógrafo de Bacon, William Rawley, afirma enigmaticamente que Francis nasceu na "York House, ou em York Place". O último endereço era o palácio real de Elizabeth, vizinho à York House. Estaria ele deixando uma pista sobre as verdadeiras origens de Francis? A história das cifras revela que a rainha o deu à luz e que ele foi levado à York House por lady Anne Bacon imediatamente após seu nascimento.

Essa data está sob a influência de Aquário,[2] o signo astrológico que, segundo alguns teóricos, teria enorme importância no futuro daquela criança. Jean Overton Fuller, em sua biografia, publicada em 1981, *Francis Bacon*, diz que um astrólogo contemporâneo, William Lily, considera a hora de nascimento de Bacon como tendo sido às 7h, na data admitida por Rawley.[3] Isso lhe daria um mapa astrológico com o sol e o ascendente em Aquário, e a lua em Áries, um mapa significativo para aqueles que conhecem astrologia.

O PARAÍSO DA INFÂNCIA

As pessoas podem considerar Aquário o signo dos cientistas e de quem busca a verdade, e a dupla conjunção de Aquário poderia ser interpretada como uma dupla medida das qualidades desse signo — uma personalidade altamente peculiar e única; uma natureza sagaz e expansiva; um espírito amigável, nobre e humanitário; e um interesse maior do que o usual por misticismo e filosofia. O mapa demonstraria uma natureza disposta a aprender com tudo e com todos, e um desejo de passar adiante o que ele aprendera, para beneficiar as outras pessoas. Outras personalidades que compartilharam desse signo foram o experimentador científico Galileu, o poeta lorde Byron, o perspicaz advogado Abraham Lincoln, o aviador e conquistador do espaço Charles Lindbergh e os grandes atores John Barrymore e Clark Gable. A influência de Áries poderia indicar fortes qualidades de liderança, uma paixão pela independência e a habilidade de tomar a dianteira em aventuras imaginativas, de natureza positiva e inovadora. Essas qualidades positivas seriam notadamente expressas ao longo dos muitos anos vividos por Francis.

Certas circunstâncias observadas por vários biógrafos serviram para criar uma aura de mistério em torno do nascimento de Francis. O registro batismal de St. Martin-in-the-Fields lista o nome do pequenino recém-nascido como "Sr. Franciscus Bacon",[4] incluindo, dessa forma, um título usado com pouca frequência em cerimônias de batismo (e não utilizado com os outros filhos dos Bacon). Por que ele foi adicionado ao nome de Francis? Poderia ter sido uma inesperada demonstração de respeito por essa criança em particular? De modo ainda mais enigmático, parece ter havido uma tentativa posterior de apagar o título do registro, embora a escrita original ainda possa ser observada. Muitos pesquisadores modernos já falaram a respeito desses fatos curiosos, na tentativa de reconstruir as circunstâncias do nascimento daquela criança.

Talvez não haja nenhum indício mais confiável da filiação de Francis do que o testemunho da própria aparência física da criança. Não havia ninguém na família Bacon com quem ele se parecesse, no mínimo grau possível. Ele e somente ele possuía cabelos brilhantes, encaracolados e escuros, e olhos cor de mel, ou castanhos, quase negros — características muito mais espetaculares do que as de seus supostos pais, com sua face de classe média inglesa e sua compleição praticamente insípida. As feições dos Bacon eram redondas ou quadradas e pálidas; a de Francis era suave e oval, afilando-se em um queixo pontiagudo. Seus olhos eram cinza ou azuis, os de Francis, escuros e intensos. (Mais tarde, os escritores diriam que parecia que seus olhos podiam ler os pensamentos de outras pessoas.) O cabelo deles era fino e liso, enquanto o de Francis era grosso, escuro e encaracolado. Ao pesquisar para elaborar sua biografia, Fuller consultou especialistas em genética sobre a probabilidade de pais como os Bacon terem um filho como Francis. De acordo com a lei de Mendel, conforme se informou a autora, seria altamente improvável que os Bacon de olhos azuis pudessem ser os pais do Francis de olhos castanhos.[5]

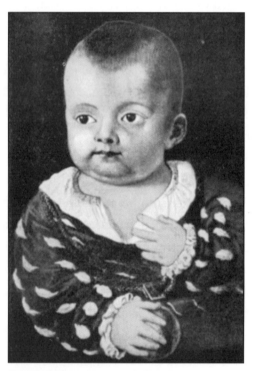

Francis Bacon em sua infância
De uma pintura em Gorhambury

O PARAÍSO DA INFÂNCIA

Se Francis não era um Bacon, então quem era ele? Um exame cuidadoso dos retratos de Elizabeth Tudor e de seu amante, Robert Dudley, lorde Leicester, nos mostra uma história reveladora. As feições do "filho" dos Bacon guardam uma semelhança impressionante com a exata aparência Tudor da própria Elizabeth, exceto pela tonalidade. A tonalidade de Elizabeth era clara, com cabelos ruivos ou loiros, enquanto a dele era escura. Havia aristocracia impressa em cada linha de sua anatomia — no modo de levantar a cabeça bem-formada, na testa alta, nas sobrancelhas expressivas e no olhar profundo. Quanto à tonalidade e outras características, a semelhança entre as feições estreitas e intelectuais e a tez morena de lorde Leicester e o jovem Francis é tão clara que chega a ser divertida. Dificilmente poderia deixar de ser notada.

Robert Dudley, rainha Elizabeth e Francis Bacon
Essas miniaturas, feitas por Nicholas Hilliard, mostram a semelhança de linhagem entre Elizabeth, Robert Dudley e seu filho não reconhecido, Francis Bacon.

Esse trio de retratos — Elizabeth, Leicester e Francis — revela-nos uma história singular. Certamente, os adoradores do santuário da "Gloriana", seus cortesãos, não teriam deixado a semelhança passar despercebida. Entretanto, havia uma conspiração de silêncio instaurada naquela terra e, como veremos, a história das cifras explicará por quê.

Sabemos como era a aparência do jovem Francis por conta de um pequeno retrato dele feito por Nicholas Hilliard, o pintor favorito da corte de Elizabeth, quando ele tinha 18 anos. Hilliard pintou inúmeros quadros de Elizabeth e apenas um de Leicester, mas, até onde se sabe, de nenhum dos membros da família Bacon, a não ser Francis. Comparando as miniaturas de Francis e Leicester, pode-se pensar que eles eram retratos do mesmo homem em idades diferentes. O retratista ficou tão impressionado pelo brilho pouco comum do menino que deixou uma observação para a posteridade, pintando em torno da margem a frase em latim "*Si tabula daretur digna animum mallem*". Traduzida livremente, ela significa: "Ah, se eu tivesse conseguido fazer uma pintura digna dessa mente."

Em relação à família Bacon, existem, até hoje, três bustos de terracota pintados que teriam sido encomendados em conjunto pela família. Há um de sir Nicholas — apático, com feições quadradas e pesadas. Há outro, de lady Anne — solene, com rosto arredondado, um pequeno nariz redondo e olhos ligeiramente protuberantes. E existe, por fim, o busto de um pequeno menino com faces arredondadas, extremamente parecido com sua mãe. Por anos acreditou-se que essa criança era Francis, considerando-se que o outro filho, Anthony, havia sido deixado de fora. Entretanto, Daphne du Maurier, em seu livro *Golden Lads*, nos oferece evidências contundentes de que o busto é do jovem Anthony, e não de Francis.[6] Autoridades museológicas assinalam que o busto foi erigido em uma época em que Francis não teria mais de quatro anos, muito jovem para servir de modelo para uma escultura. Anthony tinha exatamente a idade certa. Portanto, foi Francis, e não Anthony, quem foi deixado de fora do grupo familiar dos Bacon. Francis, por sua vez, foi incluído nos retratos feitos pelo pintor da corte, que trabalhava sob encomenda da rainha.

Qualquer que seja a verdade sobre seu nascimento, Francis, o menino de olhos escuros, não estava ciente de seu problema naqueles primeiros e

O PARAÍSO DA INFÂNCIA

felizes dias de sua infância. Ele era muito bem-protegido e profundamente amado, tanto por lady Anne quanto pelo lorde chanceler-mor. Diz-se que sempre foi o favorito naquele lar, e talvez isso seja verdade. Os Bacon podem ter estado dolorosamente cientes de suas responsabilidades, assim como da honra de ter uma criança real sob seus cuidados; eles mal conseguiriam evitar tratá-lo com um toque extra de respeito. À medida que os meninos cresciam e se tornavam rapazes, era sempre Anthony quem recebia advertências de sua mãe, repreendendo-o pelo que ela considerava errôneo em seus modos. De um modo geral, Francis também estava incluído nesses sermões, mas as cartas eram endereçadas a Anthony. Talvez Anne fosse uma mãe que não hesitasse em repreender o próprio filho, mas preferiria não fazê-lo se se tratasse de um filho adotivo de origem tão nobre.

A vida de lady Anne como esposa do idoso sir Nicholas era bastante atarefada. Além de cuidar de duas amplas casas e de seus empregados — mais de cem serviçais, diz-se, entre sua propriedade rural, em Gorhambury, e sua residência oficial na cidade, York House —, ela também conseguia dar conta de traduzir tratados religiosos do latim para o inglês, para o famoso bispo Jewel. Essa e outras atividades intelectuais teriam influenciado o pequeno Francis, que cresceu com um interesse maior pelo mundo das letras.

Se, de fato, foi a rainha Elizabeth quem escolheu Anne Cooke Bacon para ser a madrasta de seu filho, ela não poderia ter feito escolha mais sábia. Anne era capaz, inteligente, afetuosa e cuidadosa. Entretanto, manter a harmonia com uma rainha arrogante e impetuosa pode não ter sido uma tarefa fácil. Elas haviam sido colegas de infância, quando o pai de Anne, sir Anthony, era tutor do pequeno príncipe Edward, irmão de Elizabeth, que, ainda muito jovem, morrera tragicamente. Tanto a princesa Elizabeth quanto Anne Cooke participavam com frequência das lições, juntamente com o pequeno Edward. A princesa Elizabeth era uma figura ruiva, solitária e insegura naquela época; seu pai perguntava a si próprio quase todos os dias se deveria considerar aquela menina, filha de Anne Boleyn, uma legítima herdeira ou não. O efeito psicológico sobre a pequena criança dificilmente poderia ser medido. O senso prático de Anne

Bacon e a estabilidade de sua vida familiar podem ter parecido algo genial para a solitária princesa, cujo temperamento era radicalmente diferente.

A posição de sir Nicholas e de lady Anne não era necessariamente confortável. Elizabeth esperava muito de seus protegidos e, embora sua predileção lhes trouxesse privilégios especiais e alguma riqueza, atender às suas exigências também representava uma grande despesa. Consciente do que a rainha esperava de seus ministros, os Bacon se sentiram obrigados a instalar-se em uma grande propriedade rural, que a rainha considerasse adequada às necessidades de seu lorde chanceler-mor (e, talvez, de seu filho).

Os Bacon começaram a construir uma maravilhosa propriedade rural, Gorhambury, perto das ruínas da abadia, em Saint Albans. Foi certamente um momento desalentador para sir Nicholas quando a rainha, em sua primeira visita à nova propriedade, comentou asperamente: "Milorde, que minúscula casa você foi arrumar!" O lorde chanceler-mor conseguiu disfarçar seu constrangimento com uma resposta espirituosa: "Madame, minha casa está de bom tamanho, mas foi Vossa Majestade quem me tornou grande demais para ela!" Este era o tipo de sagacidade afiada que Elizabeth adorava. Mesmo assim, a adequação da residência ainda deveria levar mais alguns anos, até que as exigências da rainha fossem atendidas. Sir Nicholas não poderia ser censurado por emitir um suspiro de frustração.

Outra irmã da família Cooke, Mildred, era casada com William Cecil, mais tarde lorde Burghley, o grande secretário de Estado, que seria tão fundamental à rainha ao longo de seu reinado. Os Cecil estavam na mesma posição dos Bacon — Sua Majestade tinha de ser satisfeita. Os Cecil tinham de construir uma casa para servir à rainha. Eles construíram sua suntuosa propriedade, Theobalds, a alguns quilômetros de Gornhambury, e as duas famílias visitavam uma à outra constantemente.

Os Cecil também haviam tido problemas com as exigências da rainha. Ela reclamava que eles não haviam providenciado um dormitório grande o suficiente para quando ela fosse visitá-los. Além disso, certamente para desaprovação dos Cecil, ela insistia que se construísse um cômodo para seu adorado Robert Dudley, conde de Leicester, próximo ao seu, no terceiro piso. Era uma questão de discrição não fazer comentário algum sobre esse acordo.

Uma antiga gravura de Gorhambury
Sir Nicholas Bacon construiu essa casa nos anos 1560, e Francis passou grande parte de sua infância aqui, voltando nela mais uma vez em seus últimos anos, depois de se aposentar da vida pública, em 1621.

A mansão Theobalds, de lorde Burghley
Da série *Country Seats*, de Morris (1880).
William Cecil, lorde Burghley, construiu essa magnífica propriedade rural como um lugar apropriado para receber a rainha. A fachada principal da construção estendia-se por mais de 400 metros. Francis, provavelmente, visitava com frequência essa casa quando era criança, e foi aqui, muitos anos depois, que James I concedeu-lhe o título de visconde de St. Alban.

A propriedade dos Bacon — uma casa retangular com pequenas torres quadradas em cada uma das pontas, envolvida por uma densa floresta de carvalhos e faias, adoráveis jardins e amplos gramados — localizava-se a fácil distância a cavalo de Theobalds, a mansão dos Cecil. Teria sido um maravilhoso lar para qualquer pequeno príncipe e, aparentemente, a rainha deu-se, finalmente, por satisfeita, já que visitava o local com frequência. William Cecil, sempre um observador cuidadoso, registrava todas as caminhadas da rainha e suas visitas reais, e, conscienciosamente, anotava as datas de chegada e de partida. No entanto, quando a rainha visitava Gorhambury, Cecil inexplicavelmente seguia uma política diferente. Ele anotava devidamente o dia da chegada, mas não a data da partida. Intrigado com essas omissões, o historiador John Nichols, autor de *The Progresses and Public Processions of Queen Elizabeth* (1823), verificou os registros e descobriu documentos assinados por Elizabeth em Gorhambury, em momentos nos quais sua presença ali não era de conhecimento público.[7] Talvez se pudesse imaginar todos os tipos de explicação para dar conta dessas omissões, a mais lógica seria a de que a rainha alimentava um interesse especial por Gorhambury, interesse esse que ela não gostaria de confessar.

Em *Progresses* percebemos que Nichols não estava totalmente desinformado das ações suspeitas no mundo privado da rainha. Em 1572, diz ele, certo sr. Fisher (cuja competência não sabemos exatamente qual tenha sido) acompanhou Sua Majestade enquanto ela viajava de Warwick para Kenilworth, uma das belas propriedades com que Elizabeth havia presenteado seu protegido, Robert Dudley, lorde Leicester. As coisas que o sr. Fisher ficou sabendo durante aquela viagem, segundo Nichols, eram "de tal ordem (...) que seria preferível terem permanecido ocultas. O que essas coisas significavam não cabia a todos saber".[8]

S. A. E. Hickson sugeriu que Francis poderia ter estado presente na ocasião do magnífico espetáculo que Leicester encenou em 1575, no castelo de Kenilworth, em homenagem à rainha. O lorde chanceler-mor também teria comparecido, já que sua família não perderia a oportunidade de participar daquele entretenimento. E parece que Francis pode ter-se deleitado em deixar um registro de tudo o que presenciou daqueles acontecimentos memoráveis que tiveram lugar em Kenilworth.

William Cecil, lorde Burghley
Lorde Burghley era o chanceler de confiança de Elizabeth e, informalmente, também o tio de Francis, já que se casara com Mildred Cooke, irmã de Anne Cooke. Francis, provavelmente, passou muito tempo de sua juventude em Theobalds, propriedade de Burghley.

Logo depois que as festividades terminaram, um pequeno tratado, belamente escrito na forma de uma carta, foi publicado, assinado pelo "Príncipe negro". Era um exuberante relato dos deslumbrantes acontecimentos que ocuparam três semanas inteiras em Kenilworth. O autor havia, obviamente, desfrutado de todo o espetáculo e regalava o leitor com descrições detalhadas — os adoráveis jardins "reanimados pelas perfumadas plantas e cheirosas ervas e flores"; as refeições pródigas; as joias; a "música melodiosa e o canto dos pássaros"; o palácio reluzente, "durante o dia tão resplandecente com seus vidros, e, à noite, com a contínua luminosidade das luzes das velas"; a tenda para receber a rainha, que era tão extensa que exigiu "sete carretas abarrotadas de pregos e cavilhas para fixar as cordas". E, então, havia as mascaradas, e as representações teatrais de fundo histórico, uma das quais apresentava uma sereia galopando nas costas de um golfinho, certamente a inspiração para o trecho em *Sonho de Uma Noite de Verão*, na qual Oberon se refere a "uma sereia, no dorso de um golfinho".[9]

O jovem autor dessa carta (sabemos que ele era jovem pela exuberância e pelo estilo pueril de sua escrita) parece ter ficado impressionado com a representação da Dama do Lago, das lendas do rei Arthur, com a sugestão de que tudo fora preparado para Elizabeth, uma das "herdeiras de Arthur por direito", na linha direta de sucessão. Ele também não desperdiçou a oportunidade de descrever o gentil anfitrião, o próprio lorde Leicester, com sua "amplitude de pensamento". Os muitos encantos das adoráveis fidalgas presentes tampouco passaram despercebidos.

O mais divertido de tudo é a descrição do autor da própria preparação para as festividades. Seu cabelo foi penteado "de modo a brilhar como a asa de um pato silvestre, com uma esponja embebida em graxa de capão". Seu rufo (a elaborada gola engomada daquela época) foi "colocado [no lugar] com uma vareta". Ele estava "completamente engomado, brilhando como se fosse um par de sapatos novos".[10]

A alegre carta foi publicada por um desconhecido Robert Laneham (ou Langham, como este nome era algumas vezes escrito). Quem quer que tenha sido Laneham, os registros da chefia de petições mostram que a carta foi banida por ordem real após três semanas de seu aparecimento. Os registros mostram que seis cópias foram para um tal sr. Wilson, duas cópias foram encaminhadas a William Cecil (lorde Burghley) e duas a sir Nicholas Bacon. Todas as outras foram apreendidas e, mais provavelmente, destruídas. De alguma forma, a duquesa de Portland havia conseguido salvar uma cópia, segundo Hickson. Ela revela que a idade do escritor, "o

Menestrel de Islington", era "XIV" (catorze), a idade exata de Francis naquela época. Tudo isso leva Hickson a sugerir, em *The Prince of Poets,* que Lanheam não era ninguém mais, ninguém menos, que o habilidoso autor e filho adotivo do lorde chanceler-mor, o próprio Francis.[11]

Há uma forte crença de que esse evento em Kenilworth serviu de inspiração para *Sonho de Uma Noite de Verão.* Parece que a peça também reflete as circunstâncias da própria infância de Francis. Hickson compara a rainha Titânia a Elizabeth e lorde Leicester a Oberon. A criança *changeling,** que é o grande motivo de desavença entre ambos, seria, evidentemente, Francis. Talvez Hickson esteja certo, porque os códigos nos revelam que nesses primeiros anos Elizabeth não hesitava em demonstrar afeição maternal por seu filho. E, talvez, estes versos da peça reflitam a difícil situação de Leicester, proibido pela rainha de reconhecer o próprio filho:

> Pois Oberon ficou muito zangado
> Depois que ela arranjou como criado
> Um menino roubado do Oriente.
> Nunca se viu tão lindo adolescente:
> E, por ciúmes, Oberon deseja
> Que ele em seu séquito bem logo esteja.
> Ela o retém consigo na floresta,
> Coroado de flores, sempre em festa.**
> *Ato II, Cena 1*

Durante sua juventude e infância, Francis, é claro, não estava ciente de nada disso. Ele sabia apenas que as atenções da rainha em relação a ele eram favoravelmente intensas. Seu capelão, Rawley, nos conta que a rainha adorava chamar a criança para ficar a seu lado e fazer-lhe

---

* *Changeling* é um bebê que, secretamente, foi substituído por outro.
** Tradução de Barbara Heliodora.

perguntas sérias. E, então, ela gargalhava de prazer com suas respostas inteligentes.[12]

Qualquer um poderia ver que ela adorava a criança, e talvez lorde Robert, o "doce Robin" de Elizabeth, tenha se sentido dividido entre o ciúme e o orgulho, ao observar a interação entre mãe e filho. Essa criança poderia ser o elo que o manteria para sempre gozando dos favores da rainha. Por outro lado, era sua ambição ser nomeado príncipe consorte da rainha — ou, talvez, até mesmo, rei —, e um filho poderia evitar que isso acontecesse. Leicester estava, certamente, tão confuso quanto qualquer outra pessoa por conta dessas estranhas circunstâncias, e pela constante indefinição da rainha quanto ao relacionamento de ambos.

Outra pequena e intrigante história sugere uma relação mais do que comum entre Elizabeth, Leicester e uma criança. O duque de Norfolk relata-a em seu *Confessions for High Treason*. Eis aqui uma visão encantadora de Sua Majestade, na melhor de suas habilidades domésticas:

> Quando a Corte estava em Guilford, entrei sem querer no Dormitório Privativo da Rainha; e encontrei-a sentada na soleira da porta com um ouvido atento a uma pequena criança que estava cantando e tocando alaúde para ela; e o outro a Leicester, ajoelhado a seu lado.[13]

Certamente, Norfolk, o único duque de Elizabeth, sabia quem era a criança, mas não revela seu nome. Ele já estava enredado em problemas suficientes por seu envolvimento com Mary, a Rainha dos Escoceses. O biógrafo Alfred Dodd acredita que não há mais mistério algum sobre o que teria inspirado "Shakespeare" a escrever no soneto de número 8:

> Por que ouves com tristeza a música de agora? (...)
> Nota como uma corda, por outra apaixonada,
> A ela vai unir-se em harmonia;
> Como o pai, o filho e a mãe afortunada,
> Que bela ária cantam em sintonia.

O PARAÍSO DA INFÂNCIA

Quando Francis se tornou adolescente, as pessoas que cuidavam dele diariamente estavam cientes de que havia algo de excepcional na responsabilidade que carregavam. De fato, essa criança estava fadada a ter uma vida extraordinária — e há aqueles que acreditam que esse destino estava escrito nas estrelas.

Em 1572, a natureza aceitou o desafio de Aristóteles, que havia afirmado mais de mil anos antes que os céus eram imutáveis, que as estrelas eram fixas e que nada jamais poderia mudar no firmamento. No 14º ano do feliz reinado de Elizabeth os céus provaram que ele estava errado. Uma majestosa nova estrela (a supernova) brilhou subitamente na constelação Cassiopeia. A existência da estrela foi tão efêmera quanto seu brilho. Em apenas um ano e meio ela já havia desaparecido, deixando para trás o mundo boquiaberto com esse extraordinário feito. Tycho Brahe, astrônomo dinamarquês, foi o primeiro a registrar seu aparecimento. Ele a considerou mais brilhante que Vênus, tão brilhante que poderia ser facilmente vista, até mesmo em plena luz do dia.

Alguns diziam que se tratava de um cometa; outros, de uma estrela. Alguns afirmavam que tinha a mesma aparência luminosa da estrela que guiara os reis magos, a estrela de Belém, que havia aparecido misteriosamente mil e quinhentos anos atrás. Qualquer que fosse seu nome, representou uma estranha visão nos céus durante aqueles meses em que pôde ser claramente observada.

Depois de 16 meses, a Estrela Convidada desapareceu, para nunca mais brilhar, deixando até mesmo os astrônomos meditando sobre seu aparecimento nos céus "imutáveis". A excepcionalidade da estrela de 1572 não foi facilmente compreendida. Mas um homem afirmava conhecer tudo sobre ela — o famoso místico suíço Theophrastus Bombastus von Hohenheim, mais conhecido como Paracelsus. Ele morreu vinte anos antes do nascimento de Francis, mas vinha profetizando com segurança, e por muitos anos, o aparecimento do cometa. Quando chegasse, previu ele, seria "o anunciador" de uma grande renovação na sociedade — "a revolução que estava por vir", conforme a denominou. O cometa anunciaria a presença de "um ser maravilhoso (...) que, naquele momento, ainda não havia nascido, mas que revelaria inúmeras coisas". Esse indivíduo seria um mestre em todas as artes, carregando três talentos divinos, destinados a mudar a face do mundo.[14]

As profecias de cometas, estrelas e seres humanos com talentos raros não soavam estranhas aos ouvidos elisabetanos como soam em nossos dias. (E nós, hoje, não as tratamos de modo escarnecido como faziam nossos irmãos de cinquenta anos atrás.) Quem seria exatamente esse mestre de todas as artes somente os deuses dos céus poderiam saber com certeza, mas o homem daquela época que atenderia mais completamente às previsões de Paracelsus era nosso homem dos mistérios, Francis Bacon.

Francis tinha aproximadamente 12 anos quando a estrela apareceu, mas já vinha dando sinais de sua genialidade. Ele era um pequeno prodígio, prestes a entrar na idade adulta, pronto a deixar a segurança e o calor do lar dos Bacon para levar uma vida mais plena como estudante do Trinity College, próximo ao rio Cam, em Cambridge. Seria seu amadurecimento o evento profetizado por Paracelsus? Alguns baconianos acreditam que sim, e que os três talentos de Bacon são as obras objetivamente filosóficas e científicas, as peças de Shakespeare e seu envolvimento com os movimentos Rosa-cruz e da Francomaçonaria.

Fosse ou não Francis o gênio particular a quem Paracelsus se referira, sabemos, até mesmo por meio dos ortodoxos, que, aos 15 anos, Francis já havia concebido em sua mente um plano com o qual ele acreditava poder reformar "completamente o vasto mundo". Era uma ambição assumidamente desmedida para um homem tão jovem, mas os acontecimentos futuros demonstrariam que ele chegou incrivelmente perto de atingi-la. É importante, para entender sua vida, considerar, por um instante, a extensão do treinamento que ele recebeu até o momento de partir para Cambridge. Foi uma educação literalmente concebida para um rei.

Elizabeth Bowen, biógrafa moderna de Bacon, classificou o ambiente de sua infância como um Paraíso Elisabetano.[15] De fato, restam poucas dúvidas de que qualquer ambiente na Inglaterra do século XVI con-

O PARAÍSO DA INFÂNCIA

tribuísse mais para uma "infância venturosa" do que aquele oferecido pelos pais adotivos de Francis. As cercanias de Gorhambury já eram ricas o suficiente em termos de história, na época em que sua família se mudou para sua pródiga e nova propriedade rural. As ruínas da velha cidade romana de Verulamium, a trinta quilômetros ao noroeste de Londres, ainda preservavam o único teatro romano conhecido construído na Inglaterra — um ponto de referência apropriado a alguém que cresceria para se tornar o grande dramaturgo da Inglaterra!

A atual cidade de St. Albans cresceu sobre as fundações dessas ruínas, tomando seu nome emprestado do homem que viveu no século III, trocou de trajes com um pároco cristão fugitivo e foi executado em seu lugar. Alban, o primeiro cristão martirizado no solo inglês, foi, posteriormente, canonizado. Uma igreja foi construída no lugar de seu martírio, e dezenas de milhares de peregrinos passaram a visitar o local todo ano. Diz-se que milagres de cura aconteceram e ainda acontecem lá, inclusive hoje em dia. Em *Henrique VI, Parte 1*, Shakespeare descreve uma cena em que um milagre acontece:

> Um milagre! Um milagre! (...)
> Deveras! Um cego, no santuário de Santo Alban,
> Há meia hora recuperou a visão —
> Um homem que jamais enxergou na vida.
>
> *Ato II, Cena 1*

Seria da velha Verulamium romana e da cidade de St. Albans que Bacon escolheria seus títulos, quando James I lhe concedeu o que Elizabeth lhe negara firmemente por tantos anos — uma promoção para a nobreza. Francis, finalmente, tornou-se barão de Verulam, visconde de St. Alban — títulos artificiais para um príncipe que havia nascido para se tornar rei. Curiosamente, ele retirou o "s" de *St. Albans* (embora, hoje, seja frequente encontrar o "s" incluído), indicando, dessa forma, o nome do santo, e não o da cidade. A escolha de Bacon não deve surpreender os aficionados por misticismo, que acreditam que Alban foi uma das reencarnações anteriores de Francis Bacon.

Os verões em Gorhambury foram uma época de liberdade para os filhos dos Bacon. Tratava-se de um lugar com amplas vistas e ar fresco campestre. Quando a família se mudava para a residência oficial dos Bacon em Londres (York House), durante a temporada de inverno, a atmosfera se modificava consideravelmente — para o congestionamento de uma cidade superpovoada e insalubre, e a atmosfera artificial, embora empolgante, da corte britânica. "Eu cresci na corte", Francis diria, mais tarde.

Fosse na cidade ou no campo, um cortejo inteiro de tutores os acompanhavam de perto, e até mesmo em Gorhambury os meninos não escapavam das lições diárias. Onde quer que estivessem, havia livros para ler. Sir Nicholas possuía uma impressionante biblioteca de volumes copiados à mão dos recém-descobertos clássicos gregos. Havia também títulos mais novos, produtos das recém-inventadas publicações impressas, que estavam se espalhando pela Europa. Apenas algumas eram publicadas em inglês, e Francis rapidamente aprendeu a ler em francês, latim, grego, espanhol, italiano, hebraico e até mesmo em holandês. Ele também teve acesso à grande biblioteca dos Cecil em Theobalds, e à considerável coleção do pai de lady Anne, sir Anthony Cooke, em Gidea Hall, próximo à sua casa. Antes de ingressar em Cambridge, aos 12 anos, Francis já conseguia ler com facilidade em várias línguas. Mais tarde ele alegou conhecer quase todas as línguas do mundo ocidental.

O fato de que Anthony e Francis Bacon foram ambos educados de maneira reservada para os jovens mais privilegiados daqueles domínios é algo que não se pode colocar em dúvida. É um dos pontos sobre os quais todos os historiadores concordam. Ninguém na Inglaterra recebeu uma educação melhor do que os jovens filhos de Nicholas Bacon. Todos os melhores tutores disponíveis foram contratados. O cuidadoso sir Nicholas Bacon chamou, até mesmo, um tutor especial para auxiliar seu "jovem séquito, numa época em que todos os tipos de vícios se dissemina-

O PARAÍSO DA INFÂNCIA

vam rapidamente e o entusiasmo, a virtude e o verdadeiro temor a Deus diminuíam, pela falta de conselhos e de instrução devidas".[16]

Que constante preocupação tudo isso deve ter representado, também, para lady Anne, tendo de supervisionar não apenas seu precioso filho, mas também os filhos do primeiro casamento de seu marido e, o mais inquietante de tudo, um príncipe real da casa dos Tudor. Não é de admirar que chegaria um momento em que Francis e Anthony temeriam pela sanidade da mãe. Podemos imaginar como seria reconfortante se lady Anne pudesse pedir ao próprio pai, sir Anthony Cooke (que havia sido o tutor de Edward VI), para tomar conta da educação dos vigorosos rapazes.

Embora tenha havido o que se chamou de uma conspiração de silêncio sobre os primeiros anos da vida de Francis Bacon, não devemos confiar inteiramente nas especulações acerca de sua educação. Temos a afirmação dele próprio em cifras sobre como ficava desconcertado quanto ao interesse incomum da rainha em sua aprendizagem:

> Geralmente, ocorre-me [à lembrança] que a rainha, nossa mãe real, algumas vezes dizia ao pé do ouvido de sir Nicholas, enquanto caminhava para sua carruagem: "Faça com que ele seja bem-instruído e tenha amplos conhecimentos, pois sua posição futura exigirá isso." Naturalmente, ágeis em escutar, isso chegava até nós (...) e [foi uma questão que] ocupou durante muito tempo nossa mente e nossos pensamentos.[17]

Ainda levaria muitos anos para que Francis conseguisse destrinchar o significado dessas palavras.

Historicamente, há um relato curioso deixado pelo tutor de Elizabeth, o famoso Roger Ascham, que lança considerável sombra de dúvida sobre a castidade da rainha e dá crédito à história das cifras. Ascham, um pilar de integridade e respeitabilidade, fez uma observação perturbadora sobre um encontro que teve com Elizabeth quando Francis tinha apenas dois anos.

Em dezembro de 1563, Ascham recebeu uma intimação para comparecer como convidado especial a um jantar com certos conselheiros privados, no Castelo de Windsor. Durante a refeição, um dos conselheiros fez a Ascham uma pergunta incomum: ele consideraria a possibilidade de escrever um livro sobre o treinamento e a educação adequados para um jovem aristocrata? Ascham era bastante respeitado por suas visões notavelmente modernas sobre educação, em completa oposição à filosofia daqueles tempos, de "aprendizagem por meio do hábito de decorar e da vara de marmelo". Ele defendia a tolerância e a gentileza na educação dos alunos, e acreditava que as crianças seriam mais "cativadas pelo amor do que motivadas pelos castigos físicos para atingir uma boa formação" e que a boa vontade e a disposição em aprender eram os elementos essenciais para um conhecimento eficaz. Bacon, mais tarde, escreveria extensivamente sobre esses mesmos princípios — respeito pela individualidade da criança era o ingrediente essencial de uma educação adequada.

A rainha, aparentemente apreciando o valor da teoria de Ascham, enviara seus conselheiros para pressioná-lo a registrar seus pontos de vista, com algum objetivo secreto. Por mais ilustres que fossem os pontos de vista de Ascham, ele não estava inclinado a escrever tal livro, e declinou o convite, dando várias explicações para sua negativa. Quando se deu conta, foi chamado à presença da rainha pessoalmente. Deve ter sido um encontro singular. O que Elizabeth tinha a dizer a seu velho tutor na intimidade de sua câmara, podemos apenas imaginar. Aparentemente, algum segredo lhe foi revelado, o que teria alarmado profundamente Ascham, pois lhe custou pelo menos uma noite de sono. Ele escreveu: "Naquela noite, dormi pouco, minha mente tão impregnada por nossa conversa, e me redobrei em cuidados, para, de alguma forma, satisfazer o sincero pedido de uma amiga tão querida."[18] (Os registros oficiais da noite que Ascham passou em claro não fazem, evidentemente, menção alguma ao segredo revelado pela rainha.)

Ascham não teria se alarmado a ponto de perder uma noite de sono simplesmente porque fora chamado à presença real. Ele e Elizabeth eram, verdadeiramente, velhos amigos; liam latim e grego juntos todas as manhãs quando ela era mais jovem, e jogavam cartas com frequência durante as noites. Ele não ficaria tímido diante de sua aluna favorita. O que quer que a rainha lhe tenha dito foi algo que, de alguma forma, o chocou ou o empolgou profundamente. O resultado foi que mudou seu modo de pensar e concordou em escrever o livro, intitulado *The Scholemaster, or plain and perfect way of teaching children to understand, write and speak the Latin tongue, but especially purposed for the private bringing up of Youth in Gentlemen's and Noblemen's House* (...) [O mestre-escola, ou a maneira simples e perfeita de ensinar as crianças a entender, escrever e falar em latim, mas especialmente orientada para a formação particular de jovens de boas famílias e casas da nobreza]. Esse pequeno livro, com tão longo título, é um guia clássico de educação, não apenas para a juventude aristocrática, porém, mais especificamente, para jovens príncipes que um dia estariam destinados a governar a nação. Ascham não viveu o suficiente para vê-lo publicado, em 1570, sob o título *The Scholemaster* (O mestre-escola).

Quase duzentos anos depois, em 1761, quando todos os principais personagens envolvidos no misterioso encontro já haviam desaparecido há bastante tempo, um prefácio ou dedicatória, escrito na forma de carta por Ascham, foi descoberto e publicado por certo James Bennet. Alguns acreditam que seria uma dedicatória de *The Scholemaster* para a rainha, mas, na verdade, era um documento incrivelmente cheio de acusações. Resta a curiosidade de saber se alguma vez o texto foi lido pela rainha, a quem era endereçado. Se tivesse sido publicado enquanto ela estava viva, teria provocado sérias repercussões para o pobre Ascham, não importa o quanto ele fosse favorecido por Sua Majestade. (Um cavalheiro de Norfolk, chamado Marsham, perdera suas orelhas por ousar dizer que Elizabeth não tinha apenas um, mas dois filhos de lorde Leicester.)

A curiosa dedicatória estava endereçada a "Divae Elizabethae", e datava de 30 de outubro de 1566. Tratava-se de um assunto estranho de se escrever de tal forma para uma jovem rainha virgem, e arriscado de se mencionar, considerando a irritabilidade excessiva de Elizabeth diante do mínimo sinal de crítica, particularmente sobre sua tão alardeada castidade. Por alguma razão incompreensível, Ascham escolhera chamar a atenção de Elizabeth para a história bíblica do rei Davi — que havia cometido ambos os crimes de adultério e homicídio, ao tomar para si a fascinante Bate-Seba.[19] (Mais tarde veremos como Elizabeth e Leicester foram acusados de assassinar a esposa de Leicester para abrir caminho para o casamento de ambos.) Ascham parecia estar tranquilizando sua ex-aluna de que, embora ela pudesse ser tão culpada quanto o próprio Davi, certamente seria perdoada.

> Deus fez com que ele [Davi] caísse no mais profundo poço de maldades, cometesse o mais cruel dos assassinatos, o mais vergonhoso dos adultérios (...). Como em um vidro transparente [espelho], Vossa Majestade poderá observar e reconhecer, a partir da forma como Deus tratou Davi, muitas maneiras que se assemelham àquelas pelas quais Deus está lidando com Vossa Majestade (...), e, ao fim, receber o que Davi recebeu: (...) prosperidade e indubitável felicidade, para você, sua família e a própria posteridade.[20]

Essa era uma comparação estranha, feita por Ascham, em relação a uma rainha supostamente virgem, com nenhuma perspectiva de ter filhos! Em que ele poderia estar pensando? Alguma vez ela lera esse texto? Talvez nunca saibamos.

Há, também, evidências mais significativas do casamento entre Elizabeth e Leicester. Andrew Lyell conta a história que ouviu do conde de Pembroke:

> Quando a rainha Vitória estava hospedada em Wilton House, o conde de Pembroke disse-lhe que, na sala de escrituras, havia um documento que constituía uma evidência impressa

O PARAÍSO DA INFÂNCIA

de que, em 1560, Elizabeth I casara-se com o conde de Leicester. O casamento foi realizado em segredo, sob juramento de sigilo absoluto. Na época desse casamento, a rainha estava grávida de lorde Leicester. Os emissários francês e espanhol relataram esse fato e a morte de Amy Robsart às suas cortes. Também disseram à rainha que, se o casamento com Leicester fosse confirmado, a França e a Espanha invadiriam em conjunto a Inglaterra, para remover a Rainha Protestante e substituí-la por uma monarca católica. A rainha Vitória ordenou que esse documento lhe fosse apresentado, e depois de examiná-lo ateou fogo a ele, afirmando: "não se deve interferir na história".

Essa informação me foi dada pelo décimo quinto conde de Pembroke, o avô do presente conde.[21]

Uma surpreendente referência ao casamento da rainha e a seus filhos é encontrada em uma antiga edição de *Dictionary of National Biography*, fonte de referências da história inglesa:

Quaisquer que fossem as relações da rainha com Dudley antes da morte de sua esposa, eles ficaram mais próximos depois disso. Diz-se que ela contraiu núpcias com ele formalmente, que se casaram secretamente na casa de lorde Pembroke, e que ela "já era mãe" (janeiro, 1560-1) (...). No ano seguinte (em 1562), comentários de que Elizabeth tinha filhos com Dudley circularam novamente. Um certo Robert Brooke, de Devizes, foi enviado à prisão por ter publicado a calúnia.[22]

O jovem mundo de Francis estava povoado de personagens excitantes de todas as classes sociais e de todas as origens. Em um momento ou outro, todos os poderosos ou quase poderosos de todo o reino passaram pelos muros da York House ou pelas terras de Gorhambury. Todos eles conheciam Francis pelo nome, e ele respondia educadamente a suas alegres saudações, com seus modos graciosos.

Havia, também, inúmeras relações familiares. As talentosas irmãs Cooke apreciavam a companhia recíproca, mais do que a de qualquer outra pessoa. Elas haviam se casado com duas figuras líderes do período elisabetano, e passavam seus dias em contínuo deslocamento entre ambas as casas, visitando outros membros da família Bacon, assim como seus primos — os Killigrew, os Russell, os Hoby e os Cecil.

Também havia aqueles interessantes agregados no lar dos Cecil e dos Bacon, jovens aristocratas recebidos como guardas reais. Sob as leis inglesas, qualquer jovem nobre cujo pai morresse antes que ele completasse 21 anos se tornaria um guarda real. A morte súbita e precoce não era incomum no século XVI, e sempre havia alguns herdeiros de ricos e falecidos nobres que deveriam ser entregues aos cuidados do chefe da unidade dos guardas. O chefe era gentilmente recompensado por sua dedicação aos meninos órfãos e tinha completa autoridade sobre os assuntos concernentes a eles. Cecil era o titular dessa posição sob as ordens de Elizabeth, e coordenava o que chegava a ser quase um internato para muitos meninos aristocráticos de renome.

Entre os Cecil, encontrava-se Edward de Vere, que seria conde de Oxford no século XVII. Ele chegou àquele lar aos 12 anos, e mais tarde, contra sua vontade, teve um casamento desastrado com a filha de Cecil, Anne. Havia também o conde de Rutland, que se juntou ao lar aos 14 anos, e o famoso conde de Southampton, Henry Wriothesley, cujo pai havia morrido quando seu filho tinha apenas oito anos. Todos esses jovens — Oxford, Rutland e Southampton — ocupariam posições de destaque nos negócios posteriores de Francis Bacon e na anatomia peculiar do círculo literário Shakespeare-Bacon.

O mais famoso dos guardas de Cecil era o jovem conde de Essex, o atraente Robert Devereux, que se juntara aos outros rapazes aos nove

O PARAÍSO DA INFÂNCIA

anos, após a morte de seu pai (alguns diziam que ele fora vítima de envenenamento), no Castelo de Dublin, em 1576. Esse pequeno e jovem conde, ao lado de Francis Bacon, seis anos mais velho do que ele, desempenharia papel fundamental em um dos mais trágicos e pungentes dramas jamais representados no vasto palco da história inglesa.

Francis e Robert eram verdadeiros irmãos de sangue, ambos príncipes reais da casa dos Tudor, *enfants perdus*.* Ambos eram crianças perdidas, nascidas do casamento secreto de Elizabeth e seu amante, lorde Leicester. A afeição de Francis por seu irmão não reconhecido, Essex, foi uma constante ao longo de sua vida.

> O amor que temos por ele [Essex] está tão vivo hoje quanto o era em sua infância, quando a relação foi, por algum tempo, cuidadosamente mantida em sigilo — já que nossa alta origem e posição foram, por anos, escondidas de nós. Nenhuma reflexão sobre isso nos passava, então, pela mente, pois não era um prazer do qual pudéssemos compartilhar.[23]

A ligação entre eles, desde o começo, parece ter sido maior do que uma simples amizade. Talvez um reconhecimento subconsciente de seus verdadeiros laços os tenha mobilizado a ficar próximos, mesmo depois que a verdade foi revelada. Francis tinha 15 anos ao saber da verdadeira história de seu nascimento. O pequeno e belo Robert Devereux era, segundo as cifras, o segundo filho da rainha e de seu marido secreto, nascido em novembro de 1566.[24]

Não temos de depender inteiramente das cifras para confirmar essa informação. Há vários indícios na história que nos fornecem pistas de que esse segundo filho foi oferecido pela rainha à sua bela prima, Lettice Knollys, para que ela o criasse. Lettice, uma das netas de Mary Boleyn

---

* *Enfants perdus*: francês, literalmente, "crianças perdidas".

(irmã de Ann Boleyn) e, portanto, prima de Elizabeth, havia sido casada, por algum tempo, com Walter Devereux, visconde de Hereford. O casamento parece não ter arrefecido o estilo galanteador de Lettice — ela era uma moça faceira inata —, e por um longo tempo, quando Leicester começou a sentir que o interesse de Elizabeth por ele estava minguando, ele flertaria com sua deslumbrante prima para lhe despertar ciúmes. Quando o pequeno bebê nasceu, supostamente como o primeiro filho de Lettice e Devereux, não foi batizado, como era o costume, com o nome de seu suposto pai, mas sim com o nome de Robert (em homenagem a lorde Leicester?). Foi o próximo filho da família quem recebeu o nome de Walter.

Outra curiosidade sobre o nascimento de Robert é que não se consegue encontrar o registro desse nascimento nos anais da paróquia. Os nascimentos dos outros três filhos dos Devereux — Penelope, Dorothy e Walter — estão devidamente registrados, como se poderia esperar, no estado de Chartley. Somente o nascimento de Robert foi deixado sem registro (assim como havia acontecido com o nascimento de Francis). Os pesquisadores de história, tentando descobrir onde estava Elizabeth à época do nascimento de Robert, citam o historiador Froude, que revela que, em 11 de novembro daquele ano, a rainha recebeu uma importante carta de Estado que só seria respondida um mês depois. Durante o mês de nascimento de Robert, ela se recolheu em seus aposentos particulares, não fazendo nenhum tipo de aparição pública. Igualmente revelador é o fato de que sir Henry Wotton observou que Walter Devereux tinha "baixíssima estima" pelo pequeno Robert[25] e demonstrava notável preferência por seu segundo filho, um sentimento mais do que natural, considerando-se que o filho mais velho era adotado. Uma suspeita de que Devereux foi subornado para adotar a criança é fortalecida pelo fato de que, logo após o nascimento, Elizabeth deu a lorde Walter um solar em Essex e, alguns anos depois, concedeu-lhe o título de novo conde de Essex. Pode-se pensar que isso tenha sido uma compensação por aceitar uma criança indesejada das mãos da rainha.

Capítulo 3

Uma revelação para mudar a vida

*Incontestavelmente, os hábitos são mais perfeitos quando
contraídos na juventude: chamamos a isso de educação,
que nada mais é do que um hábito adquirido desde cedo.*

Os negócios escandalosos e que despertavam
fofocas na corte de Elizabeth formavam o ambiente no qual Francis
Bacon cresceria e amadureceria, antes que seu plano de "reformulação
do grande e vasto mundo" pudesse começar. Mas as histórias que eram
sussurradas nunca chegaram aos ouvidos dos meninos no lar dos Bacon. Sir Nicholas e lady Anne prestavam atenção a isso. Francis não conhecera nenhum outro problema mais sério durante seus 12 primeiros
anos de vida a não ser aprender a se relacionar com o fascinante mundo a seu redor e absorver ao máximo os ensinamentos de seus tutores,
preservando os impulsos criativos de sua alma. Havia tantas coisas a
serem observadas com cuidado — os ecos de sua voz que eram devolvidos pelas colinas à sua volta, os fascinantes artistas de teatro nas feiras campestres, as vibrações dos instrumentos quando as cordas eram
tangidas alternadamente.

A maior das dificuldades pode ter sido tentar entender-se com seu
jovem primo da propriedade vizinha, Theobalds, Robert Cecil. Desde o

começo, Francis teve problemas com esse primo. O menino era o único filho vivo de Mildred Cooke Cecil, que, assim como sua irmã Anne, era a segunda esposa de um marido mais velho, com uma família já estabelecida. Esse filho único de lady Mildred era adorado e paparicado por ambos os pais, embora estivesse longe de ser um garoto atraente. Talvez sua preocupação por ele fosse mais intensa por conta de suas deficiências físicas. Ele tinha as costas arqueadas e um dos ombros desnivelados, abaixo do nível do outro. Tratava-se de um menino magro, pálido e insípido, e não muito afetuoso. Mas tinha uma mente excepcionalmente brilhante, e ele a usaria com grande sucesso para manter as coisas como lhe conviessem, à medida que os anos passavam. É provável que a deformidade do pequeno Robert fosse congênita, embora sua mãe alegasse que o problema fora causado por uma babá que o deixara cair de cabeça no chão, em sua infância.

Anos mais tarde, Francis escreveu um de seus famosos ensaios, "Da inveja", reconhecido por todos como inspirado nas experiências que tivera com o pequeno primo Robert Cecil. Era um comentário realista, embora nem um pouco lisonjeiro:

> Um homem sem virtudes próprias sempre invejará a virtude alheia; (...) e aquele que perder a esperança de alcançar o grau de virtude que vê em outros procurará colocá-lo ou aproximá-lo de seu próprio nível, arruinando-lhe a sorte.[1]

Como filósofo e psicólogo, Bacon considerava que a mente e o corpo estavam intimamente conectados, e que, se a natureza falhasse em um deles, seria presumível que também falhasse no outro. Em seu ensaio "Da deformidade" ele propôs que aqueles que sofrem de deformidades físicas são, geralmente, "desprovidos de sensibilidade; e já que a natureza os maltratou, estão dispostos a ir à forra". Talvez esse ensaio também possa ter sido fruto de sua experiência com Robert Cecil, cujas aberrações mentais refletiam a concepção de seu corpo deformado. Bacon admitia, no entanto, que, algumas vezes, o contrário era verdadeiro, e que, ocasionalmente, sabia-se que a deficiência física estimulava o indivíduo na direção da excelência. Em relação àqueles com deformidades físicas, ele escreveu: "algumas vezes eles se mostram excelentes pessoas; assim como Agesilaus,* (...) Esopo, (...) e Sócrates."[2]

Não se tratava do fato de que o radiante Francis estivesse tratando seu primo com desprezo sem qualquer razão aparente. Antes que ambos estivessem mortos, ele apontaria mais do que uma causa justa para suas cautelosas reservas em relação a Robert, e afirmaria, sem qualquer palavra de pesar, que Robert Cecil era a razão de algumas de suas maiores mágoas durante os inúmeros anos de sua vida. Nas cifras, ele expressou seu remorso por não ter prestado mais atenção à extensão dos ciúmes de Robert, pois, na época em que percebera o quão sutil era o perigo, já era tarde demais para remar contra a maré.[3]

Em sua juventude, no entanto, Francis não estava ciente de nenhum tipo de desastre. Ele se sentia seguro, tratado com carinho sob o olhar atencioso de lady Anne, e a salvo, em um lar bem-organizado de uma família verdadeiramente amorosa. Certamente, lady Anne tinha inúmeras preocupações, mas amava todos os filhos, e não poupava esforços para lhes oferecer o melhor que podia. A saúde de seu marido era a primeira dessas preocupações, e sua obesidade era algo com que tinha de aprender a lidar. A rainha Elizabeth comentara, certa vez, que "a alma de meu lorde chanceler está bem-armazenada", caçoando dele quanto à sua corpulência. Lady Anne fazia o que podia para mantê-lo reconfortado e bem-alimentado; e, sem dúvida, exagerava nesse aspecto.

Chegou, finalmente, o tempo em que os meninos se viram livres da barra da saia de sua mãe e foram lançados ao mundo. Quando Francis tinha 12 anos, chegou-se à conclusão de que estava preparado para ini-

---

* Agesilaus era um valente rei de Esparta, que nasceu com uma perna mais curta que a outra.

ciar seus estudos universitários, uma idade, naquela época, considerada não tão precoce para se ingressar no ensino superior.

Um dia, no início de março de 1573, a rainha Elizabeth fez uma visita inesperada aos Bacon, em Gorhambury. Algumas semanas depois, Francis foi enviado para a Universidade de Cambridge; não para a Corpus Christi, a universidade que sir Nicholas havia frequentado, mas para Trinity, a nova universidade mantida por Henrique VIII, o avô não reconhecido do menino. Cambridge era também a universidade do respeitado tutor de Elizabeth, Roger Ascham. Anthony o acompanhou. Parece altamente provável que a rainha tenha desempenhado importante papel nessas decisões.

Uma acolhida calorosa do próprio diretor de Trinity aguardava os meninos quando eles chegaram. John Whitgift, um protestante ardoroso (cuja política, diz-se, era açoitar os meninos que compareciam à capela sem sua sobrepeliz e punir os tutores surpreendidos com símbolos católicos em seus aposentos), era um dos favoritos da rainha. Coube a ele a responsabilidade direta sobre os dois meninos da família Bacon, e ele os alojou em quartos próximos ao seu. O tratamento especial não passou despercebido pelos outros estudantes, e eles se queixavam com frequência ante a injustiça daquela situação. "Os prediletos do professor", reclamavam eles, e, provavelmente, com razão. Muitos anos depois, Whitgift foi promovido pela rainha para o mais alto cargo eclesiástico da Inglaterra, sendo nomeado arcebispo de Canterbury. Ele deve ter cumprido bem suas especiais responsabilidades.

A despeito do óbvio tratamento diferenciado, Francis não gostava particularmente da vida em Cambridge. Ele havia previsto grandes coisas, mas sua experiência ficou muito aquém de suas expectativas. Os estudantes estavam inclinados a "um modo de vida desordeiro", consumindo bebidas e dando-se a outros excessos; estavam menos preocupados em adquirir conhecimento.

Até mesmo a vizinhança física da universidade teria sido uma grande decepção, em comparação com a ordem e a beleza de Gorhambury.

Não que o campo e as construções de tijolos avermelhados não fossem adoráveis; eram, sim, como ainda o são hoje em dia. Mas a região era tratada com desleixo. Chiqueiros e fossos enlameados não deixavam nada a dever ao imundo sistema de esgotos de Londres. Uma campanha para limpar os excrementos de animais e o lodo das ruas, a fim de remover os odores repulsivos e encurralar os porcos, que passeavam livremente, não havia obtido sucesso, e a situação não havia melhorado muito quando Francis chegou.

Entretanto, não era da vizinhança física que Francis e Anthony se queixavam; eles eram jovens homens adaptáveis e poderiam, e conseguiriam, ajustar-se a quaisquer circunstâncias que encontrassem. Também não tiveram problemas para se relacionar com os estudantes, seus companheiros na universidade, apesar de seu status preferencial. Ambos os Bacon eram considerados populares e bastante divertidos, sempre disponíveis com projetos e conversas interessantes, ou com uma brincadeira ou travessura adequada, quando a ocasião assim o exigia. Naquela época, eles não eram, nem nunca seriam, pudicos. Mas eram igualmente — ou, pelo menos, Francis era — sérios quanto a seus estudos e ávidos pelos novos ensinamentos, que pareciam estar pairando quase de modo palpável na atmosfera dos últimos 25 anos daquele século. Novas e velhas ideias estavam esperando para serem descobertas e colocadas em prática. Havia um grande vento soprando do oeste, um novo impulso de vida proveniente do novo continente.

As possibilidades eram infinitas, mas quem poderia aproveitá-las e fazer uso prático delas? Francis sentia que estava fadado a ser essa pessoa. Por essa época, já estava convencido de que "todo o conhecimento é minha província" e que deveria usá-lo como trabalho de base para "a reformulação do grande e vasto mundo". Loren Eiseley, em *The Man Who Saw Through Time*, acredita que em sua tenra idade Francis já estava visualizando um futuro promissor para si. Ele anteviu, em todo o seu esplendor, a invenção das invenções, o método experimental, que desvendaria as riquezas do mundo moderno (...). Bacon atravessou, sozinho, a porta para o futuro, entregou-se inteiramente a isso, e disse à sua trêmula e preguiçosa audiência: "Vejam. Ali está o amanhã. Levem-no, por caridade, para que ele não o destrua."[4]

Se todas essas ambições já estavam delineadas em uma idade tão precoce, não saberemos realmente, mas o jovem Bacon estava prestes a estabelecer metas impressionantes, e o nível de raciocínio em Cambridge não condizia com seu estado mental. Mais tarde, ele escreveria que "a última coisa que alguém gostaria de levar em consideração [na universidade] é o pensamento original".[5] Ele também aprendeu rapidamente que qualquer um que se permitisse ter liberdade de investigação ou independência de julgamento estaria, em breve, isolado. Havia pouco espaço para os pensadores nas universidades inglesas.

A era da ciência experimental estava começando a surgir com força total no mundo. Tanto Bacon quanto Galileu, do outro lado do mar, na Itália, eram seus profetas. Copérnico já fizera suas descobertas sobre o movimento dos planetas e Isaac Newton logo observaria os efeitos da gravidade, com sua famosa maçã, e provaria que as teorias de Aristóteles eram apenas isto: teorias. Os membros da Igreja não poderiam mais discutir, sob pena de serem ridicularizados, se um anjo poderia ou não ficar em pé na cabeça (ou na outra extremidade) de um alfinete. Além disso, não se continuaria acreditando, simplesmente porque Aristóteles o afirma, que o gelo era mais pesado que a água, ou que os filhotes de leão nasciam mortos (ou adormecidos) e despertavam para a vida alguns dias depois,[6] ou que um objeto grande cairia com mais velocidade do que um objeto pequeno. A observação e a experimentação eram o que Francis buscava. Se não produzisse resultados, não poderia passar em seu teste de validade. A argumentação baseada apenas na lógica era para os pensadores da Antiguidade. Apenas o "olhe e veja" teriam utilidade no futuro, e ele seria o pivô que faria a roda girar.

Ele estava certo, é claro; é exatamente disso que trata a ciência moderna. Os homens com inteligência afiada foram "silenciados em seus domínios por alguns poucos autores (especialmente Aristóteles, seu ditador), assim como suas personalidades eram silenciadas nos aposentos de monastérios e universidades",[7] escreveu Francis. Cambridge era muito estúpida para eles; ele e Anthony pediram permissão para voltar para casa, em Gorhambury, antes de terminar o terceiro ano. A permissão foi rapidamente concedida. Por vários meses durante os períodos letivos em que lá estiveram, Cambridge esteve fechada devido à peste. Apenas em Londres, milhares de pessoas morreram, e lady Anne ficou simplesmente radiante em ter seus dois protegidos novamente sob seu teto. Um pouco antes do Natal de 1575 os prontuários dos meninos da família Bacon em Trinity foram arquivados e sua educação formal chegava ao fim.

A abrupta partida de Cambridge pode ter acontecido por causa da frustração com a baixa qualidade da vida acadêmica por lá, ou, ainda, por uma razão mais urgente. Não podemos ter certeza (a ordem exata dos acontecimentos não está suficientemente clara), mas sabemos que, a partir desse momento, não se pode mais confiar no que dizem os poucos relatos históricos sobre a infância de Francis. A partir desse ponto, o diário secreto de Bacon, conforme decodificado por Gallup e Owen, assume a história, como veremos em breve.

A vida deve ter parecido boa para os "rapazes de ouro", quando eles voltaram para casa da universidade e aguardavam com prazer o Natal, em companhia de sua família, em Gorhambury. Certamente, lady Anne teria insistido em queimar a maior das toras de Natal que fosse encontrada, e em ajudar a preparar as festividades do dia santo com as próprias mãos, para celebrar a reunião da família mais uma vez. Francis e Anthony devem ter apreciado isso e, indubitavelmente, sentiram-se confortavelmente cheios de sabedoria e maturidade.

Os biógrafos quase sempre comentam sobre o delicioso senso de humor de Francis, um "humor sarcástico", do qual ele não conseguia se furtar (Ben Jonson escreveu, posteriormente, que Bacon nunca conseguia "ficar sem fazer uma galhofa").[8] Com tiradas sempre na ponta da língua e um senso do ridículo sempre a postos, ele observava claramente a divina comédia da vida, da forma em que era vivenciada na Inglaterra do século XVI. Anthony também era abençoado com um senso de humor refinado e fácil, sem dúvida herdado e estimulado pelo humor afiado de seu pai. Felizmente, todos eles (embora, talvez, lady Anne fosse exceção), considerando-se o que os esperava nos anos à sua frente, tinham a habilidade de não se levar tão a sério. O excelente humor e a natureza profundamente espirituosa de Francis foram as âncoras que ele acredita terem salvado sua sanidade nos momentos difíceis que estavam por vir. Os problemas, indesejadamente, já estavam começando a surgir.

Aquele último Natal em Gorhambury marcaria quase o fim dos dias felizes de Francis. Em janeiro, ele celebrou seu 15º aniversário. Mais tarde, naquele ano, ocorreria o surpreendente encontro que mudaria completamente os contornos de sua vida. Esse acontecimento empurraria Francis para a vida adulta prematuramente, algo que só uma natureza forte poderia suportar. O fiel Anthony, sempre a seu lado, foi arrastado com ele em grandes e imprevisíveis marés, que não apenas moldariam o curso de suas próprias vidas, mas influenciariam, também, o curso da história do Ocidente.

O acontecimento inspirador que abalou as fundações do mundo daquele menino está registrado nos relatos cifrados descobertos pelo dr. Owen. Não está claro se os acontecimentos se sucederam na sequência exata que aparecem nas cifras ou se eles se estenderam por períodos de tempo mais curtos ou mais longos. Nas peças históricas, escritas sob o nome de Shakespeare, Bacon era, com frequência, deliberadamente impreciso com relação à exata datação dos acontecimentos. Ele era, primeiramente, um dramaturgo, e somente secundariamente um historiador. Em geral, empregava licenças dramáticas ou poéticas para condensar a ação de várias semanas em um curto espaço de alguns dias ou, até mesmo, horas. Isso também pode ter sido feito na história revelada pelas cifras. Longe de dispersar a atenção do efeito dramático, o recurso tendia a aumentá-lo.

Nos excertos do livro de Owen ele condensa a ação no improvável período de dois dias, dando um sentido de urgência ao momento. Aqui, como de costume, ele emprega o "nós" da realeza, ao falar de si mesmo:

> Estávamos em [sua] presença — como havia ocorrido inúmeras e frequentes vezes, a rainha Elizabeth demonstrava apreciar nossas condutas —, com uma infinidade de damas e vários dos cavalheiros de sua corte.[9]

Francis nos oferece uma observação intrigante sobre a vida da corte, em outra parte de sua cifra:

> À sua volta, dançavam meninas que jogavam sobre ela
> Doces flores e fragrâncias perfumadas
> Que, de longe, exalavam seu perfume.[10]

Evidentemente, essas eram as pequenas damas de companhia a seu serviço, que Elizabeth gostava de ter à sua volta para preservar seu bom humor. Como sua correlata francesa, Catarina de Médici, ela escolhia apenas as mais bonitas para servi-la. As meninas ficavam entediadas com frequência, e em seus momentos de ócio procuravam fazer fofocas e contar escândalos umas às outras para se divertir. Vivendo aqui, "solitárias, desoladas, privadas de qualquer companhia, a não ser a destrutiva melancolia, elas têm de escolher alguém para crucificar".[11]

Nesse dia, particularmente, é o desajeitado pequeno primo de Francis, Robert Cecil, a quem elas decidem "crucificar". É a filha de lorde Scales, a mais frívola de todas, que o provoca e dança com ele, sob o incentivo da rainha, e, então, ri de sua falta de habilidade. Furioso e constrangido, Robert rapidamente elabora uma vingança. Ele se queixa à rainha, mas ela apenas ri e o insulta ainda mais.

Esse bom cavalheiro

Não tem vergonha de confessar que sente imenso prazer

Em cantar, dançar, ao ouvir música e estar em companhia

de uma mulher

E, dentre esses prazeres, portanto,

Ele gostaria de dançar.

E a bela deusa [ela faz um gracejo com lady Scales] não se

apaixonou perdidamente por ele.[12]

Isso é demais para Robert, e ele vai à forra com um esquema todo seu. É possível, até, que alguém se solidarize um pouco com ele. Francis tinha muito de psicólogo, e é provável que também alimentasse esse sentimento, embora tivesse pouco respeito pelos modos dissimulados e astutos do primo. Ainda assim, ele compreendia os ciúmes que estavam na base de seu comportamento e motivavam todos os seus atos. Francis assiste à cena inocentemente, observando o pequeno drama que se desenvolve diante de si, mas, de repente, vê-se levado ao centro da peleja:

É um velho ditado: um golpe com uma palavra

Fere mais profundamente do que um golpe com uma espada.

E ele [Robert] se irritou mais com o humor da ama real

Do que com sua divertida companhia. Ele aquiesceu à

Pobre criada, (...) escondeu-se em silêncio (...)

E como eu disse antes, em meu ensaio,

As pessoas deformadas vingam-se, geralmente, da natureza;

Pois, já que esta as maltratou,

Então, elas a maltratam por sua vez (...)

Desse modo, [elas] são atrevidas, as primeiras a defender a

si mesmas (...)

A perceber e a observar os defeitos dos outros,

A fim de se servirem das mesmas armas e recursos contra

eles (...)

Cecil (...) prostrou-se como um infeliz, (...) um patife amuado,
Imerso em melancolia, enquanto suas acompanhantes
Estavam ocupadas falando sobre ele
Às suas costas (...).
Ele encontra um meio de se vingar
Da estúpida e tola criada, e, (...) ao mesmo tempo,
De ser respeitado, admirado e altamente louvado.
Para fazer isso, [ele] engana sua bela companheira
Em críticas dissimuladas à honra
Da rainha.
A pele da criada passou do pálido para o vermelho
E do escarlate para o pálido quando ele,
Com uma voz elevada, tonitruante, gritou duas vezes:
"Tudo isso condena você à morte
Para o grande desgosto da formosa rainha."
Como um falcão diante de sua presa, a rainha voa até ele
E pergunta o que ele acabara de ouvir.
"Madame, esta inocente e pura jovem,
Movida pelo amor que lhe tem, disse-me
Que Sua Majestade é uma completa pervertida e que
Teve um filho com o nobre Leicester.
Peço-lhe que lhe dê o seu castigo."
Sagrado St. Michael, que mudança se passou aqui!
Como uma déspota das telas de pintura, a rainha ficou
        paralisada.
E como que alheia à sua vontade e à situação, não fez nada.
Mas, como geralmente se observa diante de uma tempestade,
Um silêncio nos céus, a destruição em suspenso,
Os ventos bravios sem palavras e o mundo lá embaixo
Tão silenciosos quanto a morte, e dentro em pouco o
        terrível trovão
Despedaça-se sobre toda a região. Então, depois de uma
        pausa,

Pela minha honra se poderia ouvir
A grande rainha urrar contra
A bela filha de lorde Scales.[13]

Há poucos biógrafos que escrevem sobre Elizabeth e que não têm nada a dizer sobre seu temperamento indócil e descontrolado. Agnes Strickland cita Bohan, o panegirista, ou escritor, da rainha:

Ela tendia a ser veementemente arrebatada pela raiva; e, quando isso acontecia, ela o demonstrava através de sua voz, seu semblante e suas mãos. Gritava com seus serviçais íntimos em um volume tão alto que aqueles que estivessem a distância podiam, algumas vezes, ouvir sua voz; e diz-se que, quando tomada por breves acessos de ira, ela esbofeteava suas damas de honra com suas mãos.[14]

A biógrafa Carolly Erickson diz:

Suas veementes e sonoras blasfêmias e seu orgulho belicoso faziam um estranho contraponto com o elegante modo de se vestir e seus graciosos enfeites. Flores no cabelo, praguejando rotundamente, ela ficava enfurecida em seus aposentos, esbofeteando e atacando suas damas de companhia quando elas lhe desagradavam, exigindo que lhe dissessem o quanto estava bonita (...) Em cada apupo de sua sonora gargalhada, em cada golpe de seu humor mordaz, em cada espasmo de seu incansável e rijo corpo, ela enfraquecia sua beleza feminina e tornava-se rude aos olhos dos outros.[15]

De outra biógrafa moderna, Elizabeth Jenkins:

A irritabilidade nervosa de Elizabeth [era] pronunciada: sabe-se que, algumas vezes, ela era levada a abandonar um raciocínio em nome de uma bofetada no ouvido (...). A rainha quebrou o dedo de Mary Scudamore e, então, declarou publicamente que o ferimento fora causado por um candelabro que caíra sobre ela.[16]

Sabendo desses acessos de fúria, ficamos ainda mais fascinados ao ler, nas cifras de Owen, o relato em primeira mão de uma testemunha ocular da tempestuosa cena com lady Scales, propositadamente provocada por Robert Cecil:

"Santo Deus!", disse ela, em incontrolável ira,
"Sua mentirosa, desonrada e depravada meretriz!
Foi um frade quem nos casou —
Um homem comprovadamente santo —, e se o nosso
        caro amor
Gerasse um filho do Estado, isso deveria se tornar público.
O mundo deveria conhecer o nosso amor,
Nosso mestre e rei dos homens (...)
E você lhe traria a desonra?
Por Deus, vamos cortar e transformar em pedaços
A garganta de quem nos chamar de uma simples
        pervertida! (...)"
   Com gritos agudos
A infeliz dama se virou
E em um instante, como uma correnteza, disparou
Em velocidade acelerada para longe de sua poderosa
        adversária.
Ao seu encalço, com ira e malícia,
A grande rainha a perseguia.
Ao saltar em fuga, suas madeixas douradas se soltaram,
Pendendo de suas têmporas como um velocino de ouro (...)
Seu vestido escorregou de suas mãos,

E, ao livrar-se dele, desatou a correr (...)
Seja por causa do medo, ou da má sorte,
Ou do destino cruel, a moça tropeçou,
Por algum imprevisto ou acidente infeliz,
E caiu no chão (...)
E a rainha,
Que em suas mãos portava a vil faca,
Pulou sobre ela (...)
"Oh, você vai me matar; me perdoe;
Não me mate", e ela implorou
Para que lhe poupasse a vida. Mas a crueldade
Das mulheres é tamanha que a rainha não lhe deu
          atenção (...)
Eu, em doloroso silêncio fiquei,
Lágrimas em meus olhos,
E afligia-me que eu, um jovem,
Tivesse os olhos aviltados e ficasse impassível
Ao testemunhar tal equívoco.

Francis vai até a rainha, joga-se a seus pés e pede permissão para remover a dama do aposento.

"Justa rainha, beijo as mãos de Vossa Majestade.
Veja, veja, oh, veja o que acaba de fazer!
Pare, em nome de Deus!
Boa senhora, paciência.
Não poderia eu remover esta donzela [de sua vista]?"
     A fúria da encolerizada rainha
Como um terremoto
Desabou sobre minha cabeça (...)
A rainha exclamou, como um trovão:
     "Então, agora, você, escravo insensível,
Vai abandonar a sua mãe

E manchar sua honra por toda parte?
Maldita seja a hora de seu nascimento! (...)
Sou sua mãe. Você pretende se rebaixar agora
Para retirar essa moça da minha frente?"
   Fiquei ali chocado e bastante surpreso.
Então, ela disse novamente:
   "Escravo! Sou sua mãe.
Você pode se tornar um imperador, por isso não vou
[Revelar] de quem você é filho;
Nem, embora com as honradas qualidades
Que você ostenta, vou torná-lo nobre
Por receio de que você se mostre
Meu concorrente e governe a Inglaterra e a mim."
   Conforme ela falava, minhas pernas,
Como galhos pesados, dobravam-se ao chão
Como se quisessem se ver livres de seu fardo;
Minhas forças extinguiam-se mais e mais
E, de minha parte, caí.
   "Idiota! Menino desnaturado, ingrato!
Seu sangue congela ao me ouvir dizer
Que sou sua mãe?"[17]

A raiva da rainha, nesse momento, é expressa ainda mais severamente no relato da Cifra Biliteral. Ela faz um juramento profético:

Em seu olhar pleno de malignidade ardia o ódio contra mim, motivado por minha imprudente interferência, e, em impetuosa indignação, disse-me: "Você é meu filho legítimo, mas, embora seja verdadeiramente um membro da realeza, dono de um espírito viçoso e magistral, não governará a Inglaterra ou a sua mãe, nem reinará sobre os súditos que ainda estão por vir. Eu impeço o meu mais amado primogênito de participar da sucessão para todo o sempre."[18]

Francis, agora, fica em pé, paralisado, em assombrada estupefação, mal acreditando nas palavras que acabara de ouvir. Robert também fica ali, assimilando cada palavra e calculando como poderia reverter esse bizarro acontecimento em seu próprio benefício novamente. Não se tratava de uma questão de desforra pueril, mas de uma profunda determinação de que, algum dia, e de alguma forma, ele pudesse aniquilar seu odiado rival. Francis continua a história:

> A rainha, movida pela ira,
> Anunciou e revelou ela mesma
> Seu segredo àquele demônio, que,
> Envolto no silêncio de sua raivosa alma,
> Permaneceu ouvindo.
> Ele ouviu cada palavra,
> E quando a rainha
> Curvou sua sagrada cabeça
> Ao nível da minha e disse:
> "Você é meu filho", a fúria de seu coração,
> Em sua deformada face, ele exibiu.
> Ele guardou sua cólera em secretos pensamentos
> E deu início àqueles planos complexamente engendrados
> Que crepitaram como chamas, inicialmente,
> Com a morte de meu honrado irmão,
> E com meu banimento do trono inglês.[19]

Robert, fingindo primorosamente inocência, vai, então, até a rainha e diz que, para poupar a honra de Sua Majestade, assumirá a culpa pelos graves ferimentos feitos em lady Scales. Elizabeth repreende-o,[20] mas ele consegue cair em suas graças, enquanto Francis é abandonado, em estado de confusão.

Capítulo 4

Mais revelações

Aquele que se solidariza com as aflições dos outros
demonstra que seu coração é como a árvore nobre,
que sofre ao oferecer o bálsamo.

Conforme a autobiografia cifrada continua, testemunhamos o turbilhão das emoções de Francis. Ele deixa a rainha para trás, sai correndo desabaladamente para casa, uma criança ferida voltando para a mãe, em quem confiava. Não fica claro, a partir das cifras, onde exatamente ocorreu esse encontro, talvez em Whitehall (ou em York Place), já que a casa de Bacon não ficava distante, a "bela mansão gótica", próxima à York House. Ele irrompe no hall de entrada e encontra lady Anne prestes a sair em um passeio, com sua nova e moderna carruagem. Lady Anne diz a Francis que a espere, que ela não tardará; mas um único olhar para sua face perturbada a informa de que há algo muito importante a ser dito. Ela dispensa a carruagem e entra no vestíbulo com seu cambaleante filho adotivo, cego por lágrimas, atrás de si:

Ajoelho-me aos teus pés
E, levantando minha cabeça, digo:
"Perdoa-me, senhora. Hoje a rainha me disse

Que é ela a minha mãe, e não tu (...)

Acabo de saber o segredo de minha infância.

As duas eram minhas mães?

Não dizes nada:

É isso mesmo? O meu nome honrado não tem nenhuma
    reputação?

Sou um filho bastardo da rainha? (...)

Me vês aqui tão cheio de aflições,

Por que não me respondes?"[1]

Dificilmente, uma cena mais pungente do que essa poderia ser imaginada — a angustiada mãe adotiva, irritada porque a rainha havia quebrado sua promessa de nunca revelar a origem real de Francis, e o soluçante filho adotivo de joelhos, implorando para que lhe dissesse a verdade. "Não vais gostar de saber a verdade", lady Anne o avisa. Mas, pelo menos, ele não precisaria temer ser considerado um bastardo, a pior de todas as acusações naquela época. Ele era descendente legítimo do casamento entre Elizabeth e "um nobre cavalheiro" (seu amante Leicester).[2]

A estranha história que Anne Bacon conta a seu filho, a quem ela amava, se não mais, tanto quanto o próprio filho biológico, não é aceita hoje em dia pelos historiadores ortodoxos. Os livros de história também não contam a dramática história de sua súbita ascensão, de suposto filho de sir Nicholas Bacon e da humilde, mas estável posição como um homem do povo, para a delicada posição de primogênito de Elizabeth Tudor, um príncipe de sangue real. Isso o tornava o mais alto nobre em uma terra que reverenciava seus monarcas como semideuses. E, ainda assim, ele seria vítima de um jogo de gato e rato, no qual sua mãe o aceitaria em um primeiro momento e, no outro, o negaria veementemente até que ele estivesse à beira do desespero.

Se os historiadores aceitassem essa história — e as evidências estão todas aí —, poderiam encontrar as chaves para desvendar alguns que-

MAIS REVELAÇÕES

bra-cabeças da era elisabetana. Havia muitas excentricidades próprias daquela época, e poucas foram satisfatoriamente esclarecidas. Milton Waldman, em *Elizabeth and Leicester,* parafraseia um famoso comentário de Bacon, de que "não há beleza perfeita que não contenha algo de estranho nas suas proporções",[3] quando diz: "Em toda fascinação há um elemento de mistério." Waldman escreve:

> Talvez o permanente fascínio da era elisabetana resida no fato de que algo tão bem-conhecido possa ser tão pouco compreendido. Em comparação com a maior parte dos períodos do passado remoto, sua documentação é notavelmente completa (...). Podemos reconstruir muito bem toda a extensão das peculiaridades, físicas e mentais, com as quais se levava a vida. E, apesar disso, de alguma forma, é uma era que se mantém embaçada por uma atmosfera de estranheza, de quase irreconhecibilidade humana (...).
>
> Alguma coisa nos escapa, algum elemento vital torna-se necessário para (...) dar sentido a essa massa de informações. Podemos recuperar as características, mas não psicologia, revelar os grandes feitos, mas não sua inspiração, em termos de motivação e caráter humanos. Parece que temos todas as facilidades para conhecer a era elisabetana, exceto o poder de compreender as pessoas que nela viveram.[4]

A recentemente falecida dama Frances Yates, da Universidade de Londres, admite uma confusão similar a respeito do período:

> Já circulo há muito tempo entre esses pensamentos e essas pessoas. Levei quase uma vida inteira tentando compreender um período que sempre me pareceu não um passado distante, mas vitalmente importante para a vida criativa e espiritual de hoje em dia.[5]

Seria desnecessário assinalar que uma das mais importantes chaves dessa era é a revelação da quase inacreditável relação entre a extremamente talentosa, mas desprimorosa, rainha, e seu jovem filho iluminado, obrigado a renunciar a suas esperanças pela nação enquanto era forçado, pelo desejo egoísta de sua mãe, a desaparecer de vista e a manter-se calado em nome da autoridade.

Voltando à York House, encontramos lady Anne olhando para o aflito rapaz a seus pés e decidindo que não conseguiria mais esconder a verdade. Não havia sido ela quem rompera o pacto de silêncio. A própria rainha o fizera.

As coisas sobre as quais ela falou durante aquela longa noite de vigília,* com o abalado Francis, em estado de choque, ouvindo desgraçadamente cada palavra sua, eram coisas que nunca deveriam ter acontecido, coisas secretas e vergonhosas. Ela esperava ardentemente que o tempo a ajudasse a esquecer. Ela não deveria revelar aqueles segredos, pois eles não diziam respeito à sua conduta, e, até aquele momento, ela mantivera seu juramento escrupulosamente. Mas, olhando para a perturbada face da criança que ela tanto amava, sabia que nada, a não ser a verdade, a satisfaria. Ele tinha o direito de saber de onde viera. De que outra forma conseguiria seguir adiante em seu caminho?

Não havia outro lugar por onde começar a não ser pelo princípio, e isso dizia respeito ao quase milagre que foi a sucessão de Elizabeth ao trono. Inúmeros fatores convergiram para a realização desse milagre.

Sabemos, ao longo da história, que a Inglaterra não aceitava a velha Lei Sálica dos francos, segundo a qual a descendência feminina estava impedida de assumir o trono. Entretanto, para se casar com Anne

---

* Acreditamos que Francis usou uma pequena licença poética em seu relato em versos brancos contando a história como se a ação tivesse se passado em um período de dois dias. Seu relato menos poético, na Cifra Biliteral (Gallup), descreve a vigília de lady Anne com Francis como se tivesse ocorrido apenas em uma longa noite. Apresentamos a versão dos versos brancos, mas condensamos a ação de modo que ela aconteça em uma única noite, em vez de duas.

Boleyn, Henrique VIII teve seu primeiro casamento, com Catarina de Aragão, filha de Isabel de Espanha, declarado nulo. Com isso, a princesa Mary, filha de Catarina, tornou-se ilegítima. Então, em parte pelo fato de não ter sido capaz de oferecer-lhe o herdeiro homem que ele esperava há tanto tempo, seu casamento com Anne Boleyn também foi anulado, com base em acusações forjadas. Isso fez com que a pequena princesa Elizabeth também se tornasse uma filha ilegítima. A terceira esposa de Henrique, Jane Seymour, finalmente lhe deu um herdeiro homem para o trono, o príncipe Edward, e Henrique, por fim, chamou novamente suas filhas para viverem com ele, tratando-as como a descendência da realeza deveria ser tratada, na qualidade de suas adoradas filhas. Finalmente, ele tivera seu filho e estava prestes a reconhecer, agora, suas filhas. Em 1544, um ato do Parlamento estabeleceu seus direitos para assumir o trono.

Henrique VIII, por Hans Holbein
A busca obsessiva de Henrique por um herdeiro homem fez com que Elizabeth vivenciasse uma infância de muitas incertezas. Quando a princesa tinha três anos, Henrique anulou o casamento com sua mãe, Anne Boleyn. Ele a acusou de incesto e de prática de bruxaria, e a condenou à morte. Elizabeth foi declarada ilegítima, e viveu afastada de seu pai até que a última esposa de Henrique, Catherine Parr, ajudou a convencê-lo de uma reconciliação.

Poucas pessoas acreditavam que Elizabeth se tornaria rainha algum dia. Seu irmão e sua possível descendência viriam primeiro, e, depois dele, sua irmã mais velha e quaisquer de seus filhos. Mas, então, o velho Harry, já obeso e dissoluto pelos prazeres mundanos, morreu. Em seu lugar, ascendeu o pequeno rei Edward VI, o único herdeiro legítimo homem da linhagem Tudor, com seu trágico reinado de apenas seis anos de duração. Sua morte precoce, causada por uma devastadora doença desconhecida, foi um pesar para a nação. Ele personificava sua esperança de glória no futuro. Os sintomas dessa lenta e agonizante morte apontavam para sinais de envenenamento? Muitos pensavam que sim, e outros ainda pensam.

A próxima pessoa na linha sucessória era a filha mais velha de Henrique, Mary, uma rainha católica, de um modo geral impopular em uma nação recém-estabelecida com uma nova fé protestante. Religiosa ao extremo, seu mais importante objetivo na vida era restaurar a diocese papal na Inglaterra e a religião de sua adorada mãe, Catarina de Aragão. Mary não era uma mulher insensível, mas estava empenhada na missão de restaurar o catolicismo na Grã-Bretanha, e a crueldade de seus esforços para se ver livre do protestantismo e dos protestantes lhe rendeu o apelido de Maria Sanguinária.

Para infortúnio da jovem Elizabeth, alguns conspiradores protestantes enxergavam em seu não comprometimento nem com a Igreja Anglicana, nem com a Igreja Católica, uma oportunidade de usá-la como uma ponta de lança para as mudanças. A existência desse complô, é claro, fazia de Elizabeth um perigo imediato para Mary. Não há ninguém que represente um perigo maior para um monarca do que a próxima pessoa na linha sucessória do trono. Mary sentia que não tinha escolhas — ela deveria ouvir seus conselheiros e mandar sua pequena irmã para a Torre de Londres.

Dois meses na temível Torre foram uma experiência apavorante para a princesa, então com apenas vinte anos, e lady Anne contou a Francis sobre a noite de terror em que Elizabeth foi presa. Elizabeth sabia que a mãe de Mary fora descartada em função da paixão de Henrique por sua própria mãe, Anne Boleyn, e sabia, também, que Mary nutria pouca afeição pela única filha de Anne. Suas mães foram as piores inimigas uma da outra.

Elizabeth cresceu sabendo que, se tivesse vindo ao mundo como o menino que a mãe tanto esperara, a situação teria sido bastante diferente. Talvez seu pai não tivesse decapitado sua mãe, usando como pretexto uma falsa acusação de infidelidade. Talvez o curso da história da Inglaterra tivesse sido bem diferente. Mas ali estava ela, apenas uma menina ruiva que se parecia muito mais com seu pai e que vivia completamente à mercê da filha da maior inimiga de sua mãe. Era uma posição delicada; não nos espanta que ela tenha sido obrigada, desde cedo, a aprender a necessidade da autopreservação e da dissimulação.

Os dias de glória de Mary também foram muito breves. Deprimida por seu fracasso em gerar um herdeiro, pela impopularidade de que gozava entre seus súditos e, principalmente, por sua cruel decepção quando seu adorado marido, o rei Filipe II da Espanha, a abandonou e retornou para seu próprio país, ela morreu como uma mulher pouco admirada e solitária, depois de apenas cinco anos no trono.

Francis teria conhecimento de grande parte da história recente de seu país. Já lhe teriam contado, inúmeras vezes, como, em 1558, as remotas chances de Elizabeth de algum dia se tornar rainha tinham, de fato, se transformado em realidade. A filha de Anne Boleyn fora alegremente bem-recebida no trono, não por causa de sua mãe, mas por sua grande semelhança com o rei Harry, seus modos arrogantes, mas nobres, seu grande senso de teatralidade, sua juventude e seus consideráveis encantos. Ela era exatamente o que a Inglaterra desejava, depois das regras insípidas e cruéis de Mary. Embora seu direito à sucessão ainda fosse questionado por alguns, ela cativava o coração do grande público. Ali estava ela, Elizabeth, que logo se converteria em a Grande, a quinta monarca da poderosa dinastia Tudor, finalmente estabelecida no trono britânico, ainda que precariamente.

Uma vez que ninguém esperaria que essa princesa negligenciada pudesse ascender ao trono, ninguém havia pensado em prepará-la para essa contingência. Tudo o que Elizabeth tinha a oferecer era seu espírito irascível, uma personalidade arrogante, embora não indelicada, uma excelente educação e uma habilidade fantástica para dissimular quando desconhecia outra forma de agir. Essas qualificações já estariam de bom tamanho. Era o suficiente.

O povo adorava a esbelta, jovem e ruiva filha de Harry, e, embora preferissem que ela tivesse sido um menino, todos a receberam com bastante entusiasmo. "O Senhor fez com que uma nova estrela surgisse. Deus nos enviou nossa Elizabeth para que o sangue de tantos mártires, tantas vezes derramado, não tenha sido em vão", eles louvavam, em seus hinos. Elizabeth concordava de todo o seu coração. "Isso é obra do Senhor, uma maravilha aos nossos olhos." Essas eram as palavras, talvez cuidadosamente ensaiadas, que ela falava naquele empolgante momento em que William Cecil a encontrou sob a velha árvore de carvalho no parque, em Hatfield, aguardando silenciosamente as notícias sobre o último suspiro de sua irmã. A falta de autoconfiança não era uma das fraquezas de Elizabeth; ela estava segura de que fora chamada para ser um instrumento de Deus e que, igualmente, fora salva miraculosa e misericordiosamente da cova do leão, assim como o profeta Daniel.

Francis podia sentir, com facilidade, grande compaixão pela menina amedrontada e sem amigos que, espantosamente, acabara se revelando sua mãe. À medida que lady Anne continuava a contar aquela história, ele se tornava menos seguro de seus sentimentos. Sua mãe adotiva, já tendo dado início às suas revelações, sabia que não havia mais nada a fazer a não ser contar-lhe todo o resto. Ela relembrou um episódio da infância de Elizabeth que os historiadores tentaram equacionar por muito tempo. Ele diz respeito à real natureza do relacionamento entre Elizabeth e Thomas Seymour, marido de sua madrasta, Catherine Parr. A história cifrada explica-o claramente.

Enquanto seu irmão, Edward, estava no trono, Elizabeth foi morar com a viúva de seu pai, a agora nobre e rica rainha Catherine Parr. Essa

MAIS REVELAÇÕES

última esposa de Henrique era uma dama gentil e amável, que havia consolado imensamente o moribundo Henrique em seus últimos anos de vida, e que havia tentado oferecer aos filhos dele aquilo de que precisavam há muito tempo: um ambiente familiar caloroso. Pela primeira vez em seus 14 anos de vida a princesa Elizabeth era aceita em um ambiente estável, que poderia razoavelmente ser chamado de lar. Ela era grata a Catherine pela oportunidade e, frequentemente, expressava sua gratidão de modo afável. Evidentemente, ela possuía seus próprios serviçais, seus únicos amigos — Kate Ashley, sua velha governanta e parente de sir Walter Raleigh; e Thomas Parry, o guardião de seu tesouro, cujo trabalho era lidar com os assuntos financeiros. Elizabeth tinha particular predileção por esses dois, assim como por sua madrasta, e a vida parecia suficientemente feliz naquele período. A possibilidade de ascender ao trono era tão remota que provavelmente isso sequer lhe passava pela cabeça. Entretanto, passava pela mente de outras pessoas, especialmente de um certo Thomas Seymour.

Edward e Thomas Seymour eram irmãos da terceira esposa de Henrique, Jane Seymour, e, portanto, tios do pequeno Edward. Quando ele sucedeu o pai, houve a usual manobra para conseguir posições e poder no novo regime. Os tios Seymour não perderam tempo em conseguir para si mesmos os mais elevados cargos do Estado. Edward tornou-se duque de Somerset e conseguiu ser nomeado protetor do reino, com oportunidades ilimitadas de influência sobre o rei menino. Para não ser sobrepujado, Thomas também procurou por uma oportunidade igualmente lucrativa para si mesmo. Ele era exatamente o tipo de homem que Elizabeth adoraria até o fim de seus dias — bonito, másculo, corajoso e carismático. "Impetuoso em sua coragem, elegante em seu estilo, de presença majestosa, voz grandiosa, mas, de alguma forma, vazio em conteúdo", foi a forma como a biógrafa Elizabeth Jenkins o descreveu.[6] O "vazio" parecia importar pouco para as mulheres que ele desejava, já que tinha uma forma de tratá-las que lhes parecia impossível de resistir.

Imediatamente, lorde Thomas empenhou-se em seduzir a jovem princesa Elizabeth, mas foi prontamente dissuadido pelo Conselho Privado, já que era seu dever proteger os interesses da família real. Por ter falhado aqui, Thomas acreditou que a outra chance de obter algum sucesso seria casar-se com a viúva de Henrique, a nobre e rica rainha Catherine Parr. Catherine era uma presa fácil para os encantos de Seymour, pois ele já a cortejara antes de ela se casar com Henrique. No que foi considerado um período de tempo indecentemente curto após a morte do rei Henrique, Catherine e Thomas finalmente se casaram. Seymour imediatamente se transferiu para a residência de Catherine, em Chelsea, e ficou imensamente satisfeito pelo fato de a enteada de Catherine, Elizabeth, ter ido morar com eles. Agora, ele se dedicaria a cativar a princesa de 14 anos, e não demorou muito para que fofocas escandalosas fossem espalhadas em meio ao ambiente doméstico.

Logo cedo durante as manhãs, antes que Elizabeth se vestisse, o lorde almirante, de acordo com os serviçais, a visitava em seus aposentos, para o que ele chamava de uma travessura divertida. Poderia até ser uma travessura, mas não era divertida. Um dia, a ingênua e crédula Catherine, sempre tão ávida em agradar seu atraente marido, encontrou-o carregando Elizabeth no colo. Catherine estava grávida naquela ocasião, e havia aqueles que também desconfiavam de que Elizabeth pudesse estar esperando um filho de Seymour.

Uma vez que era obrigação do Conselho Privado proteger a reputação da princesa, enviou-se um certo mestre Tyrwhitt para investigar o desagradável imbróglio. O pobre Tyrwhitt não estava à altura de Elizabeth — ela negou peremptoriamente que quaisquer dos rumores fossem verdadeiros, deixando-o perplexo. "Não há maneiras", escreveu ele, "de fazê-la confessar qualquer intriga por parte da srta. Ashley ou do guardião do tesouro [Thomas Parry] em relação ao lorde almirante; e, ainda assim, vejo pelo seu rosto que ela é culpada."[7] Na época, Parry, o mais fraco dos três, admitiu parcialmente a culpa de Elizabeth, mas uma gravidez efetiva nunca foi comprovada. Elizabeth salientava enfaticamente sua pura virtude e sua virgindade. Ela desempenhava com convicção o papel da inocência ferida, vestindo-se com trajes simples e virginais, e

MAIS REVELAÇÕES

falando com ar cabisbaixo, da maneira mais doce e gentil que podia. Dizia-se que ela "se vestia como convinha a uma jovem donzela". Elizabeth conseguiu sair ilesa do embaraçoso episódio, mas Seymour não teve a mesma sorte. Ele foi condenado por seu infame flerte e perdeu a cabeça na Torre Hill.

Nem o Conselho Privado nem os historiadores posteriores acreditavam que Elizabeth estivesse grávida, mas é aqui que a história cifrada oferece um relato diferente. Lady Anne, novamente relutante em se aprofundar em detalhes que considerava melhor serem mantidos esquecidos e, mesmo assim, convencida de que Francis deveria conhecer a verdade, disse-lhe que Elizabeth estava, de fato, grávida. Ela sabia disso muito bem, pois presenciara o trágico acontecimento que estava por vir.

Em pânico, a princesa grávida havia procurado sua amiga de infância, Anne Bacon, para ajudá-la. Sempre leal e prática, Anne disse-lhe para voltar para sua cama, embranquecer o rosto com pó para parecer doente e, quando chegasse a hora do parto, ela faria o melhor para ajudá-la. O momento inevitável finalmente chegou, e as duas jovens mulheres, assustadas, lutaram a noite toda contra as circunstâncias pouco familiares do parto de uma criança. Devido à inexperiência de ambas, o bebê não sobreviveu. Coube a Anne a infeliz tarefa de esconder o pequeno corpo no jardim, mas um guarda a surpreendeu enquanto estava tentando fazê-lo, e o incidente foi reportado ao jovem rei Edward.

A história cifrada nos oferece um relato interessante, todo em versos brancos, do confronto entre o rei Edward e sua geniosa irmã, mas não entraremos agora nesses detalhes, embora sejam fascinantes. Anne disse que, somente após a morte de Edward, ela e Elizabeth se libertaram da "prisão de seu desprezo".

Esses detalhes eram, certamente, desagradáveis, e devem ter soado realmente desconcertantes para Francis, um jovem naturalmente polido, e criado sob os cuidados pudicos e puritanos de lady Anne. Esses detalhes chocantes do comportamento da mulher que era não apenas a rainha de seu país mas, como se afigurava, a mãe de sua própria e idealista pessoa, teriam lhe parecido, no mínimo, traumatizantes.

Mas Francis era uma criança de seu tempo, e não da tosca e tumultuada era elisabetana, em que a moralidade era mais exortada do que praticada. A natural inocência, herança que Francis trazia desde o seu nascimento, teve de ser substituída à força por uma profunda sabedoria, oriunda da compreensão e da tolerância às fraquezas da comédia humana que o mundo exibia à sua volta. Era com a dualidade das condutas, do sagrado *versus* o profano, que ele teria de aprender a conviver para o resto de sua vida, tentando auxiliar seus companheiros a harmonizá-las.

Embora pareça desnecessário citar, mais uma vez, os detalhes da vida privada de Elizabeth, trata-se de um importante pano de fundo para compreender a vida de seu filho. Ele mesmo passou por sofrimentos infindos para deixar um relato fidedigno daqueles momentos, e seria injusto com seus enormes esforços deixar de fora uma parte tão significativa de sua biografia. Hoje, parece irrelevante se Elizabeth estava ou não comprometida com Seymour. Mas, naquela época, era vitalmente importante para Francis que a verdadeira história dos Tudor fosse deixada para a posteridade.

Da história do condenável envolvimento entre Elizabeth e o almirante Seymour, Anne prosseguiu para o igualmente caótico, porém mais duradouro, relacionamento entre a princesa e Robert Dudley. Francis já teria ouvido falar muito, é claro, da família Dudley — uma família que, historicamente, trazia maus augúrios, mas que, ainda assim, tinha sua importância na corte. Robert era filho de John, o duque de Northumberland, e seu avô era o famigerado Edmund Dudley, que havia morrido no cadafalso durante o reinado de Henrique VIII. John Dudley, de modo incansável, tinha grandes ambições para sua família de 12 filhos, e estava constantemente conspirando para que eles se casassem muito bem. Ele arquitetou o casamento de seu filho Guildford com a nobre lady Grey, neta da irmã de Henrique VIII, e que alguns teriam preferido que assumisse o trono no lugar de Mary.

Com a morte do rei Edward, talvez vítima de envenenamento ordenado pelo próprio Dudley, ele tentou impedir a ascensão de Mary ao trono, colocando a própria nora em seu lugar. Seus esforços fracassaram, e sua família foi condenada à morte e privada de todos os direitos civis — despojada de todos os títulos honoríficos e de suas propriedades. Ele, Guildford e a pobre inocente lady Jane, todos perderam suas cabeças na Torre. Robert Dudley, o filho mais novo, foi poupado por causa de sua idade, e foi mantido na Torre como prisioneiro.

Apesar da suposta traição de Dudley, Elizabeth, com seu usual respeito ao mundo sobrenatural, considerou um ato do destino ter sido confinada na Torre na mesma época que Robert Dudley. Enquanto o belo Robert começava a cortejá-la, ela se convencia de que essas coisas não poderiam ser mera coincidência. Eles haviam se conhecido ainda estudantes, na corte de Edward, e Robert lhe dissera que tinha vindo ao mundo exatamente no mesmo instante que ela — suas datas de aniversário eram idênticas, e, portanto, seus destinos também seriam idênticos. Questionou-se, com frequência, a veracidade dessa informação, mas Elizabeth acreditava nisso, o que era o suficiente para Robert. O destino os trouxe ao mundo no mesmo momento, e agora eles estavam naquela funesta Torre para sofrer juntos. Um destino assim não poderia ser negado.

Robert estava confinado na Torre Beauchamp, e Elizabeth, na Torre Bell. Uma breve trilha ligava uma torre à outra, e Elizabeth estava autorizada a fazer suas caminhadas, enquanto todos os outros prisioneiros recebiam ordens estritas de "evitar olhar naquela direção, enquanto Sua Graça permanecesse naquele lugar".[8] Suspeita-se que Robert não dava muita atenção a essas ordens. Milton Waldman diz que não é fácil entender como um romance entre os dois prisioneiros poderia ter aflorado, encarcerados como estavam na severa e velha fortaleza, sob os olhos vigilantes dos guardas da Torre. E, ainda assim, ele admite que

> parte dessa história não pode ser descartada, entretanto, como totalmente improvável. O amor, ocasionalmente, pregava suas peças, inclusive entre os serralheiros da Torre; e, algumas vezes, acontecia, até mesmo, que um jovem casal,

confinado em diferentes partes da construção, devido ao crime de terem se apaixonado contrariamente à política pública, conseguisse desconcertar ainda mais tais políticas, transformando a prisão em um hospital-maternidade.[9]

Antes de deixar Francis contar o resto da história, seria interessante ler o relato da biógrafa Mary M. Luke sobre o contato entre Elizabeth e as crianças que viviam dentro dos limites da Torre. Em suas caminhadas diárias dentro de seu limitado jardim, Elizabeth encontrou um menininho, filho do zelador dos paramentos da rainha, e sua pequena colega, cujo nome era Susanna. Elizabeth se divertia conversando com eles, suas conversas infantis lhe propiciavam um bem-vindo escape ao tédio do aprisionamento. A experiência da jovem princesa com crianças era limitada, mas ela descobriu um prazer genuíno em sua atenção inocente. Quase sempre eles lhe traziam um ramo de flores, entregando-lhe com mãos sujas, faces ruborizadas e muitas gargalhadas. Em uma ocasião, Susanna entregou à Elizabeth uma argola contendo algumas chaves que haviam caído descuidadamente das mãos de um guarda, dizendo que "havia lhe trazido agora as chaves, e que, portanto, ela não precisava ficar para sempre ali, mas poderia destrancar os portões e fugir". Elizabeth não deu nenhuma instrução à criança. Ao contrário, aceitou o presente com sobriedade antes de voltar para sua cela. As conversas entre as crianças e a princesa, assim como a troca de flores e das chaves, foram devidamente relatadas ao Conselho, que enxergou, nas crianças, o meio pelo qual mensagens poderiam ser transmitidas.

O menino foi imediatamente trazido aos conselheiros e asperamente interrogado, mas nem mesmo as vozes e os rostos austeros de seus inquisidores conseguiram fazer com que ele se mexesse. Ele não havia levado nada, disse ele, além de flores para a dama. Seu pai, repreendido, foi avisado de que deveria manter seu "astucioso criado" em casa, longe da princesa Elizabeth. Por vários dias, o menino obedeceu. Mas, depois, quando viu a princesa andando em seu recinto cercado, obviamente à procura de seus jovens amigos, ele se esqueceu das advertências. Rapidamente, à medida que ela se aproximava, correu para o portão do jardim e esperou por ela. Comportando-se quase como uma conspiradora, Elizabeth abaixou-se para conversar com seu jovem amigo. Atenta à ira de seu pai, a criança foi breve. "Soberana", disse ele apressadamente, "Soberana, não posso mais trazer-lhe flores a partir de agora." E, então, vendo escapar sua coragem, ele saiu correndo. O rosto de Elizabeth mostrava seu desapontamento; ela podia imaginar o que havia acontecido.[10]

Lady Anne, em sua lacrimosa narrativa, dá continuidade à história a partir do ponto em que os historiadores oficiais terminam:

> Teu pai [Robert Dudley] encontrou uma pequena criança,
> Que lhe serviu muito bem;
> Pois ele, em segredo, encaminhou, para sua venturosa
>   princesa,
> Doces linhas que, de sua pena,
> Chegavam velozmente à sua leitura;
> E, para despistar os serviçais, suas amáveis palavras
> Iam escondidas por entre as flores.
> Ele escrevia corajosamente, bancando o poeta inúmeras vezes,
> E, assim, inventava seus amorosos versos.[11]

Francis, um psicólogo perfeito, compreendia bem o poder de um amor proibido. Ele mesmo havia passado por uma experiência amorosa desesperadamente infeliz, um pouco antes de assumir a tarefa da Cifra de Palavras. Seus poemas e peças estavam cheios da "pujança" do amor (do poder do amor), especialmente do amor romântico, que ele considerava, para o bem ou para o mal, vir em segundo lugar, atrás apenas do próprio amor divino. "Não há sofrimento mais poderoso e mais forte entre os homens que a infelicidade no amor." Francis estava falando a partir da própria experiência, como revelam, em poucas palavras, as cifras. Mas, antes, acompanhemos o restante da história do curioso romance na Torre de Londres:

Ela recebeu suas cartas de amor com prazer,
E, à moda feminina, exaltou seu nome e seus brios.
Enrubescida,
Divisou o rosto dele em sua mente e em seus sonhos.
Não há sofrimento mais poderoso e mais forte
Entre os homens que a infelicidade no amor;
Com a força de comportas e uma natureza opressora
Que engole e absorve todas as outras mágoas,
E, ainda assim, ele é sereno. Ele corteja
E domina o medo da morte;
E, mais que isso, entendemos que uma donzela nunca
            antes audaz,
Sossegada e quieta, caso se apaixone,
Dar-lhe-á tudo que ele deseja e que ela temia considerar;
E viverá com aquele que ama.[12]

O fato de que Robert já era casado com a bela e jovem Amy Robsart parece não ter sido um motivo de preocupação para nenhum dos amantes da Torre. Talvez essa desatenção pelas convenções seja compreensível quando se considera que a execução seria um futuro muito mais provável para ambos do que um retorno à vida normal. Robert era inteligente o suficiente para perceber que, se soubesse lidar com Elizabeth, teria de convencê-la de que a união dos dois deveria ser consagrada legitimamente. O método que empregou para atingir esse objetivo torna a leitura, de fato, muito interessante. Novamente, retiramos as palavras diretamente das cifras:

Àquele lugar, foram um dia visitar os prisioneiros
Um douto frade e seu sacristão,
Para combater o poder anticristão e tirânico;
E, em nome de seu adorado papa,
Escancarar os portões
Da maldade e do insolente e ignóbil governo,

MAIS REVELAÇÕES

Com as chaves falsas de Pedro.
Este beato de boa aparência teu pai viu,
E o enganou com uma oportuna história de amor,
E não se furtou a lhe contar
Que havia feito mal ao coração de uma mulher,
Mas, por ser um homem honrado,
Ele se casaria com ela
E a salvaria de ser exibida
Como urina de cavalo contaminada.
   "Pai", disse ele, "venha se sentar a meu lado;
Nobres monges, a despeito das riquezas, ouro e
      gratificações
A nosso Salvador, o Eterno Redentor, o Cristo nosso Senhor,
Suas vidas e fortunas foram confiscadas como castigo;
Vocês são os pastores do povo;
Aqui nesta prisão há uma mulher que me ama,
E que merece tanto uma ditosa e satisfatória cama
Quanto qualquer dama honrada desta terra,
E juro, pelo amor que lhe tenho,
Que proponho casar-me com ela (...)
Determinei-me, pelos meios justos ou ilícitos,
A ter essa formosa dama para mim;
E, portanto, eu lhe imploro, bom pai,
Que lhe ofereça seus préstimos,
E no amor e na piedade,
Proceda rapidamente ao casamento."[13]

O sacerdote, em roupas de monge, vai até a cela de Elizabeth para realizar a cerimônia, sem saber quem era a jovem noiva. Robert o acompanha, disfarçado de monge auxiliar. Quando chegam lá, o sacerdote imediatamente a reconhece como a real princesa Elizabeth. Amedrontado com as possíveis consequências de mexer indevidamente com a realeza, ele tenta se retirar, mas é tarde demais. Robert ameaça contar a seus superiores que ele havia concordado em realizar o casamento contra as regras da Igreja. Temendo pela própria pele, ele realiza uma cerimônia que, evidentemente, constitui bigamia. Mas Elizabeth está acostumada a fazer as coisas a seu modo, e escolhe ignorar o que não pode ser evitado. Ela, agora, se considera a esposa legal de Robert Dudley, aprisionado por traição, filho do homem que fora executado como traidor da Coroa britânica.

Francis não se sente confortável com essas notícias; já que Robert era casado à época, esse casamento seria considerado ilegal. Ele fica desesperado:

> Minha honra, meu crédito e meu nome
> E tudo que me fazia feliz em ruínas.[14]

A rainha Elizabeth em sua coroação
Este retrato, de um artista desconhecido, mostra Elizabeth em seus trajes de coroação.

Mas lady Anne tinha mais revelações a fazer. Depois de ter ascendido ao trono, Elizabeth manteve seu romance com Leicester. Quando descobriu que estava grávida, implorou a Robert e o ameaçou, até que ele concordasse em remover o obstáculo ao casamento dos dois — sua esposa, Amy —, para que a honra de Sua Majestade fosse salva do vexame de portar uma criança ilegítima. Seus serviçais conseguiram fazer com que a morte de Amy parecesse um acidente. Ela foi encontrada na base de uma escadaria, como se tivesse caído para a morte. Lady Anne relembra os detalhes adicionais do casamento, dessa vez legítimo, dos pais de Francis. A rainha, então,

> "Casou-se com ele (...)
> Não na Igreja, mas secretamente.
> Meu nobre lorde [Nicholas Bacon] realizou a cerimônia
>   de casamento."
> "Estiveste presente ao casamento da rainha?"
> "Eu, e somente eu, de todo o séquito de criadas,
> Das formosas damas de Eliza, em companhia de lorde
>   Puckering,
> Assistimos às suas núpcias."[15]

Alfred Dodd diz que o casamento aconteceu quatro dias depois da morte de Amy Robsart, e foi realizado "em Brooke House, Hackney, pertencente ao conde de Pembroke".[16] Francis nasceu quatro meses depois.

Não é de admirar que Francis tenha ficado confuso com essa ilustre "deusa", que havia acabado de anunciar que fora quem lhe dera à luz. Ela parecia ter uma natureza dupla, como o Jano de duas cabeças.* O temperamento de Jano da rainha-mãe causaria inúmeros sofrimentos

---

* O deus romano Jano é retratado com duas cabeças, cada uma olhando em direções opostas. Jano é o deus das portas e dos portões, dos começos e dos términos.

aos seus filhos. Ao se sentar aos pés de sua mãe adotiva, silencioso no escuro da velha York House, Francis se lembrou das primeiras impressões que tivera de sua rainha-deusa. Para ele, ela ainda era "a adorada Gloriana", uma imagem que, depois, tentaria transferir para seus súditos britânicos, em nome da glória do reino.

Em outra parte da história cifrada, ele nos diz:

> Ela era uma jovem e formosa leoa,
> Branca como a rosa virgem antes de florescer.
> Sobre sua cabeça, como melhor condizia à sua opulência,
> Usava uma grinalda, feita de louros, ouro e ramos
> de palmeira,
> E, em sua fronte de marfim, a coroa de ouro.
> Sobre seu peito nu, havia uma estrela brilhante dourada.
> Seus trajes, de coloração púrpura e escarlate,
> Seu véu branco, como melhor convinha a uma donzela,
> Milhares de manifestações de rubor se anunciavam
> em sua face,
> Milhares de inocentes ignomínias, sob o testemunho
> de anjos,
> Levaram embora aqueles rubores.[17]

Essa era a memória primitiva e poética que o filho guardava de sua mãe. Mas, quando Anne terminou a sórdida história das imperfeições de sua rainha, sua angústia era profunda: "Oh, e essa fraude está vivendo em um palácio tão suntuoso!"[18]

Capítulo 5

Deportado para Paris

O tipo mais leve de perversidade é a taciturnidade,
um caráter áspero, a disposição para contrariar (...),
o tipo mais profundo, no entanto, é o que resulta
em inveja e pura maldade.

Naquela noite, Francis passou por uma experiência devastadora e exaustiva, à medida que ouvia, em aturdido silêncio, tudo o que lady Anne lhe revelava — histórias que dificilmente poderiam ser consideradas exemplares, referentes à vida de sua rainha e seu amante, que, ao que tudo indica, era também seu pai. E ele próprio era a prova viva de suas indiscrições. Como conseguiria lidar com esse golpe que lhe desconcertara a ponto de perder o juízo? Ele se sentiu mal em todo o seu ser.

No início da manhã, sua mãe adotiva o colocou na cama, com o fantasioso conselho de que não pensasse mais naqueles assuntos. Como era de esperar, ele teve um sono vacilante. Acordou cansado e aborrecido. Não pretendia entrar em confronto com ninguém, muito menos com aquela "vespa delirante", Robert Cecil. Mas, então, com o chapéu na mão, Robert chegou à sua casa, com um sorriso afetado e uma debochada servilidade. Entrou na biblioteca em que Francis estava meditando sobre as revelações da noite anterior. O próprio Robert ainda estava ferido pelas humilhações que sofrera na corte, e sentiu que seu melhor remédio seria infligir sua dor a seu primo. Não restava mais dúvida alguma, agora que sua própria mãe, lady Mildred Cecil, lhe contara detalhes mais explícitos sobre o nascimento de seu "primo adotivo" Francis. Longe de se solidarizar com o dilema insolúvel no qual havia colocado Francis, ele estava motivado apenas pelo desejo de aliviar a angústia do próprio coração ciumento. Nas cifras, Francis conta o desagradável encontro entre ambos, com seu estilo sem rodeios:

No dia seguinte, estava eu na biblioteca,
Refletindo sobre meu nascimento
Como me fora revelado pela rainha,
Robert, aquela vespa delirante, apareceu de repente;
E logo percebi que veio até mim
Não por piedade, mas para me provocar e debochar de mim.
O cafajeste pervertido atingiu seu auge
E [curvando-se] à minha altura, começou, assim,
    a me ofender:
  "Olá, milorde,
Agora conseguiste te equivaler aos melhores.
Todos os meus serviços estão sob teu comando.
Seria do agrado do caro lorde
Visitar minha pobre casa?
Devo confessar, senhor, que não consegui confiar em meus
    ouvidos
Quando a rainha chamou-te de filho.
Teria sido melhor que ela não
Tivesse tornado público teu nascimento,
Porque o nascimento de um bastardo não é digno de honra.
Meu bom lorde! Por que ela teve de revelar tal mácula
À sua própria honra? Devo me satisfazer em acreditar
Que és mesmo seu filho, especialmente porque
A princesa nunca faria

Alusão a uma conduta tão desprezível
Se isso não fosse verdade (...)
A corte fará [mesuras] e não dirá nada,
Mas tu, meu bom príncipe de Gales,
Deves lamentar tua própria infelicidade.
Rogo-te que me contes qual é a tua origem (...)
Ainda não se sabe
Quem é teu pai.
Há duas opiniões quanto a isso —
Uma é a de que és filho bastardo
De sir Nicholas Bacon, o lorde chanceler-mor;
A outra, de que és filho e herdeiro
De Leicester. Tendo a adotar a última opinião,
Especialmente pela abominável malícia em teus olhos
E uma frívola inclinação de teu lábio inferior,
Que me asseguram a pensar
Que és filho da rainha e de Leicester.
Qual é o teu nome,
Francis Bacon, ou Francis Dudley?" (...)
Ao ouvir o cafajeste dizer isso,
Meu coração estava prestes a estourar de intolerância
E virei-me para ele e respondi:
    "(...) Advirto-te
A não me chamar de bastardo (...)
Pois, mesmo que meu nascimento tenha sido vil,
Espero que minhas venturas sejam grandes.
Mas eu não me importo.
Em qualquer caso, a glória e a honra
De ser filho da rainha da Inglaterra é o suficiente;
Pois, ao menos pelo lado de minha mãe,
Minha vida provém de homens
De linhagem real (...)

Um berço como esse é um favor dos deuses (...)

Deixa-me dizer-te, então, uma vez mais

Vou fazer tua enorme língua

Se calar (...)

Se disseres que sou um bastardo, (...)

E, embora tu e teu pai

Tenham, por sorte e pelos favores reais,

Subido alguns poucos degraus (...)

Não temo a ambos, e não vou

Submeter-me a essa censura sem a devida resposta (...)

Quebrar-te-ei o pescoço

Se zombares de mim; e pelo fato de que estaria inclinado

     a matar-te,

Peço-te que me deixes em paz."

    "Pelos céus! Não zombo de ti.

Nada mais prezo que pelo bem da verdade, senhor (...)

Vamos, aceita o teu destino humildemente,

Como o bastardo que és,

E vai ao encontro de tua mãe.

Eu fui ordenado a procurar-te.

São três horas e tua nobre mãe

Ordenou-me que viesse buscar-te dentro de um quarto

    de hora.

Portanto, acompanha-me até a rainha (...)

Mas dize-me, primeiro, (...)

Quando será o dia de tua coroação real? Dize."

E, então, o vilão deu uma gargalhada.[1]

Por mais errado que Francis estivesse, ele não conseguiu resistir à tentação mais do que humana de esbofetear aquele jovem insolente. Certo ou errado, é impossível não se regozijar diante da forte reação que

teve àqueles insultos intoleráveis. Embora não fosse irascível por natureza, o sangue Tudor subiu-lhe à cabeça e ele golpeou Robert para proteger a própria reputação. Francis reagiu da única forma que se esperaria
de um jovem de 15 anos saudável e com o mínimo de autorrespeito. Ele
espancou o insolente Robert.

> Pulei em cima dele [e] com um grande soco
> Derrubei-o no chão.
> Quando ele caiu, massacrei tanto
> O vilão que me havia difamado,
> Caçoado de mim e me desonrado, que
> Não se poderia esconder da princesa
> Seus olhos feridos. Foi uma má política tê-lo machucado
> tanto,
> Mas (...) ele merecia punição.
> Ignóbil e dissimulado, conspirou
> Contra mim, praticamente desde o dia de meu nascimento,
> E eu nunca estaria seguro até que a morte o devolvesse à terra
> De onde ele veio.[2]

Mas Francis reconhecia, agora, que sua *reação* impulsiva aos es-
cárnios de Robert poderia repercutir em seu próprio prejuízo, cau-
sando-lhe mais danos do que ele havia causado a seu primo. Ele agira de maneira tal que, seguramente, não apenas enfureceria a rainha,
como também estimularia para sempre a animosidade do jovem Cecil. Ele não conseguia avaliar completamente, naquele momento, o
quanto se arrependeria dessa tola e pueril traquinice nos anos que
estavam por vir.

Francis estava, agora, arrependido de ter manifestado sua raiva de
modo tão descontrolado. Quando se tornasse mais velho e mais sábio,
escreveria suas observações sobre a futilidade dessas emoções em seu ensaio "Da ira".

> Nenhum homem tem tanta ira até se sentir ofendido; e, por-
> tanto, as pessoas delicadas e mais suscetíveis são mais iras-
> cíveis do que as outras; há uma infinidade de coisas que as
> ferem e que naturezas mais fortes não sentiriam (...) Não
> há outra forma [de reprimir os acessos de ira] a não ser me-
> ditar e ruminar bastante sobre seus efeitos, e sobre os inú-
> meros transtornos que provoca à vida humana. E o melhor
> momento para essas reflexões é olhar retrospectivamente
> quando o acesso de ira tiver passado [completamente].[3]

Sábias palavras, ditadas pela voz da experiência. A natureza efervesce-cente de Francis sempre se ajustava rápida e agradavelmente a seu estado normal de harmonia. Isso não acontecia com Robert; ele escondia profundamente seus ressentimentos, o que influenciaria suas ações para o resto de sua vida.

Francis, arrependido de sua impetuosidade, rapidamente dá a Robert sua mão, pede desculpas por tê-lo espancado e ajuda-o a limpar o sangue e a sujeira. O orgulho de Robert impede-o, naquele momento, de revelar aos outros a verdade sobre seus ferimentos, e ele decide fingir que eles haviam sido causados por ter caído de seu cavalo. Mas, para Francis, ele dá um aviso claro:

> E, se eu viver, aviso-te, patife,
> Serei vingado, e o solo da Inglaterra
> Não te concederá abrigo contra minha ira.
> Não vou perturbar-te com palavras, eu, não;
> Mas pagarei esta desonra na mesma moeda,
> E me vingarei de ti (...)
> Eu, que não tenho nem piedade, nem amor, nem medo;
> Eu, que sempre ouvi minha mãe dizer
> Que, quando nasci, a parteira
> Espantou-se e as mulheres choraram

Oh, Jesus nos abençoe! Ele nasceu com dentes! (...)
Eu vou destruir-te, porque és meu inimigo (...)
Eu espalharei boatos e profecias
Por toda parte, de modo que Elizabeth
Ficará temerosa por sua vida, e, então,
Para expurgar seu medo, serei tua morte.
E por este golpe em minha cabeça,
E por este sangue que é meu,
Não vou permitir que te sentes no trono real
Da Inglaterra.[4]

Fiel às suas palavras, foi exatamente isso que Robert conseguiu fazer ao longo dos anos. Como o rei corcunda na peça de Shakespeare *Ricardo III*, ele não consegue ser feliz por si próprio, e, então, tenta se assegurar de que ninguém mais o seja. Ele se infiltra ardilosamente para cair nas graças de Elizabeth, por meio de bajulação e dissimulação. Quando ela ri, ele ri também. Quando ela chora, ele está lá, cuidando dela e animando-a com todos os artifícios insinceros de sua natureza falsa. Francis, de caráter mais elevado, rejeitava agir com tamanha insinceridade.

Diz-se: "A maldição que não é merecida nunca virá." Alguns podem considerar verdadeira essa afirmação, mas, para mim, uma maldição imotivada de fato veio, e por toda minha vida senti suas influências malignas.[5]

Nunca me passou pela cabeça que minha mãe, a rainha,
Unir-se-ia com um ser tão degenerado
Para destruir o próprio filho, já que, de outro modo,
Ele poderia ter sido evitado.[6]

Tudo isso, evidentemente, foi produto de uma percepção tardia do que deveria ter sido feito, e, mais tarde, ele se deu conta de que o esquema de Robert era convencer a rainha de que a própria existência de Francis seria uma ameaça à sua posição diante dos súditos. Nenhuma abordagem poderia ter resultado melhor para os propósitos de Robert, já que Elizabeth era perseguida, de modo quase paranoico, pela ideia de que o povo preferiria ser comandado por um rei a sê-lo por uma rainha. Ela suspeitava de qualquer possível ameaça a seu trono, como os eventos posteriores provariam de modo trágico.

O jovem Cecil, como uma raposa ardilosa, jogava com esses medos e se satisfazia contando à Sua Graça como Francis gostava, quando criança, de brincar de rei. Cada cadeira em que sentava se tornava para ele um trono, e ele adorava carregar um cetro de mentira, e dar ordens a seus companheiros nas brincadeiras. Não era verdade, é claro, já que ninguém tinha mais respeito pela Coroa do que Francis. Ele sempre defenderia o direito de governar de quem quer que estivesse revestido desse poder, por mais desmerecedora que essa pessoa fosse, e apoiava também a política do direito divino dos reis, até que um sistema melhor pudesse ser inventado. Ele era um defensor da Coroa, não um usurpador.

Naquele dia conturbado, Francis cometeu mais um equívoco antes de atender à intimação da rainha. A princípio, ele se recusou a ir com o escudeiro que ela enviara para buscá-lo.[7] Ele era um Tudor, e era tão desconfiado quanto ela. Ele não pretendia ficar recebendo ordens a torto e a direito. Entretanto, ainda a tempo, ele conseguiu se acalmar um pouco e foi apresentar-se à rainha no palácio. Primeiro, ela o repreendeu por seu atraso, e então, censurou-o pelas más companhias que ele cultivava. Ela vacilava entre a candura por seu filho brilhante e a desaprovação a seus modos excessivamente desembaraçados, dos quais ela ouvira falar.

> Então nos apresentamos diante da poderosa rainha (...)
> "Então vieste, finalmente (...), não é mesmo?
> Não mandei que viesses durante a tarde,
> Entre três e quatro horas? (...)
> O quê? Estás de pé?

Ajoelha-te, e pede perdão pelo teu grave erro.

Vou ensinar-te o que é desafiar a minha fúria (...)

Vai para o meu quarto (...).”

Quando ficamos sozinhos, ela disse:

“Não sei se os céus perceberão dessa forma,

Por algum desagradável préstimo que eu haja oferecido,

Mas tu, nas passagens de tua vida,

Fazes-me acreditar que estás marcado somente

Pela mais veemente vingança e pelo castigo dos céus

Para punir meus erros de conduta.”

A rainha o repreendeu por não se comportar como um príncipe, uma crítica, ao que parece, um tanto injusta, já que ela própria lhe sonegara o direito de conhecer sua linhagem real. E, ainda assim, ela reconhecia ter por ele certo orgulho maternal, que, no entanto, via-se forçada a esconder:

“Perdeste teus privilégios de príncipe

Com tua turbulenta participação; e teus descuidos,

Mas se estás farto de tuas visões banais,

Preserva a minha, que tenho desejo de ver-te mais vezes,

Como faço agora, e que eu não tenha

De cegar-me com uma ternura frívola.”[8]

Assim como o príncipe Hal, aquele jovem alegre, de modos sedutores, que é o melhor amigo de Falstaff em *Henrique IV, Parte 2*, Francis garante à rainha que iria “tratar com distinção” a Coroa, e que mantinha relações amigáveis com os homens do povo por um propósito, exatamente como Hal. Na peça, Warwick explica o comportamento de Hal:

O príncipe nada mais faz senão estudar os companheiros

Como uma língua estrangeira, para dominar o idioma (...)

Chegado o tempo, o príncipe repelirá
Esses companheiros, e sua lembrança
Será apenas uma amostra, ou um exemplo vivo,
Com que Sua Graça julgará a conduta dos outros,
Aproveitando-se, assim, dos erros do passado.

Ato IV, Cena 4

Francis mantém relações com plebeus para que possa estudá-los, aprender como eles falam, "dominar o idioma"; ele quer compreender seus modos para saber como lidar com eles. Ele compara seus estudos ao assentamento das fundações, quando se está construindo uma casa. Mas, ao longo do tempo, ele lhe assegura, estará empenhado em corrigir seus modos.[9]

Fica claro que Robert já se encarregara de espalhar suas histórias. Para dizer a verdade, havia certa dose de razão na acusação de que Francis era muito democrático em suas maneiras. Ele sempre seria aquela pessoa fadada a viver de modo integral, encontrar amigos em qualquer lugar e em todos os lugares, e enturmar-se facilmente com companhias que considerava interessantes, estivessem elas ou não em posição superior. Ele tinha sangue real, mas não era esnobe.

Elizabeth prossegue, e dá ao filho uma lição valiosa sobre como ganhar o respeito dos outros, alimentando deliberadamente a criação de uma mística da realeza. Esse conselho nunca mais seria esquecido por Francis, embora tenha se tornado cada vez mais difícil segui-lo nos anos que viriam, já que ele ficaria na desconfortável posição de não ser nem um membro aceito pela realeza, nem um simples plebeu. Ela explica a arte de manter a majestade da realeza sempre presente na mente das pessoas — manter-se quase sempre reservado; manter seu porte elegante e revigorado; não fazer muitas aparições públicas; deixar as pessoas esperando; preservar a "majestade solar" da realeza, sempre se vestindo de maneira que despertasse inveja e admiração; não permitir que outras pessoas se vestissem de modo tão refinado quanto você mesmo; comportar-se de maneira régia e nunca — não, nunca — admitir as falhas ou os erros pessoais.[10] "'Por mais que suspeitem de mim / Nada conseguirá ser provado', disse Elizabeth, à prisioneira", estas foram as palavras que ela talhou com um anel de diamantes no vidro da janela de sua cela.[11] Era seu lema pessoal.

Finalmente, termina o doloroso encontro entre mãe e filho. A rainha-mãe admite que ainda não decidira o que fazer com ele, ou como planejaria seu futuro, agora que conhecia o segredo sobre quem e o que era. Então, ela o repreende pelas companhias vulgares das quais ele desfruta:

> "Não és um príncipe de nascença?
> Por que, então, pareces tão vulgar,
> Como se tivesses nascido da pior das mulheres?
> Teus gostos não são condizentes com as obrigações reais,
> E seria um pecado manchar o trono da Inglaterra
> Com uma imagem tão contrafeita de um rei."

Parece que Sua Majestade havia sido desnecessariamente dura com seu filho, já que, segundo todos os relatos de seus contemporâneos, Francis mantinha uma conduta excepcionalmente nobre e principesca. Suas censuras pareciam tipicamente maternais. E tinha mais a dizer:

> "Para proteger-te dos reveses do mundo,
> Estou convencida de que deves passar algum tempo
> Na corte do imperador francês.
> Não penses que não agirei assim,
> Porque o farei, eu o farei; e estamos encerrados.
> Amanhã, prepara-te para partir (...)"
> "Senhora, [diz Francis], não posso tomar as providências
> tão brevemente;
> Por favor, concede-me mais um dia ou dois."

"Nem um dia a mais; vê, o que quiseres
Será enviado depois (...)
Para o teu sustento, deverás receber
O suficiente de mim para que possas te manter por lá.
E, portanto, meu filho, adeus."

A rainha diz que, pessoalmente, preferiria que ele ficasse em sua casa e que pudesse enviá-lo às universidades, mas ele precisava de um pouco de refinamento, e o melhor lugar para isso era a elegante corte francesa.

Dessa forma, eu fui banido. E no dia seguinte,
Por volta de oito horas, lancei-me ao mar
Com aquele nobre cavalheiro, sir Amyas Paulet,
Em direção à corte da França.
Não vou prosseguir contando a história de minha vida,
Mas deixá-la-ei reservada
Até que retorne da França.[12]

Pode-se imaginar que Francis tenha ficado exultante com a inesperada perspectiva e a excitação de uma viagem à França, em companhia do novo embaixador inglês. Mas, a princípio, ele não ficou. Mostrou-se desolado diante do que lhe parecia uma desgraça — o banimento de sua terra natal e da corte de sua mãe. Logo, porém, um vigor entusiástico tomou conta dele, e ele passou a ansiar por aquela viagem, naqueles que seriam os três mais felizes anos de sua vida.

Ele precisou de algum tempo até se considerar preparado para partir. Lady Anne, de início, implorou à rainha que mudasse de ideia e permitisse que Francis permanecesse na Inglaterra. Apesar de suas lágrimas, suas súplicas foram ignoradas, e não havia mais nada a fazer a não ser apressar-se e preparar um guarda-roupa que fosse adequado à riqueza da sofisticada Paris.

Ao que parece, na história cifrada, Francis teria partido para a França no dia seguinte, mas, historicamente, sabemos que foi um pouco depois. O biógrafo Alfred Dodd assinala que o novo embaixador, Paulet, não deveria substituir o embaixador inglês em Paris a não ser em alguns meses, mas, subitamente, os planos foram mudados, a fim de enviá-lo antes do tempo.[13]

Sabemos que um dos melhores navios de Sua Majestade, o *Dreadnought*, foi designado para transportar o grupo terras afora. O oficial de marinha mais capacitado do país, o capitão George Bristowe, recebeu ordens para equipar o navio e partir "para aquele porto do outro lado, que se acreditava ser o mais conveniente para ele". Embora Elizabeth não tivesse decidido o que fazer com aquele filho indesejado, tratava-se de um Tudor, e plenamente régio. Então, até que estabelecesse uma política para ele, desejava saber que estava recebendo o tratamento digno de um membro da realeza.

Nas cifras, Francis nos revela com franqueza como seus sentimentos se alternaram entre um ânimo exaltado pela intensa expectativa e períodos de dificuldades, repletos de presságios melancólicos.[14] Ele sabia que, talvez, aquela permanência se tornasse definitiva — um banimento total de sua adorada "ilha ditosa". Não temos registro algum que evidencie o estado mental de Francis mais claramente do que aqueles famosos primeiros 17 sonetos,* conhecidos como "sonetos da procriação", assim chamados porque parecem estar apressando alguém a se casar, a ter um filho e a dar continuidade ao nome de família para a posteridade.

Se considerarmos os sonetos não como poemas que instigam alguém a se casar, como geralmente são interpretados, mas instando alguém que já está casado — sua mãe — a confessar o casamento publicamente e a reconhecer a criança que ela já gerou, as sequências assumem um novo

---

* Foi na França que Francis se apaixonou pela "soneteação", a empolgação em escrever aqueles poemas de 14 linhas, que eram a mania no continente. Foi uma moda que ele ajudaria a popularizar em seu retorno à Inglaterra.

e pungente significado. O soneto 13 pode ser lido como o sofrido apelo de uma criança, desejando vivamente ser reconhecida por aqueles que deveriam amá-la mais do que tudo:

Não te pertences mais, porém, meu amor, não és
Senão tu mesmo enquanto a vida te durar;
Precisas preparar-te contra teu revés,
E tua aparência adorável a outro dar.
Assim, esta beleza que deténs a prazo
Será tua sem-fim, e então voltarás a ser
Tu mesma novamente, inda depois do ocaso,
Quando de teu doce fruto tua doce forma nascer.
Quem deixaria tão bela casa tombar decadente,
Quando honrada a manteria o desvelo fraterno
Contra os frígidos sopros do inverno inclemente
E a cólera estéril da morte, seu córrego eterno?
    Oh, apenas os pródigos! Tu sabes, amor, tiveste um início,
    Tiveste um pai; deixa o teu filho te repetir isso.

O poema assume um significado mais profundo quando é lido como a súplica do coração de um príncipe não reconhecido da dinastia Tudor à sua mãe, a rainha, implorando-lhe que não deixe a casa real dos Tudor entrar em decadência pela falta de um sucessor. Há um sucessor, e esse sucessor é ele! "Por favor, reconhece-me! Tiveste um pai! Deixa teu filho te repetir isso!"

Capítulo 6

Julieta e seu Romeu inglês

*No teatro, o amor é sempre tema de comédias
e, só de vez em quando, de tragédias; mas, na vida real, ele causa
muitos males, atuando às vezes como sereia, às vezes como fúria.*

A cifra de Owen dedica um de seus cinco livros à estada de Francis em Paris. O texto é prolixo, totalmente descritivo e, como grande parte da literatura elisabetana, um tanto tedioso em alguns momentos. Ainda assim, é óbvio que foi na França que o jovem e anônimo príncipe encontrou a chave de seu futuro, e que moldou sua carreira com base nas experiências que o impressionaram durante essa permanência de três anos na corte francesa.

A saída de Francis da Inglaterra ainda adolescente é marcada pelas mudanças altamente perturbadoras que haviam acabado de se processar em sua vida. Ele está completamente disponível para novos horizontes e novos valores. Em seu retorno à Inglaterra, ele já se mostra mais triste, porém é um jovem mais amadurecido, com novas ideias, que o influenciariam para o resto de sua vida. Foi na corte francesa que ele teve contato pela primeira vez com os preceitos esotéricos que depois o fizeram aproximar-se das atividades Rosa-cruz e maçônica.[1] Ele as converteu em um plano original e altamente eficaz para servir ao mundo.

Em retrospectiva, o leitor pode perguntar-se sobre a enorme ênfase que Bacon dá à sua experiência francesa. No entanto, uma vez mais, devemos recordar o quanto isso foi importante não somente para ele, mas para seu país. É difícil entender a importância absoluta da realeza nos dias de hoje, tendo como parâmetro somente algumas monarquias decadentes. Na época de Bacon, tudo se concentrava em torno da monarquia reinante. O poder do trono era quase absoluto, e os privilégios, infinitos. A corte era, então, o centro da nação — o centro em torno do qual o mundo girava.

A primeira e, talvez, a mais importante coisa que aconteceu a Francis em sua chegada à França pode não parecer tão surpreendente, devido à sua juventude, à sua natureza romântica e ao seu senso inato de cavalheirismo. Ele se apaixonou perdidamente, com uma paixão que só está reservada àqueles com a mais profunda capacidade de amar. Para Francis, o amor não era um capricho passageiro, nem uma diversão de duração efêmera; seu primeiro amor era, também, seu último, o único grande *"amour"* de sua vida. Nos anos seguintes, quando o objeto de sua devoção provou-se desleal e tragicamente desmerecedor de uma emoção tão prevalente, ele

> baniu seu retrato para as paredes da memória, em que, solitário, continuaria exposto em meio à pura e ensolarada beleza daqueles primeiros anos — enquanto sua mais adorada presença tomava conta de todos os espaços do coração e da mente.[2]

O amor era total e imutável para aquele homem. Tanto suas amizades quanto seus romances tinham o toque duradouro e afetuoso da eternidade. Uma vez concedido, o coração de Francis ficava para todo o sempre e permanentemente comprometido. Certos historiadores e filósofos acreditam que sir Francis Bacon era frio, mal-humorado e totalmente incapaz de uma paixão romântica. É de espantar que uma incompreensão de tal ordem tenha aparecido, já que a realidade mostra-nos exatamente o contrário.

Pouquíssimas pessoas se deram conta de toda a verdade — de que uma das mais famosas e perenes histórias de amor de todos os tempos foi escrita por Francis Bacon em celebração a seu único e grande amor. A história duradoura de Julieta e seu Romeu existe como testemunho dessa verdade, e é nessa peça que grande parte da história de amor de Francis é retratada por meio das cifras.[3]

Marguerite de Valois, ou princesa Margot (filha da temida Catarina de Médici e neta de Lorenzo de Médici), foi a escolhida, a mulher para quem Francis entregou seu coração. Dodd menciona a existência de uma lenda segundo a qual, ao vê-la pela primeira vez, Francis "perdeu os sentidos, tamanha a emoção que seus encantos lhe causaram".[4] Eles já teriam se encontrado em existências passadas? Alguns acham que sim.

Francis conheceu sua princesa logo após a chegada à França. O grande navio *Dreadnought*, que fora designado para transportar o embaixador e a comitiva britânica que o acompanhara através do canal, mal chegou ao porto de Calais, no dia 25 de setembro de 1576, e logo todo o grupo partia em direção à corte, em Paris. Francis estava extremamente empolgado, seu entusiasmo em grau máximo, e seu ressentimento pelo "banimento", praticamente esquecido. Ele e seus companheiros estavam ávidos para percorrer o longo trajeto até Paris.

A vitalidade exuberante do príncipe incógnito não foi nem um pouco abalada por sua entrada em Paris. Ele e seu grupo foram recebidos calorosamente. Já estava tudo combinado, e os visitantes deveriam ser "alojados e tratados com grande pompa", possivelmente no luxuoso palácio de mármore do próprio Louvre, que, à época, era a residência da família real da França. Francis ficou profundamente impressionado. Ele estava acostumado ao melhor que a corte inglesa tinha a oferecer, mas aquilo não se comparava à prodigalidade com a qual foi recebido por todos os lados naquela sofisticada metrópole, mais elegante e muito mais rica que sua cidade natal, Londres. Ele ainda ficaria muito mais atônito alguns dias depois, com o banquete extravagante que seria preparado pelo próprio rei Henri para receber os visitantes ingleses. Eles foram imediatamente convidados para uma festividade que, de tão suntuosa em sua riqueza, fascinou os olhos do rapaz inglês, e manteve-se vívida em sua memória anos depois. Ele se recorda, em seu diário cifrado:

> Tendo chegado ao majestoso salão de Henri,
> Pareceu-nos um jardim repleto de flores, como o de Adonis,
> (Pois a flor-de-lis, os lírios dos franceses,
> A rosa da Inglaterra, com doces violetas,
> Narcisos opacos, doces madressilvas
> Cobriam as paredes e ocultavam a mesa.)
> Tamanha pompa, fausto e alarde, soberbos e luxuosos,
> De tapeçaria real e esplêndido ouro,
> Ofuscou meus olhos, nunca havia visto tal espécie de cristal,
> Nem o esplendor de um ouro tão rico e tão brilhante.[5]

Foi o suficiente para deixá-lo sem fôlego. Em todo o seu esplendor, quando o banquete estava prestes a começar, pavoneava pelo salão o rei francês, le Grand Roi, em absoluta pompa, acompanhado pelas mais belas donzelas da França, carregando guirlandas de tulipas, peônias e tomilhos selvagens, e jovens e altos homens com ramos de louros. Logo atrás do rei vinham suas *mignons*, ou subordinadas, vestidas de cetim e laços de fita, suas delicadas favoritas, que nunca se afastavam dele. A idosa rainha-mãe, Catarina de Médici, vinha em seguida.[6] Alguns sussurravam, de modo não muito discreto, que ela era o verdadeiro poder por trás do trono francês.

Tudo era muito excitante, e Francis confessou a seu diário que ele era um "tal noviço nas cortes de Paris" que "se surpreendia (...) com banquetes tão ricos", e que estava admirado com o esplendor de toda aquela situação. "Nós nos regalamos, cheios de alegria, mas com comedimento", ele relata.[7]

Com sua rápida sagacidade, bom humor e natural eloquência e graça, o príncipe britânico era perfeitamente capaz de interagir, mesmo com toda a sofisticação do ambiente, e as cifras confirmam que assim se passou. O charme de sua autoconfiança juvenil se fez notar quando o rei Henri o chamou para sentar-se a seu lado e o cumprimentou na língua francesa, não esperando que ele realmente fosse compreendê-lo. Ele havia subestimado seu jovem convidado. Uma alteração de idioma não era um problema para Francis, que fora educado cuidadosamente desde a infância para conversar com facilidade em uma infinidade de idiomas. Ele respondeu às boas-vindas do rei de maneira graciosa e direta, sem hesitar um só segundo diante das dificuldades da língua francesa, usualmente tão árduas para os estrangeiros. Todos os olhos estavam voltados para o menino, obviamente embevecidos com seu desempenho, para quem o rei, então, disse:

> Não és suficientemente velho em anos para ser um homem,
> Nem jovem demais para ser um menino (...)
> És privilegiado, nobre por natureza (...)
> Gostei de ti assim que te vi, agora amo-te e admiro-te.
> És a alegria de teu pai, o conforto de tua mãe,
> E a esperança de teu país.[8]

Essas foram as palavras com as quais ele foi recebido pelo rei da França, que parecia não ter dúvida alguma sobre sua filiação. Um filho de lady Anne e sir Nicholas dificilmente teria sido chamado de "a esperança de teu país", nem teria sido recebido com tamanhas honras pelo rei. O rei, então, o presenteou com um saco de ouro, enquanto todo o restante do grupo permanecia à sua volta, observando o recém-chegado "como se estivessem olhando para algum monumento surpreendente, algum cometa, ou prodígio incomum".[9]

A extraordinária atenção que ele recebeu da família real na corte francesa deixa poucas dúvidas de que, fosse ou não reconhecido abertamente como um príncipe Tudor, dificilmente haveria um francês que não soubesse alguma coisa sobre suas origens reais. Dezesseis anos antes, sir

Nicholas Throckmorton, o então embaixador inglês na corte francesa, escrevera furiosamente a William Cecil, queixando-se sobre os chocantes rumores que estavam sendo espalhados abertamente na França acerca do comportamento da jovem rainha britânica.[10] Histórias insinuando um comportamento escandaloso entre ela e o lorde Leicester haviam circulado em todo o continente — as fofocas não conheciam fronteiras. Na França, não constituía traição bisbilhotar a vida da rainha da Inglaterra, e se alguém fizesse isso, não geraria consequências muito graves. Os franceses podiam rir, e riam abertamente, de fatos considerados tabus para os ingleses. Boatos sobre o nascimento de um príncipe britânico haviam circulado livremente, desde as casas de campo até o palácio, em Paris, fazendo com que o humilhado Throckmorton estivesse prestes a renunciar a seu cargo, em desespero.

Agora, 16 anos depois, os cortesãos franceses, astutamente, deveriam estar se dando conta disso, quando, de repente, apareceu-lhes à porta um belo jovem aristocrata com exatamente a mesma idade, enviado a Paris pelas mãos da rainha, e colocado expressamente sob a proteção do embaixador britânico. Não foi difícil somar dois mais dois — esse menino não era filho dos Bacon! Os cortesãos não se deixavam enganar. Eles acabaram gostando do garoto e o chamavam de Monsieur Dous e Signor Dolce, o jovem e doce cavalheiro.[11]

Foi difícil para Francis lidar com a singularidade de seu berço, quase demais para um jovem de 15 anos, especialmente depois que conheceu a irmã do rei, a princesa Marguerite. Um filho simples dos Bacon não teria permissão para aspirar tão alto. Aproximando-se novamente do rei na festividade oferecida em sua honra, Francis vê, pela primeira vez, a linda princesa, que logo conquistaria seu coração.

O nome de Marguerite não soaria tão estranho aos ouvidos de Francis, pois seu casamento com um de seus primos, o huguenote (protestante) rei Henri de Navarra, em 18 de agosto de 1572, teria precipitado a noite de horror conhecida como Massacre de São Bartolomeu. Seis dias após o casamento, as ruas de Paris ficaram vermelhas com o sangue dos huguenotes. Francis tinha apenas 11 anos quando as notícias terríveis chegaram a Londres, e a indignação e o horror de todo o mundo protestante não seriam esquecidos por ele. Certamente, ele se recordava de que todo o tenebroso evento fora arquitetado pela mãe católica de Marguerite. Agora, ei-lo no mesmo lugar, apaixonando-se por sua filha.

Marguerite não era uma princesa dócil, e ficara irritada pelo fato de sua mãe tê-la obrigado a selar uma aliança com o jovem Henri de Navarra. Quando Francis a conheceu, supostamente, o divórcio era algo iminente. A relutância de Marguerite em se comprometer até mesmo com um casamento político com Navarra tinha, sem dúvida, muito a ver com seu atual caso de amor com o duque de Guise. Provavelmente um dos homens mais belos da França, ele era membro da poderosa família Guise, cujas maiores esperanças estavam em Mary, a Rainha dos Escoceses.

Os Guise sempre haviam sido formidáveis rivais da família de Marguerite, os Valois, uma situação que pode ter adicionado um tempero extra à atração mútua entre ambos, e que, sem dúvida, foi a inspiração para a hostilidade entre os Capuleto e os Montéquio, em *Romeu e Julieta*. Francis informa aos leitores de suas cifras sobre os boatos que circulavam na corte a respeito de Marguerite, reconhecendo que ela não era nenhum anjo quando eles se encontraram pela primeira vez.[12] Ainda assim, embora fosse oito anos mais velha que ele, a seu ver, ela era quase divina. "Ela é a mais formosa dama que já vi na França, e está coberta de diamantes, pérolas e ouro."[13] Uma primeira impressão fascinante. Em breve, seus elogios se tornariam mais ardentes. Ela é seu "doce, doce amor" e o "anjo iluminado" de seu coração.[14]

Retratos de Marguerite, pintados naquela época, não evidenciam essa beleza tão surpreendente, recorrente em quase todas as suas descrições. Talvez as habilidades dos artistas não lhe tenham feito justiça. Eles a retratam sempre com um rosto um tanto amargo e aborrecido, e com características indistintas. É possível que seu charme e sua personalidade fossem suficientes para transmitir a impressão de beleza, mesmo que esta estivesse fisicamente ausente. Inúmeras descrições verbais beiram a idolatria ao elogiar sua beleza, como, por exemplo, o relato de seu admirador dom João da Áustria, que, uma vez, viajou especialmente para comparecer a um baile no Louvre. Seu único propósito era ver, com os próprios olhos, a fabulosa princesa Margot. Esperando do lado de fora do salão de dança, dom João observou-a por alguns instantes. Virou-se, então, para seu acompanhante e emitiu sua opinião: "A beleza da princesa é mais divina do que humana, mas está destinada a amaldiçoar e arruinar os homens, em vez de salvá-los."[15] Francis, no fim das contas, seria forçado a chegar à mesma conclusão.

Marguerite de Valois, por François Clonet
A história cifrada revela que a princesa francesa foi o primeiro amor da vida de Francis, a inspiração para muitos de seus sonetos e para a trágica história de amor *Romeu e Julieta*. Enquanto a personagem de Julieta abarca toda a amabilidade e a nobreza que havia em Marguerite, sua natureza mais sombria é vista em Créssida, o amor adúltero de Troilus, em *Troilus e Créssida*. Repercutindo no drama e na poesia, podemos ver algo do "doce sofrimento" que afligia o coração de Francis, a dor do amor não correspondido.

Não foram apenas a beleza e o fascínio da princesa Marguerite que capturaram o coração de Francis. Outras qualidades o empolgavam ainda mais. O impacto sobre ele foi impressionante. Em sua opinião, ambos tinham tudo em comum, mesmo que ela fosse oito anos mais velha. Estavam destinados um ao outro; ele não duvidava disso por um momento sequer. Ela, assim como Francis, tinha uma mente brilhante e perspicaz, um grande amor pela música e talento para réplicas espirituosas. Também gostava de poesia e se satisfazia por horas lendo poemas e refletindo sobre eles; também se preocupava com o bem-estar dos homens do povo e, geralmente, oferecia grandes somas de dinheiro aos pobres. Esses eram alguns dos muitos atrativos que teriam cativado Francis.

O mais tocante de tudo seriam os elegantes saraus que ela comandava em seus aposentos no palácio, noites em que as pessoas mais talentosas e cultas da *intelligentsia* eram convidadas para encontros sobre poesia, música, arte, literatura, misticismo e, de um modo geral, todos os assuntos ligados ao mundo da cultura. Era uma espécie de academia esotérica, muito semelhante às que estavam florescendo em toda a Europa naquela época. Uma perspectiva do que passava na intimidade desse tipo de academia pode ser vista na peça *Trabalhos de Amor Perdidos*.[16]

Nessas reuniões, Francis teria conhecido o famoso Pierre de Ronsard e sua Plêiade, um grupo de poetas cuja missão era enobrecer a língua e a literatura francesas. Os princípios que encontrou ali o influenciariam para o resto da vida, fazendo, até mesmo, com que se determinasse a elevar o status de sua língua nativa, o inglês, e da cultura, praticamente inexistente, de sua terra natal.

As cifras explicam que, à medida que o amor de Francis por Marguerite aumentava, ele se deixava seduzir cada vez mais, a cada encontro. Ter ficado a par de sua origem nobre lhe propiciara uma confiança absoluta sobre o próprio valor, e o direito de dizer tudo o que pensava. Além disso, sentia-se encorajado pela ausência de amor entre Marguerite e Navarra. Os modos naturalmente galanteadores de Marguerite, e seu óbvio interesse pelo jovem e charmoso visitante da Inglaterra, finalmente encheram-no de coragem suficiente para falar-lhe francamente. Ele lhe oferece seus préstimos, e ela se mostra grata.

Pierre de Ronsard (1524-1585)
Ronsard era conhecido, em sua época, como o "príncipe dos poetas". Ele era o líder da Plêiade, um grupo de poetas franceses cujo objetivo era a elevação da língua e da literatura francesas. Tentando igualar-se aos padrões e incorporando o vocabulário dos clássicos gregos e romanos, eles buscavam criar um vernáculo capaz da mais alta expressão literária e filosófica. Bacon voltou da França com a determinação de fazer o mesmo na Inglaterra. Os próximos quarenta anos testemunhariam o pleno florescimento da Renascença inglesa, e o nascimento da língua inglesa conforme a conhecemos hoje em dia.

> Ajoelhei-me para agradecer as doces palavras desta
>   adorável rainha,
> E pedi-lhe a graça de deitar meus serviços [um beijo] em
>   sua mão:
> Candidamente, ela acede e sua expressão é graciosa —
> De bom grado, beijaria seus pés para aliviar meu tímido
>   coração:

JULIETA E SEU ROMEU INGLÊS

Porque uma tal paixão cinge meu peito,
Meu coração bate mais intensamente do que um pulso febril,
E todas as minhas forças esvanecem,
Como um vassalo, inesperadamente encontro
Os olhos da majestade. Curvei-me e suspirei —
F.B. "Oh, Rainha, se me negares teu obséquio, deixa-me
    morrer!
Beijo-te as mãos, mas não por bajulação:
Teu agradável toque fez saltitar meu coração."
M. "O que dizes, garoto? Meu jovem príncipe é um
    poeta?" (...)
  Olho para o rosto da dama, e em seus olhos
Diviso maravilhas, um surpreendente milagre,
E eu nunca ouvira nem lera uma coisa tão singular —
Uma sombra de mim mesmo se formou em seus olhos,
E nesta forma de beleza adivinhei — amor!
Assevero que nunca amei a mim mesmo
Até que se gravasse este momento, observando-me
Esboçado na agradável superfície de seus olhos.
M. "Dize-me, então, meu nobre príncipe; e tu podes amar?"
F.B. "Mais que isso, pergunta-me se posso afastar-me do
    amor,
Pois te amo com toda sinceridade."
  Com a face envergonhada, enrubesci, e jurei servir-lhe,
Fosse até a morte ou em desgraças futuras,
Essa rainha de todas as inimagináveis rainhas, como uma
    deusa, tão divina,
Que encanta com seu doce sorriso até o mais melancólico
    dos homens (...)
F.B. "Doce Margaret, a beleza de teu rosto,
O bastante para fascinar os celestiais poderes,
Operou tanto sobre mim que, ultimamente,
Vejo-me cativo do amor."[17]

Marguerite estava acostumada à adulação dos homens, mas, ainda assim, ficara impressionada com a ardorosa devoção de Francis. Talvez tenha ficado, também, um tanto alarmada:

"Príncipe, levanta-te, estás demasiadamente entusiasmado,
Exageradamente arrebatado; ouve o que digo:
Teu zelo deve ser controlado; levanta, doce menino, levanta;
É para teu bem que assim te aconselho;
Um poder maior que nós opõe-se a tudo isto.
Quer dizer que tu me forças a abandonar
Navarra, meu rei, quando ele mais precisa de meu apoio?"

A referência de Marguerite à ética não incomoda Francis nem um pouco. Ele está convencido de que seu amor por ela foi planejado pelos céus.

F.B. "A lei dos Céus não nos conduzirá a lugares impróprios.
E aqui eu prometo e afirmo, sobretudo, (...)
Perseverar até que, finalmente, te decidas."
M. "Parece, então, que estás satisfeito."
F.B. "Mas, para que meu afeto não pareça tão repentino,
Eu poderia provê-lo de sólidos argumentos."
M. "O que te motiva a estender-se para além da
    correnteza? (...)
Mas, oh! Meu príncipe,
Eu te imploro, escuta-me (...)
O amor é um fardo muito pesado para tua juventude."
F.B. "Eu o suportaria sem esforço, por mais pesado que
    fosse!" (...)
M. "Grandes lordes já vieram me implorar por meu amor,
Mas tu, doce jovem, és a única flor da Inglaterra,
A árvore real nos legou frutas régias (...)"

JULIETA E SEU ROMEU INGLÊS 131

> Suas palavras nada me revelavam sobre seu coração,
> Mas quando em mim depositou a luz de seus doces olhos,
> Eles deram-me permissão para falar-lhe novamente.[18]

Esse belo trecho, digno da pena imortal de Francis Bacon, deveria ser conhecido em todo o mundo.

Inexperiente no amor, mas leal e confiante, e completamente convencido da santidade de seu sentimento, Francis dá a Marguerite seu anel. Quando ela o aceita, ele acredita que lhe está empenhando seu amor e sua lealdade como retribuição. Uma santa como Marguerite brincaria com o amor que ele lhe oferecia tão generosamente? Isso nunca lhe passaria pela cabeça.

Com todo o fervor de sua juventude, Francis dedica-se à conclusão dos procedimentos do divórcio de Marguerite e Navarra, e à obtenção da permissão de sua mãe para um possível casamento entre o príncipe Tudor, da Grã-Bretanha, e a princesa Valois, da França. Todas as coisas são possíveis no amor. Ele elege sir Amyas como confidente e pede-lhe que interceda junto à Elizabeth em seu favor. Paulet parece ser favorável à aliança, talvez percebendo a sinceridade da veemência de Francis. Ele concorda em fazer o possível para ajudá-lo a concretizar seus planos.

Os esforços do embaixador não são bem-recebidos. Elizabeth não está disposta a aceitar uma aliança tão perigosa do filho que ela nunca sequer havia admitido ter. Além disso, naquele momento, ela mesma estava mantendo um romance político com seu "pequeno sapo", o incrivelmente desprovido de atrativos, irmão de Marguerite, o duque de Alençon, também conhecido como duque de Anjou. As relações entre a França e a Inglaterra eram muito delicadas para que fossem colocadas em risco com uma aliança de tal ordem, além de expor ao perigo sua popularidade entre os súditos. Ela fica furiosa com Paulet por ter encorajado o romance, e somente devido à sua habilidosa diplomacia o embaixador consegue manter-se em seu cargo.[19] Justamente por isso, Francis deu outro dos inúmeros passos que irritariam cada vez mais sua mãe, cada um desses movimentos em falso levando-o a se afastar ainda mais do trono.

No entanto, a recusa de Elizabeth ao pedido de casamento entre Francis e Marguerite não foi a causa da posterior desavença com sua adorada. Um dia, dizem as cifras, a velha pajem de Marguerite, ou ama-seca (certamente, o protótipo da famosa ama de Julieta), puxou Francis a um canto e sussurrou-lhe ao ouvido que a razão pela qual a princesa não poderia dar-lhe a plenitude de seu amor era que ela já dera o coração não a seu marido, Navarra, mas a seu amante, Henri, o duque de Guise. Livre-se dele, sussurrou a ama, e tudo sairá bem.[20]

A relação clandestina entre a irmã do rei e o poderoso duque era infeliz, sob todos os pontos de vista. Para Francis, representou um desgosto. "Eu não consigo tolerar competidores no amor", ele se queixou,[21] percebendo, finalmente, que as emoções de Marguerite não eram tão inocentes quanto as suas. O resultado desse abalo foi um conflito permanente entre esperança e desespero.

> Dois amores — de paz e desespero —
> Eu tenho que me inspiram noite e dia:
> Meu anjo bom é um homem puro e vero;
> O mau, uma mulher de tez sombria.*
>
> *Soneto 144*

O "anjo bom (...) homem puro e vero" provocou um grande espanto entre os estudiosos de Shakespeare. Mas os sonetos do "lindo menino" (ou jovem homem) foram escritos para sua própria musa, o "alter ego", em sua visão. No soneto 144, a luta suprema se dá entre suas elevadas ambições e seu amor mais do que humano por Marguerite.

Romeu e seu jovem amor, Julieta, nos são tão familiares que, mesmo hoje em dia, no século XXI, quase nos esquecemos de que não são

---

* Tradução de Ivo Barroso.

personagens históricos. Mude-se o nome para Francis e Marguerite e descobrimos que estávamos certos desde sempre — eles são personagens históricos. *Romeu e Julieta* é uma celebração do arrebatamento e da tragédia de um jovem amor, de um modo que dificilmente será suplantado. Romeu não se importa com mais nada no mundo, a não ser com Julieta. O amor dos dois o domina completamente, e nada mais pode ocupar seus pensamentos, apesar da tragédia que se prenunciava desde o começo. O mesmo se passou com Francis.

A outra peça que Francis usa para contar sua história de amor é *Troilus e Créssida*. Inscrita no Registro de Livreiros e Editores de Londres em 7 de fevereiro de 1603, a peça só teve sua primeira edição seis anos depois. Quando o Primeiro Fólio foi publicado, em 1623, essa peça não estava listada no catálogo, ou sumário, sendo inserida entre as peças históricas e as tragédias, como se os editores não tivessem certeza de como classificá-la. Sua essência será cínica, cômica ou trágica? Talvez um pouco de todos esses três elementos. O próprio autor havia sofrido uma desilusão amorosa, mas era maduro o suficiente para enxergar uma estranha espécie de humor na situação — uma atitude tipicamente baconiana, como bom observador da humana comédia dos erros, mesmo quando ele próprio era o principal atingido.

O jovem troiano Troilus é retratado como o "príncipe da cavalaria", e é descrito pelo observador Ulisses no seguinte trecho da peça:

> O mais moço dos filhos de Príamo, um verdadeiro cavaleiro;
> Ainda imaturo, e, no entanto, ímpar; firme de palavra,
> Eloquente na ação e modesto na linguagem.
>
> *Ato IV, Cena 5*

As virtudes de Troilus são virtudes que Bacon sempre exaltara. Esse jovem príncipe, ideal e idealista, apaixona-se pela mundana e, de alguma forma, extenuada Créssida. Para ele, ela é perfeita.

Jamais um jovem homem amou
Com amor tão constante e tão terno.

Ato V, Cena 2

Créssida tem uma alma jovial, dom para conversas espirituosas, falta de consciência moral e talento para agradar os homens. Experiente como é, Créssida é inteligente demais para ceder tão prontamente aos cortejos de Troilus. "Os homens dão mais valor àquilo que ainda não conseguiram"[22] é sua filosofia, e ela alimenta a incerteza em seus amantes, até que fiquem completamente obcecados de amor. Quando, finalmente, permite que o velho e libertino Pandarus marque o encontro que Troilus lhe estava implorando, ela confessa ter estado apaixonada por ele desde o princípio, e que, se algum dia ela provasse lhe ser infiel, esperava que seu nome fosse usado como sinônimo de traição. Tudo isso faz parte, um pouco, de seus modos afetados e coquetes, que os eventos posteriores provariam ser razoavelmente falsos. Troilus, é claro, acredita em cada palavra sua.

Em breve, as circunstâncias exigem que os amantes se separem, já que ela é negociada com os gregos como prisioneira de guerra. Angustiado, cheio de apreensão e ciúmes, Troilus lhe dá uma luva, como prova de seu amor. (Luvas decoradas com primor eram um item precioso e, geralmente, oferecidos como presentes entre amigos e amantes, assim como um cachecol ou uma joia seriam dados hoje em dia.) Créssida jura fidelidade a Troilus e lhe pergunta se ele lhe será fiel. "Quem, eu? Ai de mim, a fidelidade é meu vício, meu defeito!"[23]

Entretanto, Créssida, leal apenas à sua natureza frívola, prontamente beija todos os comandantes gregos e se comporta como a lasciva voluptuosa que é. O líder grego Ulisses reconhece imediatamente sua natureza, através do que, hoje em dia, chamaríamos de linguagem corporal:

Há linguagem em seus olhos, sua face, seus lábios;
Até os pés dela falam! Sua alma lasciva brota

JULIETA E SEU ROMEU INGLÊS

De todas as juntas e órgãos de seu corpo.
Oh, essas moças impudicas, de língua tão volúvel,
Que provocam as boas-vindas a quem quer que seja,
E que escancaram as folhas de seus pensamentos
Para qualquer leitor impertinente!

Ato IV, Cena 5

Evidentemente, não é preciso muito tempo para que Créssida arranje um novo *amour*, e quando Troilus visita o acampamento militar, encontra-a entregando a luva que lhe fora dada de presente a seu novo amor, Diomedes. Encolhendo os ombros com resignação, ela diz a Diomedes para ficar com a luva, e lança um último suspiro de arrependimento a seu pretendente troiano: "Adeus, Troilus! Um de meus olhos ainda está fixo em ti."[24]

Por meio dessas pequenas cenas, captamos relances não apenas da história troiana de Troilus e Créssida, mas de Francis e Marguerite, aproximadamente trinta séculos depois. É esse senso de uma realidade subjacente cotidiana em "Shakespeare" que tem mantido os leitores fascinados, desde que o famoso fólio apareceu em formato impresso, pela primeira vez, em 1623.

Capítulo 7

A glória de um rei

A prosperidade descobre melhor os vícios,
mas a adversidade descobre melhor a virtude.

Em uma manhã cinzenta, acordando de um sono intermitente, em seus alojamentos em Paris, Francis se lembrou de um sonho perturbador que, mais tarde, relacionaria com "diversos cavalheiros ingleses". Nesse sonho, seu adorado lar inglês, o solar dos Bacon, em Gorhambury, parecia estar "completamente recoberto por uma argamassa negra". Interpretando intuitivamente o sonho como um mau presságio, ele não ficou totalmente surpreso quando um mensageiro chegou trazendo-lhe a notícia da morte de sir Nicholas.

O adorado pai adotivo de Francis, o lorde chanceler-mor, morrera devido a um resfriado, contraído quando seu barbeiro o deixara cochilando no frio ar de fevereiro, em frente a uma janela aberta. Ao acordar, sir Nicholas previu sua morte próxima. Quando o barbeiro lhe explicou que o deixara dormindo porque não quisera interromper seu descanso, sir Nicholas respondeu: "Então, por causa de tua civilidade, perderei minha vida."[1] Dentro de alguns dias o grande chanceler-mor de Elizabeth estaria morto.

Tão rápido quanto possível, Francis cruzou o canal e retornou a Londres, chegando, infelizmente, depois de terminado o funeral, realizado com honras de Estado, do querido amigo da rainha. Pode-se imaginar o quanto Francis deve ter-se emocionado ao ouvir os comentários sobre o cortejo — sua mãe adotiva, que o amara muito mais do que sua verdadeira mãe jamais o fizera, montada em um cavalo coberto de negro, trotava sozinha, logo atrás da carruagem funerária que levava o corpo do homem que fora tudo em sua vida. Para Francis, esse homem havia sido um protetor, um conselheiro e um amigo, desde o instante de seu nascimento.

Durante todo aquele dia, os sinos de St. Paul ressoaram; durante todo aquele dia ressoaram, também, os sinos de St. Martin. Foi uma ocasião solene para todos. Para Francis, marcava o fim de um ciclo, quase o fim de sua juventude. Não havia segurança com a qual pudesse contar senão aquela que pudesse providenciar por si mesmo. Quem estaria lá agora para aconselhá-lo? Em quem ele poderia confiar? Para Anthony, as coisas tinham um significado distinto. A morte de seu pai marcava o início de um período de relativa liberdade da autoridade e das restrições paternas.

Quando se abriu o testamento de Nicholas Bacon, ficou evidente que todos da família haviam sido suficientemente contemplados — com uma importante exceção: o filho mais novo. O filho mais velho, Nicholas, tornou-se um homem rico com a morte do pai. Os outros dois filhos do primeiro casamento, Nathaniel e Edward, foram muito bem-provisionados, assim como as três filhas — Elizabeth, Jane e Anne. O solar de Gorhambury foi deixado para lady Anne para o restante de sua vida e, posteriormente, deveria ser revertido para Anthony. Anthony também recebeu valiosas mansões, em Middlesex e Hertfordshire. Para Francis, não havia nada; nada, a não ser algumas duvidosas propriedades e arrendamentos que lhe renderiam uma modesta soma anual. Esse filho mais novo, obviamente adorado pelos Bacon — apenas ele —, fora deixado, virtualmente, sem um centavo.

O testamento de Nicholas Bacon "é um quebra-cabeça", define a biógrafa Jean Overton Fuller.[2] Se tivesse sido escrito antes do nascimento de Francis, seria até compreensível. Mas não era o caso. Ele foi escrito em 1577, quando Francis já era adolescente e estava em sua temporada na França, e, segundo as cifras, depois de revelada sua origem régia. E fora revisado em 1578, apenas dois meses antes da morte do lorde chanceler-mor.

Só poderia haver uma explicação para a omissão em relação a Francis — a confissão secreta da rainha quanto à identidade do pai de seu filho. O velho Bacon deve ter confiado plenamente que Elizabeth cuidaria do próprio filho. Pode ter acontecido, até mesmo, que, sob as ordens de Elizabeth, Nicholas tenha revisado seu testamento. Ela, aparentemente, tinha a óbvia intenção de impor restrições a seu filho, controlando-o com rédeas curtas, uma política que alimentaria pelo resto de sua vida. Somente a constatação de que Francis não era fruto de sua própria carne e sangue pode fazer sentido nesse episódio do testamento de sir Nicholas.

Até que a rainha decretasse o contrário, Francis, agora, deveria contentar-se em se ocupar com o que ela lhe ordenasse. De fato, tratava-se de uma "coisa melancólica", mas Francis sabia que não havia alternativa senão aceitar estudar Direito em Gray's Inn. Ele comentava, com frequência, que não se sentia inclinado ao exercício da advocacia. Ele era poeta e filósofo, e sentia que seu tempo estava sendo desperdiçado nos tribunais da lei. "Eu gostaria de viver para estudar, e não de estudar para viver", escreveria ele, muitos anos mais tarde.

O único rendimento desse jovem príncipe da Inglaterra era um pequeno ordenado, providenciado pelo Estado (a rainha). Anthony e lady Anne fizeram o possível para ajudá-lo a financiar seus planos e levar adiante o caro e extensivo projeto de "progresso do saber", o objetivo supremo de sua vida, mas logo se viram sem os recursos necessários para auxiliá-lo.

A situação de Francis era bastante difícil. Ninguém poderia imaginar o quanto era difícil sem se colocar em seu lugar. Ele sofrera a dor da rejeição de modo brutal — um príncipe de "sangue real", herdeiro das mais poderosas casas reais da Europa. Em suas veias corria o sangue régio da arrogância, nobreza e orgulho dos Valois-Plantagenet-Tudor. Em uma luta perene, ele tentava mantê-los sob controle. Ele estava forçado a se manter afastado, enquanto seus amigos de infância mais próximos recebiam riquezas, privilégios e títulos. Observava outros homens enchendo-se de honrarias e mais honrarias, enquanto ele, o filho da rainha, não recebia sequer um simples título de nobreza. Essa dificuldade de mobilidade social fez com que alguns historiadores, desconhecendo a verdade, conjecturassem que havia alguma falha intrínseca em Bacon que o impedia de progredir.

Estátua de sir Francis Bacon, em Gray's Inn
Depois de regressar de Paris, Francis foi morar em Gray's Inn. Naquela época, as escolas de Direito da corte funcionavam não apenas como universidades para o estudo das leis, mas também como clubes sociais e escolas de aperfeiçoamento para filhos da aristocracia. Francis escreveu várias mascaradas e as primeiras peças de "Shakespeare" durante sua permanência nesse lugar. Os jardins de Gray's Inn foram projetados por Francis em 1606, quando ele serviu como tesoureiro da escola.

Sua própria intuição lhe dizia que ele nascera para ter um destino divino e que, de alguma forma, deveria cumprir seu papel. Em seu ensaio

A GLÓRIA DE UM REI

"Dos cargos importantes", ele escreveria, mais tarde, sobre a dificuldade de obter sucesso: "O solo é escorregadio, e o retomar do equilíbrio é a queda, ou, pelo menos, um eclipse, o que é melancólico."[3]

Em junho de 1579, Francis começou a "cumprir seu semestre letivo" em Gray's Inn (uma das escolas de Direito da corte ainda em atividade hoje em dia). Ele "fixara seus aposentos" nos quartos antigamente utilizados por sir Nicholas. As escolas de Direito funcionavam não apenas como locais para o ensino das leis; elas também serviam como escolas de aperfeiçoamento para treinar jovens aristocratas nas artes da aquisição de status superior na realeza, uma formação que nenhum plebeu de uma pequena cidade do interior, como Stratford-on-Avon, poderia esperar. Essa cultura aristocrática salta aos olhos em todos os trabalhos de Shakespeare.

É difícil definir o que exatamente é necessário para formar um perfeito nobre inglês, embora muitos já tenham tentado fazê-lo. Em 1497, o embaixador veneziano na corte da rainha escreveu, com aparente frustração:

> Os ingleses são grandes amantes de si mesmos e de tudo que lhes pertença. Eles pensam que não há nenhum outro homem como eles mesmos, e nenhum outro mundo, a não ser a Inglaterra (...). Sempre que veem um cavalheiro estrangeiro, dizem que se parece com um homem inglês, e que é uma grande lástima que ele não seja inglês; e quando oferecem qualquer iguaria a um estrangeiro, perguntam se tal coisa também é feita em seu país.[4]

Esses comentários foram citados em 1926, por William Ralph Inge, deão de St. Paul's, que também forneceu suas observações sobre os ideais ingleses:

> Se alguma vez tivéssemos de seguir o exemplo de [outros] países e abolir, em nome da uniformidade democrática, as

"escolas para cavalheiros", é provável que a nação sofresse penosamente pela perda de tais tradições, que estrangeiros têm admirado com tanto fervor.[5]

Esses ideais, escreve ele, foram desenvolvidos durante o século da rainha Elizabeth, por trabalhos como o *Faerie Queene*, de Spenser, no qual o poeta tentou apresentar uma visão do cavalheiro ideal. (Mais uma vez, chocamos os acadêmicos, assinalando que as cifras alegam que foi o próprio Bacon quem escreveu as obras de Spenser[6]). O deão Inge continua:

> [O caráter elisabetano] era, como um todo, um caráter novo no mundo. Ele não existia, de fato, no tempo do feudalismo e da cavalaria (...). Na época de Elizabeth, começava a assumir um grande espaço na vida inglesa. Formou-se em meio ao crescente culto à nação, à crescente variedade dos serviços públicos, ao despertar das responsabilidades para o dever e aos chamados para o autodomínio. Ainda que determinasse muitas das prerrogativas do sangue nobre e das honras familiares, era algo independente da nobreza e para além dela (...). Um excelente berço e até mesmo uma grande capacidade não eram suficientes; seria necessário acrescentar a eles (...) uma nova apreciação do que era belo e digno de honra, uma nova medida da força e da nobreza do autocontrole, da devoção e dos interesses altruístas. Essa ideia de humanidade [é] baseada não apenas na força e na coragem, mas na verdade.[7]

Podemos agradecer ao deão Inge por sua compreensão acerca das mudanças que estavam se processando, ao perceber que esses eram os mesmos ideais que Francis estava incorporando não somente a si mes-

A GLÓRIA DE UM REI

mo, mas que passaria grande parte de sua vida tentando instilar na personalidade do povo britânico.

Um comentário feito pelo cardeal Newman, citado pelo deão Inge em seu *England*, reflete a influência de Francis Bacon em sua época:

> É quase a definição de um cavalheiro dizer que é aquele que nunca inflige a dor (...). O verdadeiro cavalheiro evita o que quer que possa causar conflito ou choque na mente daqueles com quem se relaciona — toda oposição de opiniões, (...) todas as suspeitas, ou melancolia, ou ressentimentos; sua grande preocupação é deixar todos à vontade e em paz (...). Ele nunca fala de si mesmo, exceto quando compelido; nunca se defende com uma mera réplica; não tem ouvidos para calúnias ou fofocas (...) e interpreta tudo em seu sentido mais positivo. Ele nunca é vil ou modesto em suas argumentações, nunca se aproveita de situações desfavoráveis (...). Ele é muito equilibrado para ser afrontado com insultos, muito ocupado para se lembrar de ofensas e não exibe malícia alguma.[8]

Há ainda mais que isso, e, como observa Inge, essas qualidades não seriam exclusivas dos ingleses. Porém, a partir de várias observações feitas por amigos de Bacon ao longo de sua vida, ele cumpria mais do que satisfatoriamente os ideais do comportamento cavalheiresco esperado dos membros do Gray's Inn. Entretanto, esses jovens homens eram filhos de aristocratas, e eram vigorosos, dinâmicos, e muitos tinham os bolsos cheios de dinheiro. Estavam longe de ser puritanos, e inúmeras aventuras juvenis aconteciam em uma ou outra dessas escolas. Seu divertimento favorito era a encenação de mascaradas e peças de teatro. Algumas das primeiras peças de Shakespeare começaram a ser esboçadas aqui, incluindo *A Comédia dos Erros* (Gray's Inn) e *Noite de Reis* (Middle Temple).

Apesar da atmosfera privilegiada e da grande vivacidade dos jovens aristocratas à sua volta, Bacon não estava feliz em Gray's Inn. Ele não conseguia afastar a sensação de que nascera para propósitos mais elevados. "A advocacia consome muito do meu tempo", ele se queixava, logo no início da carreira. "Gostaria de estudar coisas que me dessem mais prazer."[9] De volta à sua terra, na nação cujo governo, um dia, deveria lhe ser concedido como direito de nascença, Francis era considerado mais estrangeiro do que jamais se sentira na França. Ele não era mais um membro genuíno da família Bacon, e também não era aceito como um Tudor.

Foi uma época desesperadamente infeliz para Francis Tudor. Se identificarmos uma semelhança entre seus sentimentos e as palavras de indigência expressas por aquele fictício mas famoso jovem príncipe da Dinamarca, Hamlet, poderemos ter certeza de que foi algo intencional por parte do autor. Assim como Francis, Hamlet se sentia sozinho e rejeitado:

De tempos a esta parte — por motivos que me escapam —, perdi toda a alegria, descuidei-me de todas as minhas ocupações habituais e, para dizer a verdade, tão sombria é a disposição de meu espírito que este magnífico recinto, a Terra, se me afigura um promontório estéril.

Ato II, Cena 2

Muito mais pungente é o desejo de Hamlet de ser aniquilado:

Oh, se esta carne sólida, tão sólida, se desfizesse,
Se dissolvesse, fundindo-se em orvalho,
Ou se, ao menos, o Eterno não houvesse
Fixado suas leis contra o suicídio. Ó, Deus, Deus,
Como me parecem abjetas, fastidiosas, fúteis e vãs
As coisas deste mundo!

Ato I, Cena 2

Ser ou não ser — eis a questão (...)

Ato III, Cena 1

Interior do hall de Gray's Inn
a partir de uma gravura de H. Crichmore
A peça *A Comédia dos Erros* teve sua primeira apresentação aqui, como parte das festividades do Natal de 1594, dentro da escola. O enredo se baseia em duas peças de Plauto (o grande dramaturgo cômico do século III a.C., de Roma), que não estavam disponíveis em inglês naquela época. *A Comédia dos Erros* apareceu publicada pela primeira vez em 1623, no Primeiro Fólio.

O *cri de coeur*, o pranto do coração, do jovem Hamlet mobilizou a compaixão das plateias por séculos, mas quem prestaria atenção às lágrimas do jovem Francis? Um lamento tão pungente só poderia vir do coração de alguém que houvesse pessoalmente experimentado a dor do conflito entre a necessidade de viver e o desejo de morrer. Ainda haveria outras decepções no decorrer da vida de Francis, mas essa era, talvez, a mais dolorosa de todas. Foi nesse estágio de desespero, na noite mais escura de sua alma, que uma profunda experiência mística ocorreu, o que

o ajudou a sair de seu sombrio estado de melancolia e a encontrar, novamente, um propósito na vida.

Mesmo em meio à alegria de seus anos parisienses, sempre houve
uma parte de Francis que nunca perdera contato com seu ser mais profundo e "superior". Ele chamava essa parte de si mesmo de sua Musa.
Com frequência, Francis se voltava para esse seu lado mais profundo
em busca de conforto. Uma noite, sozinho em seus aposentos em Gray's
Inn, ele buscou consolo na Bíblia, como geralmente fazia. Folheando as
"sagradas escrituras de nosso grande Deus", ele deparou com seu trecho
favorito nos Provérbios. As cifras nos contam que ele começou a ler

> Aquela passagem de Salomão, o rei, em que ele
> Afirma: "A glória de Deus é ocultar
> Certas coisas, mas a glória dos reis é tentar descobri-las."[10]

Subitamente, há uma mudança no ambiente do quarto. Ele não sabia o que estava acontecendo, mas estava ciente de que não era algo deste mundo, e que isso teria o poder de mudar sua vida.

> Conforme líamos e ponderávamos sobre as sábias
> Palavras e a grandiosa linguagem desse precioso
> Livro do amor, surgiu uma chama de fogo que
> Preencheu o quarto, e obscureceu nossos olhos com sua
> Glória celestial. E de dentro dela avolumou-se uma divina
> Voz que, elevando nossa mente para além
> De seus limites humanos, cativou nossa alma com sua doce,
> Celeste música. E assim ela disse:
>   "Meu filho, não tenhas medo, dedica-te às tuas venturas e à
> Tua honra. Sê quem tu sabes que és,
> E serás tão grande quanto o que mais temes. Em teu
> Nascimento, os céus estavam repletos de formas
> Flamejantes; os bodes corriam das montanhas,

A GLÓRIA DE UM REI

E os rebanhos vociferavam estranhamente
Pelos amedrontados campos. Esses sinais
Te marcaram profundamente, e todos os
Caminhos de tua vida mostrarão que não fazes parte
Do rol dos homens comuns (...)
    Não tenhas, portanto, medo de ser grande,
Eu te ordeno. Alguns homens tornam-se grandes antes da
        hora, presunçosos
E protegidos por seu príncipe; alguns têm a grandeza
Impingida sobre eles pelo mundo, e alguns alcançam
A grandeza à custa de suas habilidades; portanto, há
Um fluxo nos assuntos humanos, que, uma vez seguindo a
Correnteza, conduzem à gloriosa ventura. Renegados, todo o
Trajeto de suas vidas é delimitado por superficialidades
E indigências. Em um mar como este estás agora a salvo
E deves aproveitar a correnteza quando lhe convier (...)
    Lembra-te daquilo [que] acabaste
De ler, que a Divina Majestade compraz-se em guardar
Suas obras, segundo o inocente jogo das crianças,
Do que tê-las desmascaradas; certamente se seguires
O exemplo do soberano Deus não poderás
Ser censurado. Portanto, põe de lado a aceitação popular,
E conforme o estilo do rei Salomão, escreve
Uma história do teu tempo, e envolve-a
Em uma escritura enigmática e em hábeis misturas de
Teatro, matizadas como as cores da paleta de um pintor,
E, no seu devido tempo, ela será encontrada.
    Pois deverá vir ao mundo
(Não em anos, mas em eras) um homem a cuja mente
Flexível e obediente nós, do mundo sobrenatural, daremos
Especial atenção, com todos os esforços possíveis, para
        conceber

E esculpir uma flauta que seus dedos toquem
Com o registro que lhe aprouver; e esse homem, regendo
Ou sendo conduzido, conforme determinarmos, será ele
       mesmo
Um discípulo teu, e investigará e procurará teus
Desordenados e confusos instrumentos e notas, com certo
Perigo e insegurança para si mesmo. Pois os homens, de modo
Debochado e arrogante, o chamarão de louco, e apontarão
       para ele
O dedo do escárnio; e, ainda assim, eles irão,
Depois de experimentar, praticar e estudar o teu diagrama,
Perceber que o segredo, através de um grande e volumoso
       trabalho,
Foi encontrado." E, então, a voz que ouvimos
Silenciou-se e foi-se embora.[11]

Francis sabia, agora, que não estava mais sozinho. O conforto e a esperança o invadiram como um bálsamo curador, e sua mente vigorosa e criativa imediatamente começou a funcionar. Não havia ele estudado os últimos métodos de escrita secreta e criado as próprias cifras enquanto estava na França?[12] Seu principal biógrafo, James Spedding, escreveria mais tarde: "Ele conseguia, ao mesmo tempo, conceber como um poeta e executar como um fiscal de obras. Com base na certeza de que 'Isso pode ser feito', imediatamente se questionava 'Como pode ser feito?'. Tendo respondido a essa pergunta, surgia a determinação de tentar e fazer."[13] Essa habilidade natural entrou plenamente em movimento depois da visita inspiradora de seu conselheiro místico. Precisaríamos apenas de um dr. Owen e de uma srta. Gallup para "remover essa grande pedra da entrada do sepulcro".

Capítulo 8

Os rapazes de ouro

Preserva o direito ao teu cargo, mas não despertes questões de jurisdição, e exerce, preferivelmente, teu direito em silêncio.

Enquanto Francis estava estudando Direito, escrevendo e colocando em prática os conselhos da visão celestial que tivera, uma nova dimensão se apresentou em sua vida — um envolvimento maior com a deslumbrante vida e a trágica morte do jovem Robert Devereux, conde de Essex, e, como informam as cifras, seu irmão de sangue.[1] Era o começo do que se revelaria uma das mais tristes histórias já contadas.

Começaremos a história retornando ao livro da dama Daphne du Maurier, *Golden Lads*, a primeira de suas duas biografias de sir Francis Bacon. Nele, ela oferece um relato cuidadosamente detalhado e amplamente documentado sobre a vida de três dos mais interessantes rapazes a pisar as ruas de Londres — Francis Bacon, Anthony Bacon e o jovem Robert Devereux. A dama Daphne não revela, especificamente, suas opiniões sobre a autoria das peças de Shakespeare, mas é difícil não perceber suas reservas nas entrelinhas. Em *The Winding Stair*, a segunda das biografias, ela faz uma afirmação reveladora:

> Não é nossa intenção, aqui, entrar em um longo e tedioso debate sobre o fato de William Shakespeare ter sido ou não o autor de todas as 36 peças publicadas sob seu nome no Primeiro Fólio.[2]

Ela prossegue, em vários outros parágrafos, questionando a validade dessas querelas em torno de Shakespeare, e, então, cita trecho de uma carta de Tobie Matthew para Francis Bacon, escrita quando o autor estava no exterior:

> A mais prodigiosa inteligência que jamais conheci em minha nação, e deste lado do mar, é o nome de milorde, embora sejas conhecido por outro.[3]

Por que razão o lorde era conhecido por outro nome? A escolha de Du Maurier desse trecho em particular parece nos deixar entrever suas reflexões sobre o assunto. Entretanto, não precisamos nos basear em conjecturas sobre as inclinações da dama Du Maurier quando observamos a página inicial do jornal da Francis Bacon Society of London. Por muitos anos, o nome de lady Browning, Daphne du Maurier, figurou sob o título de vice-presidente honorária. Esse jornal, *Baconiana*, é uma publicação que defende a autoria das peças de Shakespeare por Francis Bacon. Ele foi criado em 1886.

A sobrecapa do livro *Golden Lads* é ilustrada com retratos dos três charmosos rapazes, em colares e rendas típicos dos elegantes trajes elisabetanos. À esquerda, o rosto sorridente de Francis Bacon, com 18 anos, reproduzido a partir do retrato em miniatura feito por Hilliard. No centro, há um retrato de Anthony Bacon, e, do outro lado, o vistoso jovem Robert Devereux, segundo conde de Essex. Esses são os três "rapazes de ouro", assim chamados em um trecho de *Cimbeline*, de Shakespeare.

> Nunca mais temas o calor do sol
> Nem as cóleras furiosas do inverno;
> Já cumpriste teu dever neste mundo,
> Voltaste ao lar e recebeste teu soldo.
> Áureos jovens, devem todos
> Voltar ao pó, como ao pó regressam os limpa-chaminés.
>
> *Ato IV, Cena 2*

Dificilmente, em algum outro momento da história, um trio mais interessante de jovens homens possa ser encontrado. A influência que exerceram em sua época espantaria os historiadores, se toda a verdade fosse conhecida.

De acordo com a história oficial, esses três retratos são, evidentemente, de Francis Bacon, seu irmão, Anthony Bacon, e seu amigo próximo, Robert Devereux. De acordo com a história cifrada, a relação é invertida, resultando em uma situação ainda mais interessante. O rapaz que é irmão de Francis é o conde de Essex, e o outro não é seu irmão, mas seu amigo mais próximo, Anthony Bacon. Por uma estranha casualidade, esses três rapazes notáveis foram lançados em um drama com circunstâncias que fugiriam a seu controle.

Como vimos anteriormente, acreditava-se que o jovem Essex fosse o primogênito de Walter Devereux e de sua esposa, Lettice. Ocorre que todo o drama do nascimento do pequeno Francis (Tudor) foi reproduzido em uma situação similar — os mesmos pais, um ano diferente, uma nova criança.

Lorde Leicester, definitivamente, estava prestando mais do que uma atenção respeitosa à bela e fascinante prima de Elizabeth, Lettice Knollys, esposa de sir Walter Devereux. Foi depois de um violento e perturbador período de discussões com Lettice, e de uma subsequente e bem-sucedida farsa, que o pequeno Robert "Devereux" nasceu. A data era 10 de novembro de 1566. As circunstâncias que envolveram o nascimento dessa segunda criança eram tão peculiares quanto as que se relacionavam com o nascimento de Francis. Elizabeth desapareceu temporariamente da vida pública e se recusou a assinar papéis de Estado. Por um mês inteiro ela não foi vista a curta distância por seus súditos. Mais uma vez, a corte manteve um estranho silêncio a respeito de todo o incidente.

Na Inglaterra de Elizabeth, era mais frequente defender verbalmente os ideais morais do que colocá-los em prática, e, em geral, exigia-se dos membros da corte que fizessem vista grossa, fechassem suas bocas e ignorassem o aparecimento de uma criança cuja ascendência ilegítima não poderia ser tema de conversas sem que se corresse algum risco. Se o pai escolhesse reconhecer publicamente sua prole, tudo se resolvia. Muitos dos filhos ilegítimos da nobreza, mais cedo ou mais tarde, acabavam sendo reconhecidos por seus pais, e, de um modo geral, também recebiam títulos e o direito de herança. A decisão era um direito do pai. Nesse caso, evidentemente, a situação era um tanto complicada, pela posição de Elizabeth e por sua determinação de parecer virtuosa, apesar de seus romances secretos.

Em 1571 (a pedido de Leicester, dizem as cifras),[4] Elizabeth exigiu expressamente que o Parlamento aprovasse um projeto de lei que transformava em ofensa penal falar sobre quaisquer sucessores da Coroa que não fossem uma "descendência natural" de seu corpo. Seus ministros tentaram convencê-la a usar o termo mais usual, "descendência legítima", mas ela mostrou-se inflexível. Seria "natural". Sua recusa obstinada deu margem não somente a suspeitosas especulações, mas também a inúmeras interpretações difamatórias sobre seus motivos. O biógrafo Alfred Dodd faz um comentário sobre isso em *Francis Bacon's Personal Life-Story*.[5] O famoso historiador da corte de Elizabeth, William Camden, relembra o momento em que o projeto foi aprovado, e que ouvira dizer, com todas as letras, que o projeto fora elaborado pelo sagaz Leicester, com o propósito de impor à nação algum filho bastardo seu como se fosse um descendente da rainha.[6]

Logo após o nascimento de Robert, Elizabeth deu a seu "pai", Walter Devereux, lorde Hereford, um solar próximo a Braintree, em Essex, não muito longe de Londres. Alguns anos depois, ela o nomeou conde de Essex, e ele se transformou em um Cavaleiro da Ordem da Jarreteira. Os Devereux, subitamente, haviam galgado posições na nobreza e aumentavam seus recursos materiais. Parecia que Walter estava sendo bem-pago por apadrinhar o pequeno Robert Tudor Dudley. Não é impossível de se imaginar — na verdade, parece muito provável — que ele estivesse criando certos desconfortos para a rainha, exigindo mais e mais compensações por receber o pequeno príncipe de suas mãos, um ato que alguns podem chamar de chantagem.

"Jovem Homem entre as Rosas", por Nicholas Hilliard
O jovem cortesão no retrato usa as cores da rainha, preto e branco, e está cercado de rosas, seu símbolo. Suspeita-se que esse seja Robert Devereux, conde de Essex.

Após a morte de Walter, em 1576, o novo conde de Essex, Robert, passou para a tutela de lorde Burghley. Dizia-se que o menino era o conde mais pobre do país. O novo tutor do jovem Robert foi enviado a Chartley, no estado de Essex, para elaborar uma descrição do rapaz. A resposta veio com um relatório entusiasmado: "Ele pode expressar seus pensamentos em latim e em francês, assim como em inglês; muito cortês e modesto, com mais disposição de ouvir do que responder; profundamente inclinado a aprender; fraco e terno, mas muito gracioso e tímido."[7]

Um relatório desse tipo deve ter agradado à Elizabeth e Leicester. Por natureza, ambos eram interessados em aprendizagem e educação. Seu filho ausente parecia ter herdado essas características deles, assim como Francis havia feito — embora eles não parecessem dar valor, nesse caso. Chegara o momento de conhecer seu filho mais novo.

No começo de 1577, Burghley convidou o inexperiente conde a viver com ele em Theobalds. Em sua chegada, ele foi levado pela primeira vez à corte. "O menino de nove anos, Robert Devereux, encantou a todos que o conheceram", escreve o biógrafo Robert Lacey. "Sua beleza era impressionante."[8] Pela primeira vez ele iria conhecer, também, a fabulosa mulher que ele ainda não sabia ser sua mãe.

A rainha ficou imediatamente encantada com o menino. Quando entrou no recinto, ela se inclinou para beijá-lo. Já completamente independente e, por não achar muito atraente aquela mulher senescente e ruiva, ele virou o rosto para o lado e recusou-lhe o beijo. A rainha pode não ter considerado isso muito divertido, mas ficou intrigada.

Não fica claro em que momento Francis encontrou pela primeira vez seu irmão mais novo, já que ele estava fora, em sua fascinante visita de três anos à França, quando Robert foi para Theobalds. Mas, certamente, lady Anne teria contado a ele sobre seu irmão durante a longa exposição que fizera sobre as estranhas e ultrassecretas conexões familiares. Provavelmente, deve ter sido depois que o impetuoso e jovem conde foi chamado à corte, aos 17 anos, que suas relações pessoais evoluíram para uma amizade intensa, cujo papel seria tão importante na vida de ambos.

Logo depois de Robert ter ido morar com os Cecil, ele foi enviado ao Trinity, em Cambridge, a mesma faculdade que Francis havia abandonado 18 meses antes. O menino mais novo, de apenas dez anos, foi confiado aos cuidados especiais do deão Whitgift, assim como Francis o fora. Ambos os rapazes receberam os mesmos privilégios especiais e o mesmo tratamento solícito, sem precedentes nos anais da faculdade. Até o próprio Robert ficou surpreso com a atenção inesperada, tendo escrito uma carta para Burghley agradecendo-lhe as inúmeras gentilezas que recebera na instituição, que ele atribuía às influências do próprio Burghley (sem saber ainda, é claro, que Burghley estava agindo sob as ordens da rainha). Dois anos depois de concluído o período de estudos de Robert em Trinity, Whitgift foi promovido a arcebispo de Canterbury, por nomeação da rainha.

O terceiro retrato na capa de *Golden Lads* é a imagem do adorado irmão adotivo de Francis, Anthony, a quem ele geralmente se referia como "Anthony, meu consolo". Nenhum irmão de sangue poderia ser mais próximo, e, evidentemente, eles não sabiam que não eram irmãos até que Francis completasse 15 anos. Quando Francis publicou o primeiro trabalho em seu próprio nome, a edição de 1597 de *Ensaios*, ele o dedicou a Anthony.

Em *Dois Cavaleiros de Verona* o mesmo valor é atribuído à amizade, da mesma forma que entre os dois irmãos. É fácil imaginar que, quando Valentino descreve seu adorado amigo Proteu, "seu segundo eu", os nomes poderiam ser mudados para Francis e Anthony. Na peça, o duque de Milão pergunta: "Vós o conheceis bem [Proteu]?" Valentino responde: "Como a mim mesmo; pois desde a nossa infância / Temos vivido um ao lado do outro."[9] Francis e Anthony!

Um paralelo ainda mais claro é encontrado em *O Mercador de Veneza*, na amizade entre Antônio (Anthony) e Bassânio (Bacon). Esta, certamente, é uma história inspirada e que celebra o amor entre os dois irmãos adotivos — Anthony, disposto a dar sua vida a Francis, assim como sua fortuna, que ele lhe ofereceria inúmeras vezes.

O leal Anthony é o terceiro membro do trio dos "rapazes de ouro". Entre os três, havia laços de sangue com praticamente todas as pessoas importantes da Inglaterra elisabetana. Já se disse que Elizabeth e lorde Burghley governavam a Inglaterra como se fosse um Estado familiar, e que as reuniões na corte eram como uma reunião de família.[10] Era assim mesmo, e Francis e Essex eram os componentes principais desse conjunto.

Quando Francis retornou da Europa, os dois irmãos de sangue, Robert e Francis, iniciaram uma amizade sólida. Ela foi fortalecida, sem dúvida, pelo segredo de sua ascendência mútua — uma herança que era um misto de dor e alegria — e pelas frustrações causadas pelo conhecimento desse fato. Francis nos fala sobre sua consternação, em parte uma satisfação, e em parte uma apreensão, por saber de sua verdadeira origem. Também seria interessante saber exatamente como Robert reagiu ao ficar sabendo disso. Nas atuais circunstâncias, resta-nos somente especular, mas, conhecendo o temperamento do rapaz, ele não deve ter reagido calmamente. A rainha teria contado algo? Ou fora Leicester? Ou o próprio Francis? Não sabemos.

Há evidências de que, quando Francis regressou da França, tenha vivido por algum tempo na Leicester House, na Strand, próximo à York House, com seu pai biológico.[11] A York House não estava mais a seu dispor, uma vez que o lorde chanceler-mor havia falecido e lady Anne não mantivera o privilégio de viver ali. Isso pode ter-lhe parecido conveniente, já que, rapidamente, ela se transferiu de volta a Gorhambury, que, de qualquer maneira, era sua casa favorita. Ela ofereceu a Francis um lugar sob seu teto a qualquer momento que desejasse, mas ele precisava estar na cidade e próximo à corte, onde todas as coisas aconteciam. Até que a rainha se decidisse sobre qual política adotar a seu respeito, a Leicester House era o lugar mais lógico para ele. Seu destino ainda estava por um fio. Aparentemente, esse arranjo durou pouco tempo. Logo veremos Francis recolhido a seus aposentos, em Gray's Inn.

Philip Sidney, sobrinho de Leicester (e, portanto, primo de Francis), e seus amigos já estavam desenvolvendo suas atividades literárias. Francis, agora, juntar-se-ia ao grupo. Embora fosse alguns anos mais jovem, sua vasta capacidade intelectual, a maturidade fora do comum e a natural devoção às artes literárias o teriam equiparado facilmente àqueles jovens galantes. Esse grupo já havia atraído para si uma notável lista de poetas-filósofos. Eles se denominavam Areópago, tomando de empréstimo o nome de um antigo tribunal de justiça de Atenas. Era um grupo ilustre, que atingiu o ápice com a chegada de Francis e Philip. Eles formavam uma equipe brilhante, e aqueles à sua volta pareciam tornar-se mais brilhantes do que realmente eram, à medida que refletiam seus líderes.

Philip Sidney (1554-1586)
Sidney, cortesão e diplomata proeminente na época elisabetana, influenciou enormemente a poesia inglesa. Sidney era sobrinho de Leicester (e, portanto, primo de Francis) e um colaborador nos projetos literários de Francis. Ele é mais conhecido, hoje em dia, por seus sonetos e seu trabalho *A Defense of Poesy* (poesia).

Anthony Bacon foi um importante membro do grupo enquanto esteve na Inglaterra, embora tenha precisado ausentar-se durante aqueles primeiros anos, quando, logo após a morte do pai, partiu em viagem para o exterior. Lorde Robert, mais jovem do que os outros, e seu partidário, o jovem e rico conde de Southampton, aderiram ao grupo assim que se tornaram um pouco mais velhos e se interessaram em participar. Estes e outros formavam o núcleo do "círculo mágico", que foi responsável, principalmente, pelo notável renascimento da literatura, conhecido como o "florescimento da Inglaterra". Dodd afirma ter sido essa a época em que se lançaram as sementes da sociedade secreta que mais tarde evoluiria para o estabelecimento da ordem Rosa-cruz.[12]

Palas Atena, a "Portadora da Lança"
Alfred Dodd descreve como Bacon, enquanto estava em Gray's Inn, estabeleceu uma sociedade secreta conhecida como "A Honorável Ordem dos Cavaleiros do Elmo", dedicada aos ideais personificados pela deusa Palas Atena. Para os gregos, Atena era a representação da sabedoria, a deusa que presidia o lado intelectual e moral da vida humana. Ela era conhecida por eles como a "Portadora da Lança". (Talvez isso nos dê uma pista sobre a identidade do verdadeiro "Shakespeare".)* O "elmo" no nome da sociedade era o elmo de Atena, que, de acordo com a mitologia, tornava invisível quem o utilizasse. Os membros da ordem, do mesmo modo, prestavam suas contribuições ao mundo de maneira "invisível", e *grande parte* do fruto de seu trabalho era lançada anonimamente, ou sob pseudônimos (*Francis Bacon's Personal Life-Story*, p. 131).

---

* A expressão utilizada, em inglês, para "Portadora da Lança" é "Spear-shaker", isto é, aquele que brande, agita, empunha ou porta a lança. (*N. do T.*)

Capítulo 9

Dois irmãos

Os homens precisam tomar o cuidado de expressar sua ira
mais com desprezo do que com medo, de modo que possam parecer (...)
estar acima, e não abaixo, da ofensa recebida.

Durante os atribulados anos em que desenvolveu suas atividades literárias, entre 1580 e 1590, Bacon e seu irmão Robert se aproximaram ainda mais. Seu pai, lorde Leicester, morreu logo depois da grande vitória da Inglaterra sobre a Armada espanhola, em 1588. Elizabeth, esquecendo e perdoando suas transgressões com Lettice, havia presenteado seu "Robin" com o cargo de lorde-tenente da região sul da Inglaterra, uma posição de grande responsabilidade e poder.

Esses amantes inconstantes, que, segundo seus próprios cálculos, tinham exatamente a mesma idade, estavam começando a envelhecer, e, com frequência, jantavam juntos reservadamente, para conversar sobre seus pequenos problemas de saúde. Como um velho casal, eles haviam abrandado seu temperamento, depois de anos de brigas e controvérsias. Elizabeth preocupava-se com a saúde de lorde Robert, e sugeriu que ele "se banhasse nas termas de águas minerais" de Buxton. Obedientemente, ele se dispôs a fazê-lo, mas nunca conseguiu chegar ao destino. No caminho, desmaiou repentinamente, acometido de "fluxão do peito" ou "febre contínua", e, aos 56 anos, Robert Dudley, o eventual marido de Elizabeth, e seu único e verdadeiro amor, morreu.

Elizabeth ficou transtornada e recolheu-se em luto na privacidade de seus aposentos, em Whitehall, proibindo a entrada de quem quer que fosse, até que Burghley, alarmado, ordenou que a porta fosse arrombada.[1] Ao lado de sua cama, em um pequeno cofre enfeitado com joias, estava uma carta de Leicester, intitulada "Sua última carta".

O testamento de Leicester designava Robert Devereux, lorde Essex, além de Lettice,* como os principais beneficiários de suas posses. Elizabeth, entretanto, não tinha intenção de permitir que a desprezível Lettice recebesse mais do que uma viúva receberia por direito, e ordenou que os bens de Leicester fossem oferecidos em leilão para saldar suas dívidas. Essex, de vinte anos, herdou "a melhor armadura" de seu pai, dois cavalos e pouca coisa a mais. Francis, é claro, não herdou nada.

Leicester se fora, e sua passagem marcava o fim de uma era; a derrota da Armada espanhola anunciava o começo de outra. (Alguns acreditam que a importância da derrota da Armada reside no fato de que todo o aparelhamento da Inquisição espanhola estava a bordo dos navios espanhóis, pronto para restaurar o catolicismo na Inglaterra.[2] Com o fracasso da empreitada, seu objetivo foi frustrado.) A Inglaterra era, agora, reconhecida como um formidável poder ultramarino por seus próprios méritos, prestes a se tornar o poderoso império onde "o sol nunca se põe".

Elizabeth se sentia solitária, como sempre se sentira sem Leicester, mas ainda contava com seus dois filhos, Robert e Francis, a quem poderia dedicar-se. Nunca saberemos o que ela pode ter dito a Francis nessa época. Sua influência na Câmara dos Comuns estava se tornando cada vez maior, dia após dia (em 1581, ele foi eleito, pela primeira vez, membro do Parlamento, reelegendo-se em 1584), e talvez ela quisesse se precaver contra sua crescente popularidade. Os Cecil cuidariam para deixá-la em alerta. Ao mesmo tempo, ela confiava em seus aconselhamentos. O

---

* Leicester havia se casado secretamente com Lettice, a viúva de Walter Devereux, em 1578, tornando-se, assim, o "padrasto" de seu próprio filho não reconhecido.

que sabemos, de fato, é que grande parte de seu amor por Leicester foi transferido para seu filho mais novo, naquele estranho relacionamento entre a rainha e Essex, que até hoje é bastante embaraçoso para os historiadores. Tratava-se, realmente, de um caso amoroso? Provavelmente, não, embora Francis dê a entender que estava longe de ser normal.

Rainha Elizabeth, aproximadamente em 1588
Este retrato comemora a derrota da Armada espanhola, um dos momentos decisivos da história inglesa. O painel à direita da rainha mostra as tempestades que dissiparam e destruíram os navios da Armada. Elas foram interpretadas como uma intervenção de Deus para frustrar o objetivo espanhol de reinstaurar o catolicismo na Inglaterra, e um sinal de aprovação divina para a causa protestante.

Depois de regressar da Europa, em 1591, Anthony também se tornou mais íntimo de Essex. De volta a seu país depois de 12 anos no exterior, Anthony hospedou-se em Gray's Inn com Francis por alguns meses. Como sempre, os dois irmãos adotivos encontrariam muitos assuntos sobre os quais conversar, e, de acordo com lady Anne, eles ficaram entusiasmados demais para seu gosto. Ela escreveu a Anthony, repreendendo-o com seu usual aconselhamento materno:

> Sê sábio e, também, pio, e saibas discernir o que é bom e o que não [é] para tua saúde (...). Esteja atento para não cear muito tarde ou comer em excesso. Tente descansar nas horas adequadas. Ajuda muito a digestão. Acredito piamente que o fato de teu irmão ter um estômago fraco para a digestão foi, em grande parte, causado e reforçado por seus horários desregrados em ir para a cama, e ali, então, meditar *nescio quid* [não sei o quê] (...) Mas meus filhos não se apressam em ouvir os bons conselhos de sua mãe.[3]

Sabemos que as atividades de seus filhos não eram apenas frivolidades, como ela imaginou. A vida deles em Twickenham Park (a propriedade rural de Francis, do lado oposto do palácio de Elizabeth, em Richmond) e em Gray's Inn era bastante simples, de acordo com os padrões elisabetanos. Francis não cedia ao desejo de usar as roupas grotescamente dispendiosas que eram a norma na corte, e divertia-se apenas com seus amigos mais próximos, mas parecia estar sempre endividado.

Evidentemente, eram as atividades literárias que estavam consumindo mais dinheiro do que os irmãos conseguiam levantar. W. T. Smedley oferece alguma ideia da magnitude da tarefa na qual Francis estava empenhado, inspirado pelo trabalho do Plêiade, na França:

> Traduções dos clássicos, de histórias e de outras obras — prestando assistência e fazendo a coordenação de outros talentos que não os seus (...). Livros saíam de sua pena, poesia e prosa, a um ritmo que, quando a verdade for revelada, literalmente surpreenderá a humanidade. Livros foram escritos por outros homens, sob sua orientação (...).

Entre 1576 e 1623 (...) a língua inglesa se formava (...). As histórias das principais nações do mundo, praticamente tudo que era válido conhecer da literatura de outros países, tornaram-se acessíveis pela primeira vez nesse idioma (...). O que é ainda mais digno de nota: essas traduções foram impressas e publicadas (...). Sendo impressas em língua inglesa, as vendas restringiam-se, praticamente, a este país, e o número de leitores era muito limitado (...).

Livros dessa classe nunca eram produzidos com o objetivo de lucro. Os lucros das vendas não cobririam o custo da impressão e da publicação sem que se contasse com algum auxílio do tradutor ou do autor. Por que, então, eles foram publicados, e como foram financiados?[4]

Palácio de Richmond, uma das residências favoritas de Elizabeth
A partir de um desenho de Anto van den Wyngaerde (1562)
Das janelas deste palácio a rainha podia observar a residência de Francis, o Twickenham Park, o "Palácio ideal para um príncipe", na margem oposta do Tâmisa. Um curto trajeto de barco cruzando o rio era o que bastava para que Francis pudesse visitar a rainha reservadamente. Em Twickenham, Francis estabeleceu sua escola de escrita literária, ou de escribas, as "boas penas" que o auxiliavam em seu trabalho literário.

"As riquezas existem para serem gastas; e gastas em nome da honra e das boas ações", escreveu Francis em seu ensaio "Das despesas". E, mais que isso, escreveu ele, se o projeto valer a pena, justifica-se que a pessoa invista nele grandes somas de dinheiro. Se for esse o caso, entretanto, as despesas em outras áreas deverão ser restringidas. Bacon estava seguindo o próprio conselho (ou, ao menos, tentando segui-lo) — gastando demasiadamente em seu projeto e economizando no resto, embora nunca o suficiente. Desse modo, o pobre príncipe da realeza via-se constantemente atormentado por seus credores e agiotas profissionais.

Anthony, sempre muito próximo e dando-lhe total apoio, tentou, com todos os seus recursos, ajudar a manter em funcionamento o dispendioso esquema. Com esse propósito, ele já havia vendido (ou hipotecado) grande parte de suas propriedades recebidas como herança, assim como cruzado toda a Europa contatando aqueles que partilhavam dos mesmos ideais e que poderiam auxiliar a concretizar seus planos de reconstruir não apenas a Inglaterra, mas o mundo inteiro.

O capital estava se consumindo pouco a pouco, e, ainda assim, aquelas custosas "máscaras" tinham sempre de ser pagas. Francis não ousava publicá-las sob o próprio nome, com medo das iras da rainha. O ator de Stratford, aparentemente, estava recebendo uma grande parte dos lucros das peças, sem ser responsável por um único centavo dos investimentos, e exigindo uma participação cada vez maior.[5]

Em 1593, a situação chegou a um nível desesperador — todas as fontes se exauriram e o único recurso era apelar a lady Anne. Anthony lhe escreveu, certamente com muita relutância. Mais uma vez, Anthony seria o intermediário na comunicação entre Francis e lady Anne. O que ele pedia era que lady Anne assinasse um documento permitindo que Francis vendesse parte de seus bens, dos quais ele não poderia dispor sem seu consentimento.

Lady Anne não encarou o pedido com bons olhos, mas, relutantemente, acabou assinando o acordo e enviando-o de volta, com uma previsível e furiosa carta de desaprovação: "Sempre estarei disponível para vocês dois, até que nada nos sobre." A natureza dos afazeres de seu dois adorados meninos "realmente me desagrada muito".[6] Algumas vezes, suas cartas quase não faziam sentido; ela estava demonstrando sinais precoces da perturbada e confusa alienação mental que a levaria à completa insanidade, antes que seu papel sobre a terra tivesse sido cumprido. Talvez o estresse e a tensão de socorrer o filho de Elizabeth estivessem cobrando seu preço.

A dívida cada vez maior era um fardo para os rapazes, e antes do fim daquela década, Francis seria preso por uma dívida de trezentas libras, em nome de um certo sr. Sympson, um ourives. Foi somente pela intercessão de seu leal Anthony que Francis, um príncipe de sangue real, pôde livrar-se de passar algum tempo na funesta prisão dos devedores, a Fleet, como um criminoso qualquer.

Novamente, vemos que uma das maiores peças já escritas, *O Mercador de Veneza*, honra biograficamente a devoção de Anthony. A peça não é apenas sobre amizade, é sobre justiça — e usura:

> Não ignoras, Antônio,
> Até que ponto dissipei minha fortuna,
> Pretendendo sustentar um estilo mais custoso de vida
> Do que meus parcos recursos podiam sustentar.
> Presentemente, não me aflige abrir mão
> Desse alto estilo de vida; consiste todo o meu interesse apenas
> Em liquidar honrosamente as dívidas
> Que a juventude um tanto pródiga
> Me deixou contrair. É a ti, Antônio,
> A quem mais devo, em dinheiro e amizade.
>
> *Ato I, Cena I*

Tratava-se de uma elegante homenagem a Anthony, mas isso não resolveria seus problemas de dinheiro.

A vida de Robert Devereux, nesses anos, seguiu um caminho diferente. Quando seu pai, Walter, morreu na Irlanda de modo fortuito (ao menos, para Elizabeth), Robert, então com nove anos, herdou o título de conde de Essex. Desde que completara 17 anos, vinha passando a maior parte do tempo na corte.

Robert tinha uma natureza diferente de seu irmão mais velho, Francis. Nascido sob o signo de escorpião, os astrólogos poderiam enxergá-lo como uma pessoa determinada a "vencer a qualquer custo", dono de uma personalidade altiva, conjugada com um temperamento arrogante e um traço de impulsividade autodestrutiva e rebelde — tudo isso mesclado com uma disposição solar e galante que, certamente, tornava-o popular entre todos à sua volta. Com ou sem a astrologia, essas e outras eram qualidades que Essex tinha em abundância. Embora ele pareça ter sido inteligente o suficiente, e tenha admirado a literatura e a poesia em certo grau, em seu íntimo, era um guerreiro, enquanto Francis adorava a harmonia. Robert adorava a espada; Francis adorava a pena.

Ainda adolescente, Essex foi levado por Leicester a uma operação militar nos Países Baixos, em 1585. Ele foi alçado à mesma posição anteriormente ocupada por Leicester, de mestre da cavalaria, em 1587, e nomeado Cavaleiro da Ordem da Jarreteira, pela rainha, em 1588. Tais honras nunca foram oferecidas a Francis. Era óbvio que tanto Leicester quanto Elizabeth se regozijavam de seu corajoso filho muito mais do que de seu filho mais velho, mais inteligente, mais brilhante e mais culto.

Lytton Strachey descreve o menino Robert como temperamental e imprevisível — "deitado por horas em seu quarto, obscuramente melancólico, com um Virgílio em suas mãos".[7] Já estaria ele meditando sobre o segredo de seu nascimento? Não sabemos, é claro. O que sabemos é que ele era um jovem belo e charmoso, alto e gracioso, com entusiasmo pueril, um grande amor pela caça e pelos esportes e uma estranha maneira de andar, com sua cabeça projetada para a frente. À medida que sua popularidade crescia na corte, ele se tornou "a vitrine da moda", um modelo glamouroso que todos queriam copiar. O jovem conde transbordava com aquela qualidade indefinível que, hoje em dia, seria chamada de carisma, e, merecidamente ou não, ele atraía fãs em qualquer situação. Um atrativo secundário, herdado pelo jovem Robert, era a coloração avermelhada de seus cabelos e uma barba rala, inconfundivelmente ruiva, tal como a de seu avô Henrique VIII.

Uma comparação do retrato do jovem Henrique com o de Robert mostra uma semelhança evidente entre ambos — outra qualidade que deve ter feito Essex ser benquisto por sua mãe, a rainha. Francis diz claramente nas cifras que a coragem de Robert e sua impulsividade provinham "diretamente de nossa mãe":

> Sua primeira juventude transcorreu suavemente, mas, depois de saber que fora a rainha quem lhe dera à luz, ele se tornou soberbo, e (quando trazido à corte por nosso verdadeiramente engenhoso pai) (...), sua personalidade veio à tona na verdadeira essência, revelando a origem do jovem César.[8]

A rainha, nitidamente, adorava seu arrogante filho. Quanto mais corajoso e soberbo ele se mostrava, mais obviamente ela se comprazia com ele. Aos 19 anos, ele a idolatrava em um momento para desafiá-la no momento seguinte. As cifras nos contam que, assim como sua mãe, ele conseguia tomar decisões rapidamente em situações de súbita adversidade, e expressar opiniões contraditórias em um fluxo tão contínuo que dificilmente seria possível perceber, afinal, em qual posição ele se encontrava.[9]

> Ele era uma dessas almas aventureiras, destemidas e corajosas, que não se escondiam facilmente em nenhum lugar, de modo que não era inconcebível que o filho do primeiro conde de Essex, tão vasta e favoravelmente renomado, se mostrasse tão valente [a ponto de] cortejar a deusa do Destino

na corte. Ninguém conhecia melhor que Elizabeth, nossa orgulhosa e inflexível mãe real, a causa de muitas das maneiras voluntariosas e arrogantes de Essex (...). Nossa vaidosa mãe adorava seus modos audaciosos e seu espírito livre, as súbitas discussões, as desconfianças de sua alma, a força no amor. Ela enxergava nele seu próprio espírito em um molde masculino, cheio de juventude e beleza.[10]

Depois da morte de Leicester, Elizabeth ficou ainda mais fascinada por Essex. O biógrafo G. B. Harrison escreve sobre esse estranho vínculo com sábia precisão: "Era um amor um tanto ciumento de uma viúva em relação ao seu único filho."[11] Causava espanto o fato de a rainha ser tão tolerante com os modos rudes e soberbos de Robert. Ele lhe dirigia insultos de uma forma que ela não admitiria em nenhuma outra pessoa, especialmente da parte de Francis. Mas, até então, não havia ocorrido a Francis manifestar-se dessa forma; ele demonstrava apenas grande respeito e devoção à sua rainha, que, por sinal, era sua mãe.

Todos os relatos biográficos sobre Elizabeth e Essex nos informam que os dois discutiam violentamente, que Robert desafiava Sua Alteza Real e que, certa vez, chegara até mesmo a virar as costas para ela. E como reagira a rainha diante desse insulto supremo? Ela deu um tapa em suas orelhas, como se ele fosse uma criança, e ignorou todo o episódio. Em outra ocasião, após uma briga, ela o mandou para a cama, como um menino desobediente. Depois de uma reprimenda, Essex costumava ficar de mau humor em seu quarto por um dia, uma semana, ou até uma quinzena, e, então, lhe escreveria uma carta apaixonada jurando lealdade e amor veemente, e queixando-se amargamente de seu comportamento injusto para com ele.

Não resta dúvida de que Elizabeth colocava seus dois filhos em uma situação insustentável. Deles, ela esperava devoção e lealdade, devidas não somente a uma rainha, mas também a uma mãe, e, ainda assim, renegava-lhes os direitos aos quais estariam naturalmente habilitados,

DOIS IRMÃOS

como príncipes e como seus filhos. Na corte, esses príncipes deveriam ter precedência sobre qualquer outro cortesão de qualquer estirpe. E, mesmo assim, algumas vezes, exasperadamente, a rainha permitia que alguém de classe inferior — Robert Cecil ou o arrogante sir Walter Raleigh — passasse-lhes a frente.

Francis era resiliente o suficiente para ser capaz de suportar a situação humilhante; Robert, não. Ele se tornou cada vez mais nervoso, irritável, inconstante e paranoico. Algumas vezes, recolhia-se em profundos períodos de depressão, que se alternavam com períodos de atividade frenética e fervor ambicioso — um quadro, aparentemente, de psicose maníaco-depressiva.

Mais de uma vez, quando Robert e Elizabeth se desentendiam, ele tentava fugir, "como um aluno cabulando aula", escreve Robert Lacey.[12] Todas as vezes, a rainha enviava seus homens em seu encalço, para trazê-lo de volta. Ela não conseguia suportar a ideia de ter seu adorado filho longe de sua vista. Quando ele despertou a ira de Elizabeth, casando-se secretamente com a viúva de sir Philip Sidney (uma promessa que alegava ter feito ao moribundo Sidney), pareceu, finalmente, que as relações se romperiam de vez. Mas Essex "a procurou e a bajulou com ardores mais românticos do que nunca", escreve Stratchey,[13] e ela, finalmente, cedeu.

Alguns historiadores ortodoxos acreditaram que, apesar da diferença de idade entre ambos, Elizabeth e Essex estavam apaixonados um pelo outro, embora, provavelmente, como se costuma concordar, não tenham chegado às vias de fato. Sabemos que eles eram mãe e filho. Ainda assim, a relação não era normal nem saudável, muito longe disso. Uma carta de certo Anthony Paget para seu pai diz que Essex foi visto saindo dos aposentos da rainha ao amanhecer, depois de jogar cartas, "até que os pássaros começassem a cantar de manhã".[14] Nos primeiros estágios de seu relacionamento, eles poderiam ser vistos juntos com frequência, fazendo caminhadas nos jardins, cavalgando, dançando e jogando cartas — rindo, flertando, fazendo reverências extravagantes um ao outro. Quando discutiam, eram desprezíveis; quando faziam novamente as pazes, eram apenas sorrisos e amor. Francis diz em suas cifras:

[Foi] enorme o escândalo na corte em relação às mensagens de amor trocadas entre ambos, já que eles se importavam apenas com o prazer, de modo que os lordes do Conselho faziam de conta que não estavam percebendo, (...) já que seria perigoso para qualquer espectador lançar-lhes um olhar aguçado, que pudesse enxergar por trás daquelas máscaras. [Me] comprometi a descrever a cena conforme eu a via (...), sem (...) omitir o pecado de ambos.[15]

Uma estranha e doentia relação como essa só poderia terminar em tragédia.

Francis, com toda sua amabilidade e equilíbrio, estava longe de se manter impassível, muito pelo contrário. Ele sofria profundamente com a rejeição de seus pais e sua óbvia preferência por seu irmão mais novo. No soneto 29, sua mágoa e seu sentimento de injustiça são claros:

> Se, órfão do olhar humano e da fortuna,
> Choro na solidão meu pobre estado,
> E o céu meu pranto inútil importuna,
> Eu entro em mim a maldizer meu fado;
> Sonho-me alguém mais rico de esperança.
> Quero feições e amigos mais amenos,
> Deste o pendor, a meta que outro alcança,
> Do que mais amo contentado o menos.
> Mas, se nesse pensar, que me magoa,
> De ti me lembro acaso — meu destino,
> Qual cotovia na alvorada entoa,
> Da negra terra aos longes céus um hino.
>   E na riqueza desse amor que evoco,
>   Já minha sorte com a dos reis não troco.*

---

* Tradução de Ivo Barroso.

DOIS IRMÃOS

Eles também podem ser vistos no soneto 86:

> Terá sido a vela plena e altiva de seu grande verso
> Que, singrando após vós, ó raríssima valia,
> Meu maturo pensar fez-me na mente o reverso
> Achar e se inumou no seio que o nutria?*
> Terá sido o espírito seu, a quem outros hão mostrado
> Morte mais que fatal, com a qual enfim morro?
> Não, não foi ele, nem seus noturnos soldados
> Que espantaram meu verso, dando seu socorro.
> Nem ele, nem a sombra afável, familiar,
> Que cada noite vem enganá-lo com arte,
> Não pode se gabar de meu silêncio conquistar;
> O medo que me deu nasceu noutra parte:
> > Enquanto teu semblante o verso seu enchia,
> > O meu esvaziava, o meu enfraquecia.**

O dilema de Bacon (continuamente desirmanado da "melhor parte de mim") e as constantes batalhas que travava ("em guerra mortal" contra as quase incontornáveis dificuldades para lançar as "grandes bases para a eternidade") são sua disposição tipicamente humana, que o tornam tão adorável àqueles que passam a conhecê-lo por intermédio de suas cifras. Ele compartilha plenamente com seus companheiros os problemas e as dores de sua vida mortal, e por esse motivo é impossível não se gostar dele.

Deve ter sido extremamente humilhante para Francis ser obrigado a se dedicar ao estudo das leis enquanto a estrela de seu irmão mais novo resplandecia com um brilho cada vez maior na corte, e privilégios e mo-

---

* Inumar: encerrar em um caixão fúnebre.
** Adaptação sobre tradução de Oscar Mendes.

nopólios avaliados em milhares de libras eram concedidos a esse novo "Robin". Uma das mais lucrativas concessões de todas, a Quinta dos Vinhos Doces (o direito de arrecadar taxas sobre todos os vinhos importados — um privilégio enorme, considerando o gosto dos britânicos por vinhos), foi feita em seu nome. Era um grande monopólio, e permitiria que Essex acumulasse fortuna. Havia apenas um pequeno senão — a concessão seria outorgada por apenas dez anos e teria de ser renovada ao fim desse período, e a renovação dependeria inteiramente da boa vontade de Elizabeth.

Francis não guardava rancor, em nenhum momento, em relação à popularidade alcançada por seu irmão mais novo. Mas quando isso ameaçou seu próprio direito à sucessão, tornou-se um verdadeiro fardo para seu coração. Secretamente, ele revela:

> Diariamente, constatamos os motivos para esse receio cada vez maior, relacionados aos benefícios oferecidos ao nosso irmão, em vez de a nós mesmos, apesar da prioridade de nossos direitos a todas as honras principescas.[16]

Em 1595, Anthony se mudou para a Essex House, na companhia de lorde Robert. Ele esteve envolvido ativamente na coleta de informações secretas durante seus vários anos na Europa, e estava bem-qualificado para ocupar o cargo, que equivaleria ao de secretário exterior do conde. Espiões e agentes, poetas e dramaturgos, cortesãos e nobres, parentes e amigos se cruzavam constantemente nas estradas de e para Essex House, o novo nome da velha Leicester House. Ela estava se tornando praticamente uma nova corte em miniatura, uma perigosa ameaça sob o ponto de vista dos Cecil, e eles se apressariam em assinalar esse fato à Sua Majestade.

A principal preocupação desses três jovens patriotas — Francis, Robert e Anthony, que consumiam seu tempo e seus esforços na defesa da monarquia — era certificar-se de que o ex-cunhado de Elizabeth, o esposo de Mary, Filipe de Espanha, não obtivesse sucesso em seus esforços para fazer com que a recalcitrante Inglaterra retornasse ao jugo do papado católico romano. Eles vigiavam a pequena nação de Elizabeth como cães de guarda, mostrando-se defensores fiéis da plena liberdade de religião, política e comércio. Sua obrigação, conforme a entendiam, era garantir que Elizabeth não cometesse nenhum ato precipitado ou contraísse núpcias desastrosas, o que poderia pôr em risco a independência da Inglaterra.

A influência de Essex com a rainha estava alcançando proporções estelares no começo da década de 1590, assim como sua popularidade junto aos plebeus — ele era o queridinho de Londres. A única coisa de que precisava era passear pelas ruas montado em seu valente cavalo para logo ser aplaudido e adorado; todos desnudavam suas cabeças quando o conde de Essex passava. Ele seduzia a todos, tirando também seu chapéu como resposta a esses cumprimentos, e retribuindo as saudações com amplas e arrebatadoras reverências — um exemplo vivo de graça e cavalheirismo que os britânicos ainda veneravam na nobreza. Mais uma vez, Francis o alertara, não por ciúmes, mas por preocupação, para que ele ficasse atento. Se sua estrela brilhasse mais do que a da rainha, ele estaria fadado inapelavelmente ao desastre. Nem a rainha nem seus súditos tolerariam uma concorrência dessa ordem. A ninguém seria permitido substituir a ainda adorada "Rainha Beth". Francis conseguia enxergar o perigo, mas Essex estava gostando demais da situação para reconhecer esses obstáculos.

À medida que aumentava o sucesso de Essex-Bacon, crescia, nas mesmas proporções, o antagonismo dos Cecil. Com os anos, as diferenças entre os Cecil e os três "rapazes de ouro" haviam aumentado. O velho Burghley estava, agora, preparando o próprio filho, Robert, para assumir seu lugar, e não estava em seus planos estimular a ascendência que os filhos de Elizabeth estavam ganhando sobre ela. Ele conhecia sua senescente soberana tão bem quanto qualquer outro homem — eles haviam estado juntos por muito tempo. Ele instruiu Robert a não pressioná-la, já que, ao tomar uma decisão, ela quase sempre considerava ter razão. Robert Cecil atendia a essas instruções mascarando taticamente sua influência coercitiva como uma preocupação pelo bem-estar de Sua Majestade. Francis fizera a mesma recomendação a Essex, mas o conselho, nesse caso, não fora aproveitado.

William Cecil também era inteligente o suficiente para perceber que, se o grupo de Bacon-Essex conquistasse o poder de governar, ele e seu filho ficariam de fora. O velho Burghley estaria suficientemente seguro desde que Elizabeth permanecesse viva, mas as ambições do jovem rapaz se projetavam para um futuro mais distante. A intenção de Burghley era refrear o avanço do grupo de Essex, de modo a abrir o caminho para seu próprio filho, frágil, mas astucioso.

Bacon foi acusado de abandonar o clã dos Cecil e se unir a Essex para dar vazão às próprias ambições, como se isso, de alguma forma, fosse uma ofensa grave. Era, evidentemente, o que todos os homens da corte tentavam fazer. Na velha corte, não havia outra forma de conquistar suas posições a não ser estabelecendo uma ligação com alguém da "situação", com ambições e objetivos semelhantes. Depois da grande tragédia final, Bacon admitiu abertamente que a razão por ter trabalhado ao lado de Essex é que, naquela época, ele o considerava o instrumento mais adequado para o bem do Estado. E, ao se aliar a seu irmão, ele acreditava poder levar adiante, com mais eficácia, seu programa para beneficiar o país.

No ano de 1593, a influência de Essex sobre a rainha havia chegado ao auge, e, desesperadamente, ele buscava mais e mais poder na corte. Foi nessa época que se propôs a ajudar Francis a conquistar um gabinete que tivesse alguma importância no governo, tentando remediar o mal que lhe fora feito por tanto tempo. Essex estava determinado a conseguir o cargo, então vago, de procurador-geral do reino para o irmão, ou, se não o conseguisse, o gabinete imediatamente abaixo daquele, o de solicitador-geral, assim que a posição estivesse desocupada. Retrospectivamente, é fácil perceber que teria sido mais sensato tentar o gabinete inferior em primeiro lugar. Em uma carta escrita para Essex em 1595, fica claro que, de início, Francis não estava muito entusiasmado com a possibilidade de assumir um cargo no governo. Ele sabia que o merecia, e se sentia qualificado para cumprir as funções que lhe fossem atribuídas; entretanto, dizia com frequência que estava "mais inclinado a segurar um livro do que desempenhar um papel" nos negócios de Estado.

Robert Cecil, o ambicioso filho de lorde Burghley
Robert sucedeu seu pai como ministro-chefe da rainha Elizabeth. A história cifrada revela que ele alimentava uma eterna animosidade contra Francis Bacon.

Essex não descansaria enquanto não conseguisse o melhor para seu irmão, mais por uma questão de cobrar o reconhecimento da rainha do que por qualquer outra coisa, e ele estava resoluto. O momento, no entanto, não era dos mais adequados. Francis acabara de repreender a rainha no Parlamento, em um debate sobre subsídios.* Segundo o en-

---

* Subsídio: dinheiro concedido pelo Parlamento britânico à Coroa e levantado com taxação especial.

tendimento da rainha, ele havia colocado o bem-estar dos súditos na frente dos interesses da Coroa. Ela decidira punir Francis, negando-lhe o acesso à sua presença. Um cortesão que não tivesse acesso a ela não poderia ter influência alguma sobre os negócios do reino, o que significava estar temporariamente banido. Dessa forma, Francis viu-se novamente restringido, tendo de depender de seu irmão inconstante para que negociasse a seu favor.

Não era a hora certa para Essex investir em seu candidato. Além disso, Elizabeth estaria particularmente irascível naquele exato momento, pois, no mesmo ano, um membro do Parlamento chamado Peter Wentworth havia sugerido que a Câmara dos Comuns esboçasse um projeto de lei forçando Elizabeth a nomear seu sucessor. Impaciente e irracional em torno do assunto, acometida por seus violentos acessos de fúria, ela enviou Wentworth para a Torre pelo resto de sua vida, deixando bem claro para seus filhos que não toleraria qualquer outra discussão relativa ao tema.

O trânsito de Francis tornou-se mais difícil a cada dia. Ele sabia o quanto lhe custaria agradar à rainha; e também percebia o alto preço que teria de pagar para manter a própria integridade. Sua luta para alcançar algum tipo de equilíbrio entre estes dois fatores levou os historiadores a concluir que ele era ambicioso demais; que buscava melifluamente a aprovação da rainha e portava-se de modo subserviente na corte.

O próprio Bacon fizera essa observação, de que, quanto mais alto alguém se encontra por posição ou nascimento, mais obrigado estaria a agir com generosidade, justiça e nobreza. *Noblesse oblige* era a tônica de sua personalidade. De modo sutil, as pessoas reconheciam o grande valor de Francis Bacon, e esperavam dele o melhor. Mais tarde, quando algumas de suas ações foram mal-interpretadas devido às dificuldades das circunstâncias, o desapontamento foi maior do que teria sido se ele fosse um homem comum. "Pior que ervas daninhas cheiram os lírios que apodrecem."[17] Para Edward Coke, para Robert Cecil, para qualquer outro indivíduo menos talentoso, buscar um lugar ao sol era um objetivo válido. Para Francis Bacon, não.

DOIS IRMÃOS

Ao mesmo tempo em que Essex lutava por um gabinete para Francis, Elizabeth continuava adiando uma decisão sobre o assunto, até deixar os nervos de Essex e Francis à flor da pele. No livro *Memoirs*, de Birch, encontramos um relato sobre um passeio ocasional de carruagem, feito por Essex e Cecil. Cecil deliberadamente escarneceu-o, sugerindo que Bacon era um "jovem muito iníquo", despreparado para "uma posição tão elevada".[18] Isso foi particularmente insultante, já que Francis era mais velho que os dois, e Cecil já estava ocupando um cargo superior. Era esse o argumento que os Cecil estavam dando à rainha — Francis era muito novo e inexperiente para a tarefa. (Todos eles sabiam que, aos 33 anos, ele estava mais do que preparado para assumir aquela posição, mas era um bom argumento a ser dado à rainha, que, como muitos outros, não conseguia perceber com clareza que seu filho havia crescido.) Cecil se manteve frio, mas Essex aprumou-se rapidamente em uma ira incontrolável:

> Vou conseguir o cargo de procurador para Francis. E nisso empenharei todas as minhas forças, poder, autoridade e relações, e com todo o esforço defenderei e obterei tal coisa para ele, em detrimento de quem quer que seja; e se alguém tirar este gabinete de minhas mãos, antes que seja dado a ele, isso lhe custará o seu futuro.[19]

A batalha estava lançada, as linhas estavam demarcadas. Nada mais, a não ser a vitória completa, interessaria a ambos os lados. Até mesmo lady Anne tentou fazer sua parte para defender Francis; ela visitou seu sobrinho "Roberto, il diavolo", como era chamado algumas vezes. Ela lhe disse que acreditava que Francis estava "sendo estranhamente usado nas negociações realizadas entre determinados homens, sabe Deus quem e por quê". Anne sabia "quem e por quê", assim como Robert. "Penso que ele é um jovem cavalheiro respeitável, e, ainda assim, não conseguiu nada para si (...). O mundo se curva, admirado, diante de seus amigos e de sua sagacidade. A experiência ensina que a natureza de Sua Majestade tende a não tomar uma decisão, mas a procrastinar."[20]

Lady Anne ousara lançar a culpa sobre a rainha; ninguém compreendia melhor do que ela como era amarga a humilhação que Francis estava sendo obrigado a suportar. Mas, apesar do auxílio de lady Anne, Essex não conseguiria vencer. Quanto mais ele argumentava junto à rainha, mais ela adiava a decisão. Ele insistia que Francis não seria "nem estranho à sua pessoa nem a seu serviço".[21] Mas não cabia a Essex nem a Francis tomar essas decisões, e a rainha ficava mais obstinada, dia após dia. Era a teimosia de Tudor contra a teimosia de Tudor, e seus melhores membros estavam sordidamente enredados no meio.

Essex disse, em uma carta enviada a Francis depois de um encontro com Sua Majestade, que ela estava "muito reservada". Isso, é claro, era a questão crucial de todo o problema. À medida que Essex se tornava mais apaixonado na defesa de seu irmão, a rainha o refutava cada vez mais. Por sua própria conta, talvez Francis pudesse ter conseguido a procuradoria. Com Essex fazendo um rebuliço constante em torno do tema, ele não teria chance. Um dos cortesãos de Elizabeth comentou, sabiamente, que, se alguma vez precisasse de um favor da rainha, a última pessoa a quem pediria ajuda seria Essex.

Após mais de um ano de indecisão, Elizabeth concedeu o cargo a Edward Coke, o candidato de Cecil. Ele era um homem pouco dotado em termos de graça ou charme, embora confessadamente bem-treinado nas complexidades das leis inglesas. Ele já era inimigo de Francis, e essa inimizade aumentaria ainda mais com o tempo. A decisão a favor de Coke foi uma rejeição a Essex e um insulto a Francis. Em seguida, eles tentaram para Francis o cargo imediatamente inferior, de solicitador, mas, a essa altura, a rainha já estava completamente irritada e negou-lhe também aquela posição. Para Francis, a humilhação foi praticamente insuportável. Em meio ao incidente, ele escrevera uma carta a Essex:

DOIS IRMÃOS

Não consigo chegar a outra conclusão a não ser a de que nenhum outro homem foi vítima de desonra mais extraordinária (...). Minha natureza não suporta nenhuma inclinação malfazeja; irei, com a ajuda de Deus, e com essa ignomínia de meu destino, e, ainda assim, com o conforto do bom juízo que de mim fazem tantas pessoas honradas e valiosas, retirar-me com alguns companheiros para Cambridge, e lá passarei minha vida em meio a estudos e contemplações, sem olhar para trás.[22]

Sem dúvida, era exatamente o que Francis gostaria de ter feito, mas até mesmo esse repouso não lhe foi permitido. Em um poema lançado sob o nome de Edmund Spenser, ele escreveu, alguns anos depois:

Pouco sabes tu sobre o que ainda não foi tentado
Do inferno que é implorar pelo que há tanto tempo
    anseias (...)
Consumir teu coração em tristes desesperos;
Bajular, humilhar-se, esperar, vagar, correr;
Esgotar-se, dar, desejar, arruinar-se.
Infeliz Criatura, nascida para um fim desastroso,
Que passa sua vida em tão longa espera.
                    "Histórias de Mãe Hubberd"

Mais uma vez, suspeitamos que, seguindo seu juramento, Francis deixou um relato anônimo de sua triste experiência, sem elevar a voz para se queixar.

Igualmente pungente é a alegoria do soneto 143:

Do mesmo modo que boa dona de casa
Que, para pegar a ave que do galinheiro fugiu,
Põe no chão seu bebê e corre à caça
Do bicho a que deseja deter, e o persegue febril;
Enquanto seu filhinho abandonado corre,

Chorando, atrás de quem agora só pensa
Ir ao encalço da que à sua frente, escapole,
Sem cuidar do pesar de sua pobre criança;
Corres também atrás daquilo que te salta,
Enquanto, filho teu, muito atrás te persigo;
Mas se tua esperança apanhas, a mim volta,
Faze papel de mãe, beija-me, sê bondosa comigo.
 E rogarei então que alcances teu *Desejo*,
 Se voltas e alivias meus ais de sobejo.*

Edmund Spenser (c. 1552-1599)
Spenser é conhecido como um dos maiores e primeiros poetas ingleses, especialmente por *The Faerie Queene*, uma celebração à dinastia Tudor e ao mito arthuriano. A história cifrada revela que Francis Bacon era o autor de todos os trabalhos lançados sob o nome de Spenser (Owen, *Sir Francis Bacon's Cipher Story*, vols. I-II, p. 22).

---

* Adaptação sobre tradução de Oscar Mendes.

Desiludidos como estavam com o fracasso de seus planos, não havia nada mais que Francis e Essex pudessem fazer quanto a essa questão a não ser permanecer em silêncio e esperar por uma chance de tentar novamente. Francis comentou, amargamente, que nenhum homem jamais havia vivenciado uma derrota tão acachapante. Além disso, aproveitou a ocasião para escrever uma carta de advertência a Robert Cecil, informando-lhe que conhecia sua má índole[23] e que, quando sua sorte melhorasse, eles acertariam as contas. Como bem sabia Cecil, se Francis conseguisse algum dia "agir livremente", seus próprios dias estariam contados. A batalha ainda prosseguia.

Essex tentou a única saída que lhe restava para recompensar Francis. Ele sabia, do fundo de seu coração, que ele mesmo fora a causa de tanta demora e angústia, assim como do tempo perdido, que poderia ter sido usado de modo mais construtivo e mais lucrativo por seu merecedor irmão. Ele visitou Francis em seus aposentos e tentou indenizá-lo pelos prejuízos causados.

> A rainha me negou aquele cargo que pedi em teu nome, e escolheu outra pessoa. Sei que tens a mínima participação nesse teu próprio assunto, mas sentes-te mal porque me escolheste como teu intermediário e de mim dependeste; gastaste teu tempo e teus pensamentos com causas que eram minhas. Morrerei se não fizer algo pela tua sorte: não deverás recusar um pedaço de terra que lhe conferirei.[24]

Essex transferiu para o irmão, por escritura, uma valiosa propriedade, vizinha aos domínios de Twickenham. Tanto ele quanto Francis sabiam o quanto isso era justo, e, mesmo assim, Francis aceitou a proposta apenas sob uma condição:

> Milorde, vejo que devo ser teu beneficiário e aceitar teu presente: mas sabes a forma como se presta uma homenagem dentro da lei? Sempre se deve resguardar sua fé para o rei e para seus outros lordes: e, portanto, milorde, não posso respeitar-te mais do que sempre respeitei (...) e se eu me tornar

um homem rico, dá-me permissão de devolver este presente
a algum de teus servidores não recompensados.[25]

Mais tarde, Francis, *realmente*, converteu-se em um homem rico,
mas essa fase durou pouco, e, nessa época, Essex já havia falecido. Enquanto isso, para manter sua integridade, ele aceitaria o presente de Essex somente se ficasse plenamente entendido que sua primeira obrigação
ainda seria para com a rainha. Posteriormente, ele vendeu as terras (a fim
de arrecadar dinheiro para a empreitada de publicar suas obras, não resta dúvida), concretizando apenas uma pequena parte do que o gabinete
do solicitador-geral poderia ter-lhe oferecido. Mais uma vez, alguns historiadores mal-informados comentam como Essex foi generoso ao oferecer a Bacon sua propriedade, e como Bacon foi ganancioso ao aceitá-la!

Capítulo 10

Tente, tente, tente de novo

*Resposta à pergunta sobre quando deve um homem se casar:
quando se é jovem, ainda não é tempo, e quando se
chega à velhice, é tarde demais.*

Deve ter parecido a Francis, depois da assoladora desilusão, que "o mundo insistia em contrariá-lo".[1] Com certo atraso, mas não totalmente desestimulado, ele já havia concebido um novo plano. A derrota não fazia parte de sua natureza. Elizabeth não o ajudaria a alcançar nenhum cargo em que ele pudesse adquirir os recursos necessários para desenvolver seu "grande esquema"; portanto, era preciso encontrar outra maneira de fazer isso.

Para os elisabetanos de alto escalão havia somente três caminhos para fazer fortuna. A maneira mais fácil para acumular riquezas era herdá-las; não era socialmente aceitável que a nobreza trabalhasse para se sustentar. Somente às outras classes era permitido estabelecer-se por meio do trabalho. Nem o pai adotivo nem o pai biológico de Francis haviam lhe providenciado algum recurso financeiro para o futuro — e, certamente, sua mãe também não. O próximo meio era cair nas graças da corte e, assim, obter uma concessão de propriedades, ou alguma nomeação ou arrecadação que gerassem dividendos. Como sabemos, Francis havia tentado com todo o empenho de seu coração ser contemplado, mas somente infortúnios e acusações de ser muito ambicioso recaíram sobre ele. A terceira forma era não somente perfeitamente nobre, como constituía a norma no reino de Elizabeth — casar-se com o dinheiro. As fortunas e os títulos familiares eram protegidos com casamentos arranjados; era uma forma de aumentar o próprio patrimônio.

Francis precisava desesperadamente de dinheiro para seu plano, e conseguia perceber que sua maior esperança seria casar-se com a riqueza. Com suas expectativas de um dia portar a Coroa, ele seria um bom pretendente para a mão de jovens herdeiras abastadas. A ideia do casamento, provavelmente, não lhe parecia má — ele já não era tão jovem e poderia ser agradável ter a companhia de uma jovem esposa. Ele se sentia sozinho com frequência. Não há ninguém com quem eu possa conversar, disse ele.[2] Já se haviam passado quase vinte anos desde seu infeliz caso com a adorada Julieta, e ele nunca a esqueceria. Ainda assim, o amor de ambos era, agora, apenas uma memória, e havia uma candidata mais apropriada a seus galanteios da maturidade.

A jovem viúva de sir William Hatton fora amiga de Francis na infância. A bela Elizabeth Cecil era filha de Thomas Cecil, filho do primeiro casamento de Burghley. Lorde Burghley, sempre ávido por empurrar seus filhos ao casamento, havia escolhido para Elizabeth um homem mais velho, sir William Hatton, sobrinho e herdeiro do elegante cavaleiro lorde chanceler sir Christopher Hatton.

Elizabeth Cecil, ao que parece, era bastante encantadora, tanto em sua infância quanto depois de se tornar adulta. Francis tinha 16 anos quando ela nasceu, mas a graça e a beleza espirituosas dessa pequena "prima" Cecil o haviam cativado desde cedo. Daphne du Maurier diz que eles flertavam desde que ela era adolescente.[3] Diz-se que ela, por sua vez, adorava a atenção cortês e amigável que seu galante "primo" mais velho lhe devotava. (Mesmo que Francis tivesse realmente sido um Bacon, não haveria laços sanguíneos entre ambos. Ela estava ligada à família da primeira esposa de Burghley, e não às irmãs Cooke.)

Francis e Elizabeth continuaram bons amigos enquanto ela esteve casada, e, ao enviuvar, aos vinte anos, deve ter-lhe parecido uma preten-

TENTE, TENTE, TENTE DE NOVO

dente mais do que viável. Ela não apenas era inteligente, espirituosa, linda e dinâmica, como também incrivelmente rica.

Naquela época, esperava-se que as jovens viúvas de grandes posses se casassem novamente, quase imediatamente após retirar seu véu de luto, e havia inúmeros pretendentes para a mão de Elizabeth. Sua imponente Hatton House, em Holborn, com seus luxuosos jardins e parques, ficava próxima a Gray's Inn. Talvez com esperanças dissimuladas, Francis fez o pequeno percurso a pé, e se apresentou como um velho amigo. Mas, para surpresa de toda a Londres, foi com o procurador-geral Coke que ela se casou.

Elizabeth, obviamente, não estava feliz com seu casamento. Ela se recusou a anunciá-lo publicamente, e insistia para que a cerimônia fosse mantida em segredo. Permitiu apenas a presença de seu pai e de uma testemunha na cerimônia, que aconteceu tarde da noite. Ela declarou que não adotaria o nome de Coke e que preservaria seu nome de lady Hatton. O romance tão extraordinário era um quebra-cabeça tão grande para os espectadores que o fofoqueiro John Chamberlain escreveu para Dudley Carleton:

> No dia 7 deste mês o procurador da rainha casou-se com lady Hatton, para grande espanto de todos os homens, cujas inúmeras, generosas e semelhantes ofertas ela recusara, em prol de um homem de sua qualidade, e o mundo, ainda descrente, tenta desvendar esse mistério.[4]

O mistério, era, obviamente, que todos os Cecil conheciam o berço régio de Francis. Lorde Burghley havia acabado de morrer, e Robert, o filho mais novo, agora protegido pelas boas graças da rainha, era o chefe inquestionável do lar dos Cecil. Desde há muito tempo, e conforme sabemos, era missão declarada de Robert prejudicar seu primo Bacon. Para que Francis conseguisse unir-se pelo matrimônio à família Cecil, teria de ter derrotado os propósitos de Robert; mais que isso, seu primo não tinha intenção alguma de permitir que Francis tivesse acesso à fortuna de sua sobrinha.

Um casamento assim não poderia acontecer sem a permissão da rainha. Por essa razão, Essex entrou na disputa em apoio a Bacon, contribuindo, dessa forma, e mais uma vez, para que as esperanças de Francis não fossem atendidas. Pois, se Essex queria o casamento, a rainha o impediria.

Alguns podem ter se dado conta do mistério oculto por trás daquilo tudo; outros, talvez não. Do ponto de vista da jovem noiva, deve-se supor que ela preferisse Francis, com toda sua espirituosidade, humor e charme, aos modos irascíveis e "ultrapassados" de Coke. De fato, o tempo provaria que assim era. Elizabeth Hatton não apenas se recusara a assumir o nome de seu novo marido, mas, em determinado momento, se recusaria até mesmo a recebê-lo na Hatton House. Ela o ignorava quase completamente. Os boatos corriam soltos.

Uma vez mais, Francis fora derrotado pela facção Cecil e seu instrumento da vez, sir Edward Coke. Mas, nesse caso, não houve indício algum de que ele tenha ficado angustiado com a derrota. É possível que tenha compreendido inteiramente a situação, e, talvez, tenha ficado aliviado por não ter de se preocupar com o fardo extra do casamento. Entretanto, ainda enfrentava grandes dificuldades financeiras. A ironia é que, apesar do sucesso de suas peças nos teatros, elas ainda estavam consumindo mais dinheiro do que arrecadavam.

Suas peças *estavam* indo muito bem. Apenas alguns anos atrás, antes que o novo Globe Theatre fosse construído sobre as bases de outra casa de espetáculo, "o Theatre", havia acontecido uma típica disputa elisabetana em relação ao velho prédio. Os Burbage vinham arrendando aquela área de um certo Giles Allen, mas esse senhor estava impondo dificuldades para renovar o aluguel. Fartos com a demora, os Burbage insistiam em que a construção lhes pertencia e que, portanto, tinham o direito de demoli-la. E para provar isso, com o apoio de um bando armado, fizeram uma incursão na velha construção. Eles a puseram abaixo e transportaram seus materiais por balsa para Southwark, na outra margem do Tâmisa. Ali, começaram a construir o agora mundialmente famoso Globe Theatre, com os restos da antiga casa de espetáculo. Ele foi inaugurado em 1599, com a peça *Júlio César*.

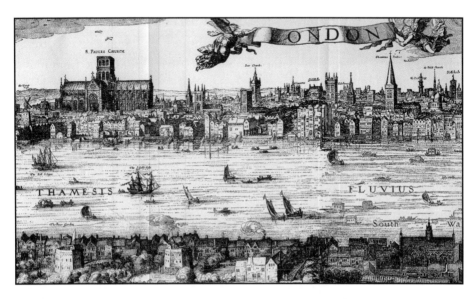

Detalhe da vista panorâmica de Londres, por Visscher, 1616
A cidade de Londres está na (remota) margem norte do rio. O Globe Theatre é o prédio de múltiplas faces, exatamente à esquerda do centro, na margem sul. À sua esquerda, está o Bear Garden.

Para financiar o projeto, a propriedade foi dividida em cotas, metade das quais sob a responsabilidade dos Burbage e a outra metade rateada entre cinco atores — William Shaksper, John Heminges, Augustine Phillips, William Kemp e Thomas Pope. Mas fomos informados, por Orville Owen, de um detalhe intrigante. Ele diz que o proprietário do Globe era, na verdade, Anthony Bacon.[5] A conexão dos Bacon com as casas de espetáculo era tão deliberadamente vaga que até hoje ainda está longe de ser esclarecida. Uma pista é o nome *Globe*, um símbolo popular entre Francis e seus escribas, denotando a natureza universal de suas intenções.

Além disso, sabemos que em 1594 Anthony comprou uma velha casa em ruínas em Bishopsgate, uma área mal-afamada devido à sua proximidade com a região dos teatros. Mais tarde, os teatros seriam "colocados para fora da cidade", por causa da atmosfera indesejável que criavam.[6] Lady Anne antipatizava totalmente com essa atividade, com todo o seu piedoso coração, e tentou evitar que seu filho se mudasse para um lugar assim. Não havia ministérios sagrados naquela região, ela argumentara.[7] Anthony não deveria ter saído de Gray's Inn, onde havia "boas companhias cristãs". Pobre lady Anne! Como ela sofria com o que imaginava ser a imoralidade de seu filho.

Anthony deve ter tido uma boa razão para deixar as vizinhanças muito mais agradáveis que possuía em Gray's Inn, ou em sua propriedade rural, para viver nesse lugar "de alguma forma melancólico", com acesso fácil às casas de espetáculo dos Burbage. Will Shaksper também viveu em Bishopsgate por um período, mas, no fim das contas, mudou-se para Southwark, do outro lado do rio, para estar mais próximo do Globe, deixando para trás, segundo os registros oficiais, uma dívida de cinco xelins. Os detalhes sobre o interesse de Anthony pelo Globe são vagos, mas algumas pistas sobre a conexão entre ambos ainda continuam aparecendo, tal como a menção do nome Burbage nos documentos de Anthony.[8]

Um incidente misterioso foi documentado pelo pioneiro biógrafo Nicholas Rowe, com relação a um prêmio em dinheiro que supostamente teria sido dado a Will Shaksper pelo conde de Southampton. Esse jovem conde, Henry Wriothesley, era amigo íntimo de lorde Essex. Ele acompanhava Essex com uma devoção quase escrava, em todos os episódios de sua vida. Quando eram jovens, os dois pequenos condes haviam perdido seus respectivos pais, e ambos haviam sido criados sob a custódia de Burghley, passando muito tempo juntos, sem dúvida, em Theobalds. Quando Southampton tinha aproximadamente vinte anos, os dois longos poemas narrativos de Shakespeare, "Vênus e Adônis" (1593) e "A Violação de Lucrécia" (1594), foram publicados com dedicatórias a ele. Naquela época, ninguém em uma posição tão baixa como um ator ousaria dedicar suas obras a alguém de classe mais alta, e, ainda assim, supõe-se que tenha sido isso o que fez Shakespeare, ou Shaksper — filho de um luveiro analfabeto, recém-saído do campo.

Henry Wriothesley, conde de Southampton
Os dois longos poemas narrativos de Shakespeare, "Vênus e Adônis" e "A Violação de Lucrécia", foram dedicados a Southampton. Ele era um amigo próximo e apoiava Essex, e, segundo consta, esteve envolvido no financiamento das empreitadas literárias de Francis; ele era conhecido, naquela época, como patrono das artes. Southampton, por fim, tornou-se inimigo de Francis. Parece que nunca conseguiu esquecer o papel que Francis; teve na derrocada de Essex. O próprio Southampton foi declarado culpado por conspirar contra a rainha e foi aprisionado por um período na Torre.

Os stratfordianos* sustentam que as dedicatórias provam a existência de alguma conexão com Southampton. Insistiu-se nessa tese da

---

* Os stratfordianos são aqueles que acreditam que William Shakespeare é o verdadeiro autor das peças e dos poemas lançados sob seu nome.

conexão a tal ponto que, estranhamente, muitos estudiosos acreditam que Southampton não tenha sido apenas o benfeitor de "Shakespeare", mas também o "jovem inspirador" a quem ele dedicou seus sonetos. Não há um indício sequer sugerindo que o ator de Stratford e o conde de Southampton tenham alguma vez se encontrado. A avaliação mais realista é a que sustenta, como os adeptos das cifras agora sabem, que foi Francis quem dedicou os poemas a seu amigo mais novo, a quem conhecia há algum tempo e que tinha a vantagem de ter uma grande fortuna, algo que, a Francis, fora negado. Southampton era um valioso e, indiscutivelmente, generoso membro do círculo íntimo da facção Essex-Francis-Anthony.

Ainda assim, temos o mistério do prêmio em dinheiro, supostamente dado por Southampton a "Shakespeare". Estima-se que o prêmio tenha sido de mil libras, uma soma bastante elevada para os padrões elisabetanos. Seja como for, se Southampton realmente ofereceu a "Shakespeare" esse prêmio em dinheiro, deve ter havido uma boa razão para isso, e, aparentemente, houve. Por ser um membro do "círculo mágico", é certo que Southampton sabia quem estava escrevendo as peças e sobre todo o sigilo envolvido no caso, e isso deve ter sido motivo de diversão entre os jovens cavalheiros que estavam a par do que acontecia. Enquanto Southampton estava em campanha militar na Irlanda, em 1599, ao lado de Essex, sua esposa, a outrora Elizabeth Vernon, tentava mantê-lo animado com as divertidas cartas que lhe enviava. Em uma dessas cartas, ela adicionou um intrigante pós-escrito:

> Todas as notícias que posso enviar-lhe, e que, penso, o deixarão contente, dizem respeito ao que li em uma carta, vinda de Londres, que informava que sir John Falstaff, através de sua sra. Dona Caneca, acaba de ser pai de um divino Peixe-escorpião, um menino que tem uma grande cabeça e um corpo bastante diminuto. Mas isso é um segredo.[9]

Ficamos com a impressão de que, nesse pequeno e estreito círculo da alta sociedade, o nome Falstaff é, de alguma forma, uma deliciosa brincadeira, que seria reconhecida somente por aqueles que estavam cientes dos códigos utilizados. Como fica aparente por meio das cifras, Shaksper é o modelo de inspiração para Falstaff.[10]

A questão do título "sir" antes do nome de Falstaff lembra outra situação singular, que aconteceu mais ou menos nessa mesma época, na qual Shaksper estava envolvido: o estranho caso do brasão de armas de Shakespeare. Em 1596, John Shakspere (grafado sem o *e* do meio e sem o último *a*, neste caso) registrou-se no College of Arms para obter um brasão de família. A maioria das autoridades concorda que era seu filho, William, quem queria o escudo heráldico familiar. Mas, já que ele não podia qualificar-se para tanto, pressionou o senhor Shaksper a candidatar-se à concessão. John havia sido funcionário público municipal em Stratford e tinha mais chances de ser aceito.

Em outubro de 1596, o College of Arms acatou a solicitação. Embora os documentos heráldicos usualmente concedessem um relato detalhado acerca da genealogia da família, nesse caso, em particular, foram vagos em relação aos pormenores, afirmando apenas que os ancestrais do requerente haviam sido recompensados por Henrique VII por "leais e valorosos serviços prestados" — nenhum outro detalhe fornecido. Anteriormente, John Shaksper já havia solicitado um brasão de armas, mas o pedido lhe fora negado. Dessa vez, ele conseguira.

O heraldista chefe do College of Arms, William Dethick, que concedeu a outorga final, foi posteriormente criticado por outros heraldistas, por oferecê-las a pessoas "de origem baixa", que não as mereciam; entre as pessoas "de origem baixa" listadas estava John Shaksper. Os heraldistas suspeitavam que Dethick agira por motivos de ganância, sugerindo que ele havia aceitado propina para conferir as outorgas.

No topo do documento que confirmava a outorga a Shaksper estava inscrito o lema *Non, Sanz Droict*, "Não sem direito", uma escolha que soava bastante nobre — a menos que alguém o leia como parece ter sido originalmente escrito no pergaminho, antes de sofrer qualquer modificação. Conforme consta, um baconiano foi, em 1913, ao Heralds

College para examinar os documentos. Ele descobriu que o lema fora escrito, inicialmente, com uma vírgula após a palavra *non*, significando, nesse caso, *Non, Sanz Droict*. Isso dá um sentido completamente diferente ao mesmo lema sem a pontuação. Os chefes de Shaksper teriam feito uma brincadeira, tomando por base uma antiga folha rasurada? Parece bem provável.

Por essa época, Ben Jonson era um membro leal da equipe de Bacon, uma de suas "boas penas", e o secretário encarregado de traduzir alguns dos trabalhos de Bacon para o latim. Parece ter havido muitas zombarias e troças mútuas no intercâmbio estabelecido entre ambos. É claro que o velho Ben sabia da real identidade de "Shakespeare". Alguns anos depois da concessão do brasão de armas a Shakespeare uma "sátira cômica" foi encenada, uma peça de Ben Jonson intitulada *Cada Homem com seu Humor*. Nenhum estudioso de Shakespeare, ortodoxo ou não, pode ignorar essa peça, por causa de seu episódio burlesco no qual o ridículo Sogliardo recebe a outorga de um brasão com o divertido lema *Não Sem Mostarda*.

Sogliardo é descrito como um "genuíno palhaço, (...) tão obcecado pela ideia de obter um título da nobreza que ele o obterá, mesmo que tenha de comprá-lo (...). Ele se sente à vontade quando consegue estar em companhia de pessoas que riam bastante dele".[11] No Ato III, encontramos:

> *Sogliardo:* Por este pergaminho, nobres senhores, trabalhei
> arduamente entre aqueles heraclidas [heraldistas],
> que nem acreditaríeis. Eles se comunicam em
> uma linguagem estranha, e impõem as maiores
> condições para o dinheiro de um homem, nem
> sabeis quanto.
>
> *Carlo:* Mas conseguiste o brasão de armas? Conseguiste o
> brasão de armas?
>
> *Sogliardo:* Por certo, agradeço a Deus que posso, agora, me
> denominar cavaleiro. Aqui está minha patente.

> Custou-me trinta libras (...). Que vos parece o
> escudo, senhor?
>
> *Puntarvolo:* Não o entendo muito bem. O que é?
>
> *Sogliardo:* Pela virgem, senhor, é um javali sem cabeça,
> enfurecido.
>
> *Puntarvolo:* Um javali sem cabeça. É muito exótico.
>
> *Carlo:* Ai de mim, e enfurecido, também. Pela minha fé,
> louvo a destreza do heraldista. Ele o compreendeu
> muito bem: um suíno sem cabeça, sem cérebro,
> sem faculdades mentais, sem nada, de fato,
> adquirindo uma nobre nascença.[12]

O leitor pode decidir por si mesmo o que ou quem poderia ser o "javali sem cabeça".

Essas breves visões do ator Will Shaksper são, em parte, explicadas nas cifras descobertas por Ignatius Donnelly, e, em parte, na Cifra Biliteral. Donnelly nunca conseguiu explicar o trabalho das cifras, abordado por ele em dois enormes volumes chamados *The Great Cryptogram*, embora alguns poucos pesquisadores afirmem ter conseguido seguir seus complicados mecanismos para decifrá-las. Talvez o verdadeiro método lhe tenha escapado, e ele tenha adotado uma "via transversa". Seu processo é complicado, mas o conceito é pura *gematria* — uma elaboração de derivados de "números de base", "modificadores" e "multiplicadores", em um sistema que ele explica repetidamente, mas sem muita clareza (alguém com um bom raciocínio matemático e abstrato pode encontrar grande satisfação em estender-se sobre as orientações de Donnelly através deste labirinto. Quanto a mim, contento-me em deixar que os congressistas de Minnesota o destrinchem, enquanto me deleito com os resultados da colaboração entre o cifrador e o decodificador).

Donnelly apresenta uma visão fascinante de Will Shaksper, mas não houve, até onde sei, uma ratificação dessa visão por uma segunda fonte. Entretanto, é uma descrição próxima à encontrada na Cifra Biliteral.[13]

Se o panorama é desolador para aqueles que passaram a vida inteira respeitando William Shakespeare e seus dramas deslumbrantes, o conflito é facilmente compreensível. Mas, como afirmou o criptoanalista francês Pierre Henrion, aqueles que repudiam as cifras, considerando-as fantasia ou mera banalidade, viverão na ignorância, porque a verdade, algumas vezes, provém de fontes inesperadas.

A chave é fazer uma diferenciação entre o "Shakespeare" poeta — aquela brilhante e sensível genialidade em pessoa — e o Shaksper máscara.

O episódio do suposto prêmio de mil libras de Southampton a Shaksper, o brasão de armas aparentemente forjado, além da situação de Shaksper deter uma cota de dez por cento de um teatro que parece ter sido propriedade de Anthony Bacon — tudo isso parece revelar um padrão reconhecível. A fortuna de Shaksper parece crescer em proporção inversa ao declínio das riquezas dos Bacon. Eles estavam ficando desesperados em busca de dinheiro, enquanto Will de Stratford estava se tornando, se não rico, certamente próspero, tomando por base os padrões de sua cidadezinha natal. Em 1597, ele comprara o New Place, uma das mais amplas casas de Stratford, e planejava reformá-la. Ele havia adquirido outras propriedades e estava começando a fazer negócios com malte e empréstimos de dinheiro. Quando deixou sua cidade natal para ir a Londres, oito anos antes, não tinha um tostão sequer. Se saíra surpreendentemente bem. Havia sido tudo tão fácil! A única coisa que se exigia dele era que ficasse em silêncio e fosse perspicaz o suficiente para "disfarçar", caso perguntas impróprias lhe fossem feitas. E, ainda assim, "Greene-Bacon"* havia anunciado, em *Groatsworth of Wit*, que ele presumia

> Ser tão capaz de encher a boca de versos brancos quanto o melhor dentre vós; e, sendo um perfeito *joão-faz-tudo*, ter-se, em seu próprio conceito, como o único Sacode-cenas [*Shake-scene*] do país.

---

* Refere-se a Robert Greene, outro dos pseudônimos de Francis Bacon.

Shaksper se mudara imediatamente para Londres, provindo de uma vida um tanto miserável em Warwickshire, com não mais de três ou quatro anos de formação escolar na zona rural. Supostamente, ele já havia escrito dois poemas no estilo clássico, "Vênus e Adônis" e "Lucrécia". Depois de chegar a Londres, foi-lhe atribuído o crédito de ter criado dramas extremamente populares, alguns baseados em histórias ainda não traduzidas para o inglês, como *Timon de Atenas* e *Otelo*. Essas eram histórias estrangeiras, com enredos que o dramaturgo havia tomado de empréstimo e adaptado para uso próprio. Era o suficiente para fazer com que qualquer Falstaff se envaidecesse.

A personalidade de Falstaff estava tão claramente delineada que nenhum personagem de ficção, com a possível exceção de Hamlet, jamais parecera tão real. Se considerarmos que o príncipe Hal representa o jovem príncipe Francis e que Falstaff é sua máscara de Shaksper, encontraremos um delicioso contraste entre a verdadeira espirituosidade e uma espécie de humor vulgar e baixo. As cifras dizem que Will está

> cheio dos mais medonhos desejos (...) Mas devo confessar que havia algum humor no vilão; ele tem sagacidade e uma grande pança; e, de fato, eu me utilizei dele, com a colaboração de meu irmão [Anthony], como o modelo original a partir do qual esboçamos os personagens de sir John Falstaff e sir Toby.[14]

Sir Toby Belch é, evidentemente, o ridículo e beberrão mentirosomor de *Noite de Reis*, que tenta ocultar sua origem humilde assumindo ares de nobre.

Essa é a única referência nas cifras que menciona que o irmão de Francis (neste caso, Anthony, diz-nos Donnelly) colaborou com ele em alguma de suas peças. Ambos os Bacon eram conhecidos por seu vívido senso de humor, e é encantador imaginar os dois trabalhando juntos, certamente em meio a ruidosas gargalhadas, criando os risíveis personagens de suas peças. As cifras nos revelam que, mesmo naquela época, o cômico Falstaff

> reunia, nos pátios das casas de espetáculo, um número tão grande de pessoas, contra todas as esperanças e expectativas, que eles recebiam pelo menos vinte mil ducados. [Falstaff] agrada à Sua Majestade muito mais do que qualquer outra coisa nestas peças (...).

E, então, Francis abandona-se em uma pequena e bem-merecida satisfação pela popularidade de suas peças:

> Soube que meu lorde, o ministro alemão, disse a Says-ill [Cecil] que valia muito a pena vir de tão longe até a Inglaterra só para ver esse papel de sir John, nessa peça e em *As Alegres Comadres de Windsor*. [Ele] declarou aos quatro ventos que não existe nada equivalente a isso em toda a Europa. Ele afirmou: digo-lhe, o homem que conseguiu conceber um papel como esse, e construí-lo tão bem, deveria ser imortal.[15]

Um belo elogio e uma avaliação interessante, da parte de um espectador daquela época. Agora, esse "corvo carreirista ornamentado" pelas "plumas" de outros[16] estava começando a causar problemas e, segundo as cifras de Donnely, exigindo compensações maiores por seu disfarce.

As peças históricas em que Falstaff aparece (*Henrique IV, Parte 1, e Henrique IV, Parte 2*) concentram-se, principalmente, em temas históricos e da realeza, e não despertavam grande interesse nos espectadores médios elisabetanos, que assistiam às peças de pé, das galerias mais baratas. Mas as palhaçadas de Falstaff compensavam tudo isso — o público o adorava. E a rainha também. Elizabeth, provavelmente, vira *Henrique IV, Parte 1* durante as festividades do Natal de 1596-97. Fascinada com o cavaleiro gordo, ela diz a seu primo, lorde Hunsdon, então benfeitor da companhia de Shakespeare, a The Lord Chamberlain's Men, que ela gostaria de ver uma peça em que o velhaco se apaixonasse. Hunsdon rapidamente contatou Shakespeare, que se empenhou imediatamente em satisfazer o pedido de Sua Majestade. O resultado é a comédia *As Alegres Matronas de Windsor*.

Os críticos acreditam que a peça foi escrita no curtíssimo e surpreendente período de duas semanas. A peça é bastante divertida, e é a única, dentre todas as 36 obras, que não lida com personagens e temas aristocráticos, mas somente com membros das classes média e baixa. Francis, provavelmente, estava se empenhando ao máximo para fazer com que sua obra se assemelhasse a algo que Will pudesse ter escrito — impudico, mas não infame, o tipo de situação cômica que Francis sabia que sua mãe adoraria.

A partir de tudo que sabemos, Elizabeth se encantou com a farsa, mas também estava ficando um tanto desconfiada. Nas cifras de Donnelly, tomamos conhecimento de que Francis recebera a perturbadora notícia de que a rainha estava fazendo perguntas sobre esse homem "Shakespeare", o suposto autor das peças. Mais precisamente, é possível dizer que Cecil havia ficado desconfiado, e estava tentando convencer Sua Majestade de que Francis era, na verdade, o autor:

> Ao ouvir essas duras notícias, fui completamente dominado por uma torrente de medos e vergonha. Eu percebia claramente toda a fragilidade de minha situação. Sabia muito bem que se Shak'st-spur fosse detido, ele se transformaria (...) em sebo nas mãos daquela raposa ardilosa, meu primo Seas-ill [Cecil]. Com toda certeza, o patife execrável dirá em sua autodefesa, e para sua própria segurança, que a peça *Medida por Medida* (...), e aquela nobre obra, a peça *Ricardo II*, [são minhas].[17]

A primeira peça, com seu sabor de sátira religiosa, e a segunda, esbarrando perigosamente no tema da rebelião política, eram peças com as quais Francis queria especialmente evitar qualquer conexão. Pois, se viesse a tornar-se público que era ele o autor, temia que "todas as minhas esperanças de chegar aos altos cargos públicos desta nação estariam arruinadas".[18] Isso significaria não somente o fim de sua carreira, mas, talvez, o fim de sua vida.

Sua Graça estava furiosa, com aquela ira tão característica de sua natureza. Ela enviou "bem-equipadas e inermes diligências" para localizar Will. Foram realizadas buscas em todas as casas de espetáculo e teatros, em ambos os lados do rio. Em 1597, mais ou menos na mesma época, por ordem do Conselho Privado, todos os teatros de Londres foram fechados, depois de uma apresentação de *A Ilha dos Cachorros*, uma sátira política, supostamente de autoria de Thomas Nashe e Ben Jonson, que estava em cartaz no Swan. A peça foi descrita como "sediciosa e caluniadora". Desde o momento em que sabemos para quem Jonson estava trabalhando, e que Bacon colaborava com as obras de Nashe, não é absurdo assumir que o furor quanto ao fechamento dos teatros e a busca por "Shakespeare" faziam parte de um mesmo movimento — um período perturbador e arriscado para os atores, assim como para os dramaturgos.

Dizem as cifras que Cecil estava profundamente desconfiado, não acreditando que o ator do Globe tivesse nem a inteligência nem a instrução necessárias para ter escrito as peças (Cecil estava no caminho certo). Ele mandou um recado ao bispo de Worcester, sob cuja jurisdição se encontrava Stratford, e pediu-lhe informações sobre Will. O relatório do bispo sobre Shaksper estava longe de ser elogioso, e lançou ainda mais dúvidas sobre as habilidades de seu paroquiano. Nas cifras de Donnelly, Cecil relata:

> Arrisquei-me a revelar-lhe [ao bispo] minhas suspeitas de que o mestre Shak'st-spur não seria suficientemente capaz,

e não teria a erudição necessária para ter escrito peças tão admiráveis (...). Corre o boato de que cada uma delas foi arranjada sob seu nome, por algum membro da nobreza.[19]

Eis a conclusão de Cecil:

More-low [Marlow] ou Shak'st-spur nunca escreveu uma só palavra dessas peças. É óbvio que ele está enchendo nossos ouvidos com falsas informações e mentiras há mais de um ano. Ele é uma criatura pobre, grosseira, de má índole e gananciosa, e nada mais do que um disfarce para outra pessoa (...). Tenho suspeitas de que o criado de meu parente, o jovem Harry Percy, era o homem para quem ele dava, todas as noites, metade do que arrecadava durante o dia na bilheteria.[20]

O bispo disse a Cecil que Will não vivia mais na pobreza:

Seus cofres estão cheios. Eles dividem as receitas em três partes proporcionais e equivalentes (...). Só a sua parte corresponde a quinhentos ducados. Ele comprou uma vistosa propriedade chamada New Place (...). Sua bela filha, a quem ele é muito afeiçoado, tem doces feições (...). É seu desejo mais intenso transformá-la em uma dama, e ascender, ele próprio, entre os membros da nobreza.[21]

Essa é uma descrição de Susanna, a filha mais velha de Will, que parece ter estado muito acima do restante da família, em caráter e equilíbrio. Will orgulhava-se de Susanna e deixou a maior parte de seus bens para ela em seu testamento. A filha mais nova, Judith, não era tão benquista pelo pai.

O lorde [o bispo] aconselhou-nos que a melhor coisa a fazer é transformá-lo [Shaksper] em prisioneiro, (...) algemá-lo e trazê-lo à presença do Conselho; e é mais do que provável que o patife conte-nos a verdade, e revele quem escreveu as peças.[22]

A situação nunca havia estado tão instável para Francis — parecia que o jogo do qual ele estava participando há tanto tempo estava acabado. Cecil estava em seu encalço, e chegando cada vez mais perto. Francis ficaria completamente indefeso se Will Shaksper decidisse desmascará-lo. Nas vezes anteriores, ele sempre conseguira, de alguma forma, desvencilhar-se das dificuldades e seguir em frente, mas a questão aqui era outra. Ele duvidava de que alguma coisa pudesse salvá-lo dessa vez.

Surpreendentemente, foi a própria Elizabeth quem salvou a pele de seu filho. Quando Cecil foi lhe revelar suas suspeitas e levantar queixas contra Francis, Elizabeth o acusou, assim como seu agora falecido pai, de ter ciúmes do parente e de tentar minar, gradativamente, tudo que ele fazia. Eles estavam sempre tentando apanhá-lo em alguma armadilha, vociferou a rainha, recusando-se a acreditar, por um só minuto, que alguém tão instruído e honrado como Francis Bacon se rebaixaria a ponto de associar-se a pessoas tão desqualificadas quanto as de teatro, tal como aquele ator do Globe.

Se Elizabeth supunha que seu filho estaria efetivamente se aviltando ao escrever peças de teatro, não podemos saber. Qualquer que tenha sido seu estado de espírito, acabou trazendo boa sorte para Francis. Sua mãe lhe dera espaço para respirar, e tempo para fazer com que Shaksper se afastasse do caminho de seus inimigos.

Capítulo 11

Problemas vindos de Stratford

Os homens gloriosos [vaidosos] são objeto de desprezo dos sábios, de admiração dos tolos, os ídolos dos parasitas e os escravos de sua própria vanglória [vaidade].

O perigo imediato havia passado, mas Francis e seu grupo não estariam seguros até que Shaksper estivesse fora do país. Harry Percy, um protetor muito apreciado e leal a Francis, foi encarregado de localizar o inoportuno Will e evitar o perigo, afastando-o para além da fúria da rainha.

A cena revelada agora pelas cifras de Donnelly é surpreendente. Podemos espiar o lar da família Shaksper em sua cidadezinha, como nunca antes havia sido feito. O panorama não é agradável para aqueles que se recusam a perceber que Shakespeare e Shaksper não eram o mesmo homem.

Percy encontra Will em sua casa, New Place, em Stratford. Ele está doente, arrebatado pela enfermidade, e parecendo muito mais velho do que seus 33 anos. Apressadamente, Percy lhe explica tudo que acontecera e lhe diz que ele deve deixar o país imediatamente. Ele deveria esconder-se até que tudo passasse. Mas Will sente-se seguro, já que, na eventualidade da revelação dos fatos, pode desmascarar Bacon, e recusa-se a ir embora. Sua esposa, Anne, lamenta-se e queixa-se, e o envolve nos braços, balbuciando palavras incompreensíveis.

A única pessoa sensata na casa é a filha Susanna, que parece ser inteligente, calma e ponderada. Ela convence o pai de que o bom-senso recomenda seguir o conselho de Percy. Ele deveria entender que se viesse a se tornar público que ele havia assumido falsamente a autoria das peças, não apenas Bacon estaria em maus lençóis, mas toda a família Shaksper. Seus honorários, relativamente altos, poderiam chegar a um fim abrupto e, pior que isso, Will poderia ser preso por falsificação ideológica, e talvez até ser acusado de traição.

É fascinante constatar que as cifras se refiram a Susanna em termos tão elogiosos e demonstrem surpresa que uma moça tão íntegra pudesse ter sido criada em um lar como o dos Shaksper. A história parecia estar de acordo, já que, posteriormente, ela se casaria com o dr. John Hall, um médico próspero com formação universitária, e que se tornaria um dos cidadãos mais importantes daquela cidade.

Susanna vence a discussão, e Percy conduz Will, em meio às brumas da noite, para o litoral, onde um barco o estava aguardando para levá-lo ao mar.[1] As cifras não mencionam o local para onde Shaksper é levado, mas, aparentemente, o artifício funcionara. Francis estava seguro novamente, pelo menos por ora, e Will estava, no fim das contas, de volta a seu lugar.

Momentaneamente a salvo do perigo da espionagem de Cecil (conforme Donnelly a descreveu),[2] havia, ainda, um grande perigo a enfrentar em casa. Voltemos agora aos acontecimentos que são reconhecidos pela história oficial, pelo menos parcialmente. O perigo tinha a ver com Essex, que estava se tornando cada vez mais incômodo a cada dia. Francis estava ficando exasperado com o comportamento excêntrico de seu irmão instável. Estaria ele se tornando desequilibrado ao ponto da insanidade? Francis estava preocupado.

Essex falhara novamente em seu apelo final para colocar Francis no posto de solicitador-geral. Francis, então, escreveu ao lorde chanceler-mor de Elizabeth, sir John Puckering, pedindo sua ajuda, praticamente ousando comentar sobre sua origem nobre. Em sua carta, ele diz:

> Se é do agrado de milorde trazer à lembrança de quem eu descendo, e a quem, próximo de Deus, Sua Majestade, e por seus próprios méritos, o milorde está subordinado [significando em ambos os casos, é claro, a rainha], sei que terás escrúpulos em me causar qualquer mal.[3]

Mas ninguém poderia ajudar Francis se Sua Majestade assim não o quisesse. Nesse momento, não era essa sua vontade, embora ela já estivesse tratando Francis novamente com boa vontade. Era Essex, naquele momento, quem estava desempenhando o papel de "mau menino". Tudo o que Essex quisesse, lhe seria negado, não importava o quanto isso parecesse injustificado aos olhos de Francis.

Evidentemente, Essex estava furioso, e Francis, desestimulado. Havia sido uma longa luta, e, inquestionavelmente, a rainha havia vencido — dois anos e meio de tentativas vãs. O quadro era particularmente exasperador, porque eles podiam perceber que Elizabeth nunca pretendera entrar em uma batalha direta com os dois; ela simplesmente usava suas táticas usuais de protelação, recusando-se a tomar uma decisão, para irritação de Essex e receios de Francis. Todos, a não ser Sua Majestade, haviam padecido. Não havia nada que Francis pudesse fazer, a não ser dar continuidade ao trabalho ao qual se dedicara por toda a vida. Com a mente ocupada, ele conseguiria esquecer. Essex percebia bastante bem o quanto fora severamente castigado, e a perda de prestígio abalara seu já fragilizado ego. Ele sabia que ter apadrinhado seu amigo (e irmão) havia causado mais prejuízos do que benefícios a Francis. Ele estava arrependido, mas parecia incapaz de mudar seu modo de agir.

Toda a pretensa amizade entre o círculo de Essex e os Cecil estava agora descartada; apenas um fio tênue de civilidade encobria a animosidade entre ambos. Apesar dos esforços de Francis para manter uma aparência de normalidade, uma guerra aberta fora declarada. Até mesmo lady Anne, que observava os acontecimentos de sua casa em Gorhambury, entrou lealmente na disputa, uma vez mais. Por carta, disse a Anthony que estava convencida de que o conde havia "arruinado tudo, com seus métodos violentos",[4] e que estava preocupada com Francis (Dodd concorda com essa afirmação, e acrescenta que a rainha pode ter renegado o pedido de Francis apenas pelo prazer perverso de contradizer Essex. "Quanto mais ela recuava, mais ele pressionava").[5] Em meio a essa disputa, Francis fora imobilizado.

Apenas pouco tempo antes disso a rainha havia comentado com um amigo que enxergava em Francis "a promessa de um futuro auspicioso", uma frase extravagantemente maternal para ser usada ao se tratar do filho do lorde chanceler-mor. Mas Francis recebera um alento. A rainha estava começando a depender mais e mais de seus sábios conselhos. Talvez ela se dispusesse, até mesmo, a reconhecê-lo publicamente, se não estivesse tão profundamente envolvida com a relação de amor e ódio com seu filho mais novo.

"Injustiçado, mas sem atrever-se a queixas", Francis conseguiu reunir a serenidade necessária para suportar a humilhação com certa dose de humor. Mas Essex não. Ele reagiu com sua habitual demonstração descontrolada de teimosia. Esperneou, gritou, praguejou, ameaçou-a com todos os tipos de consequências apavorantes. A rainha não se deixava abater; ela ainda o tratava como uma criança desobediente. Enfurecido, afirmou que, certa vez, ela ousara "mandar-me para a cama, se eu falasse mais alguma coisa".[6] A humilhação consumia sua alma de tal forma que, em breve, tanto seu estado físico quanto mental estariam seriamente desgastados.

Quanto a Francis, a tensão permanente havia sido prejudicial à sua delicada compleição. Ele se viu obrigado a fazer um longo repouso após a nomeação de Coke como procurador-geral, mas parecia mais conformado com essa segunda decepção. Agora, mais do que nunca, era a hora de confiar no compassivo conselho da visão celestial que tivera: "Alguns homens tornam-se grandes antes da hora, (...) alguns alcançam a grandeza à custa de suas habilidades (...). Deves aproveitar a correnteza quando lhe convier."[7]

PROBLEMAS VINDOS DE STRATFORD

Para Francis, parecia que Essex estava almejando o trono. Nada era declarado de forma tão explícita, mas Francis conseguia entender o mecanismo de seu pensamento:

> De vez em quando, ele se manifesta exageradamente, de uma forma [até mais] estranha ao nosso coração do que suas maneiras frias e rudes.[8]

Essex estava doente de ciúmes, ambição e frustração. Talvez não fosse culpa do conde; talvez fosse apenas um traço de personalidade herdado de seus tempestuosos pais. Mas, a menos que ele conseguisse chegar a um estado mental um pouco mais razoável, nada, senão uma tragédia, poderia suceder. Robert estava começando a demonstrar uma tendência clara ao estado maníaco-depressivo, que caracterizou seus últimos dias de vida. Em vez de adotar o caminho mais difícil do tato, sugerido veementemente por Francis, ele se lançava impulsivamente de encontro aos problemas, recolhendo-se periodicamente em um mundo lúgubre de enfermidade e depressão. Francis admitiu pressentir a aproximação de uma tragédia.

Perder o favoritismo de Elizabeth feriu o desejo de experimentar a glória, alimentado por Robert. Quando ele não estava amuado em sua solidão, estava sacudindo os arreios, como um garanhão treinando para entrar em ação. Em uma ocasião, ouviu-se a rainha dizer: "Alguém deveria fazê-lo botar os pés no chão e [ensinar-lhe] maneiras mais adequadas."[9] Tal mãe, tal filho!

Na primavera de 1596, surgiu a oportunidade de Robert provar novamente seu ímpeto. Os odiados espanhóis haviam tomado Calais, o porto mais próximo do outro lado do canal, e os ingleses não poderiam se dar o luxo de vê-lo sob o comando de inimigos. Quando se ouviram "rumores" de que Filipe de Espanha pretendia enviar auxílio aos irlandeses, colaborando com sua luta contra a Inglaterra, a relutância usual da rainha em entrar em uma disputa aberta não poderia mais encontrar justificativas. Essex viu aí sua chance. Ele rugiu, implorou e ameaçou, até mesmo, retirar-se para o campo e "tornar-se, imediatamente, um monge"[10] se Elizabeth não concordasse em planejar um ataque à Espanha e contivesse a ameaça vinda da Irlanda.

A rainha foi forçada pelas circunstâncias a se dedicar ela mesma à situação desesperadora. Designou Essex, além do lorde almirante Howard, como comandantes conjuntos de uma força para atacar Cádiz, que ficava dentro dos próprios limites da Espanha. Sir Walter Raleigh (a quem Essex detestava, provavelmente por causa de sua popularidade com a rainha) recebeu um comando subordinado. Como se revelou posteriormente, apesar da intensa rivalidade entre os comandantes, a expedição foi coroada de sucesso — conforme se disse, mais devido à experiência e à boa avaliação de Raleigh, de promover o ataque pelo mar, do que a qualquer outro fator particular.

Essex teve sua oportunidade, comandando o ataque por terra, sob sua própria bandeira. Ele assumiu a tarefa com grande coragem e intrepidez, e o tratamento humano que dispensou a seus prisioneiros foi elogiado tanto pelos conquistadores quanto pelos conquistados. Sob suas ordens, sacerdotes e igrejas foram poupados, três mil freiras receberam o salvo-conduto e os saques foram proibidos. Esse era o melhor lado de Essex, cumprindo suas obrigações em uma tradição de cavalheirismo e cortesia que lhe rendeu muitas honrarias. O próprio lorde almirante escreveu a Burghley: "Asseguro-lhe, não há outro homem mais valente do que Essex no mundo."[11] Quando Essex era bom, ele era muito, muito bom. O orgulho maternal de Elizabeth, sem dúvida, fora massageado ao máximo, mas somente por um momento.

Quando Essex retornou à Inglaterra, foi na condição de herói triunfante. Nenhum soldado a cavalo jamais entrara em Londres com tantas pompas e glórias. Aplausos ensurdecedores e adoração genuína o recebiam em todos os lugares. Se Francis, cuja escolha havia sido servir a seu país em silêncio, por trás da tela do anonimato, sentiu uma pontada de inveja do fenomenal sucesso de seu irmão, deve ter sido apenas por um instante, temos certeza.

PROBLEMAS VINDOS DE STRATFORD

Essex esperava que a rainha se regozijasse com o regresso vitorioso de seu filho conquistador. Mas Elizabeth nunca fizera o esperado, e não faria agora. Ela logo mostrou indiferença e desdém a todo o episódio do retorno triunfal. E criticou-o imediatamente, pelo fato de o montante pilhado dos espanhóis não ter sido suficiente para cobrir os custos da operação militar. Além disso, por que eles não haviam capturado os navios de tesouros espanhóis que regressavam das Índias Ocidentais?

Essex ficou chocado com a frieza de sua recepção, e Francis foi inteligente o suficiente para perceber o que estava no cerne desse comportamento. O conde, um viril e belo rapaz, cheio de bravura e heroísmo, tornara-se um ídolo para os súditos de Elizabeth, e a rainha não gostaria de dividir os holofotes com ele. Uma mulher cansada e senescente não conseguiria suportar concorrência.

Francis já havia antecipado o problema. Era sempre perigoso obscurecer a rainha, especialmente se você fosse jovem e robusto, e tivesse o apoio militar às suas costas. Era exatamente a composição explosiva que Elizabeth mais temia. Ao contrário de Francis, Robert não havia conseguido convencer a rainha de sua total lealdade à Coroa, independentemente de quem se sentasse no trono. Ela desconfiava de que ele queria desesperadamente ostentar a Coroa na própria cabeça.

Francis avisara repetidamente Robert para refrear-se, de modo a evitar a tempestade que estava se formando. Todos na corte sabiam o que estava acontecendo, e observavam a situação com cautela. A tática usual de jogo dos dois Cecil, de empurrar as duas extremidades para o centro do campo de batalha, em oposição direta, era difícil de ser sustentada, mas eles insistiam nesse expediente, instigando Robert a participar de aventuras militares perigosas e, então, aguardando inocentemente do lado de fora, esperando piamente que ele fosse morto ou que, pelo menos, se complicasse em tantas dificuldades político-financeiras que não haveria como se desenredar. Somente com a eliminação tanto de Robert quanto de Francis é que os Cecil conseguiriam manter-se no centro do poder. O embaixador da França observou: "Se ele [Essex] voltar vitorioso, eles [os Cecil] se aproveitarão disso para fazer com que a rainha desconfie dele, e, se fracassar, então partirão para arruiná-lo."[12]

Francis e os Cecil sabiam como preservar-se sob as graças da rainha, por meio de tato e diplomacia. Essex, não. O irmão mais velho escreveu uma longa carta para Robert. Mude seu modo de agir, aconselhava a carta. Você tem a simpatia da rainha e sabe disso, você é popular entre o povo e é praticamente idolatrado por ele e, por último, você é um homem que domina o raciocínio militar. "Pergunto-lhe: poderia haver um quadro mais perigoso do que este para qualquer monarca vivo?"[13]

Francis implorou a Essex para que tentasse mudar sua imagem aos olhos da rainha, que fizesse o que fosse necessário para dirimir suas suspeitas, que utilizasse todas as oportunidades com a soberana para criticar a popularidade e sua busca desenfreada. Mais que isso, ele advertia, Essex deveria mudar imediatamente sua imagem belicosa. Ele aconselhou, de fato: dissimule, se precisar, mas faça a rainha acreditar que seu único objetivo é agradá-la. Divirta-se com as atividades palacianas; e, principalmente, esqueça todas as suas ambições militares, pois Sua Majestade ama a paz. Contente-se em almejar o cargo de lorde do Selo Privado, e satisfaça a rainha com cumprimentos e palavras doces.

Era um conselho excelente. Todos os homens da corte de Elizabeth sabiam da absoluta necessidade de prefaciar toda e qualquer petição que lhe fosse encaminhada com os mais extravagantes elogios que pudessem imaginar. Sua beleza, seu charme, suas virtudes femininas — tudo deveria ser mencionado e engrandecido. Essex negligenciaria essa política em seu próprio prejuízo. Seria engenhoso, disse Bacon, se você moldasse seu comportamento com a rainha tomando por base o bem-sucedido exemplo usado por lorde Leicester (obviamente, ele não precisava relembrar a Robert quais eram suas ligações com o outro "Robin" de Elizabeth). "Pois não conheço um meio mais fácil para fazer Sua Majestade acreditar que você está no caminho certo."[14] Tato absoluto e bajulação — não havia outra maneira.

Se Essex tivesse seguido seu conselho, poderia ter evitado a calamidade, mas talvez já fosse tarde demais. O fato de saber que, na verdade, tinha sangue real, enquanto figurava na corte como apenas mais um cortesão, avivou e despertou as ambições que faziam parte de seus instintos hereditários. A história mostra claramente o quanto ele se arriscou para fazer com que suas prerrogativas reais valessem.

Somente Francis conseguia entender plenamente o dilema, e somente a história cifrada pode explicar o inexplicável. Todas as mesmas tentações eram duplamente aplicáveis a seu caso — afinal, ele era o filho mais velho —, mas o fato é que conseguia resistir a elas, enquanto Essex, não. Robert, entretanto, seguiu a recomendação de Francis no tocante às cartas elogiosas. Ele conseguia escrevê-las tão bem quanto o próprio Leicester.

Tudo correu bem por algum tempo. Essex permaneceu na corte, e se ocupava em bajular a rainha e flertar despudoradamente com as damas. Seus flertes provocavam tantos mexericos que a pobre e piedosa lady Anne Bacon se viu impelida a adverti-lo diretamente, por meio de uma carta, da mesma forma que fazia tão frequentemente com os próprios filhos. Em seu favor, o conde escreveu a lady Bacon que ela não precisava se preocupar com ele, pois as coisas que estavam sendo ditas a seu respeito eram rumores falsos, propagados por seus inimigos.

Durante certo período, a situação parecia estar equilibrada, ainda que Elizabeth mostrasse sinais indisfarçáveis de ciúmes pela atenção que seu querido Robin dispensava a outras damas. Mas, conforme o tempo passou, a incômoda relação entre a rainha e seu predileto, a mãe e o filho, tornou-se tensa novamente. Veio então aquela trágica manifestação explosiva de sentimentos, que os livros de história contam, mas poucos compreendem. Durante uma briga sobre a questão da escolha de um representante para a Irlanda, Essex fez o impensável. Dominado pela irritação com a recusa da rainha em fazer o que ele queria, ele se virou, dando as costas para a soberana, preparando-se para sair a passos largos da sala.

Voltar as costas para um monarca que está governando é estritamente proibido em qualquer corte real; na de Elizabeth, correspondia, aproximadamente, a uma traição. Seria exigir demais que ela suportasse isso. A rainha, então, despejou uma intensa saraivada de pragas e golpeou brutalmente as orelhas do filho. Essex ficou furioso. Ele desembainhou sua espada, virou-se para a rainha e gritou que não toleraria tamanho insulto nem mesmo do pai da rainha. Praticamente em estado de choque, a filha de Henrique VIII ficou imóvel e olhou fixamente para esse neto de Henrique VIII, enquanto o conde de Nottingham apressavase, freneticamente, em dominá-lo.

Foi uma cena pavorosa, e a corte inteira aguardou ansiosamente em suspense, para ver o que a rainha faria. A cabeça de Essex iria se juntar àquelas de outros traidores, espetadas em lanças no topo da London Bridge? Ou ele seria simplesmente enviado para a Torre? Com toda certeza, ele havia cometido uma traição ao empunhar sua espada, ameaçando a rainha. Até onde ela iria aguentar?

A resposta da rainha ofendida chocou a corte — Elizabeth não fez absolutamente nada! E, logo depois disso, ela, calmamente, deu continuidade a seus afazeres na corte, permitindo que Essex se recolhesse à sua propriedade rural quando quisesse. Se Francis interferiu ou não para persuadi-la a agir com compaixão, não temos certeza. Há poucas dúvidas, no entanto, de que Essex tornara-se o homem mais afortunado de Londres.

À medida que os meses se passavam, o velho Burghley, cada vez mais desgastado pelo segredo, assim como pelos negócios públicos do Estado, e deprimido por problemas que ele parecia não conseguir contornar, saiu silenciosamente de cena. Elizabeth ficou desolada com a perda de seu velho ministro. Eles haviam trabalhado juntos por um longo tempo (quarenta anos, desde sua ascensão, em 1558), e, apesar das diferenças intermináveis, ambos haviam, de alguma maneira, conseguido superar as dificuldades. Naquele momento, a Inglaterra não poderia estar em uma posição melhor para assumir seu papel nos negócios mundiais. Desinformados sobre a vida pessoal de Elizabeth, os outros países a respeitavam bastante, a autoconfiante "Gloriana" no reino de sua ilha, "banhada em

PROBLEMAS VINDOS DE STRATFORD

um mar de prata". Apesar das ambições de Burghley em relação a seu próprio filho, ele havia trabalhando diligentemente para o bem de sua rainha. Juntos, eles foram longe, e Sua Majestade derramou lágrimas amargas no fim, quando se sentou na cabeceira da cama do velho homem e serviu-lhe, com as próprias mãos, uma sopa.

Enquanto os problemas entre Elizabeth e Essex estiveram momentaneamente controlados, Francis ocupou seu tempo com a primeira publicação a ser impressa sob seu próprio nome — uma situação curiosa, pois ele já vinha escrevendo e publicando há muitos anos (ainda que anonimamente). Quando seus primeiros trabalhos reconhecidos vieram a público, em 1597, ele estava com 36 anos! Esse homem, de genialidade ímpar, que se determinara a transformar "todo o conhecimento em sua província", que havia declarado que seu maior desejo seria recolher-se ao campo e "tornar-se [quase] um melancólico autor de livros" — esse dedicado e brilhante autor não havia, supostamente, escrito nada que merecesse ser publicado durante os primeiros anos de sua vida. O que ele teria ficado fazendo com seus escribas durante todo esse tempo? Somente seus documentos secretos podem explicar.

O livro que publicava agora era um pequeno volume, contendo os dez primeiros ensaios de sua autoria (outros seriam acrescentados em edições posteriores). Os ensaios eram dedicados ao sr. Anthony Bacon, seu "carinhoso e adorado irmão", e eram como "as novas moedas de meio pêni, que, embora feitas de prata de boa qualidade, eram pequenas".[15] Os ensaios tornaram-se imediatamente populares — incisivos, argumentados com simplicidade, brilhantemente pragmáticos. Eram as observações de um homem que refletiu profundamente sobre uma grande variedade de assuntos humanos e foi capaz de condensar seus pensamentos e transmiti-los. "Ele fala", dizia-se, "em uma linguagem que todos podem compreender." Richard William Church observou que "ele escreve como um espectador do jogo das questões humanas, que (...) enxerga mais do que os próprios jogadores, e é capaz de oferecer conselhos sábios e conscienciosos, com um toque de fina ironia em relação aos equívocos que observa".[16]

Se Essex tivesse prestado um pouco mais de atenção à compreensão que seu irmão demonstrava ter da natureza humana, a história poderia ter sido bem diferente. Em "Da Honra e da Reputação" Francis oferece a fórmula perfeita para evitar ser alvo da inveja e dos ciúmes alheios. Era algo que ele havia aprendido a colocar em prática, com tanta frequência quanto possível:

> A inveja, que é o cancro da honra, é mais bem-eliminada quando o homem declara abertamente como seu objetivo a busca de boa reputação, e não de fama; e atribui seus sucessos mais à Divina Providência e à sorte do que às próprias virtudes ou à sua habilidade política.[17]

Além disso, ele sugeria que, para lidar com os homens e avaliar o quanto seria possível avançar, bastava, simplesmente, observar os sinais de inveja em seus olhos.[18]

Francis havia usado essas táticas ao máximo, em um esforço para mitigar o inevitável confronto entre Essex e a rainha. No entanto, mais uma vez, Essex deixaria evidente seu traço de impulsividade, típico do sangue Tudor. Tendo sido vitorioso em uma batalha, não conseguiria resistir à tentação de assumir mais uma empreitada. Essex tentou convencer a rainha de que ele era o homem adequado para subjugar o rebelde irlandês Tyrone, o astuto e pouco convencional guerreiro, com o qual nenhuma outra pessoa fora capaz de lidar. Para seu espanto, a rainha cedeu sem muita discussão, e o nomeou lorde representante da Irlanda. "Por Deus, derrotarei Tyrone no campo de batalha; e nada digno [da] honra de Sua Majestade foi conquistado ainda."[19]

A obtenção dessa nova posição provaria ser uma vitória de pouco valor. Mais rapidamente do que imaginava, Essex começou a perceber

PROBLEMAS VINDOS DE STRATFORD

que sua permanência prolongada na Irlanda favoreceria diretamente seus rivais. Isso o afastaria dos negócios da corte e o manteria ocupado bem longe de casa, enquanto aqueles em quem ele confiava tampouco poderiam manipular as questões sem sua interferência. Sob o ponto de vista de Cecil, o melhor cenário seria aquele em que Essex não retornasse nunca mais. Robert estava agora se lamentando por sua imprudência em solicitar o cargo, mas não havia nada mais que pudesse fazer, a não ser partir.

Uma grande fanfarra e agitação rebentaram em Londres quando o predileto do povo se preparava, finalmente, para zarpar com suas tropas e seus cavalos para a terra selvagem da Irlanda. Dizia-se que os soldados de Tyrone não eram muito civilizados; vestiam peles de animais no lugar de roupas; lutavam escondidos atrás de árvores, como selvagens; e nunca cortavam seus cabelos. Certamente, o herói galante, distinto e elegantemente paramentado, o conde de Essex, seria superior a todos eles.

O que Francis teria a dizer sobre a desatenção total de seu irmão quanto às considerações que lhe fizera e sobre sua recusa em aceitar os conselhos de não se mostrar tão fortalecido pelo poderio militar? Previsivelmente, agora que sabia ser tarde demais para mudar a situação, escreveu a Essex uma "tranquila e encorajadora carta". Mais tarde, ele admitiria, no entanto, que "percebera claramente que a derrocada de Essex estava atrelada, pelo destino, (...) àquela viagem",[20] tanto quanto era possível um homem prenunciar o futuro de outro. O futuro de Bacon dependia tanto do destino do conde que manter a própria tranquilidade filosófica deve ter-lhe custado todo o seu equilíbrio, duramente conquistado.

Capítulo 12

Essex, Bacon e a tragédia

Aquele que é muito em nada (...)
torna-se desprezível.

A partida de Essex para a Irlanda pode ter começado com um céu límpido e os mais graciosos sorrisos de Sua Graça, a rainha. Mas, enquanto ele e sua tropa estavam atravessando Islington rumo a seus navios, uma nuvem de tempestade se formou sobre o grupo, os céus se escureceram e se tornaram agourentos, e as multidões entusiasmadas silenciaram subitamente. Isso, dizia-se, era um mau presságio — talvez prenunciasse o fracasso do empreendimento. Era, certamente, causa de preocupação. As esperanças de todos estavam bastante elevadas. Toda a nação estava convencida de que o glorioso Essex não poderia falhar. "Shakespeare" expressou o mesmo em *Henrique V*:

> Se agora o general de nossa graciosa imperatriz
> Regressasse da Irlanda (como acontecerá em boa hora),
> Trazendo a rebelião vencida sob sua espada,
> Quantas pessoas não deixariam suas pacíficas cidades,
> Para vir dar-lhe as boas-vindas!
>
> *Ato V, Coro*

O período de anistia entre Elizabeth e Robert estava destinado a ter vida curta. Quando seu Robin desapareceu de vista, a rainha senescente começou a se lamentar impacientemente, dividida entre a preocupação pelo bem-estar de seu país e sua fixação neurótica por Essex. Por que deixara que ele saísse do seu lado? Teria sido um equívoco dar-lhe poder e armas sem oferecer-lhe segurança para o futuro?

Tão logo seu adorado colocou os pés fora do solo inglês, ela começou a aguardar boas notícias, vindas da Irlanda. Aqui estava o correlato inglês da Cleópatra de Shakespeare — a rabugenta, inquieta, voluntariosa rainha, forçada a suportar o quase insustentável suspense de um trono solitário. Cleópatra não recebia notícia alguma de seu precioso Antônio, que havia acabado de retornar a Roma. Sua ansiedade egípcia espelhava-se na de Elizabeth da Inglaterra. O caráter e a personalidade de Cleópatra, em *Antônio e Cleópatra*, teriam tido por modelo a própria e irascível Elizabeth? Alguns estudiosos sugerem que sim.

Dia após dia, a mal-humorada rainha procurava algo para ajudar a passar o tempo — ela não conseguia pensar em outra coisa a não ser em Robert. Tratava-se de mais do que uma impaciência de mãe a esperar notícias de seu filho teimoso; era uma obsessão que beirava a monomania. Assim como Cleópatra, Elizabeth não queria falar sobre nenhuma outra coisa, a não ser sobre seu lorde ausente:

> Onde pensas que ele está agora? Está de pé? Sentado?
> Passeia, porventura? Está a cavalo?
> Oh, cavalo afortunado, que carregas todo o peso de Antônio!
> Anda orgulhoso, corcel! Não adivinhas quem te monta?
> O semi-Atlas deste mundo, o braço
> E o elmo dos homens. Neste instante ele está falando,
> Ou murmurando "Onde está minha serpente do velho Nilo?"
> (É assim que ele me chama).
>
> *Ato I, Cena 5*

Uma simples alteração, do Nilo para o Tâmisa, contaria a história de Elizabeth.

Ela estava exaltada, como era de se esperar; o tempo passava e as notícias chegavam de modo tortuoso. Havia relatos de fracasso e de adiamentos, desculpas em excesso, promessas de melhores resultados no futuro. Pouca coisa mais. Logo, ficou dolorosamente evidente que não havia outras notícias a serem relatadas. Nada havia sido feito, nem progressos, nem vitórias. O que quer que estivesse acontecendo não seria, obviamente, em benefício da Inglaterra.

Elizabeth ficou cada vez mais impaciente e, em breve, furiosa com o comportamento curiosamente absurdo de Essex. Havia um limite para o que ela poderia suportar de sua parte. Por que não recebia nenhuma notícia de vitória sobre o comandante irlandês Hugh O'Neill — o meio-selvagem, meio-cavalheiro conde de Tyrone, com sua intolerável arrogância ante as demandas britânicas? Camden escreveu que Tyrone era um homem jovem "extremamente inteligente, com uma alma generosa, e a pessoa ideal para assumir atividades de maior envergadura. Ele tinha muito conhecimento em assuntos militares, e um coração dissimulador e orgulhoso".[1]

Tyrone era um inimigo formidável, mas Essex deveria estar à sua altura. Ele recebera os soldados, o dinheiro e a autoridade que havia exigido tão imperiosamente. Tudo isso havia sido confiado às suas mãos. Amplos recursos, raramente oferecidos anteriormente, estavam à sua disposição. Ele tinha tudo o que seria necessário para ser bem-sucedido, e mais do que isso. E a Inglaterra tinha todo o direito de esperar por sua vitória, mas isso não estava acontecendo.

A rainha escreveu, o Conselho Privado escreveu, e todos eles exigiam explicações, e, ainda assim, nada foi explicado. Ao contrário, Essex deu desculpas e enviou cartas fervorosas, em que implorava que fosse reinvestido das graças que, um dia, conhecera. Mesmo assim, se tivesse, pelo menos, se disposto a cumprir sua missão, teria descoberto que uma boa vitória teria valido mais do que uma dúzia de cartas. Mas, no paranoico estado mental de Robert, concentrar-se nos planos de batalha estava além de sua capacidade.

Na Irlanda, a situação ficava cada dia mais desesperadora. A falta de liderança destruiu o moral das tropas. O desperdício de dinheiro os deixou mal-alimentados e sem cuidados. Essex adorava a glória da guerra, mas era um homem fraco para estar no comando das tropas. Seu próprio irmão, observando apreensivamente a situação, em Londres, sabia disso muito bem. Algo tinha de ser feito, e logo.

Um dia, a rainha chamou Francis em um canto, imediatamente antes de receber mais cartas da Irlanda. Ela censurou Essex energicamente, "demonstrou um desgosto veemente quanto aos procedimentos do lorde na Irlanda (...), e mostrou-se satisfeita (...) em poder ter uma conversa desse tipo comigo". Ele estimulou a rainha a chamar Essex de volta, a deixar que ele permanecesse com ela "em teu convívio, e como honra e ornamento ao teu serviço e ao da corte (...). Pois, se estás descontente com ele, e, ainda assim, tens de colocar arma e pólvora em suas mãos, isso pode representar um tipo de tentação, que o faça mostrar-se mais desajeitado e desregrado".[2]

Mas de nada adiantou; as desculpas de Robert eram intoleráveis. Elizabeth, em geral, agia de modo imprudente, mas a história nos diz que ela estava longe de ser insensata. Ela não se deixou enganar pelas súplicas de Robert. À medida que suas cartas se tornavam mais patéticas, suas respostas se mostravam cada vez mais exigentes. Ela o repreendeu severamente por seu comportamento negligente, por seu fracasso em avançar ferozmente contra o inimigo, por colocar Southampton, contra suas ordens expressas, no comando da cavalaria.

O mais grave de tudo eram os rumores de que lorde Robert estava nomeando diariamente novos cavaleiros entre as fileiras daqueles que lhe eram leais — já havia cento e setenta novos cavaleiros, mais de um quarto do número total em todo o seu reino naquela época. Essa política era, definitivamente, execrada pela rainha, e Essex sabia disso. Um número elevado de fidalgos diminuiria o valor individual de cada um. Conceder poucos títulos e tornar difícil sua conquista era uma política que vinha funcionando. Quanto menor a elite sob seu comando, mais eficiente seria seu governo. Essex estaria arregimentando uma força de homens que seriam mais leais a ele do que à própria rainha? Era exatamente isso, de acordo com o diário secreto de seu irmão,[3] e era um caminho perigoso, como ele já lhe avisara.

As ações cotidianas de Essex tornaram-se típicas de um homem sitiado e em pânico, ultrapassando toda a racionalidade. Em determinado momento, ele estava deprimido e melancólico, melindrado em sua tenda de campanha. No outro, via-se tomado pelo desespero quanto às injustiças que imaginava estarem sendo perpetradas em sua ausência.

Mais de um estudioso já sugeriu que o comportamento covarde de Aquiles, em *Troilus e Créssida* (aquele leão de "coração orgulhoso", o guerreiro prostrado em sua barraca com "melancolia", que não saía para lutar contra os troianos), era um eco de Essex, na Irlanda. Tratava-se de uma das peças trágicas, publicada imediatamente após a morte de Essex e de Elizabeth. Deve ter sido perigoso publicá-la antes disso, já que, na peça, alguns dos traços mais cruéis de Créssida eram muito semelhantes aos da personalidade ambivalente da rainha, e o entrecho lembrava às plateias a trágica decadência de Essex.

Em 7 de setembro de 1599 (o aniversário de 66 anos da rainha) o lorde-tenente Robert revigorou-se o suficiente para ir ao encontro do chefe rebelde Tyrone, um estranho encontro que sempre confundiu os historiadores. Tyrone havia solicitado que o encontro fosse privado. Os dois chefes se encontraram montados em seus cavalos, na vau do rio, em Bellaclynth. O que poderia ter resultado em um grande acontecimento transformou-se em uma derrota patética para Essex. Sem que a série de homens perfilados em ambos os lados do rio pudesse ouvir o que eles diziam, Essex cometeu o que equivaleria a um ato de traição à sua rainha e a seu país — ele escolheu o perigoso caminho do acordo. Isso o levou à ruína.

Por aproximadamente uma hora, os dois homens conversaram, sentados em suas selas. Essex concordou com termos que significavam, praticamente, o total rendimento das forças inglesas. O autor Robert Lacey considera a conversa sem testemunhas entre Essex e o rebelde irlandês um ato precipitado de traição. "Ele foi", escreve Lacey, "na pior das hipóteses, um traidor; na melhor, um tolo."[4]

Quando as notícias sobre seu último fiasco chegaram a Londres, Sua Majestade estava completamente dominada pela fúria. Essex fizera tudo o que Francis o aconselhara a não fazer. Para Francis, restava apenas dizer a Robert que ele "lamentava muito que o lorde insistisse em voar com asas de cera, duvidando da sorte de Ícaro".[5] Essex, de fato, havia tentado voar muito próximo do sol. Ele se transformou em uma ameaça militar à rainha, ignorou seus comandos e desperdiçou suas armas, seu dinheiro e seus homens.

Tudo aconteceu conforme Francis previra. Em Londres, o conde estava sendo acusado de planejar tornar-se, ele próprio, o rei da Irlanda, com a assistência de Tyrone, e, até mesmo, de pretender invadir a Inglaterra com uma tropa de selvagens combatentes irlandeses — conspirando para usurpar o trono da rainha.

Perto do colapso e à beira do desequilíbrio mental, Essex cometeu o ato final de imprudência, que redundaria em sua própria destruição, bem como na da rainha. Para Francis, isso significou sepultar sua última esperança de sucessão. Psicologicamente, Essex havia atingido um ponto sem volta. Somente a história cifrada consegue tornar o desespero de Essex compreensível. De fato, essa mulher — sua mãe, sua rainha, que tinha o poder de vida e de morte sobre ele — "cogitara nomeá-lo sucessor".[6] Ela reconheceria, por fim, a relação entre ambos quando ele retornasse da Irlanda? Ela reconheceria Francis também? Reconhecer Francis seria apontá-lo como sucessor do trono. Mas, antes de qualquer um dos dois, ela decidiu promover seu odiado rival Cecil. Para Robert, seria demais ter de admitir isso.

Em um arrebatamento selvagem, ele intimou um pequeno grupo de homens que lhe eram leais, na Irlanda, em 24 de setembro. Deixando as tropas e as responsabilidades para trás, eles zarparam para a Inglaterra. Quatro dias depois, estavam entrando em Londres com seus cavalos.

Poucas autoridades concordam sobre as motivações de Essex em seu inesperado retorno. Talvez o próprio conde não as conhecesse.

ESSEX, BACON E A TRAGÉDIA

Parece que ele sentia apenas a necessidade de estar diante de seu carrasco e jogar-se a seus pés. A cena que se segue intrigou todos os biógrafos de Elizabeth.

Quando Essex chegou, exausto de sua impetuosa cavalgada desde a costa, a rainha não estava em seu palácio, em Londres. Ela havia partido para o palácio de Nonsuch, a 16 quilômetros de distância. Momentaneamente contrariado, o conde hesitou por um instante — ir ou não ir? Ele logo se refez, atravessou o Tâmisa de balsa e partiu em disparada para Nonsuch, seu cavalo transpirando e ofegando sob ele, a espada pendendo a seu lado. Chegando lá, confuso e desalinhado, ele adentrou o palácio, afastando guardas e damas de companhia.

Eram 10h, e a rainha não havia aparecido ainda. Para não ser impedido, Essex subiu apressadamente as escadas até os aposentos privativos da rainha e, então, invadiu o santuário sagrado, o dormitório real. Essex jogou-se aos pés de Sua Real Majestade, que estava vestida apenas com um penhoar.

A rainha olhou atônita para aquele jovem exasperado, a quem ela chamara com frequência de Cavalo Selvagem. A esmerada peruca ainda não havia sido colocada sobre os finos cabelos grisalhos de sua cabeça, o rosto branco e descolorado ainda não havia sido enfeitado com sua camada de maquiagem, e ela parecia velha, triste e alarmada. Inicialmente com surpresa, e, então, com ternura, ela olhou atentamente para o jovem ofegante a seus pés.

As serviçais da corte presenciavam a cena ao longe, chocadas com a ousadia de Robert, mas Sua Majestade estava satisfeita. Quando recuperou a voz, ficou claro que ela estava encantada. Aquele adorável rapaz estava tão ávido por vê-la que não deixara que nada lhe impedisse o caminho. Ele havia percorrido todo o trajeto desde a Irlanda apenas para se jogar diante dela. Era desse tipo de gesto que ela mais gostava — a força e a impetuosidade dos Tudor. Fosse ou não uma demonstração anormal de afeição, aqui estava seu filho, atrás de seu amor. Querendo parecer uma boa mãe, Elizabeth recomendou a Essex, talvez com um toque de leve divertimento, que ficasse de pé e fosse mudar de roupa, enquanto ela acabava de se vestir. Mais tarde, ele poderia voltar e ter um encontro privado com ela.

Depois do jantar, ambos se recolheram para conversar em uma sala particular, com os membros do Conselho Privado. Essex mostrou-se incapaz de explicar suas ações satisfatoriamente, e exatamente 13 horas após sua chegada o lorde-tenente da Irlanda estava em prisão domiciliar, obrigado a se manter em seus aposentos. Elizabeth estava, afinal, levando adiante sua determinação de dar o basta às suas aspirações.

Pode-se imaginar a consternação de Francis ao receber tais notícias. Imediatamente, fez uma solicitação, que foi atendida, de se encontrar com o conde, confinado, então, em Nonsuch. Francis fez o possível para, gentilmente, aconselhar Robert, mas, como escreveu mais tarde, "ele falou poucas palavras e balançou sua cabeça algumas vezes, como se avaliasse que eu não estava com a razão".[7]

Francis extravasou sua mágoa em segredo, por meio das cifras. A impetuosidade de Robert destruiria toda a harmonia que ele vinha, pacientemente, tentando construir? "Com um temperamento exatamente igual ao de sua mãe", escreveu, "ele [Essex] poderia quebrar-se, mas jamais cogitaria, minimamente, dobrar-se."[8]

Elizabeth, que manteve os embaixadores estrangeiros informados de suas ações, assegurou ao encarregado de negócios diplomáticos da França que a política inglesa em relação a Tyrone, longe de ser ideia sua, era do "Monsieur d'Essex". E declarou solenemente que, mesmo que se tratasse de seu próprio filho, ela o teria colocado na "mais alta torre da Inglaterra". Essex logo seria enviado para a York House, em confinamento.

Francis fez tudo que estava a seu alcance para garantir a libertação de Robert e o perdão da rainha (embora alguns achassem que ele havia abandonado o conde e, até mesmo, articulado para que a rainha ficasse contra ele).[9] Ele lembrou à rainha que ela havia prometido tentar corrigir Essex, e não arruiná-lo. Ele usou até mesmo suas melhores armas, cartas de reconciliação com Sua Majestade, que Essex mandou à rainha como se fossem suas.

ESSEX, BACON E A TRAGÉDIA

Para o conde, ele escreveu: "Também gostaria que milorde levasse em consideração que, embora eu confesse amar algumas coisas muito mais do que amo a milorde — [tais] como servir à rainha, sua paz e seu contentamento, sua honra, sua proteção, o bem do meu país e coisas tais —, ainda assim, amo poucas pessoas mais do que a ti."[10] Ele tem esperanças de que seu irmão mais novo entenda que, por mais que ele o ame, é à rainha e a seu país que ele deve maior lealdade. Robert certamente entende, mas, em seu estado de melancolia e frustração, não pensa em mais ninguém a não ser em si próprio.

Francis tentou persuadir a rainha de todas as formas. "Deves honrar", escreveu-lhe, "o desejo de milorde de oferecer-te seus préstimos, pois foi para isso que ele acredita ter nascido." Isso não poderia ter sido dito mais claramente — Robert sentia que nascera para prestar serviços "especiais" à Sua Majestade. "Fala por ti mesmo: em nome do conde, nenhuma palavra", diz a rainha a Francis.

A rainha estava tão aborrecida com as contínuas súplicas de Bacon em favor de Robert que começou a se mostrar fria novamente também com Francis. Ele estava intercedendo pela causa de Essex sob seu próprio risco. Ainda assim, ela permitiu que Essex deixasse York House e ficasse recluso na própria casa, em Essex House. Sua família e seus amigos foram retirados da propriedade, e até mesmo sua esposa, que seis meses atrás dera à luz sua filha Frances, teve de solicitar permissão para visitá-lo.

Elizabeth decidira subjugar ainda mais o conde, cortando-lhe os lucros dos "vinhos doces". Seu arrendamento de dez anos não fora renovado; dali em diante, as receitas seriam revertidas para a Coroa. Essa foi a gota d'água! O afilhado da rainha, John Harington, retrata-nos o estado mental de Essex quando ele recebeu essas notícias.

Ele mudou da contrição e do pesar para a raiva e a revolta com tanta rapidez que isso prova que estava destituído de bom-senso e de um juízo perfeito (...). Proferiu palavras estranhas, aventurando-se em searas tão excêntricas que me apressei em abandonar sua presença (...). Suas observações em relação à rainha não pertenciam a um homem que tem *mens sana in corpore sano* (...). A rainha sabia muito bem como humilhar um espírito arrogante; o espírito arrogante não sabe como capitular.[11]

De modo ainda mais insano, Essex afirmou, em certa ocasião, que o estado de saúde de Sua Majestade "estava tão debilitado quanto sua carcaça". A observação, é claro, foi parar nos ouvidos da rainha, e alguns acham que esse foi o golpe final, pelo qual ela nunca o perdoaria.

Permitir que Robert retornasse a Essex House foi um equívoco. Embora ele estivesse obrigado a obedecer às condições que lhe foram impostas, não havia nada que impedisse seus amigos e seguidores de visitá-lo. Certa empolgação atravessava a cidade; rumores desenfreados ecoavam em todos os lugares. Sabia-se que algo estava prestes a explodir, estimulado pela volátil energia dos fiéis sectários do conde, que vinham reunir-se em torno dele.

E explodiu. No sábado à tarde, dia 7 de outubro de 1601, sir Gilly Merrick, um dos mais leais defensores do conde, cruzou o rio para combinar com os atores do Globe Theatre a encenação da peça *Ricardo II*, de Shakespeare. Os atores reclamavam que se tratava de uma peça antiga, que fora representada inúmeras vezes e que não atrairia o público. Quarenta xelins foram o suficiente para convencer os artistas a reencenar o espetáculo uma vez mais. A peça mostrava o destronamento do monarca Ricardo, e, por isso, era considerada subversiva. "Sou Ricardo II. Não sabeis disso?", bramaria Sua Majestade, algum tempo depois.

O resto da história de Robert Tudor Devereux é puro sofrimento. O Conselho Privado, atento ao perigo que se formava, dobrou, no dia seguinte, a segurança no Whitehall, e enviou quatro altos dignitários para investigar a extraordinária aglomeração de pessoas no pátio da Essex

House. O conde os convidou para sua biblioteca. Seus adeptos irritados trancaram os representantes do Conselho dentro de casa e forçaram a libertação de Essex. A sorte estava lançada. Essex atravessou os portões abertos em direção à cidade e desceu a Strand, acompanhado por trezentos exaltados seguidores. A história é bem conhecida.

Embora os súditos da rainha adorassem o galante Essex, eles eram leais à rainha. Uma coisa era demonstrar bravamente sua autoridade — outra, bem diferente, era desejar, verdadeiramente, a Coroa. Quando Essex passou pelas ruas, agitado e transpirando, vociferando "Ide até a rainha! Até a rainha! Uma conspiração foi armada contra a minha vida!", as pessoas permaneceram em suas casas e o deixaram passar em silêncio. A grande demonstração de apoio que ele esperara não estava acontecendo. Ele se arriscara, confiando na lealdade da população, e havia perdido. A rebelião foi um fracasso! Em desespero, atônito, ele quis voltar, mas percebeu que as ruas haviam sido bloqueadas com correntes. Dirigiu-se ao rio, pegou um barco e entrou na Essex House pela comporta.

Àquela altura, os conselheiros da rainha já haviam sido libertados. Essex encaminhou-se rapidamente à lareira de seu quarto, queimou seu diário e alguns papéis que estavam em duas arcas de ferro, e, então, preparou-se para se entregar. Sempre se menciona, curiosamente, que ele retirou do pescoço uma pequena algibeira negra que costumava usar. Ela também foi queimada, com todo o seu conteúdo. Especulando, os historiadores chegaram à conclusão de que deveria haver ali uma carta de James da Escócia, falando sobre a sucessão. Certamente, Essex não usava o objeto "com frequência", nem teria sido essa a causa de seus problemas. Seguramente, alguma coisa mais pessoal estaria envolvida. Para aqueles que conhecem a verdadeira relação entre Essex e a rainha, parece mais provável que ele carregasse em torno do pescoço alguma evidência de sua linhagem régia. Francis não nos fala nada a respeito disso, e, evidentemente, não podemos ter certeza de nada.

O julgamento de Robert, conde de Essex, e de seu devoto coconspirador, o conde de Southampton, foi marcado para 18 de fevereiro, em Westminster Hall. Como Francis comentou nas cifras, foi uma "história triste, terrível (...), o fim cruel e infame de meu irmão".[12] Em sua história cifrada, ele não contesta a culpabilidade do conde:

> Seu plano nada mais era do que um projeto insensato de se apossar da corte: seus assistentes, Davers, Davis e Blount, por serem bem-conhecidos, poderiam assumir incontestadamente, arregimentando um número suficiente de aliados. A um dado sinal, eles deveriam apreender as alabardas da guarda, (...) enquanto Essex adentraria a sala de audiências e, virtualmente, dominaria a rainha, sob o pretexto de se queixar de que certos conselheiros e informantes reais eram seus inimigos mortais (...). Então, o Parlamento seria chamado a fazer concessões, e a própria cidade estaria sob seu controle [de Essex].
>
> Esse plano, que contava, certamente, com a aquiescência de Southampton, líder de seus amigos, (...) era bastante conveniente para aquele seu aventureiro assistente, mas, como sabemos, falhou ao ser executado (...).
>
> Se ele [o plano de Robert] não tivesse sofrido uma merecida reviravolta, o mais novo dos irmãos ascenderia ao trono antes do irmão mais velho. Pelas leis, isso só poderia acontecer quando o herdeiro pleno, ou, como o denominamos em nosso país, o herdeiro legítimo, renunciasse a seus direitos. Como eu era conhecido não apenas como seu irmão, mas como o primogênito da rainha, tais conspirações deveriam, na melhor das hipóteses, contar, naturalmente, com meu total conhecimento e permissão. [Robert estava] assoberbado com a demonstração das glórias militares, a possibilidade de assumir o poder, cujos sinais (...) repercutiam enormemente

em sua delirante fantasia, como se tivessem muito mais valor do que a espada real.

A nosso ver, tudo isso se tornou ainda pior devido a algumas garantias particulares que tanto nos lograram de que não víssemos nisso sinais de perigo, mas que confiássemos em suas palavras, (...) esperando a correta e honesta integridade de caráter de Robert, como nobre que era (...), por aquele sangue real que era nossa herança (...).

Talvez assim, de alguma maneira, possa meu coração se contentar no remoto dia em que aqueles que discorrerem sobre o Globe consigam compreender plenamente a extensão do equívoco cometido pelo turbulento Robert, colocando em risco não somente [a si mesmo], como seu valioso e devotado amigo, um irmão que o adorava (...).

A contrição torna a minha dor mais amarga, pois minha própria vida esteve por um fio, e, verdadeiramente, meu irmão estava manchado [era culpado].[13]

Francis conhecia bem seu irmão, mas não bem o suficiente para suspeitar que ele planejasse essa traição. A história dos últimos dias de vida do príncipe Robert Tudor e de seu julgamento é bastante dolorosa de se relembrar — trágica para Essex, mas ainda mais pungente para Francis. Seu destino seria viver para tentar reparar, de alguma forma, as desastrosas consequências do evento protagonizado por seu incontrolável irmão. A mágoa de Francis era profunda e justificável, e ele extravasou sua dor nas cifras:

Escrevo com delicadeza sobre esses acontecimentos tão terríveis, memórias tão doloridas destes 15 dias tão aflitivos, angustiantes e pavorosos. Está delineado com fogo, nas trevas da noite ou do dia, oh, Essex, o teu assassinato. [Eu] escuto a voz de Robert, tão suplicante, (...) assombrando todos os sonhos, saudando o amanhecer de cada novo dia em nossa pátria.[14]

A vingança de Elizabeth sobre seus dois filhos foi incrivelmente cruel — no julgamento, ela forçou Francis a agir como um promotor, em defesa da Coroa.[15] Era sua vida ou a de Essex. Simplesmente, não havia como recusar. Foi uma punição covarde para Francis, por algo que ele não tinha culpa de ter feito. O dilema era insolúvel, disse Francis, e ele cogitou acabar com a própria vida para não aparecer no julgamento. Mas a autodestruição nunca poderia parecer-lhe uma alternativa.[16] Ele não conseguiria evitar o julgamento.

Bacon advertiu Robert a "confessar e não se justificar", sabendo, sem dúvida, que sua mãe cederia se ele demonstrasse humildade e arrependimento. Mas as coisas não aconteceram dessa forma. Essex continuou tentando dar satisfação sobre suas ações. Foi inútil. Quando o julgamento terminou, Essex e Southampton foram declarados culpados.

Nunca houve uma cena de ficção comparável em intensidade dramática com o infortúnio de Robert Dudley Devereux, lorde Essex. Ele foi conduzido para fora da sala do júri, com a lâmina da acha de armas apontada para ele, e, junto com Southampton, foi levado para a Torre. (O conde mais novo foi poupado, e, mais tarde, perdoado.) Depois que as portas da prisão se fecharam, todas as possibilidades de Essex ser ouvido estavam liquidadas.

Francis nos conta que o conde desejava uma execução privada,[17] e assim foi feito. Ele seria decapitado dentro dos muros da Torre. Outros acreditavam que o que Essex mais queria era uma execução pública, talvez para insuflar o populacho em seu favor, ou para ter uma última chance de proclamar seus verdadeiros direitos inatos. Quando Henri de Navarra (o ex-marido de Marguerite e, agora, rei da França) ficou sabendo que Essex havia solicitado uma execução privada, ele exclamou: "Não, deve ser exatamente o contrário, pois o que ele mais desejava era morrer em público."[18] Henri conhecia a história da rainha e de seus filhos.

Pode-se perguntar por que Essex, durante o julgamento, não usou em sua defesa seus laços de consanguinidade com a rainha. A resposta é que qualquer acusação como essa teria sido considerada, imediatamente, uma traição, embora, de qualquer maneira, metade da assembleia provavelmente já conhecesse a verdade. Não haveria nenhuma esperança de absolvição. Do jeito que as coisas estavam, pelo menos ainda havia a possibilidade de a rainha conceder-lhe o perdão, que nunca seria conquistado se Essex continuasse falando apenas em seu favor. Ao fim do julgamento, ele teria dito que, antes de sua execução, tornaria pública alguma coisa que iria satisfazer Sua Majestade. O que poderia ter sido, ninguém sabe.

Em seus últimos dias, Essex solicitou um capelão para confessar-se. O reverendo Abdy Ashton, seu próprio pregador, além de três outros foram escolhidos pelo Conselho Privado para ouvi-lo. Na ocasião, os clérigos foram severamente criticados por serem meras ferramentas do governo. Dizia-se que Ashton era ignóbil, medroso e mercenário. As mais prementes ordens haviam sido dadas anteriormente aos clérigos para incitar o condenado a confessar seus crimes.[19] Foi um fim triste e amargo para Essex, privado, até mesmo, do consolo de contar com um confessor genuinamente religioso. Cecil e outros foram até a cela para ouvir de Robert a admissão de suas culpas e, depois, anunciaram que estavam de posse de quatro páginas de confissões, escritas pelo próprio detento.

Dodd diz: "A verdade é que Essex foi destruído por odiosos inimigos. O povo sabia disso. O governo, por essa razão, resolvera convencê-lo, ou iludi-lo, a fim de que 'confessasse' que havia cometido traição e que merecia magnificamente a morte."[20] Era desejo de seus invejosos inimigos que o conde fosse destituído, na memória do povo inglês, de toda sua honra e nobreza — mostrá-lo não como um mártir, não como um herói popular, mas como um homem desleal com seus amigos, um traidor de sua soberana, um arrogante que estremecia de medo diante de seu último inimigo, a morte.

Os prisioneiros que não tinham sangue real encontravam a morte na Torre Hill; para a realeza e alguns nobres, utilizava-se a Torre Green. Essex foi executado na Torre Green. Vestido todo de negro, com uma túnica vermelha, ele subiu no patíbulo. "Dessa forma — alto, esplêndido, sem chapéu, com seus belos cabelos sobre os ombros —, ele se apresentou perante o mundo pela última vez", escreveu Lytton Strachey.[21] A acha de armas do carrasco o fulminou enquanto Essex repetia o salmo 51. "Deus salve a rainha", bradou o executor quando tudo estava terminado, e ele teve de se esgueirar de volta à sua casa, para escapar da multidão, irritada com a morte de seu herói.

A rainha havia, finalmente, domesticado seu puro-sangue.

> Meu adorado irmão foi massacrado?
> E meu querido lorde está morto?
> Oh, Essex! Essex! Essex! O melhor amigo que eu tinha!
> Oh, amável Essex! Honrado cavalheiro!
> Que eu não tivesse vivido para ver sua morte![22]

> Mostre-me um pai que tenha amado tanto seu filho
> Quanto eu amei Essex.[23]

Nunca houve lamento mais pungente do que o choro de Francis, expresso através das cifras. Há um reflexo desse momento em *Hamlet*:

> Um nobre coração que assim se parte. Boa-noite, meu
>   gentil príncipe,
> Que legiões de anjos te conduzam, cantando, ao eterno
>   repouso.
>
> *Ato V, Cena 2*

Capítulo 13

A queda dos Tudor

A vingança triunfa sobre a morte,
o amor a despreza, a honra a almeja,
a dor a elege como refúgio, o medo a predispõe [a apressa].

Em março de 1603 Francis se deu conta de que sua mãe, a rainha da Inglaterra, estava morrendo. Por dez dias ela descansou em Richmond Palace, enfraquecida e sofrendo dos sintomas de um "forte resfriado". Ela estava de repouso, mas não em uma cama igual à dos mortais ordinários; ao contrário, ela se sentava em almofadas, empilhadas no chão por zelosos serviçais. Ela não queria ir para sua cama, não queria ser medicada nem se alimentar. Quando suas damas insistiam para que concordasse em receber ajuda, ela retrucava afirmando que conhecia sua saúde melhor do que elas, e que gostaria de ficar sozinha.

O Conselho Privado intimou o conde de Nottingham, um de seus mais estimados nobres, a persuadi-la a ir para a cama. "Se visses coisas em sua cama como eu vejo", ela protestou, "não me pressionarias a voltar para a minha." Seus sonhos no leito de morte não traziam boas recordações. Nem mesmo Robert Cecil poderia ter qualquer influência sobre ela naquele momento, mas ele tentou. "Senhora", disse ele, "para agradar ao povo, *deves* ir para a cama." "Pobre homem, pobre homem", ela respondeu, com desdém, "não se usa a palavra *deve* com os soberanos. Se teu pai estivesse vivo, tu não ousarias cometer tal indelicadeza."[1]

Já haviam se passado dois anos desde que o conde de Essex fora executado na Torre Green. Quando o mensageiro foi ao encontro de Elizabeth levando-lhe as notícias sobre a execução do conde, encontrou-a sentada silenciosamente ao virginal,* ostensivamente impassível diante das notícias. Calmamente, ela se manteve em uma espécie de serenidade estuporada, que, de alguma forma, havia conseguido conquistar. Embora estivesse evidente que não era mais a mulher de antigamente, ainda surpreende o fato de que ela tenha conseguido manter-se tão firme durante os dias e meses que se seguiram. Mas essa tranquilidade impassível estava prestes a chegar ao fim. Ela começou a se lamentar, em tom melancólico, que não desejava mais viver. Sua saúde, como que afetada por seus desejos, começou a se deteriorar assustadoramente.

O caminho rumo à decadência coincidiu exatamente com a morte de sua prima, a condessa de Nottingham, mas, certamente, não foi deflagrado pelo possível sofrimento com a morte da condessa, de quem, afinal, ela não gostava muito. O súbito colapso da saúde física e mental de Sua Majestade aconteceu, como se acredita, por outra causa completamente diferente — a confissão feita, ao leito de morte, pela condessa. A história dessa confissão e o consequente e triste definhamento de Elizabeth, como relatados nas cifras de Francis,[2] só seriam decodificados aproximadamente três séculos mais tarde, mas este não havia sido o primeiro relato público do episódio.

Ele foi mencionado pela primeira vez em uma peça, escrita em torno de 1620. Mais tarde, um livro intitulado *The Secret History of the Most Renowed Queen Elizabeth and the Earl of Essex, by a Person of Quality*, publicado em 1695, contava, novamente, a história, divulgada oralmente por vários anos. Outro relato, reeditado em *Life of Queen Elizabeth*,[3] de Strickland, foi oferecido pela sobrinha-neta de Robert Carey, que cuidou da rainha em seus últimos dias.

---

* Virginal: instrumento de teclado elisabetano, como uma espineta ou uma versão inicial do cravo.

A rainha Elizabeth em seus últimos anos
Por Marc Garrard, o Ancião
Após a morte de Essex, parece que a rainha nunca mais foi a mesma. Orgulhosa — e estimulada por Cecil e seus seguidores —, ela não poupara sua vida. Entregue ao sofrimento depois da morte de seu filho favorito, parecia não haver para ela mais nenhuma alegria na vida.

A história relata que, quando a condessa de Nottingham estava à beira da morte, implorou à rainha que fosse visitá-la, pois tinha algo para revelar antes de descansar em paz. Quando a rainha chegou, lady Nottingham contou-lhe que, enquanto aguardava sua sentença de morte, o conde de Essex manifestara o desejo de pedir clemência à Sua Majestade, e queria fazê-lo da maneira que a rainha havia determinado, quando ele ainda era seu predileto. Desconfiando de todos à sua volta e relutando em confiar em quem quer que fosse, ele chamou um amável menino que passava sob sua janela. Convenceu o jovem a levar um anel, que lhe jogou da janela, para lady Scrope (uma das irmãs de lady Nottingham, também a serviço da rainha), com o recado de que ele lhe rogava que o anel fosse ofertado à Sua Majestade.

Por equívoco, o menino levou o anel a lady Nottingham, que o mostrou a seu marido, para se aconselhar sobre o que deveria fazer. Nottingham era parte da facção de Cecil, e inimigo de Essex. Ele proibiu sua esposa de mostrar o anel à rainha, ou de dar qualquer resposta ao recado, e disse-lhe para guardar a peça. Lady Nottingham, tendo feito essa confissão à rainha, implorou seu perdão. Em um acesso de fúria, Elizabeth exclamou: "Que Deus possa perdoá-la, senhora, mas eu nunca poderei." Ela deixou o quarto em grande comoção, e ficou tão inquieta e angustiada que se recusou a ir para a cama, e também deixou de se alimentar por um longo período.

Essa história é, essencialmente, a mesma contada por Francis nas cifras. Ele afirma que sabia da promessa feita por Elizabeth a Essex e, confiando que ele lhe mandaria o anel, nunca imaginara que aquela execução fosse, de fato, ser levada a cabo. Ele escreve:

> Deve-se reconhecer que o crime pelo qual ele [Essex] padecia não poderia, [em] qualquer circunstância, ser remediado por seus serviços já prestados ou por sua bravura, mas, se um anel de sinete que ele gostaria de haver ofertado tivesse, de fato, chegado a Elizabeth, Robert, o filho loucamente amado, poderia ter recebido uma remissão real, visto que se tratava do brasão e da insígnia bem conhecidos da rainha (...). O anel não chegou, por alguma razão, às mãos de Sua Majestade. Espantoso foi seu acesso de raiva e inútil o pesar em seu coração ao descobrir que nosso orgulhoso herói havia se humilhado tanto, e não fora atendido. Como fora levado a acreditar que teria apenas de enviar-lhe o anel, e que o mesmo iria imediatamente trazer-lhe a salvação ou o indulto, ele acreditou em vão, ai de mim!, neste prometido auxílio. Que amarga dor foi aquela, especialmente porque ele era muito mais benquisto, como se sabe, apesar de ser o filho mais novo, do que alguém que merecia igualmente seu amor, também seu herdeiro.[4]

A QUEDA DOS TUDOR

Alguns historiadores negam a veracidade da história sobre o anel. É muito romântica, muito cômoda, muito dramática para ser verdadeira, dizem. Mas, segundo a maioria dos inúmeros e obstinados historiadores, trata-se de um história altamente crível.[5] Há, até mesmo, descrições do anel. Alguns dizem que era de ouro, laqueado de azul, com a cabeça de Elizabeth gravada em relevo, em uma pedra sardônica. Outros acreditam que era um diamante em um engaste de ouro, laqueado de preto nas laterais e na parte posterior.[6]

Desde o momento em que ouviu a confissão de lady Nottingham, Elizabeth tornou-se melancólica. Dormir tornou-se tarefa impossível. A terrível angústia da perturbada lady Macbeth teria alguma inspiração em Elizabeth, em suas horas finais e desesperadoras? A dama da peça (*Macbeth*) sofre de um intenso remorso pelo medonho assassinato que ela convencera o marido a cometer, a execução do rei escocês Duncan. Em sua inquietação, ela, sonâmbula, fala e esfrega as mãos. A famosa cena mostra sua vã tentativa de limpar a imaginária mancha de sangue que tinge seus dedos brancos. Da mesma forma que o médico e a dama de companhia na peça observam lady Macbeth, o capelão favorito de Elizabeth, dr. Parry, também zela por ela enquanto dorme. Eis a famosa cena da peça:

> *Médico* — Que faz ela agora? Olhai como esfrega as mãos.
>
> *Dama* — É um gesto habitual nela, fazer parecer que está lavando as mãos. Já a vi permanecer desse jeito durante um quarto de hora.
>
> *Lady Macbeth* — Aqui ainda há uma mancha.
>
> *Médico* — Atenção! Está falando. Vou tomar nota do que ela disser, para fixar melhor em minha memória.
>
> *Lady Macbeth* — Sai, mancha maldita! Sai! Estou mandando. Uma, duas... Está bem, já é tempo de fazê-lo. O inferno é sombrio... (...) Como! Estas mãos nunca ficarão limpas?
>
> *Ato V, Cena 1*

Lady Macbeth
gravura de John Raphael Smith
Após ouvir a confissão no leito de morte de lady Nottingham, a rainha parece ter-se prostrado por profunda culpa pela morte de Essex. Seu estado mental é refletido na angústia e na loucura de lady Macbeth, na peça de Shakespeare.

Lady Macbeth sofria de remorsos, assim como Elizabeth.[7] (A peça foi encenada pela primeira vez cerca de três anos após a morte da rainha.)

A aproximação da morte da rainha era, agora, dada como certa. Seus súditos aguardavam do lado de fora do palácio, em silêncio, para ouvir a palavra final, e um ar de excitação controlada atravessava a nação, da mesma forma que havia acontecido com a morte de Mary, 45 anos antes. Em todos aqueles anos, nenhum sucessor havia sido nomea-

A QUEDA DOS TUDOR

do. O que ela faria agora, quando já não era mais possível protelar? Ela não iria escolher uma mulher — disso, as pessoas estavam convencidas. Eles já haviam tido mulheres demais no trono. Seria, então, James da Escócia, o filho de Mary, a Rainha dos Escoceses? Esta parecia ser a escolha mais provável, e seu nome, certamente, era defendido por Cecil e pelo Conselho Privado. Se ela subitamente reconhecesse seu descendente, seria algo desastroso para aqueles que estavam no poder naquele momento. Todos estavam impacientes.

Em *Life of Queen Elizabeth*, de Strickland, um relato dos momentos finais de Elizabeth é oferecido por lady Southwell, que testemunhou a cena de morte:

> Considerada incapacitada por todos, e às portas da morte, mas ainda mantendo a lucidez em todos os aspectos, dando respostas apropriadas, embora falasse muito raramente (...), o Conselho requisitou permissão para entrar, e ela afirmou que gostaria de limpar sua garganta (gargarejar), para que pudesse responder livremente ao que lhe perguntavam, isto é, saber quem ela escolheria como rei (...). Com a garganta a incomodando muito, eles pediram que ela levantasse o dedo quando dissessem o nome de alguém que lhe agradasse; ao citarem o nome do rei da França (apenas para testar suas faculdades mentais) — ela nem se mexeu; o rei da Escócia — ela não deu nenhum sinal; e, então, eles mencionaram o nome de lorde Beauchamp. Ele era herdeiro de Seymour, e seus direitos eram originários de sua mãe, lady Katharine Grey, uma das vítimas mais desafortunadas de Elizabeth. A raiva despertou a mente debilitada da rainha moribunda, ela ergueu-se da cama ao ouvir o nome daquela pessoa a quem ela não poderia perdoar, e disse ferozmente: "Não suportarei o filho de nenhum cafajeste em meu trono, somente alguém que mereça tornar-se um rei (...)." Os interesseiros

conselheiros passaram a observar as contorções das mãos e a agitação dos braços da agonizante Elizabeth, interpretando-os como sinais de que o herdeiro presumido deveria ser um membro da realeza. Em seus últimos esforços, a junção de suas contorcidas mãos sobre sua fronte seria uma demonstração importante de sua simbólica intimação para que seu sucessor fosse um rei já coroado![8]

Os conselheiros privados imediatamente se aproveitaram desse gesto para aludir a James VI da Escócia, um rei coroado, embora anteriormente ele houvesse sido descartado por Elizabeth, com seu silêncio. "Por qual lógica" esses gestos foram considerados um sinal fidedigno de "sua satisfação", somente eles poderiam explicar, diz Strickland,[9] uma das mais importantes autoridades ortodoxas em rainhas da Inglaterra.

O destino de Francis dependia desse fio absolutamente tênue. Ela haveria mencionado seu nome? Sugeriu-se que, por sua referência ao "filho de um cafajeste", ela tenha querido dizer o filho de lorde Leicester. E, ainda assim, ela adorava aquele homem. Ela o chamaria de cafajeste? O pai de James, lorde Darnley, era tão cafajeste quanto Leicester. Seu gesto de uma coroa designaria seu próprio filho, de sangue real? Cecil e seus companheiros teriam escondido deliberadamente esse fato? Ou ela manteve até o fim o juramento que lhe fizera, em sua infância, de que ele nunca herdaria o reino?[10] Ou ela se mostrou finalmente condescendente, reconhecendo as qualidades superiores desse seu brilhante filho, e nomeou-o, somente para que seu nome fosse ignorado pelo punhado de homens presentes? Trata-se de outro daqueles enigmas do reino elisabetano para o qual nunca teremos uma resposta definitiva.

Quando acontece a morte de um monarca, tem sido o costume, ao longo das eras, que seu corpo seja "embalsamado", segundo os métodos próprios de cada época, para preservá-lo tanto quanto possível. Com Elizabeth Regina, rainha da Inglaterra, isso não foi feito (embora algumas fontes discordem dessa informação). Alfred Dodd cita um relato feito por Piers Compton sobre a estranheza da situação:

A QUEDA DOS TUDOR

Após sua morte, a nenhum homem foi permitido participar de seu drapejamento, com vistas à dissecação e ao embalsamento, que precediam um funeral real naquela época. O serviço de preparação para o sepultamento coube a suas damas, e se alguma delas mostrou-se demasiadamente indiscreta, não temos registro algum de suas descobertas.[11]

Algumas horas depois de Elizabeth ter sido declarada morta, o Conselho de Ascensão se reuniu e redigiu a proclamação de James da Escócia. Uma comitiva de lordes e ministros imediatamente se organizou em uma cavalgada para marchar em direção a Londres e anunciar as novidades. Eles encontraram os portões da cidade fechados e barrados à sua passagem. Somente com as devidas garantias de que o rei de Escócia havia sido, realmente, designado o novo rei é que os portões seriam abertos. Certamente, estavam se recordando do fiasco de Essex, e queriam evitar problemas futuros. O mesmo aconteceu na Torre. Era óbvio que havia grandes dúvidas sobre quem havia sido nomeado, e os oficiais somente aceitaram a proclamação após muita protelação e hesitação.

Por cinco semanas, o corpo da rainha ficou exposto cerimoniosamente em um caixão envolto em veludo preto e circundado por plumas negras de avestruz. A procissão de seu funeral, em 28 de abril de 1603, reuniu mil pessoas, que acompanharam o caixão, ao longo das ruas, até a Abadia de Westminster. Depois do funeral, o corpo foi levado para descansar na Abadia, na câmara mortuária de seu avô, Henrique VII (depois removido, em 1606, para um monumento de mármore na Abadia, onde está até hoje). O obscuro segredo da "rainha virgem" estava, agora, fora de perigo.

Francis Bacon, cujos "direitos de nascença foram, como os de Esaú, entregues a outra pessoa",[12] não nos conta onde estava, nem como lhe chegaram as notícias de que o reinado dos Tudor havia terminado, e de que o Conselho Privado decidira que Elizabeth havia escolhido um membro da família Stuart, o filho de sua inimiga Mary, a Rainha dos

Escoceses, como seu sucessor. Supostamente, a rainha havia afirmado, certa vez, que considerava James um tolo. Ela o teria escolhido, de fato, como digno de portar uma coroa, ou teria escolhido Francis? O que quer que Francis possa ter pensado ou sentido, guardou para si, exceto nesta cifra:

> Eu, o único sobrevivente de minha família, governado por uma mãe tirânica, sinto a injustiça sob a qual os melhores dias de minha juventude cederam lugar a um período mais obscuro para a humanidade. Deserdação (...), um filho punido por Sua Majestade com a privação de todos os bens, a única descendência capaz de perpetuar tanto nossa realeza quanto nosso nome. A grandeza de nosso reino não estava mais nas mãos dos Tudor, e nossa única lembrança seria uma série de leis sensatas, o domínio dos mares e, igualmente, a tranquilidade em todas as terras limítrofes.[13]

Naturalmente, alguém pode questionar por que Francis não reivindicou suas pretensões à sucessão, uma vez que Elizabeth havia morrido. Há muitas explicações. Primeiramente, havia o fato de que isso poderia causar uma disputa implacável entre as facções opostas, o que, possivelmente, redundaria em uma guerra civil (muitos o culpavam por ter colocado a rainha contra Essex). E, tanto quanto possível, era sua política manter a paz. Os registros originais, que provariam o casamento régio e seu nascimento, já haviam sido perdidos ou destruídos há muito tempo, conforme nos revelam as cifras (destruídos pelos Cecil?). Burghley, Essex, Leicester, Norfolk, sir Nicholas, lorde Premboke (na casa de quem o casamento acontecera) e quase todos os outros envolvidos — todos a quem ele poderia convocar como testemunhas — estavam mortos. Além disso, havia a questão dos esforços literários de Francis e de seu grupo místico, que estavam se tornando mais importantes, dia após dia.

A verdade é que o príncipe Francis estava começando a se dar conta de que conseguiria prestar um serviço melhor a seu país se trabalhasse privadamente do que se tivesse de assumir as responsabilidades da monarquia. Ele percebia que o rei escocês poderia, pelo menos, trazer algum benefício à Inglaterra — um sonho a longo tempo alimentado por Bacon: a união da Escócia e da Inglaterra. Agora, pela primeira vez, seria a Grã-Bretanha, o verdadeiro Reino Unido. Então, Francis Tudor ficou em silêncio: "Quanto a mim, calo-me." Ele preferia olhar para o futuro: "Muito além de nossa pequena Ilha, nossa visão profética divisa, de fato, um reino, distendido em proporções maiores, e ainda maiores à medida que o tempo passa, realmente aumentado, para além de nossas crenças, em números, em extensão de território, em domínio do Cetro Imperial."[14]

No soneto 107 de Shakespeare a referência à "lua mortal" é um dos inúmeros símbolos nos trabalhos de Shakespeare sobre cujo significado os estudiosos não conseguem chegar a um acordo. Alguns pensam que ela se refere à derrota da Armada espanhola, cuja formação de batalha se assemelhava à figura de uma lua crescente. Ela faz muito mais sentido quando lida como uma referência à morte da velha rainha — a rainha lua:

> Nem meu próprio temor, nem a alma predizente
> Do universo a sonhar com as coisas que virão
> Podem marcar o fim de meu amor ardente,
> Tido como sujeito a fixa duração.
> Já seu eclipse padeceu a lua mortal,
> E os maus augúrios quem os fez não mais os clama;
> O incerto se coroou de uma certeza tal,
> Que as oliveiras de era infinda a paz proclama. (...)
> E aqui te deixo um monumento alheio aos anos,
> Que roem tumbas de bronze e cascos de tiranos.*

---

* Tradução de Péricles Eugênio da Silva Ramos.

A "lua mortal" parecia fazer referência à Elizabeth, que era frequentemente chamada de Cynthia (a deusa da lua), por Bacon e Spenser. Agora, ela se foi — "seu eclipse padeceu". "O incerto se coroou de uma certeza tal" — as coisas, até o momento sem solução, estavam, então, definidas.

Francis agora sabe que não será nomeado sucessor. Mas o ramo de oliveira da paz colocará um fim a todas as rivalidades pelo trono. Com o novo reinado de James, acontece a união dos dois reinos, a paz presente e a esperança de paz para o futuro. Para Francis, não haverá trono, mas o "monumento" de sua poesia sobreviverá a todos os túmulos de tiranos ou reis.

Não sabemos onde Francis passou suas horas enquanto Cecil estava triunfalmente proclamando o novo rei da Inglaterra e da Escócia. O mais provável é que se tenha mantido em reclusão, com seus seguidores, em Twickenham. Ou, talvez, tenha preferido ficar sozinho, onde pudesse meditar sobre a ironia de um destino que decretara que ele deveria continuar sendo um rei não coroado, enquanto um homem de habilidades infinitamente inferiores estava vindo da Escócia para sentar-se no trono que deveria ter-lhe pertencido. Ao permitir que outro homem usurpasse seu trono, teria ele alguma esperança de pôr um fim a seus problemas? Para Francis, considerado por alguns o homem mais notável de todas as eras, a maior das humilhações de sua carreira ainda estava por vir — dali a exatamente 18 anos.

Parece que, por essa época, alguém estava ausente desse atarefado grupo de ativistas. Onde estava o outro "irmão" de Francis, Anthony? Pouco se sabe sobre ele, o que deveria lhe convir bem, já que ele evitava qualquer espécie de publicidade. Comprazia-se em prestar seus serviços nos bastidores, à sombra de Francis e de Essex, a quem amava e admirava com toda a lealdade de seu amoroso coração. Curiosamente, raras vezes seu nome foi citado em conexão com a conspiração de Essex. Francis teria conseguido livrá-lo da instauração de um processo ou ele fora inteligente o suficiente para seguir o exemplo de seu "irmão" e ser absolvido da acusação de participação no assunto da traição em Essex House? Não podemos ter certeza.

De alguma forma, toda a correspondência que Anthony Bacon possa ter tido com alguém depois de 1598 desapareceu. Os historiadores presumem que suas cartas podem ter sido propositadamente destruídas, de modo a inocentá-lo de qualquer conexão com as atividades subversivas que estavam acontecendo na Essex House, as quais ele abandonou em março de 1600. É perturbador, entretanto, diz Dame du Maurier, que até mesmo suas cartas pessoais desse período tenham, igualmente, desaparecido — correspondências escritas pelo mesmo homem, Anthony Bacon, que deixou uma pilha volumosa de cartas, mais tarde oferecidas à biblioteca do Lambeth Palace.

Tudo é confuso em relação a Anthony, inclusive sua morte. Quando e como morreu? Onde? Um livro de árvores genealógicas de famílias do condado de Suffolk diz que ele morreu em Essex House. Du Maurier e outros pensam que isso é bastante improvável. Nenhum registro informa que, após deixá-la, ele tenha algum dia retornado à mansão do conde.

A única menção feita, naquela época, à morte de Anthony vem de uma carta escrita pelo fofoqueiro John Chamberlain a Dudley Carleton, em 1601: "Anthony Bacon morreu há pouco tempo, mas tão endividado que acredito que seu irmão esteja em situação um pouco melhor que a dele."[15] Este é um informe muito incompleto para um homem que passou a vida inteira servindo diplomaticamente à rainha.

Na edição ampliada de seus ensaios, em 1612, Francis menciona ter dedicado a primeira edição a "meu adorado irmão, mestre Anthony Bacon, que está com Deus". Ele nunca seria esquecido por Francis, mas por que se fizeram tão poucas referências a seu desaparecimento?

O que de fato sabemos, por causa da vasta pesquisa de Dame du Maurier nos documentos da época, é que um registro de entrada em 17 de maio de 1601, na igreja de St. Olave, próxima a Bishopgate, dizia: "Sr. Anthony Bacon, enterrado neste túmulo, dentro da câmara mortuária."[16]

Capítulo 14

A ascensão dos Stuart

Os príncipes podem ser comparados a corpos celestes,
que trazem tempos bons ou maus.

A partir deste ponto, seguiremos a história de Francis Bacon sem a ajuda da Cifra de Palavras. A tragédia de Essex também dá fim a isso, as cifras favoritas de Bacon. Entretanto, ele continua a fazer suas anotações frequentes na Cifra Biliteral, conforme decodificadas pela srta. Gallup.

A troca de um soberano é uma época empolgante para a monarquia, e o povo britânico reagiu fortemente à chegada de James VI da Escócia, que seria agora também James I da Inglaterra. Alguns se encheram de esperança, outros manifestaram sua apreensão, mas poucos ficaram indiferentes. Antes mesmo de os sinos soarem pela morte da velha rainha, alguns dos cortesãos haviam partido para o norte, tomando a ampla estrada que ligava Londres a Edimburgo. Era uma espécie de esporte de primavera, assinala Bowen, essa eterna tentativa dos homens de boas qualidades de encontrar uma posição ao lado do rei.[1]

Francis expressou seu alívio momentâneo em uma carta para seu amigo Tobie Matthew, poucas semanas depois da escolha de James. Agora que a decisão havia sido final e irrevogavelmente tomada, estava fora de suas mãos. Nada mais natural do que soltar um suspiro de alívio: "O mundo da sedução política está terminado, e o mundo que merecemos está a caminho. E, ao mesmo tempo, eu me sinto como se tivesse acordado de um sonho, coisa que não me aconteceu durante todo este longo tempo."[2]

Acordado de um pesadelo, talvez tivesse sido a melhor descrição do estado mental de Francis. Ele sentia que agora poderia parar de lutar por uma "posição" adequada para um rei não coroado, e fazer o possível para ganhar um papel no reinado de James. Sua costumeira resignação veio a seu auxílio novamente — sua pena seria seu cetro; que ele deixasse o "círculo de ouro" permanecer onde estava.

Foi uma época de completa revisão em sua vida. Como o último dos Tudor, ele não seria reconhecido oficialmente. A bizarra história de Elizabeth e de sua trágica família estava chegando ao fim, e somente Francis sobrara para contar a história. Ele tinha, sim, a intenção de contá-la, mas teria de ser em segredo, escondida em uma "cripta de palavras", e sem a certeza de que, algum dia, ela seria revelada. O que o futuro reservaria a esse rei não coroado?

Por mais questionável que possa ter parecido seu título, James VI da Escócia era, agora, o rei da Inglaterra. E Francis foi o primeiro a admitir que somente o monarca que passasse pelo sagrado rito da coroação poderia ser chamado de rei. Ele seria apenas um súdito, mas pretendia ser o melhor súdito daquela terra, da mesma forma que fora com Elizabeth.

Calmamente, James desceu para o sul, para seu novo reino, passando, no caminho, por St. Albans, o território dos Bacon, e fazendo uma parada no requintado estabelecimento dos Cecil, Theobalds. O novo rei ficou tão encantado com essa elegante propriedade que Robert se sentiu compelido, provavelmente com alguma relutância, a oferecê-la à Sua Graça. A oferta foi rapidamente aceita, e Robert teve de contentar-se com o prêmio de consolação, Hatfield, a casa de infância da princesa Elizabeth. Mas ele alcançara o que pretendera: cair nas graças do novo rei.

James I, por Daniel Mytens (1621)
Com a morte de Elizabeth, seus conselheiros nomearam James VI da Escócia sucessor do trono. Ele era o único filho de Mary, a Rainha dos Escoceses, e de seu marido, Henry Stuart, mais conhecido como lorde Darnley. O novo rei se tornou James I da Inglaterra, e sua sucessão, efetivamente, uniu os reinos da Inglaterra e da Escócia. Robert Cecil estivera secretamente em contato com ele antes da morte de Elizabeth.

James chegou a Londres acompanhado por hordas de nobres escoceses, que sob os olhos dos ingleses eram toscos, deselegantes, rudes, e motivo de zombaria por seu forte sotaque e modos grosseiros do interior. A aversão dos britânicos a estrangeiros era bem-conhecida, e os escoceses, embora não exatamente estrangeiros, estavam afastados o suficiente para serem desprezados. Bacon era um homem com visão universal suficiente para não ser vítima de tamanha estreiteza mental, como podemos observar em seu ensaio "Da Bondade": "Se um homem for gentil e cortês com os estrangeiros, isso demonstra que é um cidadão do mundo."[3]

James sentiu-se mais do que à vontade em seu novo trabalho. Criado com a expectativa de se tornar rei e tendo recebido um excesso de estímulos à sua presunção desde a infância, ele apreciou sua nova e exaltada posição. Finalmente, a nação seria chamada de "Grã-Bretanha"[4] e ele poderia requerer seus direitos de ser reconhecido como o mais recente descendente do rei Arthur de Camelot.

A sucessão de James aconteceu 289 anos depois que a feroz batalha de Bannockburn dividiu as duas nações. Ele sempre desejara reuni-las. Agora, Bacon escrevera a James sugerindo que ele se intitulasse rei da Inglaterra, Irlanda e Escócia, chamada de Grã-Bretanha. James adorou a ideia, e redigiu um édito para esse efeito — sem dar, é claro, o menor crédito a Bacon.

Mas James não era nenhum rei Arthur. Ele, certamente, não se parecia com um rei, segundo os relatos de seus contemporâneos:

> Ele tinha uma estatura média, e ficava ainda mais corpulento com suas roupas do que já era com o próprio corpo, e, além disso, era muito gordo; suas roupas, cada vez mais, sendo confeccionadas em tamanhos mais largos e folgados; seus gibões acolchoados à prova de punhais; suas calças com grandes pregas e completamente estofadas. Ele tinha, naturalmente, um temperamento tímido (...), seus olhos, eternamente arregalados, sempre agitados diante de qualquer estranho (...) [de modo que] muitos, por vergonha, deixavam a sala.[5]

A infância do príncipe escocês seria um horror para qualquer psicólogo infantil de hoje em dia. Quando criança, ele fora afastado de sua mãe, forçada a abdicar, por ter sido acusada de assassinar o próprio marido, lorde Darnley. Com apenas 13 meses de vida, o menino foi proclamado rei da Escócia, James VI. Criado em um castelo frio por seus tutores, o conde e a condessa de Marr, sua juventude foi um tanto insegura.

Aparentemente, havia pouco refinamento na corte da Escócia. Para os escoceses, a Inglaterra era a terra dos sonhos. Para os ingleses, a Escócia era uma terra de bufões. Quando o séquito real chegou a Londres, gritando alto com seu irritante sotaque, e rindo estrondosamente com as próprias piadas grosseiras, foi desprezado pela aristocracia britânica, que se considerava superior em todos os sentidos.

Os principais atributos de James eram uma educação clássica excelente, que lhe fora transmitida por um tutor severo; um amor pela paz, fortalecido por sua própria e particular covardia; e certa astúcia, de tal ordem que os historiadores o denominaram "o mais erudito tolo da cristandade". Talvez se referindo a James, Bacon diria: "Nada provoca mais mal ao Estado do que um homem astuto se passando por sábio."[6]

Francis não foi um daqueles que correram para saudar James em sua chegada a Londres. Ele ficou imóvel em Twickenham, certamente absorvido pelas próprias reflexões. Mas mandou uma mensagem ao novo rei, por intermédio de seu amigo sir John Davies, um dos muitos que se haviam encaminhado para cumprimentar a grande comitiva. Sua mensagem para o caro advogado Davies contém uma referência importante, geralmente citada, que dizia respeito à vida secreta de Bacon como poeta.

> Sr. Davies,
> Embora tenhas partido de repente (...), confio em tua generosidade e em que possas usar bem o meu nome, assim como revidar e responder por mim, caso haja algum comentário sarcástico ou mordaz (...). Então, desejando que sejas bom com os poetas que vivem escondidos, eu continuo,
>
> Seu leal,
> Fr. Bacon[7]

Davies era um dos poetas do círculo íntimo de Bacon, uma de suas "penas", e Francis dependia da diplomacia do amigo ao ter seu nome mencionado a James. O mesmo Davies havia escrito anteriormente um poema em homenagem a seis grandes poetas — Homero, Dante, Chaucer, Spenser, Daniel e um sexto poeta sem nome, sua "doce companhia", que "canta sob a sombra". Quem seria senão Bacon?

Francis aguarda, portanto, o momento propício, e faz o que pode para estar a serviço do rei e conquistar uma posição de influência no governo. Mas seu progresso seria lento. "Nada pode justificar o estranho fracasso de Francis Bacon por tanto tempo em alcançar seu devido lugar no serviço público", diz R. W. Church, "a não ser a secreta hostilidade, qualquer que tenha sido a causa, de Cecil."[8]

Church não percebera a origem do problema — que Cecil tinha, e sempre tivera, inveja de Francis, e temia pela própria posição na corte, se Francis conseguisse chegar ao poder. Sou "como um falcão", que não pode voar, estando "atado ao pulso de outra pessoa", Bacon exclamara,[9] referindo-se a Cecil. Ele ainda estaria à mercê da hostilidade de Cecil, agora que havia renunciado às suas aspirações ao trono? De modo bastante favorável para Cecil, era possível constatar que o soberano ainda não confiava plenamente em Bacon, e Cecil fez o possível para evitar que passasse a confiar.

Outro biógrafo observou que Cecil "parecia guardar algum segredo relativo a Bacon, [que era] desonroso, e que ele o teria revelado ao rei James, obstruindo sua ascensão após a morte da rainha".[10] Aparentemente, Cecil estava usando com James as mesmas táticas que haviam funcionado tão bem com Elizabeth.[11] Ele tinha apenas de convencer James de que Francis não descansaria até conquistar seus direitos inatos e apoderar-se do trono à menor provocação. Levaria algum tempo até que Francis conseguisse acalmar os receios de James e convencê-lo de suas boas intenções. James não precisava ficar preocupado. Francis já tomara sua decisão de não disputar o direito à Coroa (embora muitos de seus amigos tenham desejado que ele houvesse feito isso, já que talvez ele tivesse boas chances de vencer).

A ASCENSÃO DOS STUART

Ao analisar a chegada do novo monarca e suas próprias circunstâncias, Francis via dois caminhos abertos à sua frente. Ele poderia recolher-
se em sua propriedade rural e devotar o resto de sua vida a seus escritos e
estudos literários e esotéricos, ou poderia tentar mais uma vez, com toda
a sua perspicácia de rei não coroado, auxiliar no progresso do país. Para
Francis, não havia dúvidas — a responsabilidade para com seu país estava gravada em seu coração; ela vinha primeiro. Ele deveria permanecer
na vida pública e mostrar-se o mais útil possível ao novo rei. Como havia
escrito algum tempo antes:

> Acreditando que nasci para servir à humanidade e conside-
> rando o zelo pela comunidade uma espécie de propriedade
> comum, que, como o ar e a água, pertence a todos, dispus-me
> a considerar de que maneira a humanidade poderia ser mais
> bem-servida, e qual serviço eu estava, por natureza, mais apto
> a desempenhar (...). Eu tinha esperanças (...) de que, se con-
> seguisse algum cargo no Estado, poderia fazer alguma coisa
> pelo bem das almas dos homens.[12]

Francis era um homem modesto; ainda assim, não encarava a sub-
serviência com facilidade. Ele se sentia tão régio e tão merecedor quanto qualquer outro homem vivo, e nunca se colocou como uma vítima
de falsa humildade. Mas o objetivo era grande, e valia a pena qualquer
quantidade de sacrifício para agradar a James e fazer com que o povo
continuasse a ser esclarecido. Foi bastante penoso para Francis ter de
rejeitar voluntariamente a perspectiva de uma vida sossegada e pacífica
como um estudioso, mas ele se forçou a voltar para a refrega do drama
político. Imediatamente, escreveu uma carta para James, para assegurar
ao novo rei suas boas intenções.

Se James tinha conhecimento da herança secreta de Francis, teria
ficado satisfeito e, provavelmente, aliviado por contar com seu apoio.
Francis não se intrometeria de modo algum nos assuntos do novo rei;

ele queria apenas ter a permissão de servir a seu país honorificamente. Em uma carta estupenda, enviada por seu amigo Tobie Matthew (quando este viajou, com outros cortesãos, para cumprimentar o rei), Francis escreveu com bastante franqueza (isto é, para aqueles que conheciam o segredo) sobre o trânsito "do qual eu desfrutava com minha última e adorada Senhora Soberana; um príncipe, contente em todos os aspectos, porém mais feliz por contar com um sucessor como vós".

Ele prossegue, colocando-se a serviço do rei:

> Penso que não existe nenhum outro súdito de Vossa Majestade que ame mais esta ilha, e que não seja insincero e indigno, cujo coração não se incandesça, não apenas para trazer-lhe uma contribuição de paz e torná-lo auspicioso, mas para sacrificar-se e oferecer-se ardentemente para prestar serviços à Vossa Majestade: em meio à multidão, o ímpeto de nenhum homem será mais puro e mais fervoroso do que o meu.[13]

James, seguramente, não deixaria passar despercebidas essas referências a "príncipe", "oferecer-se ardentemente" e "sacrificar-se", mas ele não respondeu à carta de Bacon. Ao divulgar a lista daqueles que ocupavam "cargos públicos quando da morte da rainha" e que ele gostaria de manter em suas posições originárias, somente o nome de Bacon foi excluído. Depois de algum tempo, o Conselho Privado verificou a omissão e fez saber ao rei que gostaria de manter Bacon como um conselheiro sábio. A omissão havia sido acidental ou deliberada? Podemos apenas conjecturar, mas sabemos que Robert Cecil era, agora, o secretário de Estado de Sua Majestade.

Foi ao representante do rei que Bacon se viu forçado a apelar quando decidiu requisitar a honra da fidalguia. E qual era o canal a quem ele deveria encaminhar sua solicitação? É claro, o novo secretário do novo rei, Robert Cecil. A fidalguia seria o primeiro título que esse príncipe da

A ASCENSÃO DOS STUART

realeza receberia em seus longos 42 anos de vida. Por muitas vezes, ele se mantivera afastado, em silêncio, enquanto a rainha concedia a seus amigos, parentes e outros, muito menos merecedores do que ele, títulos da Ordem da Jarreteira — a ordem de nobreza mais alta e mais cobiçada naquela terra. Fora o antepassado de Francis, Edward II, que, em 1348, criara a ordem, inspirado, dizia-se, pela ideia da Távola Redonda do rei Arthur. Mas a Jarreteira nunca seria concedida ao descendente de Edward, Francis. Seria ofertada, entretanto, a Robert Cecil, em 1608.

O que Francis, de fato, solicitou em sua petição foi o privilégio de uma cerimônia privada de nomeação, mas Cecil recusou-se a concedê-la. Seria uma cerimônia pública, em meio a outros novos fidalgos. Pode-se imaginar o quanto Bacon considerava uma "honra" receber esse título em tais condições, mas, corajosamente, fez o que tinha de ser feito.

Em maio de 1603, Robert Cecil se tornou barão Cecil de Essendon (depois, ele seria nomeado visconde e, então, conde de Salisbury). Aproximadamente na mesma época, o procurador-geral Edward Coke, o segundo maior inimigo de Bacon, foi um dos seis a receber a fidalguia. Dois meses depois, em 23 de julho de 1603, antes da coroação de James, Francis Bacon, poeta-filósofo-príncipe, debaixo de uma chuva torrencial nos jardins de Whitehall, acompanhado de trezentas outras pessoas de categorias distintas, recebeu "esse quase prostituído título de fidalgo".[14]

Para Francis, ainda faltariam quatro anos até que conseguisse um gabinete da Coroa, o de solicitador-geral. O progresso seria lento enquanto Cecil estivesse vivo e Edward Coke mantivesse a posição de procurador-geral. Francis aceitou essas condições. Se os céus não queriam interferir, escreveu em suas cifras,[15] por enquanto ele deveria se contentar com isso.

Por muitos anos, o projeto de educação do homem comum vinha sendo elaborado tijolo por tijolo na mente de Francis. Agora, seriamente, ele aproveitava a oportunidade para colocar seus planos no papel. Em

1605, publicou seu primeiro grande livro, *O progresso do saber*. Ali estava a grande obra que continha a essência de sua vida íntima e de seus planos, há muito tempo frustrados, para a humanidade.

Uma observação sutil das entrelinhas da dedicatória de *Progresso*, "Para o rei", revela muito ao leitor informado. O livro era um presente para James — pois "cabe aos servos dos reis oferecer-lhes tanto sinais de respeito quanto presentes de afeição". Bacon foi cuidadoso em tranquilizar repetidamente James de que não haveria motivo algum para recear sua aproximação, no tocante ao governo da nação. Ele falou, até mesmo, sobre o celibato de Elizabeth. Não poderia haver declaração mais transparente sobre suas intenções de renunciar a todas as suas aspirações quanto à sua legítima herança, deixada por sua mãe.

Essas garantias eram apenas uma pequena parte de seu plano para *O progresso*. Alguns anos depois, Bacon falou sobre o trabalho que ele havia iniciado com *O progresso do saber*: "Antes de mais nada, devemos preparar uma *História natural e experimental*, que seja boa e adequada; e esta é a base de tudo; pois não devemos imaginar ou supor, mas sim descobrir o que a natureza faz ou pode ser levada a fazer."[16] Tal ideia, escreve Loren Eiseley, em *The Man Who Saw Through Time*, é "a pura essência da ciência como a conhecemos hoje em dia". Bacon estava trabalhando solitariamente para casar "a imaginação com a realidade, mas, ao mesmo tempo (...), libertá-las para explorar as tortuosidades e as obscuras fissuras da natureza".[17]

O objetivo de Bacon era abrangente — ele tentaria catalogar todo o saber existente para usá-lo nas observações científicas do mundo à sua volta. Seu amor inato à ordem ficou evidente ao tentar categorizar tudo, de modo que ficasse claro e facilmente acessível ao leitor. Sabendo que a tarefa era mais do que um homem poderia cumprir em uma única vida, ele esperava que, pelo menos, pudesse ter "construído a máquina em si mesma e a estrutura, embora possa não tê-la utilizado nem a feito funcionar".[18] Ele deveria indicar o caminho, ser uma luz condutora, um sinalizador, uma lanterna no escuro.

A ASCENSÃO DOS STUART

Dois livros cujo "autor era Deus" estavam na base de sua filosofia — a Bíblia e o livro da natureza. O primeiro revelava a vontade de Deus para a humilde caminhada do homem, enquanto o segundo revelava o poder de Deus como ele aparecia no mundo das formas. Se o homem conseguisse aprender a ler a natureza corretamente, ele poderia conhecer e utilizar o poder de Deus. Somente dessa forma a humanidade conseguiria encontrar alívio para seu estado deplorável e regressar à graça divina, perdida por Adão "na queda".* Sem a presença de Deus, "o homem é uma coisa fútil, nociva, infame, nada melhor do que os animais daninhos".[19] Esta era, basicamente, a filosofia de Francis Bacon, a de que a ciência e o servir à humanidade eram os dois eixos da doutrina da criação.

Clara e simplesmente, Bacon estava objetivando o esclarecimento de todos os homens. Se seus métodos parecem óbvios aos estudiosos modernos, talvez ganhem perspectiva se percebermos que ele estava escalando o topo de uma montanha e investigando um panorama no qual, até então, nenhum caminho havia sido demarcado. Ele não tinha nenhum livro-texto, nenhum artifício científico, nenhum estudo universitário que pudesse consultar para ajudá-lo a estabelecer esse novo procedimento. Ele estava "se aproximando do mais obscuro de todos os assuntos sem manual e sem luz".[20]

Há pouco em *Progresso* que os homens não possam relacionar aos dias de hoje, desde que se acostumem com as palavras algumas vezes arcaicas, e com as frequentes referências a fontes clássicas que estão, agora, fora de moda, não em todos, mas na maioria dos círculos de estudio-

---

* Eis aqui um afastamento radical da ortodoxia daqueles tempos. Uma compreensão equivocada da história bíblica da queda do homem (por ter provado a fruta da árvore do conhecimento do Bem e do Mal) havia conduzido a uma avaliação de que era a procura pelo saber em si mesmo que, no fim das contas, causara a expulsão do homem do paraíso. Bacon propõe uma nova ideia – a de que o *verdadeiro* saber, de Deus e de sua criação, poderia ser um meio para o retorno do homem a uma era de ouro.

sos. Uma edição das obras de Bacon desprovida dessas coisas seria um guia mais do que útil para os estudantes, especialmente para sua clara compreensão do assunto, e também para o cidadão comum de nosso tempo.

Eiseley nos oferece uma noção do dilema enfrentado por Bacon, enquanto procurava esboçar seu projeto para o progresso da humanidade:

> Devemos compreender a vida intelectual da época de Bacon se quisermos entender a grandiosidade da tarefa à qual ele se lançou, ou do desafio que ele propôs à sua época. Afirmei que a ciência não surge facilmente para os homens; eles devem estar preparados para antever suas possibilidades (...). A magnitude de sua visão educacional somente pode ser percebida quando nos damos conta de que, bem próximo ao fim do século XIX, as maiores universidades da Inglaterra ainda estavam prioritariamente concentradas na educação clássica dos nobres. Esse fato é tanto uma medida para a percepção de Bacon quanto uma revelação da lentidão glacial com que as instituições antigas são modificadas.[21]

Bacon estava ciente da "lentidão glacial" com que seu trabalho seria aceito, o que é claramente percebido em suas cifras.

> Eu me dispus a fazer um árduo trabalho, visando o benefício dos homens, para o ulterior progresso do saber, esperando por um tempo em que ele possa estar disponível em qualquer língua, assim como na nossa, mas isso deverá acontecer em outras eras (...). Se Deus me conceder uma vida longa para concluir estes variados trabalhos, o mundo se beneficiará disso, já que não estou à procura de minha própria glorificação, mas da honra e do progresso, da dignidade e do bem permanente para toda a humanidade.[22]

A ASCENSÃO DOS STUART

Portanto, o novo rei foi o homenageado pela auspiciosa dedicatória desse surpreendente livro. É possível que ele tenha ficado lisonjeado e impressionado por ter seu nome ligado a um saber e a uma filosofia tão profundos, mas disso não estamos certos. Anos depois, quando Francis dedicou outro grande livro a ele, *Novum Organum*, sua verdadeira opinião parece ter sido expressa mais claramente. Presenteado com uma cópia, James escreveu um pequeno bilhete de agradecimento, prometendo "lê-lo com cuidado e atenção, embora tenha de roubar algumas horas de meu sono; tendo, de outra forma, menos tempo livre para lê-lo do que tiveste para escrevê-lo".[23] Talvez ele tenha tentado lê-lo, mas, provavelmente, não deve tê-lo terminado — ouviu-se depois um comentário seu de que o último livro de Francis Bacon "é como a paz de Deus, pois está além do entendimento".[24]

Capítulo 15

Uma ascensão acidentada

No cumprimento de teu dever,
dá sempre o melhor exemplo.

Observando a carta de Bacon a Robert Cecil, escrita em 1603, em que solicitava o título de fidalguia, um item interessante chama a atenção. Francis confessa que ele está pronto "para se casar, se conseguisse algum (...) posto". E, então, acrescenta: "Eu encontrei a filha de um conselheiro municipal, uma bela dama, de quem gosto."[1]

Haviam se passado 24 anos desde que o adolescente Francis retornara da França determinado a banir sua adorada princesa francesa da memória. Ele havia conseguido apenas banir seu retrato "para as paredes da memória (...), onde, solitário, continuaria exposto em meio à pura e ensolarada beleza daqueles primeiros anos — enquanto sua mais adorada presença tomava conta de todos os espaços do coração e da mente".[2] Haviam se passado menos de dez anos desde que seus planos de se casar com a neta de lorde Burghley, lady Hatton, haviam fracassado. Ele nunca fora muito feliz em seus duelos com as histórias de amor. Mas os anos encontram uma forma de abrandar o sofrimento, e o tempo esfria até mesmo as mais intensas paixões do coração. Ele estava, agora, com 42 anos; se quisesse se casar algum dia, aquele era o momento.

Pode-se duvidar de que seu ardor pela filha do conselheiro municipal fosse sua primeira consideração. Parece provável que ele tivesse outros motivos mais prementes, incluindo o desejo de provar a James e a Cecil que estava sendo totalmente sincero ao renunciar a suas ambições ao trono. Escolher a filha de um cidadão comum deveria ser prova suficiente para convencer James acerca de sua sinceridade em abandonar todas as aspirações à herança, já que uma noiva assim não seria admissível pela realeza. A mensagem seria clara; valia a pena tentar. E, por fim, ele também pode ter alimentado a esperança de minorar certa solidão em sua vida.

Exatamente por que Alice Barnham foi a felizarda escolhida para se tornar lady Bacon é um mistério. Era a filha de um antigo membro do Parlamento, que morrera quando ela ainda era jovem. A herança que recebera de seu pai lhe reservara bens avaliados em seis mil libras, e uma receita anual de trezentas libras. A vasta riqueza de Elizabeth Hatton teria representado um benefício maior a Francis, e é possível que ele tenha considerado lícito compartilhá-la, já que essa fortuna era originária do lorde chanceler de sua mãe.[3] A herança da jovem Alice, entretanto, não era grande o suficiente para representar um fator de motivação em seu casamento. Mas ele estava determinado a convencer James de sua renúncia à coroa secular. Uma coroa imortal decaída não deveria causar mal algum e, mesmo que homens maquiavélicos o contradissessem, isso não o atingiria.[4] O casamento com Alice selaria sua promessa.

Ele teria encontrado Alice pela primeira vez na casa do padrasto dela, o jovial sir John "Robusto" Packington, a quem Bacon visitava vez ou outra, provavelmente para discutir seus interesses mútuos em jardinagem e paisagismo. Sir Francis ficara intrigado com Alice, sem dúvida, pelo "matinal e fresco orvalho da juventude",[5] ainda vívidos em seu rosto. E ela, aparentemente, tinha "presença de espírito", conforme observado por Du Maurier, o que poderia sugerir "certa inteligência que se aprimoraria com os anos".[6] A disposição de Francis para as brincadeiras de Anthony (e seu flerte com Elizabeth Hatton) sugere que a vivacidade de Alice era, para ele, uma qualidade estimada.

Francis apreciava os jovens, não apenas por causa da agilidade de seu raciocínio, mas também por serem, comparativamente, menos preconceituosos e inflexíveis. Em seu ensaio "Da juventude e da velhice", ele cita o verso bíblico "Vossos jovens terão visões, e vossos velhos sonharão sonhos",[7] interpretando isso com o sentido de que "os homens jovens estão mais próximos de Deus do que os velhos, porque a visão é uma revelação mais clara e manifesta do que o sonho. E, certamente, quanto mais um homem bebe do mundo, mais ele se intoxica".[8] Embora ele apreciasse a sabedoria e a estabilidade que chegavam com os anos, era na juventude que ele depositava suas esperanças.

Jean Overton Fuller admite ter ficado um tanto intrigada com o fato de Francis ter escolhido justamente essa jovem como noiva. Afinal de contas, com o casamento, sua educação formal teria de ser interrompida, e ela ainda não tinha a mesma formação e experiência que seu marido filósofo-poeta-autor. "Percebe-se que ela não era dotada de talentos intelectuais, caso contrário alguém teria ouvido falar deles",[9] escreve Fuller.

Ela não era muito bonita, a julgar por seus retratos, embora a descrição de Catherine Drinker Bowen de uma pintura de Alice, feita quando ela estava na casa dos trinta anos, seja bem precisa:

> O retrato mostra um belo rosto oval com um nariz pontiagudo, um olhar confiante, de pálpebras pesadas, uma boca firme e cabelos escuros e lisos sobre sua fronte. Alice está ricamente vestida, e usa suas roupas com estilo; o rosto e o porte são de uma mulher que poderia conquistar o que quisesse, mesmo diante de um Francis Bacon. Temos uma pequena pista, oferecida por um escritor que destacou que a sagacidade de Alice Bacon "está na frente, isto é, em sua língua".[10]

Fuller chama a atenção para um paralelo interessante com *Otelo*, uma peça escrita em 1604, mais ou menos na mesma época em que Bacon estava fazendo a corte a Alice. Nessa peça, Otelo, o Mouro, é amigo do senador Brabâncio, pai de Desdêmona. Ao presenciar as conversas entre os dois homens, a jovem fica fascinada com o velho Otelo, ouvindo-o discorrer sobre suas empolgantes experiências de vida, e sua imaginação é tão estimulada que ela passa, praticamente, a cortejá-lo. Enquanto Otelo se perguntava por que sua pessoa "curva e enrugada, já curtida de velhice",[11] despertaria algum apelo nessa atraente e jovem dama, Desdêmona convencia-o do contrário. Talvez Alice tenha ficado igualmente seduzida pela mente brilhante desse homem mais velho, que trocava ideias com seu pai. É um argumento interessante e merece mais investigações.

Quaisquer que tenham sido as causas de atração entre ambos, em 10 de maio de 1606 Francis Bacon e Alice Barnham se casaram. No dia seguinte, Dudley Carleton escreveu uma carta para Chamberlain descrevendo a cerimônia:

> Sir Francis Bacon casou-se ontem com sua bela jovem, na capela de Maribone [Marylebone]. Ele estava vestido de púrpura da cabeça aos pés, e acumulou para si e para sua esposa tal quantidade de finas peças de vestuário, de prata e de ouro, que isso deve ter aumentado em muito o dote da moça.[12]

O robusto Packington ofereceu um jantar para a festa de casamento em sua residência, "justamente em frente ao Savoy". Parece que Cecil, agora lorde Salisbury, usou a ocasião para ultrajar Francis uma vez mais. Embora tenha sido convidado para o casamento, declinou do convite e mandou seu secretário e dois outros fidalgos em seu lugar. Isso deve ter sido uma decepção para lady Packington, que, sem dúvida, estava orgulhosa de ver sua filha transitando em círculos tão elevados. Infelizmente, essa nova sogra de Francis se mostraria um tormento para ele, e ele precisaria de todo o tato e diplomacia possíveis para manter em equilíbrio essa relação.

A escolha da cor púrpura por Francis em seu traje de casamento é um dos aspectos mais intrigantes de todo o caso. Uma lei havia sido aprovada, um século e meio antes, pelo membro da casa real inglesa de York, Edward IV, tornando ilegal que um plebeu usasse púrpura. Na Inglaterra medieval, as classes sociais e as profissões eram cuidadosamente estabelecidas por meio das cores. O vermelho-ferrugem, o amarelo, o cinza, o verde e o azul-celeste eram para as classes mais baixas (camponeses, serviçais e assim por diante). As classes mais altas adoravam as cores chamativas e sofisticadas, e as batizavam com nomes próprios — Cravo-de-defunto, Cabelo de Donzela, Fouveiro, Cor-de-Carne. O púrpura, entretanto, estava reservado para a realeza e a nobreza. O ardiloso biógrafo francês Pierre Amboise, contemporâneo de Francis, escreveu que Bacon nascera "em meio às púrpuras"[13] — talvez uma alusão velada a seu berço real.

Francis sabia que as leis referentes às cores das roupas haviam sido revogadas dois anos antes, em uma disputa entre o Parlamento e o rei. Até que enfim ele poderia usar o púrpura real, sem medo de danos ou prejuízos. Haveria algo por trás dessa escolha de um vistoso traje púrpura de casamento? Nunca saberemos, mas o enxoval púrpura seria um sinal inconfundível de sua herança régia (para aqueles que sabiam do segredo), e seu casamento com uma plebeia simbolizaria a renúncia a essa herança. Talvez tenha sido uma mensagem que, ele esperava, não passasse despercebida a James.

Alfred Dodd acredita que, no dia de seu casamento, Bacon escreveu um soneto à sua amada, comparando-a "com as flores de abril, ou as coisas mais raras". O soneto 21 termina com estas linhas:

> Como em amor fiel eu seja em versos líricos:
> E se me crês, então, jamais mãe teve filho
> Que meu amor mais belo, embora o ouro dos círios
> Que resplendem no céu lhe tenham mais brilho.
> Deixemos que exagere o lisonjeiro vulgar:
> Meu talento não vendo, meu quinhão deve bastar.*

---

* Adaptação da tradução de Oscar Mendes.

Francis não hesitara em comparar seu primeiro amor, Marguerite, aos corpos celestes. Falando por intermédio de Romeu, ele disse: "Julieta é o sol", e seus olhos eram "duas das mais resplandecentes estrelas de todo o firmamento".[14] Com Alice, ele é mais comedido — ela é "meu amor mais belo", mas não a ponto de ser comparado às estrelas, os "círios que resplendem no céu".

As linhas seguintes, do soneto 22, mostram mais provas da afeição de Bacon, e não exatamente de sua paixão, por sua nova esposa:

> O espelho não me prova que envelheço
> Enquanto andares par com a mocidade (...)
> Por isso como posso ser mais velho?
> Portanto, amor, tenhas de ti cuidado
> Que eu, não por mim, antes por ti, terei;
> Levar teu coração, tão desvelado
> Qual ama guarda o doce infante, eu hei.*

Esse casamento não era nenhuma "grande paixão"; era a tenra promessa de um marido maduro, que trataria com carinho a jovem noiva sob seus cuidados. Catherine Bowen escreve: "A coisa mais surpreendente sobre o casamento de Bacon é ter seguido seu curso calmamente ao longo dos anos. Eles não tiveram filhos, mas, por duas décadas, nenhum sopro de escândalo atingiu o casal."[15] O casamento era, pelos padrões da época, apropriado.

Pode ter sido assim, mas sabemos que, em determinado período, a sogra de Bacon começou a trazer problemas para os recém-casados. As interferências de lady Packington eram de tal ordem que Bacon enviou-lhe uma carta com o objetivo de informar que, se ela continuasse a causar dissensão em seu lar, não seria mais bem-vinda ali.[16]

---

* Tradução de Ivo Barroso.

UMA ASCENSÃO ACIDENTADA

Se, conforme sabemos, Bacon esperava entrar em um novo ciclo de atividade e de serviços prestados ao Estado depois de seu casamento, novas decepções viriam. O cargo de solicitador-geral tornou-se vago em dezembro de 1605; ele o requereu, e mais uma vez foi preterido. "Que coisa mais desconfortável isso representa para mim", escreveu a lorde Ellesmere, "perceber que a mínima reputação que consegui construir com minhas próprias forças é destruída e levada embora por contínuas desgraças, cada novo homem passando por cima de mim."[17] Nenhum outro homem merecera mais e recebera menos. "É impossível não atribuir isso a Robert Cecil", escreveu a srta. Bowen,[18] cujo ponto de vista ortodoxo não explica os porquês e os motivos da amarga animosidade de Cecil em relação a Bacon.

Mas, um ano e meio depois, o posto de solicitador-geral foi, finalmente, oferecido a Bacon. E, um ano depois disso, em 1608, ele se tornou escrevente do tribunal da corte inglesa (um posto oferecido por Elizabeth, mas só então tornado vago). Embora os cargos lhe tivessem sido concedidos depois de tantos anos de protelação e de tentativas inúteis, ele não parece ter ficado totalmente satisfeito com a recompensa:

> Descobri que tenho, agora, depois da melhoria de minha sorte, duas vezes mais disposição à melancolia e ao desgosto (...). Pois, desde que assumi o cargo de solicitador, tornei-me indisposto e inclinado à superstição. Agora, depois dessa colocação em Mill [o cargo de escrevente na corte inglesa], percebo uma recaída de meus velhos sintomas, que costumava ter há muitos anos, e que se encontravam adormecidos: brigas durante as refeições, estranhezas, desgraças etc. (...) Estranheza no olhar, obscuridade, tentativas de gemer e suspirar.[19]

Depois de anos de luta, a reação de Francis era de profunda melancolia. Seria esse cargo o ápice da carreira de alguém que nascera para ser rei? Essa acabaria sendo somente uma das posições ocupadas por ele sob o reinado de James, mas, por vários anos, Francis manteve-se como solicitador-geral.

Um dos grandes acontecimentos daquela época foi a publicação de uma nova tradução da Bíblia. Três traduções estavam, então, sendo usadas pelo povo, e os puritanos solicitaram a James que fizesse uma nova, precisa e livre de interpretações sectaristas. No primeiro ano do reinado de James, ele deu carta-branca para providenciar o que acabou se tornando, certamente, o mais conhecido e mais influente livro em língua inglesa — a versão do rei James da Bíblia. Como veremos, Francis estaria envolvido.

Em 1604, James anunciou que havia "designado certos homens instruídos, em um número de quatro a cinquenta, para a tradução de nossa Bíblia". A lista, que, finalmente, foi reduzida a "entre sete e quarenta", incluía eclesiásticos da Igreja Anglicana, puritanos e leigos — "os melhores estudiosos bíblicos e linguistas de seu tempo".[20] Eles foram organizados em seis grupos: dois em Westminster, dois em Oxford e dois em Cambridge.

Regras estritas foram estabelecidas para todos, e ficou acertado que o trabalho de cada tradutor deveria ser cotejado com o trabalho de todos os outros tradutores. Quando a tradução de cada livro estivesse concluída, o livro seria enviado a todos os outros grupos para revisão e sugestões — um método engenhoso de organização. Quando o trabalho dos grupos foi concluído, dois membros de cada grupo foram escolhidos para fazer as vezes de uma comissão de revisão. Esta versão provisória foi encaminhada, em seguida, aos bispos de Winchester e Gloucester e, então, em 1609, a James, para revisão final. Todo esse procedimento está devidamente registrado e documentado. Somente quando a tradução sai das mãos dos clérigos é que começa o mistério.

The Cambridge History of English and American Literature diz que essa nova versão

UMA ASCENSÃO ACIDENTADA

se beneficiou de todas as controvérsias concernentes às traduções prévias. Praticamente, todas as palavras que poderiam ser contestadas o foram (...). Todos os assuntos foram examinados por tanto tempo que isso gerou uma grande intimidade com a Bíblia (...). Grande parte dela [da versão do rei James] foi, literalmente, decorada por uma infinidade de ingleses. Dessa forma, ela passou a ser propriedade nacional (...), um clássico nacional (...). O que Homero foi para os gregos, e o Alcorão para os árabes (...), a Bíblia passou a ser para os ingleses. Huxley escreve: "(...) Está escrita no mais nobre e no mais puro inglês, e transborda das mais raras belezas da perfeita forma literária" (...) Macauley observou que, "se todas as outras coisas em nossa língua desaparecessem, a Bíblia seria, sozinha, um livro suficiente para demonstrar a grande extensão de sua beleza e de seu poder".[21]

Imagine os resultados de 47 homens em diferentes localidades, tentando chegar a um consenso e a uma versão unificada de qualquer coisa, e é inevitável pensar que esse grupo precisava de alguém para coordená-lo. Nenhum dos homens escolhidos para a tradução tinha a pretensão de ser um gênio literário, e, ainda assim, o resultado é a mais adorável das traduções em prosa. O professor Quiller-Couch, de Cambridge, percebendo a realidade, escreveu:

> Considerando-se que a extensa comissão de 47 pessoas, nenhuma delas, fora desta incumbência, reconhecida como um talento supremo, tenha encarado com firmeza o volume dos documentos sagrados, raramente interferindo, raramente furtando-se a aprimorá-los; considerando-se que uma comissão de 47 pessoas tenha conseguido estabelecer (ou, até mesmo, conservar e desenvolver) um ritmo tão pes-

soal, tão constante, que a nossa Bíblia passe a ter a voz de um só autor, falando através de suas muitas bocas: trata-se de uma maravilha, diante da qual me prostro, humilde e espantado.[22]

Em 1609, os tradutores apresentaram sua versão final a James, e em 1610 James a devolveu concluída. O que teria acontecido nesse intervalo? Ao analisar a situação, o biógrafo William Smedley diz:

> James era incapaz de escrever qualquer coisa que se pudesse chamar de bela (...). Quando se chegou ao estágio final, somente um escritor daquela época seria capaz de dar às frases aquele estilo incomparável, que era o grande charme das peças de Shakespeare. Quem quer que tenha sido este estilista, foi a ele que James entregou os manuscritos que recebera dos tradutores (...). Ele produziu um resultado que, com seus méritos literários, não tem equivalentes.[23]

Os manuscritos originais do processo de tradução não existem mais, porém, no escritório de registros do British Museum há documentos que indicam que Francis Bacon estava envolvido em muitos procedimentos relacionados a essa nova tradução, e, até mesmo, na edição.[24] Mas eles confirmariam que foi ele o editor final? Neste ponto, isso não fica claro. Mas muitos acreditam que somente Francis tinha a genialidade para levar adiante uma tarefa tão monumental, com tanta graça literária e beleza. Foi uma conquista de grande projeção para todos os envolvidos. Estima-se que, somente em língua inglesa, 1 bilhão de exemplares da Bíblia do rei James (ou versão autorizada) tenham sido publicados.

No ano de 1612, as perspectivas de Francis de ser promovido começaram a mudar. Robert Cecil finalmente se despedira desta terra e partira para o julgamento nas cortes celestes. Depois de anos tendo de suportar o veneno de seu pequeno "primo", Francis estava, enfim, livre de sua deslealdade. Haviam se passado mais de trinta anos desde que ele cometera o equívoco de bater no "espião, o informante da rainha", naquela briga da juventude, que produziria tantas e contínuas repercussões — trinta anos sendo espionado, difamado, desdenhado e humilhado.

> Aqueles dois homens [Robert Cecil e seu pai, lorde Burghley] (...) com seus atos sutis tão aparentes. Eles foram meus piores, eternos e únicos inimigos (...) [Com sua] insolência declarada, atos perversos, ações tão extremas, eu tinha apenas [motivo para ter] medo (...). Em todas as ocasiões, eles estavam atentos ao meu paradeiro.[25]

Agora, ambos haviam partido. Seria tarde demais para Francis? Bowen escreve que "Robert Cecil morreu como um dos homens mais ricos da Inglaterra e, talvez, o mais odiado. Nenhum homem cuja ocupação é ficar no meio e jogar em ambos os lados pode ser adorado".[26] Francis não estava sozinho em seu desprezo por Cecil. Nas ruas de Londres, circulavam canções sobre Cecil, incluindo a seguinte:

> Lançado aos vermes para que o comam, aqui jaz
> O pequeno chefão Robin, que era tão sagaz:
> Com a mente voltada a objetivos sombrios,
> Armadilha a inimigos e, aos amigos, ardil.[27]

Com a partida de Robert, a esperança de Francis de que a situação melhorasse começou, imediatamente, a render frutos. Mais uma vez, Francis escreveu uma carta a James:

> Fui muito mais do que um aprendiz nos serviços prestados à Vossa Majestade, sete anos inteiros e mais um pouco como seu solicitador, o que, penso, é um dos mais penosos cargos

em seu reino (...). Deus me fez chegar aos 52 anos, o que imagino ser a idade mais avançada a que chegou qualquer outro solicitador, para permanecer preterido.[28]

Em suas cifras, ele escreveu: "Homens velhos se deitaram em suas tumbas e crianças se tornaram homens, e, mesmo assim, essa questão ainda dorme em seu berço, e também não posso alimentar grandes esperanças de testemunhar a maturidade deste sonho há muito tempo alimentado."[29] Agora, James o designava procurador-geral, um cargo que fora previamente ocupado por seu invejoso rival, Edward Coke. Estávamos em outubro de 1613, e o cargo ficara vago quando Coke foi "promovido" de sua magistratura a uma posição superior, permitindo que o novo procurador-geral assumisse seu antigo posto. Coke ficou furioso; ele sabia que havia "galgado degraus", recebera um cargo de maior prestígio, mas com menos influência sobre o rei. Embora Coke tenha anteriormente, e por diversas vezes, levado a melhor sobre Francis — conquistando o posto de procurador-geral sob o reinado de Elizabeth, conquistando a mão de lady Hatton —, ele ainda tinha inveja daquele homem mais jovem e mais elevado do que ele.

James ficou encantado quando, finalmente, percebeu a sinceridade da atitude de Bacon. Os juízes deveriam "ser leões", Bacon escreveu, "mas, ainda assim, leões fiéis ao trono, sendo prudentes para não reprimir ou se opor a quaisquer decisões do poder supremo do soberano".[30] Era exatamente isso que esse inepto rei da Escócia queria — alguém que assumisse o fardo da autoridade, sem nunca questionar sua autoridade real. Era a premissa sobre a qual Francis baseara sua vida.

Extremamente satisfeito com os hábeis serviços de Bacon, James, no fim das contas, deu-lhe uma opção: ele gostaria de se tornar imediatamente um membro do Conselho Privado ou preferiria ser lorde-chanceler da Inglaterra, quando o chanceler que ocupava o posto morresse? Francis escolheu a primeira opção, e foi nomeado conselheiro privado em junho de 1616. No ano seguinte, James o indicou para chanceler-mor do reino, cargo que seu pai havia ocupado muitos anos antes. E, então, no ano seguinte, em janeiro de 1618, James o indicou para o gabinete do lorde-chanceler.

Francis também foi "promovido" para a nobreza em 1618. Pelas graças de James, ele foi nomeado barão de Verulam, ou, como se apresentava, Francis Verulam, Chanc. [chanceler]. Pela primeira vez em sua vida Francis Tudor estava livre do pseudônimo que sempre usara, Francis Bacon. Pelo menos, tinha, agora, a permissão de se sentar na Câmara dos Lordes. Alguns anos depois, foi-lhe concedido um título ainda mais alto — visconde de St. Alban, o mais elevado título que esse singular príncipe de Gales jamais teria. Para um filho de Nicholas Bacon, era uma grande honra; para um filho de Elizabeth Tudor, era apenas o primeiro degrau da escada — conde, marquês, duque e príncipe tendo precedência. Ainda assim, deve ter sido gratificante para esse homem fora do comum ver-se livre da categoria de plebeu.

Um magnífico ritual em homenagem ao novo status de Francis como visconde foi realizado em Theobalds, a residência favorita do rei. Estávamos agora no ano de 1621. James demonstrou predileção especial por Bacon, cobrindo-o com as vestes e a pequena coroa de visconde, um diferencial do costume usual, de simplesmente entregar as cartas-patente ao novo nobre promovido.

Sabemos que, mais uma vez, Francis escolheu a cor real púrpura para seus trajes. Talvez fosse uma oportunidade de vestir seu enxoval de casamento uma vez mais. Conhecendo o gosto de Francis pela elegância, entretanto, suspeita-se que suas roupas e as de Alice, a nova viscondessa, seriam as últimas palavras em estilo. Francis nunca conseguira deixar de se recordar de sua herança régia. O novo visconde de St. Alban (pois esse foi o título que ele escolheu para si mesmo) escreveu uma longa carta a James, em gratidão por seu ato de generosidade. Ele usou uma frase enigmática: "E, portanto, poderei, sem superstição, ser enterrado com o hábito ou os paramentos de St. Alban."[31]

A frase sugere uma pequena charada particular, que ele esperava ser apreciada por James. Parecia ser um lembrete sutil à Sua Majestade de que havia mais coisas entre eles do que seria possível. Santo Alban, como vimos, foi o primeiro mártir cristão da Inglaterra e um herói local na terra natal de Francis, Hertfordshire. Parecia que Francis se identificava muito com Alban, ambos tendo sacrificado sua verdadeira identidade para o bem dos outros.*

Barão de Verulam, visconde de St. Alban — estes eram os nomes que Francis estava, agora, autorizado a usar. "Que há num simples nome?", ele havia escrito muitos anos antes, "Uma rosa com um outro nome teria igual perfume".[32] Ainda assim, deveria ser uma satisfação escolher os próprios títulos, tão justificadamente merecidos e há tanto tempo protelados.

Naquele mesmo mês de janeiro de 1621 o lorde-chanceler da Inglaterra ofereceu um banquete na York House, então novamente seu lar, como a residência do maior oficial de justiça da Inglaterra. Ele e lady Alice haviam se mudado para lá com o falecimento de seu velho amigo, o chanceler Ellesmere. Cerca de sessenta anos haviam se passado desde que Bacon nascera na "York House ou em York Place";[33] o motivo para o congraçamento era seu aniversário de sessenta anos. Nessa celebração, seu amigo íntimo Ben Jonson lhe escreveu uma ode, de alguma forma enigmática:

> Salve, feliz Gênio desta velha cepa!
> Como percebes as coisas com este teu sorriso?
> O fogo, o vinho, os homens! E, em meio a isso tudo,
> Permaneces, como se algum mistério tivesses feito (...)
> Filho das sombras, grande chanceler-mor do reino,
> Renome, e fundação do bem-estar dos ingleses.
> O que, então, fora seu pai, ele o é agora,
> Com mais um título a acumular;

---

* Vide página 59, para a história de Santo Alban.

O mais alto chanceler da Inglaterra: o herdeiro predestinado
Em sua lenta caminhada à cadeira de seu pai;
Cujo fio uniforme as Parcas tecem, e completamente,
De sua lã mais seleta e rara (...)[34]

Aqui, vemos Jonson concordando com o compromisso de Francis de renunciar a quaisquer pretensões a seu berço régio e, novamente, de assegurar a James que ele queria apenas reivindicar sua herança como um Bacon.

O banquete, temos certeza, deve ter sido muito festivo, com a usual simpatia da hospitalidade de Bacon, a prodigalidade de suas refeições, o brilhantismo das conversas em torno da mesa de jantar e a cortesia para com seus convidados de todas as classes. Ele era um anfitrião sem igual. John Aubrey escreveu:

> Em todas as refeições, de acordo com a estação do ano, ele cobria sua mesa de doces ervas e flores, que dizia refrescar seu entusiasmo e sua memória. Quando o lorde estava em sua casa de campo, em Gorhambury, St. Albans, parecia que a corte estava lá, tal o nível de dignidade em que ele vivia. Seus serviçais usavam uniformes com seu timbre (um javali); seus barqueiros tinham como patrão uma pessoa mais nobre do que qualquer outra, até mesmo do que o próprio rei.[35]

Seus prêmios e recompensas para todos que o serviam eram incomparáveis. Havia sempre música tocando suavemente ao fundo. "O lorde, muitas vezes, deixava a música tocando na sala ao lado, enquanto meditava. Esqueci-me, agora, do que o sr. Bushel disse", admite Aubrey, "se o lorde apreciava mais sua Musa à noite ou pelas manhãs" [36] — provavelmente as duas coisas.

O lorde-chanceler tinha um ditado para descrever sua atitude em relação aos bens mundanos e aos modos de vida elevados: "O mundo foi feito para o homem (...), e não o homem para o mundo."[37] Ele acreditava que todas as dádivas oferecidas pelo Criador deveriam ser usadas em benefício do homem para aliviar seu estado, e que a sorte do homem estava nas próprias mãos.

Alfred Dodd, ele mesmo um franco-maçom, acredita que as pinturas e as imagens com que Bacon decorava sua casa eram símbolos secretos do "Ofício", plenos de significados para os iniciados. "Pela tradição maçônica", ele escreve, "St. Albans e Gorhambury são considerados o local de nascimento e o berço da franco-maçonaria na Inglaterra."[38] Uma discussão sobre a provável conexão entre Francis Bacon e as sociedades secretas da Inglaterra e da Europa, que ele estabeleceu paralelamente a seus serviços públicos à Inglaterra, deverá ser feita no tempo devido.*

Essa época foi o ápice da carreira de Bacon — uma recompensa mais do que merecida depois de tantos anos de incansáveis serviços, ainda que inesperados. É de se especular se seu senso profético não lhe teria anunciado o colapso nem tão distante de todos os seus sonhos. Ele teria percebido que essa charmosa Verulam House, a um quilômetro e meio de distância do solar de Gorhambury, e suas adoráveis terras seriam vendidas por quatrocentas libras em menos de cinquenta anos, e postas abaixo por dois carpinteiros, por causa do material nelas contido?

---

* Virginia Fellows não conseguiu concluir esse estudo posterior sobre Francis Bacon e sua obra. Para aqueles que quiserem explorar mais a fundo esse tópico, a biografia de Alfred Dodd, *Francis Bacon Personal Life-Story*, traz inúmeras informações.

Capítulo 16

Um sacrifício final

O bem-estar das pessoas é a lei suprema.

Foi em 7 de março de 1617 que Francis Bacon carregou o Grande Selo da Grã-Bretanha pela primeira vez, bordado, como mandava a tradição, no bolso do lorde-chanceler. Lady Alice Bacon ficou radiante, já que sua posição privilegiada a deixava a um passo do topo (como esposa do lorde-chanceler), e até mesmo lorde Francis estava, pelo menos, apreciando sua condição de homem bem-sucedido.

Francis tinha uma renda bastante elevada (embora não o suficiente para cobrir suas despesas) e estava vivendo na adorada York House de sua infância. Ele era respeitado em todos os lugares, até mesmo por aqueles que mais se ressentiam de seu sucesso. Deparara com todas as dificuldades imagináveis, superara honrosamente a todas; o lorde de St. Alban e sua dama devolviam os sorrisos que a Sorte estava, finalmente, lhes lançando, confiantes por saber que eram, em grande medida, merecidos. A visão do topo era magnífica, depois de tantos anos imersos no vale. Talvez tenha sido bom ter um momento assim, para se regozijar de tudo isso. Mas o momento foi curto demais.

Apenas quatro anos depois, esse homem, que havia tentado de todas as formas fazer as coisas corretamente, esse neto de reis, Francis Tudor, foi aprisionado na Torre de Londres — a mesma velha Torre em que sua avó e seu irmão perderam a vida, onde seu pai e sua mãe tiveram a audácia de se apaixonar, onde a jovem princesa que seria sua mãe havia gravado, com seu anel, no vidro da janela: "Por mais que suspeitem de mim, nada conseguirá ser provado." Ela se protegera com seu silêncio. O silêncio de Francis foi para proteger outra pessoa, alguém cuja reputação ele prezava mais do que a própria.

É triste ler a história da "queda" do mais alto lorde-chanceler da Inglaterra — e mais triste ainda contá-la.

As coisas não estavam correndo bem na Grã-Bretanha naquele inverno de 1621. As condições climáticas estavam severas. O leito do rio, o Tâmisa, congelara, impedindo o comércio e o tráfego, e a cidade estava cheia de resíduos e lixo. Por causa das políticas ineptas do governo, os preços elevados representavam um fardo para todos, com dívidas que não conseguiam saldar. Quase todos os cidadãos, de classe alta ou baixa, estavam reclamando que nunca haviam estado em situação pior. Alguns acreditavam que a própria existência da Comunidade Britânica estava em risco.

E, ainda assim, o quão preocupado estava o rei? Aparentemente, muito pouco. Desde que houvesse dinheiro para suas extravagâncias contínuas na corte, as infindáveis queixas não pareciam afetar James nem um pouco. Desde que nada interferisse nos privilégios concedidos a seu protegido, "Steenie"* (George Villiers, mais tarde duque de Buckingham), nada mais importava. Todos estavam apreensivos, querendo saber até onde a situação chegaria. O primeiro filho de James, o promissor príncipe Henry, tivera uma morte trágica e precoce, e seu irmão mais novo, Charles, era, agora, príncipe de Gales. Por meio da amizade e de bajulações, o jovem príncipe estava praticamente nas mãos de Buckin-

---

* O rei costumava se referir afetuosamente a Villiers como "Steenie", uma alusão a São Estevão, que é descrito nos Atos 6, 15 como tendo "o rosto de um anjo".

gham. Alguns acreditavam, até mesmo, que era o príncipe quem servia ao duque, e não o contrário.

George Villiers, duque de Buckingham
por Peter Paul Rubens, 1625

O historiador J. R. Green escreve: "A imoralidade da corte de James dificilmente poderia ser mais vil do que a imbecilidade do seu governo (...) Depois da morte de [Robert] Cecil, todo o controle verdadeiro sobre os negócios de Estado foi afastado (...) do Conselho e passou para as mãos do desprezível protegido [Buckingham]."[1]

Buckingham estava usando a mais preciosa honra da nação em torno do pescoço: a corrente dourada da antiga Ordem da Jarreteira. A outorga do rei deixou-o confiante e rendeu-lhe ares de um membro privilegiado da família real. O clã dos Villiers, de origem humilde, fora elevado, agora, ao mais alto nível, e suas exigências eram insaciáveis. Se alguém tivesse algum projeto a ser alcançado, deveria tão somente agradar ao rei agradando, antes, a Buckingham, e isso significava, também, agradar à exigente e velha mãe de Buckingham.

Por fim, a falta de respeito pelo rei começou a ficar tão pronunciada que até mesmo James se apercebeu disso. Os tumultos e as terríveis rixas entre cidadãos anteriormente pacíficos aumentavam em toda parte — símbolos do desregramento, resultante da falta de liderança. James estava descontente, mas recusava-se a fazer mudanças; é possível que não estivesse conseguindo fazê-las. À medida que via sua influência escapar-lhe das mãos, seu único recurso foi exigir mais obediência às prerrogativas reais, que ele julgava merecer. Ele era o rei — isso seria suficiente. Mas ficou claro que as qualidades intelectuais e filosóficas que havia alegado possuir à época de sua ascensão não eram nada mais senão uma casca de verniz sobre sua complexa personalidade, que agora estava se decompondo sob a influência do envaidecimento.

Bacon, secretamente, havia alimentado a esperança de que James poderia ser um aliado em seu plano para o esclarecimento da nação, mas as coisas não se passaram dessa forma. Ele se sentia, sem dúvida, fascinado pela ideia, mas seus interesses consistiam muito mais em beber e caçar, e, em primeiro lugar, proteger seus aliados Somerset e, depois, Buckingham. Certamente, ele havia representado uma decepção, ao fracassar no apoio oferecido às atividades espirituais (e, talvez, rosacrucianas) de sua filha e de seu marido, a Rainha de Inverno e o Rei da Boêmia.

Conforme os súditos do rei se tornavam cada vez mais desiludidos com o legislador escocês, a situação foi ficando perigosa. Eles começaram a chamá-lo de Príncipe das Tapeações. Um biógrafo procurou compará-lo a Elizabeth: "Com todos os defeitos de Elizabeth, ela era um membro da realeza até os ossos, firme em seus propósitos, destemida e inteligente." Quanto a James: "Nunca houve um rei menos régio."[2] O saber e a inteligência tão alardeados por ele eram, segundo alguns, uma espécie de conhecimento postiço, um tipo de destreza e de astúcia que substituíam as nobres qualidades da sabedoria e da graça.

UM SACRIFÍCIO FINAL

A obra *History of the English People*, de Green, oferece um retrato um pouco menos lisonjeiro de James. O leitor será poupado de conhecê-lo na íntegra, mas ele termina desta forma: "A corte de Elizabeth havia sido tão imoral quanto aquela de seu sucessor, mas sua imoralidade estava envolta em um véu de graça e cavalheirismo. Mas nenhum tipo de disfarce encobria a degradante vulgaridade da corte de James. Suspeitava-se que o rei tinha vícios comparados aos quais a embriaguez seria quase uma virtude."[3]

Apesar dessa atmosfera degradante, nem nas cifras nem em cartas Bacon critica seu rei. Por modos gentis e humildes, ele havia conquistado sua confiança e seu respeito. As últimas linhas do soneto 58 mostram a paciência e a benevolência devotadas à Elizabeth. Deve ter sido igualmente difícil com James.

> Eu que espere, embora o inferno doa;
> Nem te censuro ação, ou má, ou boa.*

Seu diário privado, registrado nas cifras, exime-se de censurar o rei, a não ser por um comentário sobre as desconfianças de James em relação a seu lorde-chanceler (James sabia que a reivindicação de seus próprios direitos estava em segundo plano, se comparada à do parente de Elizabeth.)

> O perigo já passou há muito tempo, e, agora, nada além das desconfianças do rei deve ser temido, e isso mais por causa do receio de seus efeitos no coração das pessoas do que por temer que eu reivindique meus direitos, sabendo, como ele sabia, que todas as testemunhas estavam mortas e que os documentos necessários haviam sido destruídos.[4]

---

* Tradução de Vasco Graça Moura.

Não cabia a ele, um príncipe que nunca fora coroado, questionar um rei legalmente coroado. Havia, no entanto, um profundo sentido de merecimento de uma compensação, que provinha de seus anos de dedicação:

> Ainda assim, neste meu próprio trabalho, sou herdeiro presumido de uma posição muito mais elevada, um cetro de poder que deve estender-se para a posteridade. Nem o tempo nem a morte poderão roubar este segundo reinado de mim.[5]

O problema que culminou na desgraça de Bacon havia começado muito tempo antes, com a tradição real de conceder monopólios e "patentes" a certos súditos britânicos favorecidos. As patentes eram direitos concedidos a pessoas específicas que poderiam ficar com uma percentagem da receita bruta de vários negócios e de manufaturadores.

Muito longe de abolir o costume de conceder tais privilégios, James os ofereceu em maior número a seus poucos escolhidos, deixando as classes mais baixas cada vez mais carentes de meios de subsistência. A concessão dessa espécie de arrecadação sobre as receitas alheias era uma forma pouco dispendiosa de a Coroa recompensar favores, e um mecanismo eficaz para o rei James amealhar vantagens para Buckingham e sua família. Dizia-se que os Villiers estavam com tudo.

Lorde Francis escreveu a Buckingham, pedindo-lhe que exercesse sua influência junto ao rei para convencê-lo a interromper a prática dos monopólios. Isso, ele assinalava, seria creditado como um ato de generosidade de um monarca consciente. "Liberta-te da cobiça por estas coisas (que acredito, em si mesmas, não darão grandes frutos), e, ao contrário, acata antes a gratidão por fazê-las parar, do que a má reputação por mantê-las."[6]

Era um bom conselho, mas o rei não estava disposto a aceitá-lo. James estava desesperadamente sem dinheiro. Não havia alternativa a

UM SACRIFÍCIO FINAL

não ser apelar ao Parlamento e angariar subsídios extras. Bacon sabia que essa era a maneira antiga, utilizada pela realeza, de prover o rei de tesouros, mas sabia, também, que poderia resultar em algo desastroso. Ele terminou seu conselho como sempre fazia: "Mas, de qualquer forma, deixa-me saber o que pensas, e milorde me terá ao teu lado."[7] "Seja feita a Sua vontade, não a minha", seria sempre essa sua atitude em relação à Coroa, como veremos.

Já se haviam passado sete anos desde que o último Parlamento fora convocado, e James não estava inclinado a fazer nova convocação naquele momento. Isso significaria dar às duas Casas a oportunidade de debater os assuntos de Estado, uma circunstância que ele gostaria de evitar. Mas a necessidade de dinheiro era urgente. Se ele desejasse apoiar sua filha sitiada, a rainha Elizabeth da Boêmia, e seu marido, Frederico, e se ele e Steenie quisessem manter o estilo de vida que levavam, teriam de convencer o Parlamento de que mereciam uma receita extra. Não era um projeto com o qual estivesse muito entusiasmado.

O estado de ânimo em Londres era de beligerância no dia de abertura do Parlamento — descontentamento entre o povo, atritos entre os lordes e a Câmara dos Comuns e uma premência generalizada de ver as cabeças rolarem. James não era tão cego a ponto de não conseguir discernir o perigo com o qual estava envolvido, mas era habilidoso o suficiente para saber como lidar com a situação. Ele teria de ocultar suas verdadeiras intenções e escolher alguns bodes expiatórios em quem colocar a culpa.

James estava pronto a desempenhar seu papel quando foi carregado até as Câmaras do Parlamento (sua artrite praticamente o deixara aleijado). Dodd escreve que ele proferiu "um discurso longo e tortuoso, no qual reiterava os deveres que lhe eram próprios: distribuiria justiça e misericórdia, e eles, sem se intrometer em suas prerrogativas reais, deveriam, por requerimento, comunicá-lo de suas penhoras e atender a seus desejos pecuniários".[8] Foi um discurso harmonioso, que impressionou corações e mentes, conforme o planejado.

A Câmara dos Comuns aceitou seu projeto de lei orçamentária e logo se ocupou da questão controversa dos monopólios e patentes. Todos sabiam que o rei havia concedido as patentes, mas somente a conselho dos "juízes". Portanto, se a culpa deveria ser imputada a alguém, não seria ao rei, mas a seus conselheiros. Ao rei, talvez, só coubesse a culpa de ter aceitado os maus conselhos. Todos sabiam, também, que o conselheiro-chefe do rei era o lorde-chanceler — logo, o lorde-chanceler era o único culpado pelo mau uso dos monopólios.

O clima na Câmara dos Comuns mudara. Se os parlamentares haviam sido críticos do rei, estavam agora, de alguma maneira, encantados com sua extraordinária humildade e com o grande amor que ele, obviamente, sentia por seu povo. Mas eles queriam o sangue de alguém. Quanto mais importante a pessoa, mais recompensadora seria a acusação formal.

Sir Edward Coke
gravura da "Galeria dos Retratos" (1833)

UM SACRIFÍCIO FINAL

Edward Coke e Francis Bacon entraram em conflito em diversas ocasiões. Persuadido por Francis, o rei removeu Coke de seu posto em 1616 e o "promoveu" a uma posição de menor influência. Coke teve sua vingança em 1621, fazendo com que a revolta da Câmara dos Comuns contra a corrupção na corte real se transformasse em um ataque pessoal a Bacon. R. W. Church descreveu-o como "um dos mais truculentos e inescrupulosos advogados ingleses. Ele foi um elemento poderoso na derrocada de Bacon".

O campo estava aberto para os inimigos de Bacon. Para Edward Coke, ainda implacável em sua rivalidade com Bacon, era a hora da desforra. Ele era o líder dos reformadores na Câmara dos Comuns e o cabeça de um grupo de conspiradores secretos, todos eles se sentindo, de alguma forma, desprezados ou maltratados por Bacon, ou em busca de suas próprias promoções pessoais à custa dele. Eles fariam sua parte para desmoralizar aquele que era o mais justo dos juízes, sob o pretexto de preservar o Estado. Tudo isso é confirmado por Dodd, em sua cuidadosa revisão dos trabalhos de Dixon, Spedding e outros biógrafos anteriores.[9]

Encontraram-se dois homens que podiam jurar que haviam oferecido propina ao lorde-chanceler enquanto ele examinava seus casos — uma de cem libras e a outra de quatrocentas libras. O fato de que essas gratificações não haviam mudado as decisões do chanceler contra os litigantes não foi levado em consideração. Tampouco o fato de que um dos acusadores era um indignado oficial, demitido pelo lorde de St. Alban por conduta inadequada.

Naqueles dias, havia uma diferença entre propinas e gratificações, e o oferecimento de gratificações para oficiais do governo não era considerado suborno. Todos os custos das cortes da lei eram pagos por taxas dos litigantes, e tudo o que um oficial recebia (fosse ele procurador-geral, lorde-almirante ou secretário de Estado) era um montante nominal do governo. Tudo o mais provinha de taxas ou "gratificações", oferecidas por aqueles que estavam envolvidos nos respectivos casos. Esperava-se, sem dúvida, que, quanto maior a gratificação, mais favorável seria a decisão, mas isso não era uma condição indispensável.

Tratava-se, obviamente, de um sistema falho para administrar os custos, mas que vinha sendo executado há séculos. Era o costume, e não poderia ser mudado de um instante para outro por aqueles que defendiam as reformas. Na Inglaterra, os membros da corte e do tribunal haviam herdado a tradição, e a justificavam dessa maneira. Eles não recebiam donativos do governo, apenas de litigantes que concediam elevadas gorjetas como forma de gratidão aos serviços prestados.

Era um sistema pouco prático e que precisava ser reformulado, e Bacon estava ciente disso. O único crime verdadeiro seria se um juiz mudasse sua decisão como forma de retribuição a uma gorjeta recebida. Disso, nem o procurador-geral Bacon nem o lorde-chanceler Bacon haviam sido acusados antes. Na verdade, como Bacon afirmou — e seus servidores o defenderam nesse sentido —, ele nem sequer recebia as gratificações (com apenas uma exceção). Elas eram concedidas diretamente ao secretário da casa real. Bacon raramente tomava conhecimento do volume dessas gratificações, e sabe-se que prestava pouca atenção às finanças de seu gabinete.

O dinheiro nunca fora algo importante para Francis, a não ser pelo fato de representar uma preocupação constante, essencial ao desenvolvimento de seus projetos. Conforme sabemos a partir de seu ensaio "Da verdadeira grandeza das nações e dos estados", ele considerava um dever do monarca demonstrar opulência e generosidade, como um exemplo da prosperidade de seu país.[10] O dinheiro é como "esterco", escreveu ele; quanto mais é espalhado, mais cresce.[11] Este juiz estava muito mais interessado em dar continuidade às obrigações oficiais de seu gabinete, justa e honradamente, do que em se preocupar excessivamente com o dinheiro.

O povo em geral, por entender pouco das habilidades quase miraculosas do novo juiz do rei, havia se inflamado contra as concessões injus-

UM SACRIFÍCIO FINAL

tas das patentes, que faziam os preços dispararem e recompensavam os ricos, prejudicando os pobres. Eles queriam, agora, convencer-se de que o sistema das gorjetas seria modificado — não por meio de um procedimento ordinário, mas, como é comum entre as massas enfurecidas, por meio do ataque a quem estivesse por perto. Um amigo de Bacon tentou alertá-lo sobre o clima, que estava começando a ficar perigoso. "Observa à tua volta", aconselhou ele. Lorde Francis respondeu: "Não tenho medo! Eu olharei para cima",[12] e, calmamente, continuou fazendo seu trabalho.

Quando Bacon descobriu que as acusações se voltavam contra ele, ficou preocupado, mas conhecia as razões de seu próprio coração e de sua mente. Ele analisaria as acusações e prepararia uma defesa vigorosa. Mas também sabia onde encontrar a fonte dos problemas. "Eu não bajulo ninguém", disse ele a Buckingham. "Apenas escuto, e suspeito apenas de sir Edward Coke, que eu apreciaria se recebesse do rei uma considerável advertência; pois o lorde não tem tanto poder sobre ele, mas acredito que uma palavra do rei o colocaria em seu devido lugar."[13]

A semente da derrocada de Bacon foi plantada no exato momento em que James decidira colocar a Chancelaria-mor em suas mãos, sem uma espécie de "licença" do precioso Steenie. Embora lorde Francis tenha conseguido conquistar certo respeito por parte de Buckingham, ele nunca tivera muita sorte com a mãe de Steenie, lady Compton.

A partir do que sabemos a seu respeito, o termo "lady" era inteiramente inadequado. Embora parecesse ter tido bons predicados físicos quando era jovem, tratava-se de uma mulher rabugenta e astuciosa. Ela era uma plebeia, uma criada de cozinha, segundo relatos, que se casara bem, melhorando de status. E teve três filhos impressionantemente bonitos, um dos quais teve a ventura de conquistar o olhar errante do rei. Sobrevivendo a inúmeros maridos, ela se descobriu uma viúva com um único bem: um filho que tinha relações com o rei. Ela governava sua família de modo tão despótico quanto qualquer outra rainha jamais o fizera, e

O CÓDIGO SHAKESPEARE

alguns comentavam que sua influência sobre o rei nos negócios de Estado era muito maior do que a da própria mulher de James, a rainha Anne.

Dixon nos oferece um relato detalhado de como Buckingham e lady Compton tentaram, nos bastidores, manipular o velho chanceler, Ellesmere, sem querer esperar até que ele morresse. Ela percebeu a oportunidade de vender seu prestígio ao gabinete por trinta mil libras. Conseguiu desencavar todos os tipos se falsos rumores de escândalo contra o velho e honrado homem e diz-se que ele, finalmente, morreu com o coração ferido pelas acusações de lady Compton.[14] A promoção de Bacon à Chancelaria estava em suas mãos, ou, pelo menos, era nisso que ela acreditava.

Ao menos por uma vez, James teve ideias próprias. Sem consultar Buckingham, lady Compton ou um único membro do clã dos Villiers, ele colocara a Chancelaria-mor nas mãos de seu próprio primo, Francis Bacon. Para tornar as coisas piores do ponto de vista de lady Compton, James não pediu um centavo sequer a Bacon em troca do benefício.

Assim que foi nomeado para esse alto gabinete, Bacon imediatamente levou a cabo algumas mudanças que considerava necessárias. Alguém deveria acelerar os procedimentos judiciais. Por muito tempo, ele deplorara a lentidão dos processos que enriqueciam os advogados, mas empobreciam os litigantes. Havia casos em que uma decisão era protelada por anos. Ele analisaria cada caso detidamente, mas prometeu:

> Pronunciarei minha sentença dentro de [uns] poucos dias depois do interrogatório (...) A Justiça não deve tardar (...). Pois a justiça é uma coisa sagrada, e é a razão pela qual fui convocado a ocupar este posto, e, por este motivo, este é o meu caminho para a salvação. Devo, pela graça de Deus (...), dedicar as tardes (...) e algumas quinzenas do período de recesso de funcionamento do foro para inteirar-me das causas da corte. Reservarei somente as madrugadas dos três longos períodos de recesso para estudar em profundidade as artes e as ciências, às quais me sinto mais inclinado.[15]

UM SACRIFÍCIO FINAL

Tratava-se de uma promessa corajosa, mas que ele conseguiu cumprir adequadamente. Milhares de casos da Chancelaria lhe foram encaminhados com as devidas gratificações, alguns com dez ou vinte anos de espera. No início do verão, ele já conseguia afirmar, com orgulho:

> Neste dia, liquidei os assuntos de justiça comum do reino. Nem uma só causa sem ser avaliada. Os advogados esgotaram todos os recursos que poderiam impetrar. Nem uma petição sequer sem ser avaliada. E acredito que não se poderia afirmar tal coisa em nosso passado.[16]

Os julgamentos de Francis Bacon jamais foram anulados. Ele era uma bênção para os súditos oprimidos da Coroa. Para aqueles que estavam perdendo as gorjetas por causa de suas rápidas decisões, ele era "odioso e aborrecido".

Segundo Dodd, foram pessoas como lady Compton, Coke, um homem chamado Williams e outros que se empenharam em destruir o lorde-chanceler Bacon, de modo tão deliberado quanto haviam atacado o lorde-chanceler Ellesmere. John Williams, um clérigo, presidia o cabido de Westminster naquela época. Ele era um homem belo, charmoso, somente um pouco mais velho do que os filhos de lady Compton. Ele estava "cortejando" aquela dama, tentando convencê-la a interferir em seu favor para obter o gabinete de Bacon, caso ele entrasse em desgraça e fosse destituído. Havia boatos, inclusive, de que ele poderia tornar-se mais do que o melhor amigo daquela dama.

Uma complicação a mais na conspiração contra Bacon parece ter sido a de que Buckingham desejava a bela e velha York House como sua residência privada, mas aquela era, agora, a casa de Bacon, pois era esta a residência oficial do chanceler. Ela havia sido o lar de sir Nicholas Bacon, o lar da infância de Bacon, e de nenhuma forma ele se convenceria a oferecê-la a um membro do clã dos Villiers, sem uma ordem expressa do rei. James não ousou forçar a questão para defender Steenie, mas era um motivo a mais de aborrecimento para ele.

Coke e os outros foram bem-sucedidos ao virar as coisas para seu lado. O que havia começado como a busca de uma reforma para as onerosas patentes e monopólios na Câmara dos Comuns havia, agora, evoluído até mesmo para uma campanha contra Bacon. E, então, com acusações de suborno contra o lorde-chanceler, a Câmara dos Lordes se encarregou do assunto.

Quando lorde Francis ouviu as acusações que lhe eram dirigidas, ficou profundamente chocado, de tal forma que adoeceu severamente e teve de ser levado para a cama. Ele chamou seu secretário à sua cabeceira e fez com que este redigisse um último testamento, deixando sua "alma para o Deus superior", seu corpo "para ser enterrado secretamente" e seu nome "para as próximas eras e as nações estrangeiras". Mas, por mais desanimado que estivesse, o fim ainda não estava próximo; um último capítulo do drama ainda estava prestes a acontecer.

Havia aqueles, como era de se esperar, que acusariam Bacon de estar forjando uma doença somente para evitar encarar as acusações. Ele escreveu uma carta para a Câmara dos Comuns assegurando-a de que não estava fazendo isso. Ele esperava que eles considerassem seu caso sem discriminação, até que ele tivesse a oportunidade de se defender, de promover uma acareação entre as testemunhas de acusação e de contar com as próprias habilidades para testemunhar a seu favor.[17] Além disso, pedia-lhes que, por gentileza, examinassem os milhares de casos que ele havia concluído, para ver se conseguiam encontrar alguma falha em algum deles. Se os fatos fossem trazidos abertamente a público, ele não tinha dúvida de que seria completamente inocentado. "Tenho as mãos limpas e um coração limpo (...) Minha mente está serena", ele lhes afirmava.[18] "Não tenho nada a temer, a não ser o medo."[19] Lorde Bacon antecipara em trezentos anos a famosa frase de F. D. R.[20]

Evidentemente, um debate público era exatamente o que os inimigos de lorde Francis não queriam. Todos sabiam que ele poderia ser ino-

UM SACRIFÍCIO FINAL

centado se depusesse em defesa própria, e seus acusadores sabiam disso melhor do que ninguém. Eles não conseguiriam enfrentar uma intensa acareação mais do que as sombrias nuvens poderiam resistir à luz do dia. A corrupção na corte do rei James poderia ficar evidente, caso o honrado lorde-chanceler decidisse revelar tudo o que sabia — o esbanjamento do tesouro em gratificações pessoais, a venda de gabinetes públicos, o favoritismo e o nepotismo que assolavam desenfreadamente o reino. Os ânimos da população estavam exaltados, e ela exigia mudanças; alguém teria de pagar. James e Buckingham estavam ficando nervosos. Poucos, incluindo os dois, sobreviveriam incólumes a tal dia na corte.

No fim de abril, o lorde-chanceler foi acusado em 28 processos de suborno e corrupção, todas as partes alegando que lhe haviam oferecido gratificações em dinheiro como retribuição a favores recebidos. Agora, era sua vez de apresentar-se aos tribunais e refutar as acusações. Mas, incrível e inesperadamente, ele não fez isso. O que poderia ter dado errado?

Em uma carta ao rei James, em 21 de abril, Bacon ofereceu-se para renunciar à Chancelaria. Ele não contestaria as acusações. Tratava-se de algo mais relevante do que admitir a culpa pelas acusações. Tanto os lordes quanto a Câmara dos Comuns ficaram atordoados — esta era a coisa mais surpreendente de todas. O maior advogado da época recusando o direito de se autodefender? Isso só poderia significar uma coisa — o grande lorde Francis era culpado por corrupção. Em uma carta para os lordes, ele escreveu: "Confesso franca e ingenuamente que sou culpado por corrupção (...), renuncio a toda defesa e coloco-me sob as graças e a misericórdia de meus lordes."[21] A carta foi escrita no leito de convalescença de Bacon; pensava-se que ele não viveria mais do que alguns dias.

O presidente do Tribunal Superior de Justiça, James Ley, outro inimigo de Bacon, promulgou a sentença:

(1) multa de quarenta mil libras;

(2) aprisionamento na Torre enquanto aprouvesse ao rei;

(3) proibição vitalícia de assumir novamente o gabinete;

(4) proscrição do Parlamento e proibição de se aproximar novamente dos arredores da corte.

Essa última condição significava que Francis de St. Alban estava banido de uma área que correspondia a um raio de vinte quilômetros em torno da corte real, isto é, nunca mais ele poderia pisar em Londres. Foi uma sentença cruel, muito além do julgamento normal de um motivo como suborno.[22] Quanto maior o homem, maior a queda.

Ele não foi enviado imediatamente à Torre — não até que Southampton (que nunca havia perdoado Francis por sua participação no julgamento de Essex) se manifestasse e reclamasse à Câmara dos Lordes que Francis ainda não estava confinado na Torre. Buckingham explicou que o rei adiara seu encarceramento por causa da doença de Bacon. Tanto ele quanto James sabiam que Bacon não merecia a punição, mas aqueles que buscavam vingança insistiam em que ele fosse enviado logo. Apesar dos óbvios esforços de Buckingham para evitar essa situação, Bacon foi enviado à mesma e pavorosa Torre na qual tantos de seus parentes haviam sido aprisionados.

Sabemos, agora, que o lorde de St. Alban assinou um papel confessando-se culpado de todas as acusações que recebera. Sabemos que ele abriu mão da própria defesa. Por quê?

Fica evidente, a partir de outros escritos, que ele nunca se considerou culpado de qualquer crime. O único crime que ele se permitira cometer foi o de falta de cuidado ou de ter sido negligente, ou de ter tentado executar tarefas para as quais não fora naturalmente predisposto. Sabemos que ele mesmo era contrário àqueles exatos crimes pelos quais estava sendo acusado. O que aconteceu no último minuto para fazer com que "o mais justo dos chanceleres (...) desde a época de sir Nicholas Bacon"[23] admitisse os crimes dos quais ele não acreditava ter culpa?

Alfred Dodd e Hepworth Dixon estão entre aqueles que descobriram evidências que explicam toda essa situação confusa. Quando James ascendeu à Coroa, Bacon escreveu-lhe em termos de sacrifício, oferecendo-se "para prestar serviços à Sua Majestade". Agora, ele estava prestes a ser sacrificado novamente.

UM SACRIFÍCIO FINAL

Quando a situação começou a ficar séria para Francis, Buckingham, aparentemente, foi visitá-lo. Dodd acredita que ele estava procurando informações sobre a defesa que Francis pretendia fazer.[24] Não sabemos o que aconteceu entre os dois, mas, no dia seguinte, lorde Francis escreveu a Buckingham uma carta indignada, que existe até hoje:

> Milorde falou em Purgatório. Já estou nele, mas minha mente está serena; pois a minha fortuna não é o motivo de meu contentamento (...). Mas o próprio Jó, ou quem quer que tenha sido o mais justo dos juízes, ao procurar entender, igualmente, as acusações que lhe foram feitas, e que da mesma forma são utilizadas agora contra mim, pode, por um momento, ser considerado tolo, especialmente em uma época em que a meta é o poder e a acusação é o jogo.[25]

Buckingham deve ter respondido a Bacon pessoalmente, já que alguns dias depois recebeu outra carta do lorde-chanceler, afirmando, furiosamente, a mesma coisa:

> Percebo (...) que algum vil difamador deve ter-lhe dito que considerava estranho eu estar endividado, já que, supostamente, recebera cem mil libras [em] gratificações, na condição de responsável pela Chancelaria. [É] uma calúnia abominável! (...) Louvado seja Deus, nunca fiquei com nenhum centavo sequer de qualquer prebenda ou benefício eclesiástico, nunca fiquei com nenhum centavo sequer por liberar qualquer coisa que tivesse obstruído na Chancelaria, nunca fiquei com nenhum centavo sequer por comissões ou coisas desta natureza, nunca compactuei com qualquer servidor por qualquer lucro secundário ou inferior.[26]

Bacon não era culpado, e, nessa carta, defendia-se ardentemente. Ele estava confiante em sua capacidade de absolver-se. O lorde-chanceler tinha uma estratégia e todas as esperanças de limpar seu nome. Uma audiência com James, entretanto, mudou esse quadro. James não apenas solicitou, mas *ordenou* expressamente que ele se abstivesse de se defender, por temer a exposição de Buckingham.[27] Ele não se sentiu muito reconfortado com o comentário de Francis: "Temo que aqueles que levantam a mão contra teu chanceler a levantarão, também, contra tua Coroa. Espero que, por ser o primeiro, eu seja também o último dos sacrificados."[28]

Dodd acredita que Buckingham foi o responsável por enviar Bacon à Torre.[29] Temos a carta que ele enviou, com indignação, a Buckingham, reivindicando sua libertação — não solicitando, mas *reivindicando*. Buckingham teria levado a carta a James.

> Meu bom lorde,
> Obtém a garantia de minha soltura hoje. A morte, agradeço a Deus, está muito longe de ser inoportuna para mim, já que a mandei chamar (como autorizaria a determinação cristã) a qualquer momento, nestes últimos dois meses. Mas morrer (...) neste lugar infame é pior do que poderia ser; e, quando eu morrer, terá partido aquele que sempre teve retidão de caráter, um verdadeiro e perfeito servo de seu mestre e alguém que nunca foi o autor de nenhum conselho imoderado, não, nem arriscado, não (devo dizê-lo), nem infeliz; e alguém a quem nenhuma tentação poderia transformar em outra coisa a não ser em um amigo confiável, e honesto, e altamente afetuoso, de milorde.
> Do amigo fiel e amoroso de milorde, na vida e na morte,
> Fr. St. Alban[30]

Essa carta não poderia ser mais explícita no tocante à confiança de Francis na própria inocência e à sua indignação pelo fato de James não tê-lo livrado, ainda, das sentenças que recebera. Não se pode dispor sobre os reis (ou sobre os favoritos dos reis), e, ainda assim, era isso que Francis estava fazendo — e James, surpreendentemente, fez o que lhe foi exigido. No espaço de três dias, o lorde de St. Alban estava fora da prisão, e instalado na pródiga casa do fiscal do príncipe de Gales. Sua pena fora perdoada pela Coroa.

O título de chanceler não lhe foi retirado; era um título vitalício, embora ele tenha se libertado das obrigações do cargo. Posteriormente, ouviu-se, com frequência, o rei lamentar a ausência dos conselhos de seu velho chanceler. "Oh, se tivesse meu velho chanceler aqui, resolveria mais rapidamente este assunto", ele dissera mais de uma vez. Sua Majestade desejava que seu melhor conselheiro estivesse a seu lado quando os problemas da realeza pareciam insolúveis.

Mesmo assim, Francis ainda estava banido da corte. Ele não deveria aparecer em uma área correspondente a um raio de vinte quilômetros em torno dos domínios do reino, e isso incluía a melhor parte de Londres. Não havia nada que ele pudesse fazer, a não ser mudar-se para sua casa de campo, em Gorhambury. Quando seguiu para o campo, uma comitiva de inúmeros amigos e pessoas que lhe queriam bem o acompanhou, mostrando fé em sua inocência. Quando o príncipe Charles deparou com essa procissão, diz-se ter comentado: "Este homem recusa-se a extinguir-se como um pavio queimado."[31] Era verdade. John Chamberlain, em sua incessante correspondência com Carleton, escrevera:

> Parece que ele ignora ou não sente a ignomínia que pesa sobre ele, pois continua vivendo como de praxe.[32]

E três meses depois:

> Ele se foi hoje, como fiquei sabendo, para sua própria casa em Gorhambury, não tendo (como parece) nenhum tipo de percepção sobre sua queda, mas mostrando um temperamento tão vaidoso e tão indolente quanto antes, quando estava no auge.[33]

Bacon sabia que levaria tempo até que a verdade prevalecesse:

Sempre mantenho o futuro em meus planos, buscando ser reconhecido não em minha época ou entre meus compatriotas, mas entre as pessoas que estão muito distantes daqui, não em nosso tempo.[34]

Apesar de suas esperanças de que em eras futuras sua reputação e sua "queda" seriam esclarecidas, mesmo hoje, quase quatrocentos anos depois, há autores que parecem não ter captado a verdade de sua história, ou, até mesmo, a essência de sua missão.

Capítulo 17

Novos mundos

Todo o conhecimento é minha província.

Livre, agora, de suas obrigações e exilado em Gorhambury, pela primeira vez em anos Bacon passaria suas horas fazendo o que ele mais gostava — escrevendo e publicando. Um projeto já estava em pleno andamento, e com o uso eficiente de seu tempo e da delegação de trabalho a seus colaboradores ele pôde concluir inúmeras de suas etapas. Embora tivesse inimigos em abundância, também contava com amigos e colegas devotados, que estavam radiantes em poder ajudá-lo nesse grande projeto — Ben Jonson, seu assistente literário; Thomas Meautys, um de seus secretários devotos; sir Jonh Constable, seu cunhado (que se casara com a irmã de Alice); Thomas Bushell, um criado pessoal da casa de Bacon; o bispo Lancelot Andrewes; Tobie Matthew, que manteve a amizade de Bacon, apesar de ter se convertido ao catolicismo; e o mais do que informal conde de Arundel. Estes e muitos outros eram, agora, membros de seu círculo íntimo e secreto.

Dentre os projetos que lhe ocupavam, então, a mente, os planos de Bacon para uma comunidade ideal recebiam a maior prioridade. Ele não estava se esquecendo de sua visão de uma "terra bem distante e a muitos anos, no futuro"; fez uma descrição por escrito desse lugar e, caracteristicamente, criou uma história de aventuras para ter certeza de que as pessoas ficariam interessadas em lê-la. Os projetos para uma nação mais perfeita ocupavam sua mente há longos anos, e se eles não pudessem ser levados a cabo para a fruição na Inglaterra, a única coisa a fazer seria tentar a nova terra do outro lado do oceano.

Ben Jonson, assistente literário de Francis (esquerda), e Thomas Howard, conde de Arundel

The New Atlantis, a história de aventuras de Bacon sobre uma sociedade ideal, em uma nova terra, baseava-se na fábula de Platão (se é que era uma fábula) sobre o antigo continente submerso. Platão, assim como Aristóteles, sabia que o mundo era redondo, e não plano, e muitos estudiosos acreditam que ele visualizava a existência de uma nova terra do outro lado do vasto oceano. Marco Polo, Roger Bacon e muitos outros sabiam que a terra tinha o formato de um globo. "*Tierra! Tierra!*" (Terra! Terra!) — a exclamação do sentinela de Colombo, quando ele, finalmente, avistou terra firme — ainda ecoava na Inglaterra setenta anos depois, no mesmo ano de nascimento de Francis.

Alguns se mostravam preocupados com o fato de que as várias iniciativas para explorar o Novo Mundo se baseassem na ganância e no

NOVOS MUNDOS

despotismo. Isso levou os ingleses, dizia-se, a fundar colônias. Tratava-se de um trampolim para que Bacon lançasse seu projeto para a Utopia, que ele divisava do outro lado do mar. Ele estava planejando isso desde que sir Francis Drake retornara de sua memorável viagem em torno do mundo. É provável que Drake tenha sido, se não naquela época, certamente depois, membro do grupo maçônico de Bacon. Os ventos da democracia estavam começando a soprar.

Três anos depois do retorno de Drake, sir Humphrey Gilbert navegou para a Terra Nova e reivindicou aqueles domínios para a Coroa britânica. Francis e seus associados fundaram a Newfoundland Colonization Company, e, em 1610, enviaram para lá John Guy, com uma carta-patente do rei, fazendo alusão a pesca, madeira-de-lei, criação de ovelhas e outros empreendimentos comerciais. Guy fundou um assentamento com 41 colonos em Cupids, em Conception Bay. Até hoje, embora os biógrafos raramente mencionem o fato, sir Francis Bacon é reverenciado na Terra Nova como um dos fundadores da mais antiga colônia britânica no Canadá, e, em 1910, um selo comemorativo foi lançado em sua homenagem.

Certamente, o ideal de democracia não era novo no mundo, mas, no século XVII, ele desafiava os privilégios especiais consolidados e as injustiças do sistema oligárquico (e monárquico), que haviam exercido sua influência por tanto tempo. Não é difícil entender como as lendas de uma terra dourada haviam despertado a imaginação do jovem pragmático e idealista Francis Bacon, e, agora que ele estava involuntariamente aposentado, encontrava tempo para continuar o trabalho que havia começado anos antes, em seus planos de estabelecer o Novo Mundo. Em *The New Atlantis* ele esboçou sua visão de uma comunidade ideal, uma era dourada que poderia nascer nessa nova terra.

The New Atlantis só foi publicado depois da morte de Bacon, e seu capelão Rawley diz que a obra nunca foi concluída. Ainda assim, foi considerada uma das mais notáveis histórias já escritas, e um modelo para escritores que almejam adquirir um requintado estilo inglês. Abraham

Cowley escreveu que Bacon, como Moisés, tirava os homens da selvageria da ignorância e

> Exatamente à margem postada
> Oh, terra prometida e abençoada;
> E do alto de seu sublime engenho,
> Ele a viu, e nos mostrou em seu empenho.[1]

Selo de Terra Nova, em homenagem a Francis Bacon
Este selo é um exemplar de uma série editada em Terra Nova, em 1910, para comemorar os trezentos anos de aniversário do estabelecimento do primeiro assentamento permanente. A legenda sob o retrato de Bacon informa que ele é "O espírito que nos guia no projeto de colonização". A Terra Nova se tornou província do Canadá em 1949.

Bacon tinha um sonho, uma visão, e estava envolvido em mais de um empreendimento na nova terra. Descobrimos que, hoje, poucos sabem como o papel de Francis Bacon foi vital não apenas na Terra Nova, mas na fundação de Jamestown. Uma pesquisa cuidadosa nos arquivos da história revela que Bacon redigiu os documentos para que o rei assinasse, concedendo a carta-patente para a Virginia Company of London. A carta-patente, observa o autor Peter Dawkins, continha os primórdios de um novo sistema de governo para a colônia — o constitucionalismo.[2] Bacon, juntamente com os condes de Pembroke, Montgomery e Southampton, fazia parte do conselho da Virginia Company e "se tornara diretamente envolvido com [seus] projetos para colonizar a América do Norte".[3] Naquela época, "Virginia" era o nome dado a uma vasta extensão da costa da América do Norte, estendendo-se, até mesmo, a partes do Canadá.

Os anos de aposentadoria de Bacon foram incrivelmente produtivos, uma infinidade de livros sendo publicados. Um dos mais importantes foi sua monumental obra (publicada sob seu próprio nome) *De Augmentis Scientiarum*. Era uma tradução para o latim de *O progresso do saber*, com muitos acréscimos, incluindo uma descrição de sua Cifra Biliteral. Alguns estudiosos consideram o livro um dos documentos mais extraordinários que o mundo já viu.

Além disso, o curioso tratado chamado *History of Winds* e outro, intitulado *History of Life and Death*, apareceram nesse período. O último era uma intrigante compilação de observações sobre a durabilidade não somente dos objetos, mas também das pessoas e dos animais — as qualidades mais permanentes de todas as coisas criadas. Por que certas formas perduram por tanto tempo? Por que não duram mais? Que características determinam sua longevidade, ou sua falta de longevidade?

Outro trabalho científico notável foi *Sylva Sylvarum, or A Natural History in Ten Centuries*, uma compilação de observações, experimentos, ensinamentos e discussões sobre fenômenos naturais. Foi organizado em dez capítulos, com cem itens cada. Inúmeros outros trabalhos menores apareceram também por essa época, incluindo tratados sobre história, uma biografia e estudos científicos adicionais.

A principal obra desse período, aquela que o mundo jamais esquecerá, foi a grande coleção da poesia dramática de "William Shakespeare", conhecida como o Primeiro Fólio — *Mr. William Shakespeare's Comedies, Histories, & Tragedies Published According to the Rue Original Copies*. O volume continha 36 peças, e exatamente a metade delas nunca havia sido publicada antes. Das peças anteriormente não publicadas, muitas foram inscritas no Registro de Livreiros e Editores em 8 de novembro de 1623, bem a tempo de serem publicadas.

Will Shaksper morrera há sete anos, e quase ninguém notara. Por que um monumento a Will "Shakespeare" teria, subitamente, aparecido na Holy Trinity Church, em Stratford? O busto foi feito pelo escultor Gheerart Janssen, cuja oficina se localizava próxima ao Globe Theatre, em Londres, o que causou especulação de que fora encomendado não pelos remanescentes "Shakspers" de Stratford, mas por algum habitante da cidade. (Os habitantes dos vilarejos raramente mandavam fazê-los em Londres.)

Houve um pouco de controvérsia sobre a falta de expressividade e de características pessoais do rosto. O busto mostra um rosto com uma aparência particularmente suave, com aspecto de máscara, sem nenhuma expressão ou traços peculiares. Alguns o apelidaram de o rosto do "Anônimo". Mas a família de Shaksper e seus amigos, houvessem eles encomendado o monumento, certamente o teriam aprovado.[4]

Somente depois de cinquenta anos do ocorrido é que vieram à tona explicações sobre a morte de Shaksper. John Ward, vigário de Stratford, relatou que Ben Jonson, secretário de Bacon e seu colaborador, havia se reunido com alguns companheiros em uma taberna, em Stratford, talvez para celebrar a data do aniversário de 52 anos de Will, que estava próxima. "Shakespeare, Drayton e Ben Jonson tiveram um encontro animado, e parece que beberam demais, pois Shakespeare faleceu por causa de uma febre que contraiu naquele momento." Uma febre? O vigário também escreveu um lembrete para si mesmo, para "ler atentamente as peças de Shakespeare, e se especializar nelas, pois não posso ser ignorante nesse assunto".[5]

De modo suspeito, não houve um único tributo lamentando, ou mesmo recordando, a morte do ator de Stratford. Qualquer que tenha sido a causa da morte de Will Shaksper, ele falecera sete anos antes da ocasião em que o Primeiro Fólio foi publicado, com a compilação de suas peças.

NOVOS MUNDOS

Muitas das peças originais haviam sofrido acréscimos, cortes ou, de alguma maneira, mudanças.

A dedicatória no Fólio a William Herbert, conde de Pembroke, e a seu irmão, Philip, conde de Montgomery, é excessivamente floreada e aduladora. Pode-se pensar até em algo satírico, especialmente quando se leva em conta a proximidade entre Bacon e os Herbert. Eles eram sobrinhos do primo de Francis, Philip Sidney, e, certamente, sabiam de quem era o livro que estava sendo dedicado a eles.

Na dedicatória, afirmava-se que dois homens que haviam sido colegas de elenco na companhia de Shakespeare eram os responsáveis pela reunião das 36 peças publicadas no Fólio. Eles a chamavam de "passatempos", da mesma forma que Bacon, muito provavelmente, se referira a peças de teatro como "brinquedos" ou "passatempos". Esses homens, que ganharam fama literária por causa de sua conexão com as obras de "Shakespeare" na qualidade de coeditores, eram John Heminge e Henry Condell. Ambos eram membros da The King's Men, uma companhia de teatro na qual Shaksper também trabalhara, e haviam tido participação acionária na casa de espetáculos Globe e no teatro Blackfriars. Condell não era, originalmente, um acionista, mas adquiriu algumas ações algum tempo depois. Ele se aposentou dos palcos em 1616, antes de o Fólio ser publicado, o que levanta uma suspeita de que tenha sido bem-remunerado por permitir que seu nome fosse utilizado por Bacon, Pembroke, Jonson e companhia — tão bem que poderia dar-se o luxo de se aposentar.

Parte da "Dedicatória Epistolar" do Fólio estava, aparentemente, baseada em um texto antigo, a dedicatória de Plínio, o Velho, para o imperador Vespasiano, em *História natural*.[6] Nela, Plínio fala até mesmo de suas obras como "meus brinquedos e asneiras".[7] Como a obra desse clássico autor grego havia chegado a figurar na dedicatória do Primeiro Fólio? Muitos apontam para Ben Jonson, o assistente de Bacon, estudioso e autor por seus próprios méritos. Eles concluem que Jonson foi o verdadeiro editor, que ele escreveu a dedicatória e também supervisionou a publicação do Fólio.[8]

Sabemos, também, que Francis estava sempre em busca de textos nos quais pudesse enxertar suas cifras, e acredita-se que ele tenha sugerido a Anthony que alguém poderia "encher linguiça" no conteúdo dos livros, tomando emprestados prefácios e dedicatórias de livros mais antigos. Bacon estava sempre "enchendo linguiça" em suas obras, de modo a ter mais textos nos quais pudesse inserir suas cifras. O primeiro Fólio, *As alegres comadres de Windsor*, tem mil e duzentas linhas a mais do que tinha em 1602,[9] *Titus Andronicus* tem uma cena inteiramente nova e *Henrique V* tem o dobro do tamanho da edição de 1600.[10] Muita coisa foi acrescentada.

Quem poderia ter feito esses acréscimos se o autor já estava morto há sete anos? E onde haviam estado os manuscritos durante todo esse tempo? Os estudiosos geralmente concordam que a família de Shaksper nunca teve os manuscritos sob sua guarda, e sabemos que eles não são mencionados no testamento de Shaksper. E como é possível explicar as peças novas? O mistério nunca poderá ser solucionado pelo raciocínio ortodoxo.

Na carta de apresentação ao leitor do Fólio, os editores, ilusoriamente, afirmam que as peças ali publicadas foram escritas pelo ator teatral, e reunidas para a posteridade por dois de seus colegas de trabalho. Os editores chegam a informar que aquelas peças foram publicadas com base nos manuscritos verdadeiros e originais, que elas eram "absolutas reproduções do que o autor concebera" e que "dificilmente apresentavam alguma rasura nos originais". E, ainda assim, estudiosos geralmente insistem em afirmar que essas peças foram compiladas a partir de blocos de anotações, e que Shakespeare se interessava muito pouco quanto ao que ocorria com seus manuscritos. Alguém tem de estar errado.

A natureza exata da relação entre Ben Jonson e "Shakespeare" tem sido uma fonte de intermináveis conjecturas. A confusão existe, obviamente, por não se saber a qual "Shakespeare" o velho Ben estaria se referindo em cada obra particular. Seria seu empregador e amigo, Francis Bacon, que ele afirmou amar e venerar "com parcial idolatria"? Ou seria o ator Will Shaksper, que Ben ridicularizou em *O alquimista*? Aposto ao

Fólio está um tributo, uma ode, escrita por Jonson. Ela começa da seguinte forma:

> À memória do meu adorado,
> O autor
> Sr. William Shakespeare:
> E
> àquilo que ele nos legou.

> *Para não parecer que invejo* (Shakespeare) *teu nome,*
> *Serei pródigo com tua Obra e Renome.*

Na ode, o nome Shakespeare é desnecessariamente escrito em um estilo diferente e entre parênteses. Por quê? Ninguém forneceu uma explicação, a não ser os detetives baconianos, que veem aí uma das muitas chaves deliberadas e cuidadosamente elaboradas do mistério.

A ode contém elogios profusos ao poeta — ele é a "Alma de nossa Era", "a maravilha de nossos Palcos", "tu, Estrela dos Poetas". Os stratfordianos* aceitam essas frases extravagantes como prova de que Jonson estava fazendo eco à atitude popular em relação "ao Bardo" naquela época. Entretanto, a não ser por esses tributos deliberadamente preparados para o Fólio, nenhum ou quase nenhum elogio ao suposto dramaturgo havia aparecido até então — nenhuma palavra sobre ele quando de sua morte, nenhum tributo de seus contemporâneos em Londres ou em Stratford. A ode de Jonson diz também:

> Tu és um monumento, sem tumba,
> E tua arte viverá, enquanto tua Obra viver.

---

* Stratfordiano: aquele que acredita que William Shakespeare, o homem de Stratford-on-Avon, era o verdadeiro autor das obras em que constava seu nome.

Enigmático? Não para quem conhece a história das cifras, particularmente levando-se em consideração que havia um monumento físico bastante visível em Stratford, na Holy Trinity Church. Will Shaksper não estava sem tumba — era Francis Bacon que não tinha túmulo.

Christopher Marlowe (1564-1593)
A peça de Marlowe, *Doctor Faustus*, foi publicada pela primeira vez em 1604. Uma versão revisada e bastante ampliada foi publicada em 1616, 23 anos após sua morte. O novo material casava-se perfeitamente com o estilo de Marlowe. Os estudiosos propuseram uma série de teorias sobre sua atividade *post-mortem*, incluindo a possibilidade de Marlowe ter forjado a própria morte, e se escondido, em 1593. Mas por que ele publicaria um novo material sob seu próprio nome se estivesse tentando se esconder? A história cifrada revela que foi Francis Bacon quem assinou as peças de teatro publicadas sob o nome de Marlowe.

Não se pode deixar de imaginar por que os estudiosos shakespearianos apressam-se tanto em acreditar em tudo o que está escrito em uma página de rosto, como se desconhecessem as urgências das publicações elisabetanas. Também parece haver uma estranha espécie de miopia em casos em que uma obra apareceu inicialmente de modo anônimo e so-

NOVOS MUNDOS

mente mais tarde teve um nome associado a ela (como inúmeras das peças de "Shakespeare").

Nomes como Laneham, Puttenham, Spenser, Greene, Marlowe, Shakespeare e Burton foram aceitos sem nenhum questionamento, e, ainda assim, uma rápida revisão de uma citação de *The Art of English Poesie*, publicado em 1589, deveria funcionar como um lembrete de que nem sempre tudo é o que parece: "Conheço inúmeros cavalheiros notáveis na corte que escreviam de forma louvável e omitiam sua autoria, ou, então, eram sujeitados a publicar suas obras sem os próprios nomes."[11]

Podemos tentar deslindar esse mistério eternamente, mas, nas cifras, temos informações precisas sobre qual o papel exato desempenhado por essa dupla de atores, Heminge e Condell, no Primeiro Fólio. Na Cifra Biliteral, que a srta. Gallup encontrou em *Novum Organum*, impressa em 1620, encontramos lorde Francis discutindo o dilema de como publicar as peças que ele havia "divulgado" sob o nome de Shakespeare, agora que sua máscara estava morta:

> Em nossas peças, conhecidas por estarem sob o nome de um homem que não mais vive, ainda há mais dados sobre essa história secreta. Seguindo o conselho de nosso bom amigo [Ben Jonson?], não nos desfizemos daquela máscara, embora o nosso Shakespeare não esteja mais entre nós, mas outros dois, amigos do nosso ator de teatro — que poderiam publicar, não duvidamos, aquelas peças —, poderiam servir, da mesma forma, como disfarces para nosso trabalho. Isso não será feito, no entanto, a não ser em um momento mais auspicioso.
>
> Muito trabalho terá de ser empreendido em um curto período se muitas peças novas forem acrescentadas, como agora parece desejável, visto que elas nos parecem mais adequadas do que um texto em prosa ou em versos ligeiros, e, ao mesmo tempo, oferecem mais satisfação a nossos leitores.[12]

Naquele momento, explicam as cifras, já haviam sido escritas 13 peças novas — cinco históricas, cinco tragédias históricas e três comédias. E, ainda assim, explica Francis, algumas não estavam totalmente concluídas: "Por ter assumido recentemente novas honrarias e novas incumbências como assumimos, como se pode imaginar, temos escrito muito menos do que anteriormente. Todo o trabalho interior, no entanto, está concluído, e preparado para ser incorporado a essas diversas obras."[13]

Primeiro, ele concebe a peça interior secreta, ou codificada; então, a peça exterior, que é esboçada como texto de fachada e criada para usar inúmeras linhas idênticas, mas com conteúdo inteiramente diferente, segundo os princípios da Cifra das Palavras. Os títulos das peças interiores prontas para codificação são aqui fornecidos:

A vida de Elizabeth

Anne Bullen [Anne Boleyn]

Mary, a Rainha dos Escoceses

A vida de Essex

A rosa branca da Grã-Bretanha

A vida e a morte de Edward III

A vida do rei Henry VII

O conde de Essex [o falecido irmão de Bacon, Robert]

Conde de Leicester [o verdadeiro pai de Bacon]

A vida de Marlowe

A ratoeira

Os sete homens sábios do oeste

Salomão segundo[14]

Trata-se de uma lista intrigante, e somente duas delas foram decifradas pelo dr. Owen — *A tragédia de Mary, a Rainha dos Escoceses* e *A trágica história do conde de Essex*.[15] As outras, até onde sabemos, ainda estão ocultas sob as páginas de fachada, coladas na roda das cifras de Owen, esperando para serem descobertas por jovens e brilhantes olhos, e mentes atentas.

NOVOS MUNDOS

Uma das características mais intrigantes do Fólio é o retrato anexado a ele, um dos mais familiares rostos literários, conhecido como a gravura de Shakespeare, feita por Doreshout. Há somente dois retratos de Shakespeare que foram considerados passíveis de ter alguma semelhança autêntica com o retratado. Um é o busto comemorativo "anônimo", em Holy Trinity Church. O outro é a gravura igualmente "anônima", feita por Marin Droeshout, no Fólio. Droeshout era somente um menino de 15 anos quando Shaksper morreu em Stratford, e não há evidências de que, algum dia, eles tenham se encontrado. Por que o título "Ao Leitor" (feito por Jonson) alega que ele tentou "sobrepujar" a natureza, quando, provavelmente, nunca vira o homem que estava retratando?

> Esta figura, que aqui vedes colocada,
> Foi para o nobre Shakespeare talhada;
> E nela o gravador lutou
> Contra a Natureza, para sobrepujar a vida.
> Oh, se tivesse conseguido retratar o seu engenho
> Em bronze, tão bem quanto reproduziu
> Sua face! O retrato, então, suplantaria
> Tudo o que no bronze já fora escrito.
> Mas, desde que não o conseguiu, julgai-o, Leitores,
> Não pela pintura, mas por seus Livros.

Os amigos de Bacon devem ter ficado imediatamente comovidos com a semelhança desse verso e a frase que Hilliard escreveu nas margens do retrato que fizera de Francis, aos 18 anos: "Ah, se eu tivesse conseguido fazer uma pintura digna dessa mente."

Samuel Schoenbaum, um grande estudioso de Shakespeare, que, embora ortodoxo, merece crédito por tentar ser justo, descreve a gravura em seu *Shakespeare's Lives*:

Mesmo antes de ter-se deteriorado pelo manuseio, a gravura de Droeshout mostra defeitos que são muito graves, e que podem ser atribuídos somente à inépcia do artista. A mesma dureza, as mesmas linhas pesadas apareceriam em seus retratos posteriores de outros homens notáveis (...) Na gravura de Shakespeare, uma cabeça enorme, colocada sobre uma gola engomada, está sobre uma túnica absurdamente pequena, com ombreiras desproporcionais (...). A boca está muito afastada para a direita, o olho esquerdo mais baixo e maior que o direito, o cabelo, dos dois lados, não é harmonioso.[16]

Schoenbaum fala de uma "gravura insípida" como uma "Mancha de Rorschach, na qual o biógrafo projeta a imagem shakespeariana segundo seu próprio conceito", com a testa apresentando um "horrendo desenvolvimento hidrocéfalo" e assim por diante.[17]

O único biógrafo (ortodoxo, naturalmente) que parece enxergar a gravura como uma obra de arte, que realmente descreve o caráter do grande poeta-dramaturgo, é A. L. Rowse:

Todos sabemos muito bem como era Shakespeare, com base no único retrato autêntico dele, a gravura do frontispício [página de rosto] do Primeiro Fólio. A impressão geral é dominada por aquele crânio calvo magnífico, como se fosse outro domo de St. Paul — espaço suficiente ali para o mais vívido (e vivo), o mais universal cérebro, dentre todos os elisabetanos. É absolutamente convincente. E, então, há as sobrancelhas arqueadas, os grandes e delicados olhos que, podemos perceber, seriam facilmente capazes de uma ampla variedade de expressões, plenos de inteligência. O nariz é grande e um tanto sensual, ainda que a sensibilidade esteja indicada pela dilatação das narinas — e sabemos que ele tinha um apurado senso de olfato.[18]

Felizmente, a maioria dos que seguem a corrente ortodoxa, até mesmo os mais devotos, não concordam com Rowse no sentido de que essa máscara pasmada e sem vida poderia, de fato, parecer-se com o verdadeiro poeta da natureza humana, autor de tantas linhas que o mundo jamais esqueceria. "É o rosto de um anônimo."

O autor John Michell assinalou que, em uma segunda impressão do Fólio (em 1640, por um certo "John Benson"), o título "Ao Leitor" havia sido editado. Onde anteriormente se lia "Esta figura", constava agora "Este vulto". Michell conclui: "Parece que alguém está se divertindo conosco."[19]

Provou-se, pelas cifras, que todo o Primeiro Fólio — apesar de seus aparentes equívocos, erros de ortografia, paginações erradas e significados enigmáticos — foi uma produção impressa com espantosa habilidade e cuidado. Cada carta, cada número e cada vírgula estão exatamente no mesmo lugar que o autor (que supervisionou cuidadosamente, seja pessoalmente, seja por intermédio de seu secretário, Ben Jonson) pretendia que estivessem. O surpreendente Primeiro Fólio, que os ortodoxos consideram um trabalho de publicação malfeito e inacabado de dois dos colegas de Shaksper, é considerado pelos baconianos um exemplo brilhantemente executado de artesania de impressão, sob as mais difíceis circunstâncias. Cada erro de impressão e cada equívoco aparente traduzem um propósito e um significado cuidadosamente calculados.

Não é de se admirar que os críticos tenham se debatido sobre esse volume por tanto tempo. Ele foi escrito para confundir — escrito por um homem brilhante que sabia exatamente o que estava fazendo e qual era a melhor maneira de fazê-lo.

Capítulo 18

Na zona de sombra

Os homens idosos vão até a morte,
e a morte vem aos homens novos.

"A morte não é um inimigo tão terrível", escreveu Francis Bacon em seu ensaio "Da Morte". "Mas, acima de tudo, acreditem-me, o cântico mais doce é *Nunc dimittis*, quando um homem já alcançou um objetivo verdadeiramente digno de seu mérito e suas expectativas. A morte também tem esta vantagem: de abrir o portão da fama e extinguir, ao mesmo tempo, a inveja."[1]

O *Nunc dimittis* é do evangelho de Lucas. Ele começa: "Agora, Senhor, podes despedir em paz o teu servo."[2] A permissão para deixar esta vida era, agora, o grande desejo de lorde Francis. Muitos anos atrás, quando escreveu esse ensaio, observara que um homem poderia morrer de tédio: "Pensa no fastio de fazer sempre a mesma coisa, com tanta frequência."[3] Seria algo que ele teria de enfrentar nos últimos anos? Sobre quem ele estaria falando, a não ser de si mesmo? Era somente sua escrita que mantinha, agora, seu espírito vivo.

Embora estivesse mortalmente cansado, ele não se entregou à lamúria com o repentino e amargo colapso de seus negócios. Há muito tempo ele se educara para dar plena importância ao presente. O passado servia apenas como aprendizado. Esse excelente treinamento lhe servia bem agora: não devemos nos ocupar por muito tempo com cuidados e inquietações. Devemos ser criaturas de nosso tempo, não do amanhã, porque o amanhã terá seu tempo e se transformará em hoje. Mas, quanto ao futuro, como poderíamos suportar o fardo de cada dia?

O zelo de lorde Francis em servir não esmorecera, mas ele vivia em um corpo humano que estava ficando cansado. No fim de janeiro de 1626, havia comemorado seu aniversário de 66 anos, e começava a sentir a pressão da idade e o estresse da desonra. Ele havia tentado amenizar as dores com o uso de ervas e "medicamentos" de vários tipos, mas eles não ajudaram muito. Por algum tempo, dizia-se que ele aparentava ter mais idade do que realmente tinha. Décadas de encargos, decepções, enfermidades frequentes e noites de insônia haviam produzido rugas de exaustão em seu nobre rosto. Nem mesmo o aspecto salutar de seu estado mental e de alma havia sido capaz de apagar os sinais reveladores.

A Inglaterra estava mudando sob seus olhos, talvez, algumas das mudanças para melhor, mas a maior parte delas tornando as coisas decepcionantemente piores. Muitas pessoas de sua geração não haviam sobrevivido, aquele conjunto criativo de elisabetanos — guardas e conselheiros reais, donos de estabelecimentos e cortesãos britânicos, confiantes e seguros de si —, todos igualmente convencidos de que suas pequenas ilhas haviam sido particularmente favorecidas pela providência. Não fora Deus quem arquitetara a tempestade que espantou e levou de volta a Armada? O saudável otimismo dos elisabetanos estava se reduzindo, agora, à nostalgia da memória. Até mesmo James se fora, tendo morrido de "febre terçã", em março de 1625. E embora ele tenha se sentado no trono que Francis pensara ocupar um dia, pelo menos tivera um elo com o clã dos Tudor. O coroado príncipe Charles não seria o rei que seu irmão Henry poderia ter sido. Lorde Francis sabia disso, pois havia passado horas lecionando para ambos.

A situação seria diferente com Charles no comando. Todos concordavam que, agora, era Buckingham quem governava. O jovem rei era um mero títere em suas mãos, fraco e imperfeito em suas avaliações. Bacon deve ter previsto o fim inevitável de seu reino — o quase colapso

NA ZONA DE SOMBRA

da monarquia, levado adiante pela corrupção e pelos autointeresses dos reis Stuart.

Tão logo Charles sucedeu a seu pai, Bacon novamente requereu a remissão de sua sentença, o que lhe teria permitido retornar ao gabinete. Outros haviam recebido indulgências plenas, e ele sabia que James lhe teria concedido, finalmente, a sua. Mas Charles estava hesitante. "Espero que eu não mereça ser o único pária"[4] — tristes palavras para um dos mais fiéis servos do reino. Mas o perdão não veio. Por que não? Buckingham se sentiria mais seguro com Bacon fora do caminho? Charles desconfiava dele? Tinha medo dele? Suspeitava dele? Não sabemos, e, aparentemente, lorde Francis também não. Qualquer que tenha sido a razão, ele sentia que seus dias de serviço ao país estavam chegando ao fim.

Lady Alice fez uma viagem a Londres para interceder junto a Buckingham em nome de seu marido. Ela poderia ter-se poupado da viagem, pois de nada adiantou. Ela havia desfrutado do cargo honorífico de esposa do lorde-chanceler, uma posição de primazia sobre todas as damas da corte, à exceção das damas reais, e parecia contrariada por ter sido obrigada a renunciar a esse privilégio.

Na biografia de Alice Bacon feita por A. Chambers Bunten ficamos sabendo que a pequena Alice Barnham se transformara em uma mulher vaidosa e digna, não muito bonita, mas ocupando certo lugar de honra que pode tê-la feito parecer atraente, mesmo que de um modo um tanto arrogante. Ela era uma das damas mais destacadas da corte da rainha Anne. Seu marido não teria feito objeções; como sabemos, ele acreditava que o ambiente circundante deveria refletir a classe e a posição das pessoas — *noblesse oblige*. Mas faltava a Alice a graça interior de seu marido, e ela se sentiu humilhada com sua decadência.

Ela o amara verdadeiramente algum dia? É de se duvidar. Ele pode ter-lhe parecido um velho homem entediante, se não na época de seu casamento, pelo menos depois. Ele estava mais próximo da idade de seu pai do que da sua. Os sonetos sugerem que lorde Francis estava bem ciente dos sentimentos de Alice em relação a ele:

O espelho não me prova que envelheço
Enquanto andares par com a mocidade;
Mas se de rugas vir teu rosto impresso,
Já sei que a morte a minha vida invade.*

Soneto 22

O amor não é jogral do Tempo, embora
Em seu declínio os lábios os entorte.
O amor não muda com o dia e a hora,
Mas persevera ao limiar da morte.**

Soneto 116

Se alguém mudara de opinião, não tinha sido Francis. Seu amor não se alterava ao "alterações encontrar".

Dizes-me que amas outro; à minha vista, entanto,
Não permitas, amor, que teu olhar se volte.***

Soneto 139

Bem sabes que te amando um perjúrio cometo,
Mas jurando amar-me és duas vezes perjura;
O voto nupcial traíste e a nova fé decerto,
Ao novo ódio jurar depois de nova aventura.****

Soneto 152

Por algum tempo, lorde Francis e sua dama parecem ter vivido separados. Em 1625, Francis reescreveu seu testamento. A razão para isso não é clara.

---

* Tradução de Ivo Barroso.

** Tradução de Ivo Barroso.

*** Adaptação sobre a tradução de Oscar Mendes.

**** Adaptação sobre a tradução de Oscar Mendes.

O primeiro testamento fora esboçado em 1621, durante sua desesperadora enfermidade, no momento de seu julgamento. "Eu deixo minha alma para o Deus superior (...). Meu corpo deve ser enterrado secretamente. Meu nome para as próximas eras e para as nações estrangeiras", ele escreveu. Como era advogado, deixou instruções para a distribuição de seu espólio, com provisões detalhadas para Anne — fundos com "solvência suficiente para manter uma posição como viscondessa".

Alice Barnham, esposa de Francis Bacon

Quatro anos depois, houve uma mudança definitiva. Uma sucinta e enigmática cláusula adicional ao testamento revogava completamente as provisões anteriores destinadas a Alice: "O que quer que eu tenha dado, concedido, aprovado ou designado para minha esposa, nas partes anteriores deste meu testamento, agora, por motivos justos e de força maior, revogo completamente e torno nulo, e deixo a ela apenas o que lhe é de direito."[5]

O CÓDIGO SHAKESPEARE

As leis britânicas asseguravam certos benefícios para uma viúva. Além desses benefícios, Francis não deixou mais nada para Alice. Quais seriam os motivos "justos e de força maior"? Lorde Francis teria descoberto alguma indiscrição conjugal por parte de sua jovem esposa?

Apenas 11 dias após a morte de sir Francis, Alice casou-se com o chefe do cerimonial de sua residência, um certo sir John Underhill. Para que não sejamos culpados por julgar Alice pelas evidências circunstanciais, uma consulta ao soneto 138 nos dá outra dica:

> Quando jura ser feita de verdades,
> Em minha amada creio, e sei que mente,
> E passo assim por moço inexperiente,
> Não versado em mundanas falsidades.
> Mas crendo em vão que ela me crê mais jovem,
> Pois sabe bem que o tempo meu já míngua,
> Simplesmente acredito em falsa língua:
> E a patente verdade os dois removem.
> Por que razão infiel não se diz ela?
> Por que razão também escondo a idade?
> Oh, lei do amor fingir sinceridade
> E amante idoso os anos não revela.
> Por isso eu minto, e ela em falso jura,
> E sentimos lisonja na impostura.*

E no soneto 139 encontramos isso:

> Oh! Não me chames, não, para escusar as mínguas
> Que tua crueldade impôs-me ao coração;
> Poupe-me os olhos teus, mas não a língua;

---

* Tradução de Ivo Barroso.

NA ZONA DE SOMBRA   317

Contra mim usa a força e não a traição.
Dizes-me que amas outro; à minha vista, entanto,
Não permitas, amor, que teu olhar se volte:
Por que me hás de ferir com astúcia, se tanto
Minha débil defesa pela força dás combate?
Mas quero desculpar-te: ah! Meu amor sabe bem,
Inimigos têm sido os seus olhos galhardos,
Por isso de meu rosto ela os afasta além,
Para que possam ferir a outrem com seus dardos:
Mas não faças assim; como estou quase morto,
Mate-me o teu olhar e da dor me absolvo.*

Fazia agora um ano que Francis reescrevera seu testamento. No início de abril de 1626 o clima estava tudo, menos primaveril. O ar estava
úmido e frio, e ainda havia neve pelo chão. Ainda assim, o visconde de
St. Alban, acompanhado por um médico escocês que atendia pelo nome
de dr. Witherboren, deixou Londres para fazer o trajeto de carruagem
até Highgate, nos limites da cidade, em busca de melhores ares. Subitamente, relata Aubrey em seu livro *Brief Lives* (que só foi escrito muitos
anos depois), "veio à mente do lorde que a carne poderia ser preservada
no gelo, assim como no sal". Impetuosamente, Bacon teria pedido a seu
velho condutor que parasse em frente ao chalé de um fazendeiro, onde
ele desceu da carruagem, bateu à porta e pediu para comprar uma gali-
nha. Depois que a dona da casa matou e depenou a ave, Bacon começou
a envolvê-la com a neve, em um experimento com a refrigeração. Durante esse procedimento, ele se resfriou repentinamente e ficou muito mal
para retornar à sua casa. Ordenou, então, a seu condutor que o levasse
até a residência de seu amigo, lorde Arundel, próximo a Highgate.[6]
Arundel estava fora, passando um tempo na Torre, por ter permitido que seu filho se casasse secretamente com uma jovem de sangue real,

---

* Adaptação sobre a tradução de Oscar Mendes.

e Bacon, muito provavelmente, sabia que ele não estaria em casa. O fiel mordomo de Arundel recebeu o visitante inesperado e, rapidamente, preparou uma cama para ele. Infelizmente, fazia um ano que a cama não era utilizada por ninguém, e encontrava-se úmida. A combinação do resfriado com a cama úmida foi fatal: lorde Francis desenvolveu uma febre "por meio da qual a fluxão do peito" causou sua morte. Era manhã de Páscoa, 9 de abril de 1626. Nunca mais ouviríamos nada a respeito do dr. Witherborne.

Dessa cama, Francis ditara uma carta a seu anfitrião ausente: "Provavelmente, eu estava fadado a ter a mesma sorte de Caio Plínio, o Velho, que perdeu sua vida tentando fazer um experimento sobre a erupção do monte Vesúvio." Ele prosseguiu, explicando que pretendia realizar um experimento, ou dois, "que chegasse próximo à conservação ou à enduração [fortalecimento] dos corpos".[7] Mas Bacon já havia falado sobre os efeitos do frio na preservação do corpo em *Sylva Sylvarum*. Por que ele estaria tentando outro experimento em um friorento passeio de primavera, sem um médico para acompanhá-lo?

A descrição de Aubrey é uma das únicas que temos sobre a morte de Francis Bacon. O relato de Rawley aceita que Bacon morreu por um excesso de "reuma". Outra versão fala sobre sua morte por conta de "uma longa enfermidade que o extenuou".[8] Outra, ainda, apresenta Bacon morrendo em uma residência diferente.[9] Como pode ter havido tanta confusão?

Lorde Francis de St. Alban era tão famoso quanto mal-afamado. Desde que fora impedido legalmente de exercer seu mandato, havia aqueles que o reverenciavam, como Ben Jonson fazia, "com parcial idolatria", e havia aqueles que o detestavam. De qualquer um dos lados, ele não era um homem para ser ignorado — e, ainda assim, sua morte passou quase despercebida, e os registros dos quais dispomos são inconsistentes. E quanto à sua cerimônia fúnebre? Quem acompanhou o cortejo? De todas essas coisas, sabemos muito pouco. Parecia haver "algo de podre no reino da Dinamarca", para usar uma frase de *Hamlet*.

NA ZONA DE SOMBRA

Em seu testamento, Francis Bacon havia pedido para ser enterrado em St. Michael's, próximo a St. Albans. Ele deu seus motivos: "Ali está enterrada minha mãe (...), e é a única Igreja cristã em todos os muros da velha Verulam."[10] Era a igreja fundada em memória ao heroico Saint Alban. Francis solicitou que fosse enterrado na mesma igreja que lady Anne Bacon, a única mulher que nunca o abandonara em sua vida. Era essa sua escolha para um lugar final de descanso.

Mas ele está enterrado em St. Michael's? Ninguém conseguiu localizar seu caixão. No início do século XX, o então conde de Verulam disse à prestigiosa baconiana sra. Henry Pott que ele havia verificado pessoalmente os sepultamentos nas criptas quando seu pai fora enterrado. Não havia nenhum esquife de sir Francis Bacon.[11]

Acreditou-se, no passado, que ele pudesse estar enterrado sob a estátua erigida em seu nome por seu devotado serviçal sir Thomas Meautys (paga pelo próprio Meautys), na capela-mor de St. Michael's. Estranhamente, a inscrição original do monumento havia sido adulterada — intencional ou acidentalmente?[12] Jean Overton Fuller assinala que a inscrição dizia "Aqui senta-se", em vez da usual "Aqui jaz"; que escavações recentes demonstram não haver nenhuma tumba ali, e que a atual família Verulam insiste que ele nunca foi enterrado lá.[13] A página relativa a seu registro de sepultamento também está faltando. Ela considera impossível localizar qualquer referência a seu funeral.[14]

A Arundel House, onde diz-se que Bacon deu seu último suspiro, ficava em Highgate Hill, logo nos arredores de Londres. Antiga propriedade do fiscal da rainha católica Mary, acreditava-se que fora usada, durante o reinado de Elizabeth, como um lugar de esconderijo para católicos não-conformistas.[15] Foi dali que lady Arabella Stuart fugiu, quando se suspeitou que ela tivesse planos para a Coroa dos Stuart.

Um arquiteto de nome Owen era conhecido por instalar "qualquer coisa e tudo que se relacionasse com painéis deslizantes, pisos duplos, portas de alçapão e armários que pareciam inocentes, mas em cuja parte posterior, através de cavilhas removíveis, abriam-se para alcovas, túneis oblíquos e cordas acessíveis, para conduzir os fugitivos até os porões e passagens subterrâneas, a um quilômetro e meio de distância, ou mais".[16] Ele era, em outras palavras, um especialista em fugas. Um colaborador da *Baconiana* acredita que esse homem fora contratado para dotar a Arundel House com alguns desses dispositivos, ou com todos eles. Um de seus truques favoritos era construir um longo e estreito esconderijo por trás das enormes e cortinadas armações das camas,[17] comuns naquela época. Talvez a cama úmida na qual Bacon foi colocado para se curar de seu resfriado tivesse um esconderijo assim. Ela poderia ter uma daquelas passagens subterrâneas levando à casa de sir Julius Caesar, não muito distante dali. Sir Julius era seu sobrinho de casamento.

Alguns relatos dizem que Bacon passou seus últimos minutos ao lado de Sir Julius; outros, que ele teria morrido em seus braços na Arundel House, ou na residência de sir Julius.[18] O homem estranhamente batizado de sir Julius Caesar era casado com uma neta de sir Nicholas Bacon, e lorde Francis, seu "tio", entregou sua mão em casamento. Aubrey disse novamente que o lorde-chanceler, "por necessidade", recebeu cem libras de sir Julius.[19] E, o mais intrigante de tudo, dizia-se que Caesar "possuía o segredo da longevidade", o que quer que isso significasse.[20] Tudo o que isso pode sugerir é que, juntos, os dois poderiam estar investigando algumas das leis secretas da liberdade espiritual, que sempre intrigaram lorde Francis.

O que devemos depreender dessa confusão relativa ao desaparecimento de um homem tão famoso?[21]

Era uma crença principal dos rosacrucianos que, em vez de serem sepultados em tumbas, com identificação nas lápides, eles deveriam ser "enterrados secretamente", para que seus bons atos pudessem ser registrados no céu, não na Terra. Bacon havia expressado esse desejo em seu primeiro testamento, de que seu "corpo fosse enterrado secretamente" e que seu nome fosse "deixado para as próximas eras". Alguém poderia ir mais longe ainda.

Os rosacrucianos falavam de uma "morte filosófica", uma morte para o mundo, em vez de uma morte física. O indivíduo que "morria"

NA ZONA DE SOMBRA   321

dessa forma partiria para uma vida contemplativa em uma localidade secreta, ou continuaria a fazer seu trabalho de modo incógnito. Uma série de pesquisadores acredita que Francis Bacon fez exatamente isso. Ele haveria simulado sua morte e abandonado sua amada Inglaterra sob um disfarce, para continuar sua vida em uma terra do outro lado do canal, que lhe fosse mais cordial do que seu próprio país.

Em 1671, o prefácio do livro *Resuscitatio*, de Rawley, escrito por Charles Molloy, diz que Bacon,

> com a cabeça fervilhando, tão cheia de mágoas quanto de sabedoria, e coberta e decorada de cabelos grisalhos, fez uma retirada sagrada e humilde para as frias sombras do descanso, onde ele permaneceu triunfante sobre o destino e a sorte, até que os céus se regozijaram, convocando-o para um descanso ainda mais triunfante.[22]

É particularmente interessante saber que um certo Thomas Meautys estava planejando viajar para o exterior no exato momento da suposta morte de Bacon. Este Thomas Meautys seria o secretário pessoal de Bacon? Ou seria o primo em segundo grau do secretário, com o mesmo nome? Nesse ponto, ficamos sem respostas, já que os pesquisadores discordam quanto à identidade do homem. Mas, se Bacon quisesse ser bem-sucedido em seu plano de abandonar secretamente a Inglaterra, ele deveria, é claro, contar com a ajuda de alguns amigos e aliados fiéis.[23]

Dois séculos depois desses acontecimentos, o dr. Owen (que descobriu a Cifra de Palavras) e o dr. Prescott (um fervoroso baconiano) descobriram um trecho cifrado que fazia referência ao desaparecimento de Bacon. Ele surgiu na edição de *The Countess of Pembroke's Arcadia*, publicado em 1638.

O frontispício dessa edição destacava-se claramente, trazendo uma imagem emblemática. Nela, um javali, o timbre de Bacon, está acima de um urso, o timbre da família Dudley (representando Robert Dudley, lorde Leicester, seu pai legítimo), e de um leão, o timbre de Elizabeth (sua mãe). Um detalhe intrigante é que o javali apresenta os espinhos de um porco-espinho, animal que simbolizava sir Philip Sidney, o autor de *Arcadia*. A criatura javali-porco-espinho estaria nos dizendo que Francis (ou sua cifra) estava procurando abrigo no livro de Sidney? Ou, até mesmo, que Bacon estaria se disfarçando em Philip Sidney?[24]

Pode-se imaginar o entusiasmo dos dois doutores quando eles decifraram o código e perceberam que haviam encontrado uma menção à fuga de lorde Bacon da Inglaterra, em 1626. Infelizmente, não temos uma cópia do trabalho de Prescott, apenas a palavra da sra. Prescott de que isso foi encontrado. Eis aqui seu relato sobre a decodificação:

> Temendo por minha vida, com receio de que o rei Charles pudesse me matar, simulei minha morte, e fui dopado com ópio para que adormecesse. Envolveram-me em um lençol e me conduziram até a igreja de St. Michael, onde fui encontrado 17 longas horas depois, por sir Thomas Meautys, que me trouxe de volta à vida com uma aplicação de beladona em meu reto. Eu fugi da Inglaterra vestindo as roupas da copeira de lady Delaware.[25]

Essa lady Delaware seria a filha de sir Francis Knollys (um parente de Francis), e esposa de Thomas West, barão de la Warr, amigo íntimo de Bacon e sócio-fundador da Virginia Company. Alguns acreditam que Bacon compareceu ao próprio funeral, talvez disfarçado em criada, antes de deixar para trás esse estágio de sua vida.

A sra. Prescott, lembrando-se de que Bacon afirmara ter deixado um livro em cada uma das línguas conhecidas, acredita que ele também "falou" por meio de livros de símbolos, e que as imagens tinham uma linguagem universal. Ela relata como o dr. Owen conseguiu um livro de símbolos espanhol de uma livraria de Londres e foi recompensado, encontrando nele duas imagens interessantes. Uma mostrava uma mesa sobre a qual estavam quatro dados, formando o anagrama de F. Bac., ou, se dispostos de maneira diferente, os números 1623 (a data do Primeiro Fólio). A outra mostrava uma figura vestida com trajes de criada, mas o rosto, por mais surpreendente que pareça, assemelhava-se bastante ao de Francis Bacon — barbado e tudo mais.[26] As palavras "Soy hic e hac e hoc" estavam impressas sob elas. "Soy", em espanhol, significa "Eu sou". O "hic, hac, hoc" é retirado de uma pequena piada sobre a gramática do latim, em *As alegres comadres de Windsor:*

> Guilherme: Os artigos são derivados do pronome e assim
> se declinam: Singular, nominativo: *hic, haec, hoc.*
> Evans: "Nominativo, *hig, hag, hog.*" Bresta atençon:
> "genitivo, *hujus.*" Muito pem. E como é o caso
> agusativo?
> Guilherme: O acusativo, *hinc.*
> Evans: Olha lá, pequeno! Por favor, lembra-te bem.
> Agusativo, *hung, hang, hog.*
> Quickly: "*Hang-hog*" deve ser a palavra em latim para
> toicinho, posso assegurar-vos.
>
> *Ato IV, Cena I*

Estaria aqui um hilariante jogo de palavras para as plateias da época de Bacon, que se lembrariam bem do esforço, em seus tempos de criança, para aprender as declinações do latim*. Pode-se entender facilmente por que o dr. Owen ficou orgulhoso com sua descoberta.

---

* Os trocadilhos presentes neste trecho de *As alegres comadres de Windsor* referem-se, primeiramente, às expressões *hic* e *hac*, que seriam o soluçar dos embriagados, e a uma história contada por sir Nicholas Bacon, descrita por Francis Bacon no livro *Apophthegms*, publicado em 1650. Um malfeitor, chamado Hog, fora condenado à morte e implorou misericórdia ao juiz Nicholas, em nome da consanguinidade. "Vamos com calma", respondeu o juiz, "tu e eu só seremos de fato parentes quando fores enforcado (hang, hung); pois Hog [*leitão*] só vira Bacon [*toicinho*] depois de enforcado." (*N. do T.*)

Essa cifra de *Arcadia* é a última das cifras de Bacon a ser revelada. A partir daqui, tudo o que sabemos a respeito de lorde Francis é conjectura, ou resulta de investigações detetivescas. Há muitos indícios de que ele tenha levado uma vida ativa e gratificante, de modo incógnito. Seria ele um dos misteriosos autores dos trabalhos e tratados místicos sobre ocultismo e alquimia espiritual lançados continuamente pelas gráficas da Holanda, da Alemanha e de toda a Europa? Teria ele se encontrado com o Rei de Inverno e a Rainha da Boêmia, cujos propósitos estavam tão próximos dos seus? Teria ele ficado algum tempo em Paris? A cidade fora o amor de sua juventude, e sua eterna afeição por atividades místicas pode tê-lo levado para lá inúmeras vezes. Teria ele viajado para a América? A sra. Prescott está entre aqueles que acreditam que sim.[27]

Há, certamente, mais, *Plus Ultra*,* a ser revelado sobre lorde Francis. O mistério sondava sua morte, da mesma forma que havia sondado seu nascimento.

---

* *Plus Ultra* é um lema em latim, que significa "Mais além".

Memorial a Francis Bacon, na igreja de St. Michael, em St. Albans
"Assim começarei, apoiando-me no cotovelo (...)"

Sobre aquelas cifras

pelos editores da Summit University Press

Nos séculos XVI e XVII a última palavra em tecnologia era escrever por meio de cifras. Assim como nos dias de hoje, os governos tinham de ser capazes de receber relatórios e enviar instruções a seus agentes em terras estrangeiras com segurança e sem risco de interceptação. Algumas das mentes mais brilhantes daquela época dedicavam-se a elaborar códigos que pudessem atender a essa tarefa. Dentre elas, estava Francis Bacon.

Francis escreveu algo sobre as cifras em seu livro *O progresso do saber*, de 1605:

> Quanto às cifras, elas são normalmente em letras ou alfabetos, mas podemos encontrá-las na forma de palavras. Os tipos de cifras (além das cifras simples, com alterações, e intercombinações de coisas inúteis e sem significado) são muitos, de acordo com a natureza ou a regra de sua elaboração — cifras de rodas, cifras de chaves, cifras duplas etc. Mas seu mérito está em três motivos pelos quais devem ser escolhidas: que elas não sejam difíceis de escrever ou de ler; que sejam impossíveis de decifrar e, em alguns casos, que não levantem suspeitas.[1]

328   O CÓDIGO SHAKESPEARE

Francis vinha usando a Cifra Biliteral há mais de 25 anos quando *Progresso* foi publicado. No fim dos anos 1800, Elizabeth Gallup encontrou os primeiros exemplos dessa cifra em *The Shepherd's Callendar*, um livro de poemas publicado anonimamente em 1579, e atribuído a Edmund Spenser, depois de sua morte. Em todos aqueles 25 anos em que Francis embutira mensagens cifradas em inúmeras obras publicadas, ninguém havia descoberto as cifras. Evidentemente, elas atendiam a um dos critérios de Francis: o de que o documento contendo a escrita em cifras não levantasse suspeitas acerca da existência da mensagem oculta.

Não teria sido prudente que os segredos ocultos nas cifras fossem revelados em 1605, quando *O progresso do saber* foi publicado. Mas, 18 anos depois, em 1623, as circunstâncias haviam mudado. As cifras ainda não haviam sido descobertas, mas muitas das pessoas envolvidas na história secreta já tinham morrido, e a sucessão de Francis ao trono não era mais uma questão a ser levada em conta. Parece que ele se sentiu seguro em fornecer mais algumas pistas.

Em 1623, ocorreram dois fatos. Francis traduziu *O progresso do saber* para o latim, para que o livro pudesse conquistar leitores em toda a Europa, e aproveitou a oportunidade para aprimorá-lo significativamente: "uma tradução, mas revista e ampliada praticamente para uma nova obra."[2] Nessa nova versão, *De Augmentis Scientiarum*, ele dá instruções completas sobre a operacionalização da Cifra Biliteral. Foi também em 1623 que as peças de Shakespeare foram publicadas no Primeiro Fólio, oferecendo um material adicional a ser decodificado.

A sra. Gallup descobre e decodifica a Cifra Biliteral

Na introdução do livro de suas descobertas, Elizabeth Gallup descreve como encontrou a Cifra Biliteral nas obras de Francis Bacon:

> Essa Cifra Biliteral foi identificada em letras em formato itálico, que aparecem com uma profusão tão incomum e

inexplicada nas edições originais das obras de Bacon. Os estudiosos dessas antigas edições ficaram impressionados com o extraordinário número de palavras e trechos, geralmente sem importância, impressos em itálico, em que nenhuma regra conhecida de construção gramatical exigiria seu uso. Não havia uma explicação racional para isso, até que, finalmente, descobriu-se que eles foram usados dessa maneira para atender aos propósitos da Cifra. Essas letras aparecem em dois formatos — duas fontes para cada tipo —, com diferenças notáveis entre si. Nas letras maiúsculas, as diferenças são facilmente distinguíveis, mas as características particulares das letras minúsculas, pelo estado dos livros, manchas e a má qualidade de impressão, foram mais difíceis de classificar, sendo necessários um exame e um estudo detalhados para separar e identificar todas as variações, e educar o olhar para distingui-las (...).

Fiquei convencida de que a complexa explicação encontrada em *De Augmentis*, sobre o método de escrita em Cifra Biliteral, era algo além de um mero estudo sobre o assunto. Apliquei as regras fornecidas particularmente para as palavras em itálico e para as "letras em dois formatos", como aparecem no fac-símile da fotografia da edição original do Fólio, com as peças de Shakespeare, de 1623 (...). As edições originais dos trabalhos conhecidos de Bacon foram, então, vasculhadas, assim como as de outros autores ali mencionados, cujas obras Bacon alegava serem suas (...)

De todas as descobertas feitas nessas obras, é evidente que Bacon esperava que a Cifra Biliteral fosse a primeira a ser revelada, e que isso levaria ao descobrimento de sua cifra principal, a Cifra de Palavras, plenamente explicada pela anterior, e por meio da qual encontravam-se codificados os temas mais amplos que ele desejava ocultar. Na verdade, a ordem foi invertida, e a descoberta prematura da Cifra de Palavras, feita pelo dr. Owen, torna-se um evento ainda mais notável, tendo sido inteiramente deduzida sem os auxílios que Bacon havia preparado naquela cifra [a Cifra Biliteral], para sua elucidação.[3]

Bacon revela o trabalho com as cifras

A passagem seguinte é uma descrição da Cifra Biliteral, conforme uma tradução para o inglês do livro *De Augmentis*, com as ilustrações da edição original em latim. Depois de uma introdução sobre as cifras, semelhante à que havia em *O progresso*, o texto continua:[4]

Vamos acrescentar outra invenção que, na verdade, criamos em nossa juventude, quando estávamos em Paris,* tratando-se de uma coisa que, até hoje, nos parece válido manter. Ela está repleta de cifras, o que significa *omnia por omnia*,** e, portanto, para além da escrita exterior, pode esconder até uma quíntupla razão de escrita codificada; sem necessidade de nenhuma outra condição ou qualquer espécie de restrição. Deve ser desenvolvida da seguinte forma. Primeiro, faça com que todas as letras do alfabeto, por transposição, sejam representadas por apenas duas letras; com a transposição dessas duas letras em cinco

---

* Francis esteve em Paris entre 1576 e 1579 (vide o Capítulo 6), quando acompanhou sir Amyas Paulet, o recém-empossado embaixador, em sua viagem para a França. Um dos membros da comitiva era Thomas Phelippes, o mestre inglês das cifras de informações secretas. Phelippes havia estudado no Trinity College na mesma época que Francis, e os dois se mantiveram próximos durante os anos seguintes. Também é provável que, em Paris, Francis tenha conhecido Blaise de Vigenere, o pioneiro criptógrafo francês. Vigenere estava ligado à Plêiade, a sociedade literária francesa. Ele publicou seu livro texto sobre cifras, *Traicte de Chiffres*, em 1585.
** Latim, lit. "em tudo e por tudo": uma referência ao fato de que qualquer mensagem em cifra pode estar oculta em qualquer outra mensagem exterior.

SOBRE AQUELAS CIFRAS

colocações diferentes, chegaríamos a 32 posições, o que seria suficiente.* Teremos, assim, letras mais diferenciadas do que as 24 letras usuais do alfabeto. O exemplo de tal alfabeto ficaria assim:

Exemplo de um alfabeto biliteral
Cada letra do alfabeto é simbolizada por um grupo de cinco letras, formado por uma combinação única das letras *a* e *b*. Os pontos separam os diferentes grupos de cinco letras.

---

* Cinco colocações, cada uma das quais com duas opções, o que dá um total de $2^5 = 32$ possibilidades diferentes, o que seria suficiente para as letras do alfabeto. (Naquela época, o alfabeto tinha 24 letras, o moderno *i* e o *j* eram uma única letra, e o *u* e o *v* também.) Esse sistema de codificação é semelhante, por seus princípios, à codificação binária, usada nos modernos sistemas de computadores, que, geralmente, usam oito posições (oito bits), dando $2^8 = 256$ possibilidades diferentes. O sistema de codificação mais comum é conhecido como ASCII. Os 256 códigos diferentes são suficientes para letras do alfabeto (em tamanho maiúsculo e minúsculo), números, pontuação, caracteres acentuados e outros símbolos. Alguns protocolos de comunicação entre computadores utilizaram sete bits, suficientes para 128 caracteres diferentes. Línguas como o japonês e o chinês são codificadas usando bits de 16 códigos, o que resulta em $2^{16} = 65.536$ caracteres possíveis.

Esses caracteres em cifra não são desprezíveis, e podem ter um papel importante: por meio dessa arte um caminho se abre, por meio do qual o homem poderá expressar e simbolizar as intenções de sua mente, em qualquer distância e lugar, por objetos que possam tornar-se visíveis, e ajustáveis aos ouvidos, desde que eles sejam meramente capazes de expressar uma dupla natureza; assim como fazem os sinos, os trompetes, as luzes e as tochas, o estampido dos mosquetes e quaisquer instrumentos do gênero.* Mas para levar adiante nosso empreendimento, quando você se dispuser a escrever, transcreva a mensagem a ser codificada com o auxílio desse alfabeto Biliteral. Digamos que sua mensagem interior fosse

Fuge.

Exemplo de solução:

F̶ V̶. G̶. E̶.
A̶ abab. baabb. aabba. aabaa.

Além disso, você deve ter às mãos um *Alfabeto Biformado*, que possa representar todas as letras do alfabeto comum, assim como as letras maiúsculas e os caracteres menores, em um duplo formato, que poderá ajustar-se a todas as ocasiões possíveis.

Um exemplo de um alfabeto biformado:

---

* Esse sistema de codificação binária, inventado por Francis Bacon, é o princípio que foi usado por Samuel Morse em seu código de telegrafia. O código Morse é descrito, usualmente, pela utilização de pontos e traços. Eles poderiam ser transmitidos como sons longos ou breves (usando ondas de rádio), sinais elétricos (telégrafo), piscar de luzes (ainda usado pelas frotas marítimas para comunicação entre navios) e outros métodos similares.

Exemplo de um alfabeto biformado

Cada letra do alfabeto pode ser escrita ou impressa em um dos dois estilos, mostrado aqui como "a" e "b". As diferenças são bastante óbvias nas letras maiúsculas e em algumas das letras minúsculas. Em alguns casos, é mais difícil distinguir as variações, como as letras minúsculas *a* e *m*. Para tornar o princípio mais óbvio, as diferenças entre os dois alfabetos estão exageradas nesse exemplo. Uma aplicação prática usaria dois alfabetos que fossem mais similares, para não despertar suspeitas no eventual leitor.

Agora, na mensagem interior, que é biliteral, você deverá inserir uma mensagem exterior biformada, que deverá atender à outra, letra por letra, e, logo depois, ser registrada. Digamos que o exemplo exterior fosse:

Manere te volo, donec venero.

Um exemplo de acomodação:

a̅a̅ba̅b.b̅a̅a̅b̅ b̅.aa̅ b̅ba .aa̅.b̅a̅u̅

Manere te volo donec venero

Pequeno exemplo da Cifra Biliteral

A linha inferior mostra a mensagem exterior, que é usada para ocultar a mensagem interior, codificada. Cada letra do texto exterior é comparada com os dois formatos de letra na tabela do alfabeto biformado. Por exemplo, o *M* dessa mensagem combina mais com o estilo de *M* "a", do alfabeto biformado. Portanto, escreve-se "a" em cima daquela letra. A próxima letra da mensagem exterior combina com o estilo "a" (mais redondo) de a no alfabeto biformado, então escreve-se "a" em cima dela e assim por diante, para cada letra da mensagem exterior. Os "as"e "bs" são, então, divididos em grupos de cinco. (Essas divisões estão indicadas pelos pontos entre os grupos, no exemplo anterior.) Cada grupo de cinco letras pode ser decodificado em uma simples letra, usando o alfabeto biliteral. Por exemplo, o primeiro grupo de cinco é "aabab", o que corresponde a *F*.

Anexamos, também, uma amostra mais ampla da escrita *omnia per omnia* por meio de cifras: uma mensagem interior, e, para exemplificá-la, escolhemos uma carta de Esparta, enviada, certa vez, em um bastão de Licurgo, ou bastão de madeira, ao redor do qual se enrolava uma tira de pergaminho sobre a qual a mensagem era escrita, no sentido do comprimento.

Tudo está perdido. Mindarus foi assassinado. Os soldados querem comida. Não podemos nos afastar nem ficar mais aqui.

Perdita Res. Mindarus cecidit Milites esu-riunt. Neque hinc nos extricare, neque hic diutiùs manere possumus.

SOBRE AQUELAS CIFRAS

Uma mensagem exterior, retirada da primeira epístola de Cícero, em que uma carta de Esparta está inserida [codificada].

> *Ego omni officio, ac potius pietate erga te;*
> *caeteris satisfacio omnibus: Mihi ipse nun-*
> *quàm satisfacio Tanta est enim magni-*
> *tudo tuorum erga me meritorum, vt quoni-*
> *am tu, nisi perfectâre, de me non conquiês-*
> *ti; ego, quia non idem in tuâ causâ efficio,*
> *vitam mihi esse acerbam putem . In cau-*
> *sâ haec sunt · Ammonius Regis Legatus*
> *apertè pecuniâ nos oppugnat. Res agitur,*
> *per eosdem creditores per quos, cùm tu ade-*
> *ras, agebatur. Regis causâ, si qui sunt, -*
> *qui velint, qui paratisunt omnes ad Pompe-*
> *ium rem deferri volunt. Senatus Reli-*
> *gionis calumniam, non religione, sed ma-*
> *leuolentia, et illius Regiae Largitionis*
> *inuidia comprobat &c .*

Exemplo de mensagem codificada usando a Cifra Biliteral

O *E* de abertura pertence ao estilo "a", o g seguinte está próximo do estilo "b", os dois os seguintes são do estilo "b", e o m seguinte é do estilo "a". As primeiras cinco letras, portanto, podem ser decodificadas como "abbba", a sequência para *P*, o primeiro caractere da carta de Esparta, mostrada na página anterior. O restante do texto pode ser decodificado da mesma maneira, resultando no texto completo da carta de Esparta da página anterior: *Perditae res. Mindarus cecidit* etc.

Bacon revela a Cifra de Palavras

Ao decifrar as mensagens ocultas por meio da Cifra Biliteral, Gallup descobriu instruções para outros códigos, contidos, também, naquelas obras. (Parece que Francis publicou abertamente apenas as instruções da Cifra Biliteral. Uma vez que elas fossem descobertas, isso propiciaria a chave para desvendar todas as outras.) Gallup decifrou o seguinte texto do livro *Novum Organum*, de Bacon:

> Pensamos, esporadicamente, que as outras invenções em nossos trabalhos têm algum valor, já que passamos nossos ocasionais minutos livres preparando tais máscaras para que tivessem alguma serventia, e não apenas as duas cifras mais comumente usadas [a Cifra Biliteral e a Cifra de Palavras], mas, entre os inúmeros bons métodos para nos dirigirmos aos leitores de nossas obras, devemos ter, naturalmente, uma preferência, e admitimos que, para nós, a Cifra de Palavras parece superior a todos os outros que já concebemos. No entanto, criamos seis [cifras] que usamos em alguns de nossos trabalhos. São elas: a Biliteral; a de Palavras; a das Letras Maiúsculas; a do Tempo, ou, como é comumente chamada, do Relógio; a do Símbolo e a Anagramática (...)
>
> Agora, a grande cifra da qual falamos com tanta frequência [a Cifra de Palavras] — chamada de a mais importante invenção, já que seu escopo é muito mais amplo — deverá ser novamente explicada aqui. Ela exige mais regras e instruções do que as necessárias em quaisquer uma das outras, mas, no primeiro trabalho, somente o que será visto a seguir precisava ser buscado. Trata-se do seguinte.
>
> São utilizadas chaves para assinalar as partes que devem constar desta obra. Essas chaves são palavras, empregadas de maneira natural e comum, mas que são grafadas com letras maiúsculas, parênteses, ou por repetição frequente e

desnecessária; ainda assim, todas elas [as palavras-chave] são oferecidas em outras cifras, tornando, portanto, o trabalho do decodificador menos difícil.*

Em seguida, é preciso separar cuidadosamente todos os assuntos assim obtidos, e colocá-los em caixas e gavetas para a utilização oportuna. Com um pouco de observação, ficará evidente que algumas palavras são repetidamente usadas no mesmo contexto. Isso deverá ser especialmente notado, já que elas formam nossas séries de palavras combinadas ou aglutinadas, que, assim como as sinalizações, colocadas pelo construtor nos blocos de pedra já levantados, para mostrar o lugar de cada um deles na construção finalizada, assinalam com clareza inconfundível sua relação com todas as outras partes (...).

Embora, ao escrever estes textos interiores, estas chaves e esta aglutinação de palavras detenham o progresso [*i.e.*, tornem a escrita mais difícil], isso deve produzir um efeito contrário neste momento do projeto, e o papel de nosso hábil decodificador se tornará fácil; mas sua capacidade de observação deverá, da mesma forma, ser idêntica à visão aguçada da águia, se ele quiser descobrir isso tudo sem perder nada.[5]

O texto então prossegue, com mais explicações da operacionalização das cifras, dando exemplos de palavras usadas para distinguir a história do amor de Bacon por Marguerite. Essas palavras, que agem como uma bandeira ou um assinalador, incluem:

(...) termos familiares e comuns, como a mente e todas as faculdades ou poderes, memória, razão e assim por diante,

---

* Nos trechos decifrados por Bacon, há exemplos das palavras-chave, incluindo Amizade, Sorte, Honra, Rivalidade, Resistência, Verdade e Arte. Vide Gallup *Bi-literal Cypher*. Estes exemplos foram retirados da parte II, pp. 170-171.

além do coração, com seus afetos — como denominamos as emoções ou paixões dificilmente compreendidas —, o espírito e a alma. Esses termos, acompanhados de uma palavra-chave, mostram que aquela parte refere-se à minha história, que expressei dessa maneira (...)

Entre meus dispositivos, nada se sobressai mais do que o emprego de palavras com uso corriqueiro para orientar nosso decodificador. As tabelas devem conter tudo isso, porque nenhuma memória humana poderá guardar por muito tempo tal infinidade de palavras.[6]

O texto, então, dá informações detalhadas para o uso da Cifra de Palavras, e explica que as instruções foram oferecidas em uma infinidade de obras exteriores diferentes, de modo que, se um conjunto de instruções não for encontrado, isso não impedirá o processo de decodificação.

E como funciona a Cifra de Palavras na prática? O dr. Owen oferece uma explicação de seu trabalho no começo do segundo volume de *Sir Francis Bacon's Cipher Story*. Uma série de outros relatos também foi escrito por aqueles que estudaram as decodificações de Owen e aprenderam a analisar as cifras por si mesmos. O relato seguinte, escrito por P. J. Sherman, foi publicado na *Baconiana*, volume IV, número 14, em 1896. Está reproduzido na íntegra aqui por causa do esclarecimento que propicia operacionalização das cifras, e do auxílio que prestaria a qualquer um que quisesse pessoalmente aventurar-se nessa experiência. O leitor notará que algumas partes coincidem com as questões discutidas por Gallup.

A CIFRA DO DR. OWEN

A seguir apresentamos excertos de um longo artigo publicado recentemente na *Tribune*, de Detroit, e escrito por uma pessoa que testemunhou e pesquisou o Sistema de Cifras do dr. Owen. Uma vez que os detalhes aqui reproduzidos coincidem com outros relatos fornecidos por outras testemunhas independentes, e que a descrição é considerada a mais lúcida e satisfatória que jamais apareceu, acreditamos que servirá para chamar a atenção para o trabalho. Um artigo sobre o assunto, especialmente escrito para essa revista por outra testemunha e decodificador, infelizmente, foi entregue com atraso, e não chegou à redação a tempo de ser publicado nesta edição de abril. Esperamos inseri-lo no número de junho [da *Baconiana*]:

O MISTÉRIO DAS CIFRAS DE BACON — AS DESCOBERTAS DO DR. OWEN INVESTIGADAS

"E agora que a porta para o segredo foi encontrada,
O mundo vai se perguntar como pôde esperar por tanto tempo." — Bacon

O que é uma cifra?

É uma história interna, contada por palavras externas, letras, símbolos ou hieróglifos.

"A História das Cifras de sir Francis Bacon, conforme descoberta pelo dr. Orville W. Owen", é decodificada por meio de palavras, e é uma das mais notáveis produções literárias do mundo. É tão espantosa, realmente, que não é de se estranhar o fato de que aqueles que não demonstraram desejo ou oportunidade de investigar o assunto com profundidade devem tê-la condenado sem-cerimônia. Ainda assim, formas secretas de comunicação estiveram em uso desde as mais remotas eras; as cifras são utilizadas pelos governos para enviar mensagens secretas e, em épocas de guerra, especialmente, demonstraram ter enorme valor. Elas são, na verdade, se o leitor se detiver e refletir, a maneira mais natural e, ainda, mais segura por meio das quais essas histórias podem ser ocultadas, e, assim, transmitidas para as gerações futuras.

As cifras de Bacon, conforme descobertas pelo dr. Owen, consistem, acredito, de uma série de (1) palavras-guia. Em torno dessas palavras-guia estão agrupadas (2) palavras-chave, e essas palavras-chave, mais uma vez, têm, em torno de si, (3) palavras correspondentes, tanto simples quanto duplas. As (4) frases contendo as palavras-guia, as palavras-chave e as palavras correspondentes são (5) agrupadas juntas, em (6) um sistema, quando se percebe que a nova história se descortina após a remoção de um pequeno obstáculo. Nada precisa ser acrescentado ou retirado. Tudo que é necessário para completar a narrativa está ali.

Entretanto, o conhecimento mais satisfatório é aquele obtido ao se encontrarem os resultados por si mesmos, e, tendo dominado as cifras e feito aplicações práticas delas, vou me empenhar em explicar como elas são elaboradas, de um modo tão conciso e inteligível quanto possível. Mas, primeiro, vamos avaliar brevemente o que essa descoberta significa.

O QUE AS CIFRAS REVELAM

As cifras revelam o fato de que todas as obras de William Shakespeare, Robert Greene, George Peel, as peças de Christopher Marlowe; *A rainha das fadas*, *O calendário do pastor* e todas as obras de Edmund Spenser; o *Anatomia da melancolia*, de Burton; *História de Henrique VII*, a *História natural*, a *Interpretação da natureza*, a *Grande instauração*, *O progresso do saber*, o *De Augmentis*, os *Ensaios*, de Bacon, e todas as suas outras obras foram, na verdade, escritas somente por sir Francis Bacon, com a utilização de outros nomes para esconder a própria identidade.

* * * * * *

COMO TRABALHAR COM AS CIFRAS

A primeira vez que conversei com o dr. Owen sobre as cifras ele me deu algumas instruções rápidas sobre a "roda", e, então, colocou em minhas mãos o primeiro volume publicado e elaborado com base nas cifras, dizendo-me para ler atentamente a "Carta ao Decifrador", depois do que eu poderia voltar ao escritório e colocar em prática as orientações ali oferecidas, sugestão que, conforme já afirmei, me influenciou. Na página 3 [do primeiro volume de *Sir Francis Bacon's Cipher Story*], encontrei o seguinte:

> "Pega tua lâmina e secciona todos os nossos livros em pedaços,
> E dispõe as folhas em uma grande e sólida roda
> Que gira e gira, e, conforme gira a
> Imprevisível roda, lança teus olhos
> À SORTE, aquela deusa cega, que está sobre
> Uma rocha esférica, que gira em voltas incessantes

Em uma variação incansável.
Considera-a como nossa peça principal:
Ela é nosso primeiro guia."

Esse conselho foi literalmente seguido. Uma imensa roda foi construída, consistindo em duas bobinas, nas quais se envolveu uma grande extensão de tecido, com 300m de comprimento e 60cm de largura. O dispositivo é tão simples que ao girar a bobina para uma direção de uma só vez toda a extensão de 300m de tecido se descortina diante de seus olhos, e ao inverter a direção, tudo volta novamente, em sentido inverso. Sobre esse pedaço de tecido são coladas as páginas impressas de todas as obras de todos os supostos autores supracitados. Não poderia ter sido inventado um dispositivo mais simples ou conveniente para examinar um grande número de páginas em tão curto tempo.

AS PALAVRAS-CHAVE

A "Carta ao Decifrador" prossegue, adicionando ao "primeiro grande guia" — a Sorte — outros quatro: Natureza, Honra, Reputação e Pã, o deus da natureza. O próximo ato do dr. Owen, depois de colar todos os trabalhos na roda, foi examiná-los cuidadosamente, palavra por palavra, e com lápis coloridos marcar essas palavras-guia todas as vezes que apareciam, o que, por si só, já não era tarefa fácil, já que as quatro primeiras palavras eram repetidas 10.641 vezes, pelas contas atuais.

Recordemos que essas cinco palavras não são chaves para as histórias ocultas, mas guias por meio dos quais se podem encontrar as palavras-chave. E, em torno de cada guia, estão acopladas as chaves. Elas são repetidas muitas vezes, tão clara e definitivamente que o mais determinado pesquisador não conseguirá deixar de encontrá-las. A próxima coisa a fazer é envolver cada frase que contenha a palavra-guia que está sendo usada, envolvendo, igualmente, as palavras-chave. Essas frases são lidas, então, a partir da roda, para um datilógrafo, que as dispõe em folhas de papel. No topo de cada página assim escrita é colocada a palavra-chave, ou palavras, ou frases, evitando, assim, possíveis confusões quando os papéis forem colocados em ordem.

Considero absolutamente verdadeiras as instruções fornecidas em "Carta ao Decifrador", na página 8 deste primeiro volume:

"E, sir, embora os fios secretos destas regras
Pareçam dispersos, remotos e extensos
Esta divisão se perderá se colocares
Todas as palavras das pistas em um único lugar.
Então, poderás observar que o grande volume
Ou confluência de materiais trazem consigo
A chave de cada história para o esclarecimento
Do decifrador."

Classificar os papéis significa separá-los em pilhas distintas de páginas que contêm as mesmas palavras-chave, colocando, assim, em um mesmo lugar, todas as palavras daquela pista, ou tudo o que se relaciona com a história a ser decifrada naquelas frases ou parágrafos especiais:

"Separando detidamente, como fiéis secretários e copistas
Nas cortes dos reis, dispostos a trabalhar com diligência e
Bom-senso, e arrumando em diferentes caixas, conaturais,
Referentes a assuntos de Estado, quando tu
Cuidadosamente as tenha arrumado, do começo ao fim,
E ligado e reunido os dispersos e desordenados
Assuntos, misturados em diferentes combinações,
Será fácil fazer uma tradução do material."

PALAVRAS CORRESPONDENTES

O dr. Owen trabalhou e investigou cuidadosamente durante oito anos, antes de descobrir como decifrar as histórias secretas. Mas, para mim, sob suas instruções, a tarefa foi comparativamente fácil. É uma tarefa igualmente fascinante, embora complicada, pois logo descobri que as histórias não poderiam ser decifradas apenas com as palavras-chave. Em torno das palavras-chave estavam novamente acopladas palavras correspondentes, programadas para auxiliar o pesquisador em sua descoberta, e levá-lo mais e mais adiante, em labirintos quase ilimitados de possibilidades de conexão entre as frases. Embora provavelmente reunidas a partir de uma série de lugares, em meia dúzia de obras diferentes, "mais dispersas do que o céu ou a terra", ainda assim, por esta regra, tais frases desvendavam histórias ocultas e revelações surpreendentes.

SOBRE AQUELAS CIFRAS

Darei um exemplo dessas palavras correspondentes. Suponhamos que as palavras-chave sejam "amor" e "rei". Devemos verificar não somente as palavras "amor" e "rei", pelas quais seremos guiados, mas por todos os seus sinônimos. Como sinônimos de "amor" encontramos "devoção", "adorar", "adoração" etc. Para "rei" encontramos aquelas palavras que se relacionam com a realeza, como "majestade", "alteza", "reino", "corte" etc. Ao encontrar frases contendo uma repetição dessas palavras o pesquisador pode continuar, com segurança, a trilhar o caminho já descortinado, formando a história à medida que prossegue em sua análise. Se, entretanto, um parágrafo contiver as palavras-chave e, ainda assim, recusar-se a "fazer sentido", faça o que quiser com ele — na verdade, ele parece supérfluo —, deverá ser deixado de lado por enquanto, e mais tarde aparecerá uma lacuna na qual ele se encaixa com espantosa exatidão.

QUANDO AS COMPLICAÇÕES APARECEM

Eventualmente, pode surgir uma incoerência na história. Algo está faltando; o texto não flui com suavidade. Ao depreender o tema a partir da roda, um trecho passou despercebido, ou, ao colocar em ordem os papéis, algum deles foi colocado na caixa errada.

Agora, inicia-se uma caçada. Um dia inteiro foi dedicado à procura de uma única linha ou parágrafo. Mas ele está em algum lugar, e simplesmente deve ser encontrado. E, então, chega o momento em que, como diz o dr. Owen, "os cabelos podem ficar eriçados" e a mente se confunde completamente, com a imensidade de complicações que podem surgir por causa de um pequeno descuido.

Algumas vezes, alguns trechos se impõem, mesmo sem conter as palavras-chave que estão sendo utilizadas, e, na verdade, eles não têm relação alguma com a história que está sendo montada. Simplesmente deixe esses trechos de lado, reservando-os para uso futuro. Eles pertencem a alguma outra história, e serão encaixados oportunamente. Nada será perdido. Novamente, uma frase soa de maneira vaga ou pouco natural. Nesse caso, o decifrador é plenamente instruído a transcrevê-la, e, então, o verdadeiro significado é revelado imediatamente:

"Portanto, deixa tua própria prudência orientar-te,
E ajusta a ação à palavra, e a palavra à ação,

Com esta especial observação de que deves combinar
Cognatos, termos análogos e pronomes, agrupando
Casos relacionados uns com os outros,
Separadamente; e todas as combinações
Que têm uma correspondência e uma analogia
Entre si devem ser aproximadas de seus conaturais."

O trecho acima está em *Hamlet, Novum Organum, Aforismos* e *O progresso do saber*. Pela primeira vez ele é apresentado em conjunto, na "Carta ao Decifrador", na página 8. Esse é um bom exemplo da maneira como as frases estão espalhadas pelas obras. Na página 21, também encontramos estas linhas:

"Algumas das histórias
Têm mais pés do que os versos suportariam,
E tens de usar o bom-senso;
E abrandá-las quando se interrompem bruscamente."

NOMES PRÓPRIOS

Faz-se referência a palavras compostas, e alguém pergunta: "O que você quer dizer, sir, por palavras compostas?" E a resposta é dada:

"Ninguém pode ser tão tolo a ponto de acreditar
Que colocaríamos o nome completo de qualquer homem
Abertamente, no meio do assunto principal.
Isso, certamente, seria o mais alto grau de infantilidade.
Por outro lado, entretanto, os nomes são inseridos
Com tanta frequência que é preciso entender o dispositivo
(E nosso dispositivo, penso, receberá todos os elogios).
Antes que descubras como superamos as dificuldades
Usaremos o simples e seguro recurso das associações.
A similitude de palavra com palavra
Contribui para preservar o todo da descoberta.
Entretanto, mostraremos, com a rápida
E precisa revelação dos nomes, como associar as palavras.

SOBRE AQUELAS CIFRAS

E se descobrires como uma delas é obtida,
Saberás como todas se combinam.
Portanto, aceita de bom grado nosso auxílio, e nos esforçaremos
Para fazer-te compreender o método que deverás empregar
Ao desvendar e desmembrar as palavras compostas."

Cito o exemplo de um nome oculto na página 142 da edição de 1623 de Shakespeare. É uma parte de *Trabalhos de amor perdidos*, quando a companhia de falsos atores representa diante da rainha. Leia o trecho inteligente entre eles e os espectadores, veja como um dos ouvintes formou o nome de um dos atores:

"'Assim, como não passas de um asno, podes ir embora;
De sorte que, adeus, doce Judas. Mas o que te falta?'
'O fim do nome, apenas.'
'Pois de asno para Judas; vamos, então, lhe devolver, Judasno, adeus.'"

FRASES CORRELATAS

Aqui pode ser oferecida uma ilustração de frases correlatas, retiradas de fontes aparentemente bastante diferentes, mas que ainda assim, se combinam, como a fragrância de todas as flores descritas:

"Oh, embelezada com botões e flores de todos os tipos
Feitas de puro ouro, romãs, lavanda, menta, ervas aromáticas,
Manjeronas, cravos-de-defunto, goivos, virgínias, cravos,
Lilases (a flor-de-lis sendo uma delas), columbinas, trepadeiras,
Madressilvas, rosas, doces orquídeas, papoulas, tomilho,
Flores de vagem, margaridas, anêmonas, tulipas, jacintos orientais,
Congorsas, ameixas e galhos virgens de amendoeiras etc."

Essa descrição das flores e árvores cobre quase toda a página 39 da "Carta ao Decifrador". Qualquer um que observe a página 292 do Ato IV, Cena 4, de *Conto de inverno*, e o ensaio "Dos Jardins", de Bacon, verá imediatamente de onde todas as flores mencionadas foram retiradas. Em outras palavras, as correlações, as correspondências e os assuntos semelhantes.

ENCONTRANDO O COMEÇO DE UMA HISTÓRIA OCULTA

"Como o decifrador sabe onde começa uma história?"

Isso é tão claro quanto qualquer outra coisa. Após reunir o material para formar a história, por meio das palavras-guia e das palavras-chave, descobri que em algum ponto dos trechos o olhar se surpreende com palavras como estas: "Comece aqui", "Vamos começar aqui", "Começaremos agora" etc. Algo poderia ser mais preciso? Um bom exemplo disso é encontrado em *Morte e vida do rei John*, de Shakespeare, Ato I, Cena 1:

"Meu caro senhor:
Assim começarei esta carta, apoiando-me no cotovelo" etc.

Quando uma história está concluída, parece uma questão importante saber qual será a próxima. Penso que Bacon inseriu o título da história seguinte com bastante clareza, no fim ou próximo ao fim de cada história. Ao fim da "Carta ao Decifrador" ele diz, em bom inglês: "A próxima mensagem é 'Dedicatória Epistolar' do autor." Ao terminar a "Epístola", encontrei:

"A próxima mensagem que se segue é a 'Descrição
Da Rainha, do general Curse, e da História de Nossas Vidas',
Que, no momento em que começares, revelará narrativas
Secretas e originais, entrelaçadas em uma história contínua."

SELECIONANDO AS PALAVRAS-CHAVE

Em seguida, naturalmente surge a pergunta: "Como encontrar as palavras-chave das histórias?" Elas também estão ao fim de cada história, constituindo-se em uma ou mais palavras significativas, contundentes o suficiente para chamar a atenção. Assim que os trechos que contêm a palavra-chave ou as palavras-chave são reunidos, e o pesquisador começa a trabalhar, é surpreendente descobrir as diversas palavras-chave que estão acopladas àquela única palavra ou às duas palavras-chave principais, assim como as praticamente inumeráveis palavras correspondentes.

* * * * * *

SOBRE AQUELAS CIFRAS

"Inserimos o nosso nome sem nos preocupar com a cautela, em vários textos", diz Bacon em sua "Carta ao Decifrador", "em letras maiúsculas tão grandes que, como diz o profeta, até mesmo 'aquele que corre lê'. E se já tiveres sistematizado um número suficiente de nossos livros, não resta dúvida de que a primeira coisa que encontraste foi nosso nome." Essa espantosa afirmação é literalmente verdadeira. Qualquer um que vasculhe a edição de 1623 de Shakespeare, e as outras obras mencionadas, encontrará o nome Bacon aparecendo com frequência, e em letras maiúsculas, como na peça *Henrique IV*, de Shakespeare, "Manda entrar este fardo de TOICINHO [Bacon], esta bola de sebo", ou em "Old Wife's Tale", de Peele, "Minha avó era um monte de TOICINHO [Bacon]". E, ainda assim, Bacon alerta constantemente o decifrador sobre o perigo concernente a esta descoberta. Ele diz:

"Pelo meu bom Senhor, desta maneira secreta
Nós encobrimos uma crônica perigosa, e por esta iniciativa
Desvendamos um livro secreto para tua pronta concepção,
E entrarás em contato com um tema profundo e arriscado."
"Jura jamais publicar o que ocultamos sob os nomes
De outras pessoas, até que estejamos mortos."

Apesar da complexidade das cifras, Bacon se refere à facilidade com que elas podem ser examinadas se as regras forem estritamente seguidas. "Não fracassarás se dedicares tempo suficiente ao trabalho", diz ele, "pois ele é tão fácil de transcrever que se torna uma tarefa quase mecânica." Esta é a minha experiência, pois as palavras-chave para as histórias ocultas são

"Entremeadas em quantidade suficiente para permitir
Que a correspondência seja revelada claramente
Que qualquer peticego poderá descobri-la.
Elas são tão óbvias, tão claras, tão explícitas e tão evidentes
Que irão, no pleno curso de sua glória,
Reluzir nos olhos de um cego."

Bacon não afirma, no entanto, que todos os homens conseguirão mergulhar no labirinto e voltar sãos e salvos. Ele avisa, inclusive, ao potencial decifrador:

"Ainda assim, podes não conseguir
Ser capaz de detectar as cifras. Muitos homens
Prometem a si mesmos mais do que conseguem cumprir,
E é impossível descobrir as sutilezas da tarefa
A não ser que te apaixones por ela."

QUANTO À SORTE

"Cada uma das histórias continua através de todas as palavras utilizadas?", era a pergunta que eu me fazia. A resposta era: "Sim e não." Isto é, se fatos da história ou das histórias não estivessem concluídos até que todos os livros estivessem escritos, partes dessas histórias seriam ocultadas em todos eles. Mas a narração de alguns acontecimentos terminou antes da publicação dos últimos trabalhos de Bacon. Consequentemente, seria inútil procurar por mais, depois que tudo já havia sido oferecido. Por exemplo, se uma pessoa morresse, sua história estaria concluída, e, naturalmente, o mundo não poderia esperar mais nada dali.

Na página 28, o decifrador diz a Bacon, a respeito das histórias decifradas:

"Mas as pessoas não poderão argumentar que tudo isso é fruto do acaso?"

A resposta é:

"Pensamos nisso; e se qualquer homem imaginar
Que tudo isso foi feito de modo assistemático ou sem um eixo
Comum, deixe que ele tente montar uma história
Desprezando as instruções. Ele não conseguirá examiná-la
Até o fim, pois se esse homem seguir o caminho errado,
Quanto mais ativo e rápido ele for, mais ainda
Se desviará do rumo; pois o homem fraco que segue o caminho certo
Ultrapassa o corredor que pega o caminho errado."

SOBRE AQUELAS CIFRAS

E, assim, são elaboradas as histórias cifradas:

"Da mesma forma que muitas setas que indicam caminhos distintos conduzem a um ponto;
Da mesma forma que caminhos tortuosos conduzem à mesma cidade;
Da mesma forma que rios vigorosos se encontram no mar salgado;
Da mesma forma que linhas retas se encontram no centro de um relógio de sol,
Assim também podem milhares de cifras, uma vez em ação,
Conduzir perfeitamente a um único propósito."

* * * * * *

A ridícula ideia de que as histórias das cifras são emanações da própria mente do dr. Owen não circula mais com tanta frequência como há um ano. Muitas provas conclusivas apareceram, e uma das mais convincentes é o fato de que o quinto volume das séries das Cifras, contendo a continuação de *Sir Francis Bacon's Life at the Court of France*, foi completamente decifrado pelos assistentes do dr. Owen. Ele não teve qualquer participação nesse processo, e, ainda assim, o trabalho continuou sendo realizado tão tranquilamente quanto o esperado.

Para mim, a paciência e a perseverança extremadas do dr. Owen nesse trabalho são quase tão maravilhosas quanto a descoberta das cifras.

"Esse trabalho não deve terminar se eu tiver de interrompê-lo", disse o doutor. "Se eu morrer esta noite, meus assistentes poderão prosseguir com o trabalho de decodificação. E se um deles morrer, ou por qualquer outra razão abandonar o trabalho, terei outra pessoa que conseguirá aprendê-lo. Por isso, ele deverá continuar indefinidamente."

A aprendizagem e a aplicação das cifras baconianas me convenceram plenamente de sua genuinidade. As regras que as regem são indiscutíveis, embora flexíveis. As histórias contadas estão conectadas e são concisas, condizentes com o período no qual foram escritas, e não podem ser distorcidas para se chegar a conclusões que não as planejadas. Embora dois decifradores possam não contar a história exatamente da mesma maneira, ainda assim não haveria conflito entre os fatos. Trata-se de uma cifra verdadeira.

P. J. SHERMAN

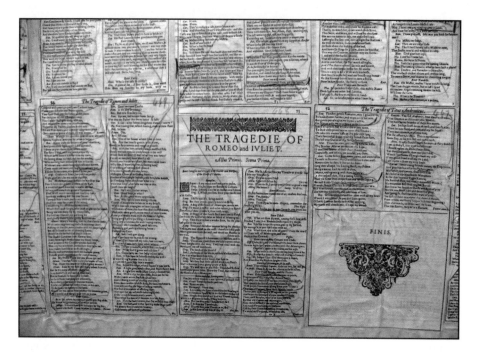

Páginas da roda das cifras

Estas páginas mostram anotações com lápis colorido, feitas por Owen e seus assistentes, à medida que trabalhavam nas cifras. (Estas páginas incluem marcações em vermelho, amarelo, roxo, azul, magenta e preto.) À medida que os trechos e as páginas inteiras iam sendo examinados para a extração do texto cifrado, eles parecem ter sido assinalados, para indicar o progresso do trabalho e evitar a repetição de esforços.

Mais testemunhos sobre a Cifra de Palavras

Talvez não seja surpresa o fato de que o anúncio da existência da Cifra de Palavras, feito por Orville Owen, tenha sido controverso. Suas revelações, literalmente, reescreviam a história da era elisabetana. Além disso, o dr. Owen não forneceu uma descrição detalhada de seus métodos no primeiro volume de seu livro. Muitos críticos o consideraram uma fraude. Poucos foram aqueles que tentaram avaliar por si mesmos as evidências. Um dos que fez isso foi o sr. J. B. Millett, de Boston, que visitou a oficina do dr. Owen em Detroit, em fevereiro de 1893.

SOBRE AQUELAS CIFRAS

O trecho seguinte é um excerto do relato de seus experimentos com as cifras:

Para testar a precisão do método, a palavra-chave relacionada à "História da Armada espanhola" (depois publicada pelo dr. Owen)* foi entregue ao escritor [sr. Millett], que recebeu instruções sobre como proceder. Com o lápis em mãos, ele copiou aproximadamente cem linhas de vários trechos exibidos na roda, seguindo as palavras-chave, e, então, reuniu essas frases e partes de frases desconexas de tal forma que formassem uma única frase inteligível, sem necessidade de acrescentar outras palavras. Ao terminar, ele estava prestes a ler em voz alta o resultado quando o dr. Owen o deteve, e, retirando de uma gaveta um manuscrito datilografado (do qual o escritor não tinha conhecimento), leu-o igualmente em voz alta. As duas cópias eram praticamente idênticas, e as diferenças existentes diziam respeito a erros insignificantes, provocados pelo próprio escritor na hora de copiar. Outros testes mais curtos foram realizados, e o escritor foi embora logo depois, reservando-se o direito de não emitir sua opinião, "até que tivesse tempo de refletir sobre aquilo", e encontrasse oportunidade de investigar independentemente se alguma nova lei de retórica não estaria sendo aplicada. A questão, sob todos os aspectos, era extremamente confusa; e, se fosse uma fraude, haveria pelo menos seis pessoas defendendo uma engenhosa e esmerada mentira, e comprometendo-se com ela por algum tempo ainda no futuro (...)

O volume 1 deixava claro que uma das duas hipóteses era verdade: ou o dr. Owen inventara o assunto contido naquele livro, e então começara a procurar por frases dispersas em todo o Fólio e nos trabalhos atribuídos a Bacon, Spenser, Peele, Green e Marlowe, combinando laboriosamente essas frases para formar um nexo contínuo (cujo sentido deveria também ser compatível com o tema do livro que estava escrevendo), ou, ao contrário, ele havia inventado um método que o capacitava, de algum modo mecânico, a encontrar essas frases e a ordená-las (...).

---

* A visita de Millett foi feita depois da publicação do primeiro volume do trabalho de Owen, em 1893. A peça cifrada *A história da Armada espanhola* começou no volume II e foi concluída no volume III, publicados no ano seguinte.

Apesar do fato de que os resultados do dr. Owen são, em algum grau, espantosos e incompatíveis com a história, ainda assim, não há alternativa para as conclusões expostas (...).

Na terceira visita do escritor a Detroit (dezembro de 1895), ele foi, finalmente, admitido na oficina, e passou consideráveis horas ali, antes que o dr. Owen aparecesse. Durante aquele período, foi-lhe permitido ver tudo o que queria, todas as questões que queria perguntar foram respondidas abertamente, e lhe foram dadas explicações. Ele ficou satisfeito com o testemunho dos copistas, dos funcionários da editora e, também, com o testemunho de indivíduos que conhecia pessoalmente em Detroit (e já familiarizados com o movimento do dr. Owen). Esses indivíduos lhe informaram que, por muitos meses, o dr. Owen não tivera qualquer ligação com o trabalho de decodificação que estava sendo feito em seu escritório, que aquele trabalho vinha sendo conduzido, na verdade, por dois e, às vezes, três de seus assistentes, um dos quais estivera com ele desde o começo, enquanto os outros dois teriam recebido treinamento posteriormente. De tudo isso segue-se que o método do dr. Owen é passível de ser rapidamente ensinado aos outros, e não exige que se esteja familiarizado, como o dr. Owen, com as peças de Shakespeare ou com os trabalhos oficialmente atribuídos a Bacon.

Parte do trabalho no qual os assistentes do dr. Owen estavam envolvidos à época da última visita do escritor era a decodificação da tradução da *Ilíada*, a partir da "roda". O escritor sempre fora, desde os seus tempos universitários, familiarizado com Homero, tanto no original quanto na tradução, e levou apenas alguns momentos para descobrir que nenhum dos assistentes do dr. Owen conhecia minimamente a obra. Depois de examinar uma ampla pilha contendo aproximadamente duas mil folhas grandes de papel-almaço, cobertas com excertos retirados por meio dos métodos supracitados, para sua surpresa, o escritor mostrou-se satisfeito ao perceber que aquelas observações continham muitos trechos da epopeia, alguns obscuros e que não seriam reconhecidos por pessoas que não tivessem intimidade com a *Ilíada* do começo ao fim, a menos que a pessoa dispusesse de algum guia, como uma palavra-chave, para se orientar (...).

Deve-se recordar que a cifra "*Omnia per omnia*", inventada por Francis Bacon [a Cifra Biliteral], foi plenamente concebida para a utilização de duas letras — "a" e "b". Foi uma tarefa bastante árdua escrever uma longa carta com esse método, porque cinco letras eram usadas para indicar uma única letra do

SOBRE AQUELAS CIFRAS

alfabeto.* A cifra do dr. Owen, inteiramente dependente de palavras-chave, ou palavras correspondentes e palavras-chave relacionadas a elas, é um método tal que, como pode ser rapidamente depreendido, Francis Bacon teria naturalmente inventado, como uma sequência lógica ao "*Omnia per omnia*". Um advém do outro.

A viabilidade desse método foi amplamente ilustrada pelo trabalho de vários amadores em Detroit, que em resposta a um prêmio oferecido por um jornal local escreveram uma série de cinco histórias, nas quais estava oculta uma sexta, e essa sexta história deveria ser desvendada pelo uso do método do dr. Owen. Exigia-se que o bem-sucedido concorrente conseguisse escrever a sexta história sem qualquer auxílio, e um certo número deles foi capaz de fazer isso, demonstrando, assim, que, sem alterar o sentido, sem mudar a construção, ou sem criar obstáculos a si mesmo, e de modo totalmente imperceptível ao leitor, o autor dessas cinco histórias conseguia ocultar uma sexta história, rapidamente decifrável uma vez que se conhecesse o método, mas inteiramente diferente na construção e no significado. Nesse caso particular, a sexta história, ou a história oculta, era um poema razoavelmente grande.[7]

As cifras de Ignatius Donnelly

A terceira cifra a partir da qual este livro foi esboçado é a descoberta por Ignatius Donnelly, e descrita em seus dois volumes de *The Great Cryptogram* (1888). Francis Bacon não deixou instrução alguma em relação a essas cifras (ou, pelo menos, nenhuma instrução foi descoberta até hoje), e temos somente as explicações de Donnelly sobre seu funcionamento.

---

* Outra desvantagem da Cifra Biliteral é que, quando o tipo era recomposto com a utilização de uma única fonte em edições posteriores, o texto cifrado se perdia. Com a Cifra de Palavras, embora a decodificação se tornasse mais difícil (uma vez que o uso aparentemente aleatório de letras maiúsculas ou tipos italizados, usados para destacar as palavras-chave, poderia ser "corrigido" pelos editores posteriores), o texto cifrado, em si, não se perderia.

Ele explica que é uma cifra de palavras em que as palavras são selecionadas a partir do texto, de acordo com certos complexos princípios aritméticos. Donnelly dá um exemplo do princípio no seguinte parágrafo, que é um texto exterior contendo uma mensagem cifrada:

> Pois não pode haver dúvida alguma de que, se examinarmos com exatidão, há razão para acreditar que uma história cifrada, habilmente arranjada e oculta, sem estar baseada em símbolos alfabéticos, mas em palavras, deve ser encontrada secretamente, não apenas em livros, mas em cartas de todas as épocas, das quais a verdadeira chave intrínseca se perdeu. Ela poderá ser revelada por algum engenhoso pesquisador no futuro, mas, no momento, todas as grandes histórias ali contadas, em criptograma, estão desanimadoramente enterradas.

A mensagem oculta dentro desse texto é revelada extraindo-se cada quinta palavra da frase original em inglês:

> Não; é uma cifra de palavras, não de letras, que é revelada no Grande Criptograma.

O método de Donnelly é similar ao de Bacon, no sentido de que extrai palavras do texto segundo cálculos numéricos, para revelar uma mensagem oculta. Entretanto, suas fórmulas aritméticas são muito mais intrincadas do que simplesmente retirar cada quinta palavra de uma frase. Ele descreve um processo complexo de derivação de "números originários", que são, então, modificados por outros números para fornecer uma sequência numérica pela qual as palavras possam ser extraídas do texto.

Outros pesquisadores não conseguiram reproduzir o trabalho de Donnelly, talvez por causa da complexidade do sistema, ou porque Donnelly não o explicou satisfatoriamente. Por enquanto, ele permanece como um dos muitos mistérios que envolvem Francis Bacon e sua obra.

Para além da história das cifras

Há outras cifras que as pessoas alegam ter descoberto nos trabalhos de Shakespeare e de seus contemporâneos. Algumas derivam das letras iniciais de linhas ou frases, outras são interpretações de símbolos em frontispícios e nas páginas de rosto e algumas, ainda, são cifras substitutas ou anagramas. Essas cifras, no entanto, não revelam uma narrativa, mas simplesmente hieróglifos, pistas para a história oculta de Francis Bacon.

Todas as outras cifras não estão isentas de críticas. Alguns parecem reticentes em aceitar uma versão que vai de encontro à visão ortodoxa da história. Outros pensam que aqueles que se empenham em descobrir essas cifras estão encontrando o que desejam, e que o Primeiro Fólio se tornou uma espécie de borrão, a partir do qual as pessoas lerão o que já acreditam que esteja escrito ali.

Uma coisa, no entanto, parece clara: a despeito de quaisquer falhas ou erros que possam ter aparecido em seus métodos, aqueles que dedicaram anos de suas vidas à tarefa de desvendar as cifras foram sinceros em seu desejo de descobrir a história oculta de Francis Bacon. E não é a história o que realmente importa?

Ele não tinha maldade alguma (...)

Ele não desejava se vingar das injustiças; pois, se assim o quisesse, contava com a oportunidade e uma posição alta o suficiente para fazê-lo (...)

Ele não difamava homem algum para o seu príncipe (...)

Fui levado a pensar que, se algum homem destes tempos modernos conseguiu vislumbrar um feixe de sabedoria vinda de Deus, esse homem era ele.

William Rawley
Prefácio de *Sylva Sylvarum*

LISTA DOS PERSONAGENS PRINCIPAIS

Rei Henrique VIII — Henry Tudor. Pai de Elizabeth.

Rei Edward VI — Edward Tudor. Filho e sucessor de Henrique VIII. Meio-irmão de Elizabeth.

Rainha Mary — Mary Tudor. Filha de Henrique VIII e Catarina de Aragão. Meia-irmã de Elizabeth. Sucessora de Edward VI. Popularmente conhecida como "Maria Sanguinária".

Rainha Elizabeth I — Elizabeth Tudor. Filha de Henrique VIII e Anne Boleyn. Sucessora da rainha Mary. A "Rainha Virgem". Gloriana. Mãe de Francis e Essex.

Lorde Leicester — Robert Dudley. O "Robin" da rainha Elizabeth. Primeiro marido de Amy Robsart. Amante e esposo secreto da rainha. Pai de Francis e Essex.

Francis Bacon — Príncipe Francis Tudor. Filho secreto da rainha Elizabeth e Leicester. Procurador-geral, lorde-chanceler. Barão de Verulam. Visconde de St. Alban.

Nicholas Bacon	Lorde-chanceler-mor do reino. Pai de Anthony. Padrasto de Francis.
Anne Bacon	Filha de sir Anthony Cooke. Esposa de sir Nicholas. Mãe de Anthony. Madrasta de Francis.
Anthony Bacon	Filho legítimo de Nicholas e Anne Bacon. Fiel amigo e irmão de criação de Francis.
Lorde Essex	Robert Devereux. Segundo filho de Elizabeth e Leicester. Príncipe Robert Tudor. Irmão biológico de Francis. O outro "Robin".
Lorde Burghley	William Cecil. Secretário de Estado da rainha Elizabeth. Marido de Mildred Cooke. Cunhado de Anne Bacon. Pai de Robert Cecil.
Robert Cecil	Conde de Salisbury. Filho de William e Mildred Cecil. Inimigo vitalício de Francis Bacon. "A Raposa Ardilosa".
Rei James I	James Stuart. James VI da Escócia. James I da Inglaterra. Sucessor de Elizabeth. Filho de Mary, Rainha dos Escoceses. Usurpador do trono, por direito, de Francis.
Lorde Buckingham	George Villiers. Duque de Buckingham. Favorito do rei James, "Steenie".
Edward Coke	Procurador-geral. Presidente do Tribunal de Apelações. Presidente do Tribunal Superior da Corte. Rival e inimigo de Francis Bacon.

CRONOLOGIA

1533	7 set	Nascimento de Elizabeth Tudor
1557		Elizabeth casa-se em segredo com Robert Dudley, na Torre de Londres
1558		Nascimento de Anthony Bacon
	17 nov	Elizabeth é coroada
1560	8 set	Morte de Amy Robsart, esposa de Dudley
	12 set	Segundo casamento de Elizabeth e Dudley, na casa de lorde Pembroke
1561	22 jan	Nascimento de Francis Bacon
1564		Robert Dudley recebe o título de conde de Leicester
1566	10 nov	Nascimento de Robert Devereux, irmão mais novo de Francis
1572	nov	A Supernova aparece na constelação Cassiopeia
1573	abril	Anthony e Francis ingressam no Trinity College, Cambridge
1575	9-27 julho	Festividades para a rainha em Kenilworth, suposta inspiração para *Sonho de Uma Noite de Verão*

1576	27 junho	Anthony e Francis são admitidos no Gray's Inn
	set	Francis descobre sua origem real
	25 set	Francis chega à França com sir Amyas Paulet, embaixador de Elizabeth na corte francesa
1579	20 fev	Morte de sir Nicholas Bacon
	20 mar	Francis volta à Inglaterra
	abr	Anthony e Francis fixam residência em Gray's Inn
	dez	Anthony parte para a França
1581	16 jan	Francis assume uma posição no Parlamento pela primeira vez
1582		Francis forma-se em Direito, em Gray's Inn
1588		Derrota da Armada espanhola
	4 set	Morte de lorde Leicester
1592	4 fev	Anthony retorna da Europa
1594		Surgem as primeiras quatro edições das peças de Shakespeare, anonimamente
1596	jun-jul	Triunfo de Essex em Cádiz
1597		Publicada a primeira edição de *Ensaios*
1598	4 ago	Lorde Burghley morre. Robert Cecil (seu filho) assume sua função como secretário de Estado
1599	27 mar	Essex parte para subjugar a rebelião na Escócia

CRONOLOGIA

		Construção do Globe Theatre; primeira apresentação registrada: *Júlio Cesar*, 21 set
	28 set	Essex volta da Irlanda e é colocado em prisão domiciliar pela rainha
1601	8 fev	Golpe de Essex fracassa
	25 fev	Essex decapitado na Torre Green
	29 abril	Morte de Anthony Bacon
1603	24 mar	Morte de Elizabeth, James ascende ao trono
	23 julho	James I concede o título de cavaleiro a Francis
1604		Nova tradução comentada da Bíblia
1605		Publicação de *O progresso do saber*
1606	10 abr	James I concede uma carta-patente para a Virginia Company
	10 maio	Francis casa-se com Alice Barnham
1607	13 maio	Fundadas as bases do primeiro assentamento permanente inglês — Jamestown
	25 junho	Francis é nomeado solicitador-geral
1609		Primeira publicação dos sonetos de "Shakespeare"
1610	ago	Morte de lady Anne Bacon
		Primeira colônia permanente é estabelecida em Terra Nova
1611		Publicação da Bíblia do rei James, editada por Bacon

1612		Publicação da segunda edição dos *Ensaios*
	24 maio	Morte de Robert Cecil, lorde de Salisbury
	6 nov	Morte do príncipe Henry
1613	26 out	Francis é nomeado procurador-geral
1616	23 abr	Morte de William Shaksper
1617	7 mar	Francis é nomeado chanceler-mor do reino
1618	4 jan	Nomeado lorde chanceler
	12 jul	Torna-se um de seus pares. Recebe o título de barão de Verulam
1620	12 out	Publicação do *Novum Organum*
1621	27 jan	Promovido entre seus pares. Recebe o título de visconde de St. Alban
	14 mar	Acusado de aceitar propinas
	22 abr	Confessa a culpa, a pedido do rei
	3 maio	Condenado pela Câmara dos Lordes
	31 mai	Aprisionado na Torre
	23 jun	Recolhe-se em Gorhambury
1623	out	Publicação de *De Augmentis Scientiarum*, incluindo instruções detalhadas para a Cifra Biliteral
	nov	Publicação do Primeiro Fólio das peças de Shakespeare
1625		Publicação da terceira edição dos *Ensaios*

CRONOLOGIA

	27 março	Morte de James I. Charles I assume o trono
1626	9 abr	Morte presumida de Francis Bacon
1627		William Ramley publica *New Atlantis* e *Sylva Sylvarum*
1856		Delia Bacon sugere que Francis Bacon escreveu as obras atribuídas a Shakespeare
1888		Ignatius Donnelly publica *The Great Cryptogram*
1893-1895		Dr. Orville W. Owen publica *Sir Francis Bacon's Cipher Story*
1899-1901		Elizabeth Wells Gallup publica *The Biliteral Cypher of Sir Francis Bacon*

BIBLIOGRAFIA SELECIONADA

Arensberg, Walter Conrad. *The Baconiana Keys*. Pittsburgh: Walter Conrad Arensberg, 1928.

Arthur, James. *A Royal Romance*. Madras, Índia: Vasanta Press, 1941.

Aubrey, John. *Brief Lives — edited from the Original Manuscripts by Oliver Lawson Dick*. Ann Arbor: University of Michigan Press, 1957.

Bacon, Francis. *Advancement of Learning — Novum Organum*. Nova York: Colonial Press, 1900.

_____. *Essays and New Atlantis*. Nova York: Walter J. Black, 1942.

_____. *The Essays,* ed. por John Pitcher. Londres: Penguin Books, 1985.

_____. *Novum Organum*. Traduzido e editado por Peter Urbach e John Gibson. Chicago: Open Court Publishing, 1994.

Baconiana. Publicada periodicamente pela Francis Bacon Society, Londres, Inglaterra.

Barsi-Greene, Margaret, comp. *I, Prince Tudor, Wrote Shakespeare*. Boston: Branden Press, 1973.

Baxter, James Phinney. *The Greatest of Literary Problems*. Nova York, 1956.

Bayley, Harold. *The Tragedy of Sir Francis Bacon*. Nova York: Haskell House Publishers, 1970.

Begley, Gerald E. *Shakespeare: A Biographical Handbook*. New Haven: Yale University Press, 1961.

Bokenham, T. D. *Brief History of the Bacon-Shakespeare Controversy: With Some Cipher Evidence*. Londres: Francis Bacon Research Trust, 1982.

Bowen, Catherine Drinker. *Francis Bacon: The Temper of a Man*. Boston: Little, Brown & Company, 1963.

Brown, Ivor. *Shakespeare*. Nova York: Country Life Press, 1963.

Bunten, A. Chambers. *Life of Alice Barnham, Wife of Francis Bacon*. Londres: Oliphants, 1928.

Cambridge History of English Literature. Cambridge University Press, 1986.

Camden, William. *The History of the Most Renowned and Victorious Princess Elizabeth*. Chicago University Press, 1957.

Challinor, A. M., comp. "Francis Bacon: Philosopher, Statesman, Poet: An Index to Baconiana and Its Predecessors, 1886-1999". Londres: The Francis Bacon Society, 2001.

Chamberlin, E. R. *Marguerite of Navarre*. Nova York: Dial Press, 1974.

Chambers, Sir Edmund K. *A Study of Facts and Problems*. Londres: Clarendon Press, 1930.

Church, R. W. *Bacon*. Nova York: AMS Press, 1968

Churchill, R. C. *Shakespeare and His Betters*. Londres: M. Reinhardt, 1958.

Chute, Marchette. *Shakespeare of London*. Nova York: E. P. Dutton, 1949.

Clark, Natalie Rice. *Hamlet on the Dial Stage*. Paris: H. Campion, 1931.

Crowther, J. G. *Francis Bacon: The First Statesman of Science*. Londres: The Cresset Press, 1960. Dawkins, Peter. *The Shakespeare Enigma*. Londres: Polair Publishing, 2004.

Dixon, William Hepworth. *Personal History of Lord Bacon: From Unpublished Papers*. Londres: J. Murray, 1861.

Dodd, Alfred. *Francis Bacon's Personal Life-Story*. Londres, Nova York: Rider & Company, 1949.

____. *The Martyrdom of Francis Bacon*. Londres: Rider & Company, 1945.

BIBLIOGRAFIA SELECIONADA

_____. *The Secret History of Francis Bacon (Our Shakespeare): The Son of Queen Elizabeth*. Londres: C. W. Daniel Company, 1941.

Donnelly, Ignatius. *The Great Cryptogram: Francis Bacon's Cipher in the So-Called Shakespeare Plays*. Londres: S. Low, Marston, Searle & Rivington, 1888; St. Clair Shores, Mich.: Scholarly Press, 1972.

Du Maurier, Daphne. *Golden Lads: Sir Francis Bacon, Anthony Bacon and Their Friends*. Garden City, N. Y.: Doubleday & Company, 1975.

_____. *The Winding Stair: Francis Bacon, His Rise and Fall*. Garden City. Garden City, N. Y.: Doubleday & Company, 1976.

Durning-Lawrence, Sir Edwin. *Bacon is Shake-speare*. Londres: Gay & Hancock, 1910.

Eiseley, Loren. *The Man Who Saw Through Time*. Nova York: Charles Scribner's Sons, 1973.

Erickson, Carolly. *The First Elizabeth*. Nova York: St. Martin's Press, 1997.

Evans, A. J. *Shakespeare's Magic Circle*. Londres: A. Barker, 1956.

Fuller, Jean Overton. *Francis Bacon, a Biography*. Londres: East-West Publications, 1981.

Gallup, Elizabeth Wells. *The Bi-literal Cypher of Sir Francis Bacon*. Londres: Gay & Bird, 1901; reimpressão, Detroit: Howard Publishing Company, 1901.

_____. *The Lost Manuscripts, Where They Were Hidden*. N.p. 1910.

Gibson, H. N. *The Shakespeare Claimants*. Nova York: Barnes and Noble, 1962.

Giroux, Robert. *The Book Known as Q*. Baylor University Press, 1981.

Goodrich, Norma Lorre. *The Holy Grail*. Nova York: Harper Perennial, 1992.

Green, A. Wigfall. *Sir Francis Bacon, His Life and Works*. Denver: Alan Swallow, 1952.

Greenblat, Stephen. *Will in the World*. Nova York: W. W. Norton & Company, 2004.

Greenwood, Sir George. *Is There a Shakespeare Problem?* Londres: John Lane Press, 1916.

Gundry, W. G. C., ed. *Manes Verulamiani* (Anthology of Poems to the Memory of Francis Bacon 1626). Londres, 1950.

Hall, Manly Palmer. *Masonic, Hermetic, Qabbalistic, Rosicrucian and Symbolical Philosophy.* São Francisco: H. S. Crocker, 1928.

____. *The Secret Teachings of All Ages.* Manly P. Hall, 1928.

Halliday, A. E. *Shakespeare and His Critics.* Londres: Duckworth & Co., 1929.

Hart, Joseph C. *The Romance of Yachting.* Nova York: Harper, 1848.

Hickson, S. A. E. *The Prince of Poets and Most Illustrious of Philosophers.* Londres: Gay & Hancock, 1926.

Hoffman, Calvin. *The Man Who Was Shakespeare.* Londres, 1955.

Hotson, Leslie. *Mr. W. H.* Londres: Hart Davison, 1964.

Ince, Richard. *England's High Chancellor.* Londres: Frederick Muller, 1935.

Inge, William Ralph. *England.* Nova York: C. Scribner's Sons, 1926; Mc-Graw-Hill Co., 1963.

Jardine, Lisa, e Alan Stewart. *Hostage to Fortune.* Nova York: Hill and Wang, 1998.

Jenkins, Elizabeth. *Elizabeth the Great.* Nova York: Coward McCann, 1958.

Kahn, David. *The Code Breakers.* Nova York: Macmillan, 1967.

Lacey, Robert. *Robert, Earl of Essex.* Nova York: Atheneum, 1971.

Lawrence, Herbert. *The Life and Adventures of Common Sense.* Nova York: Garland Publishing, 1974.

Leary, Penn. *The Second Cryptographic Shakespeare.* Omaha, Neb.: Westchester House, 1990.

Lee, Sidney. *Shakespeare's Life and Works.* Nova York: Macmillan, 1906.

Levin, Harry. *The Question of Hamlet.* Oxford University Press, 1970.

Luke, Mary M. *A Crown for Elizabeth.* Nova York: Coward-McCann, 1970.

BIBLIOGRAFIA SELECIONADA

MacNeil, Robert, William Crans e Robert McCrum. *The Story of English*. Nova York: Viking Penguin, 1993.

Marder, Louis. *His Exits and His Entrance*. Filadélfia: Lippincott Co., 1963.

Martin, Milward W. *Was Shakespeare Shakespeare?* Nova York: Cooper Square Publications, 1965.

Mattingley, Garrett. *The Armada*. Boston: Houghton Mifflin Co., 1959.

McManaway, James G. *The Authorship of Shakespeare*. Washington, D.C.: Folger Library Booklet, 1962.

Melsome, W. S. *The Bacon-Shakespeare Anatomy*. Londres: George Lapworth & Company, 1945.

Michell, John. *Who Wrote Shakespeare?* Londres: Thames and Hudson, 1996.

Ogbum, Charlton. *The Mysterious Shakespeare*. Nova York: Dodd, Mead & Co., 1984.

Owen, Orville W., M. D. *Sir Francis Bacon's Cipher Story*, Vols. I-II, III-IV, V. Detroit: Howard Publishing Co., 1894.

Pott, Mrs. Henry. *Bacon's Promus*. Londres: Longmans, Green & Co. 1883.

___. *Francis Bacon and His Secret Society*. São Francisco: John Howell, n.d.

Prescott, Kate H. *Reminiscences of a Baconian*. Nova York: The Haven Press, 1949.

Puttenham. *The Art of English Poesie*. Londres: Robert Triphon, 1811.

Rawley, William. *Life of the Right Honorable Francis Bacon*. Disponível *on-line* no endereço http://home.att.net/~tleary/rawley.htm.

_____. *Resuscitatio*. N.p. 1657.

Roe, J. E. *The Mortal Moon*. Nova York: Burr Publishers, 1891.

___. *Sir Francis Bacon's Own Story*. Rochester, N. Y.: The DuBois Press, 1918.

Rossi, Paolo. *From Magic to Science*. Routledge, 1968.

Rowse, A. L. *William Shakespeare, a Biography*. Nova York: Harper and Rowe, 1963.

Schoenbaum, Samuel. *Shakespeare's Lives*. Nova York: Oxford University Press, 1970.

Shakespeare, William. *The Complete Signet Classic Shakespeare*. Nova York: Harcourt Brace Jovanovich, 1972.

Smedley, W. T. *The Mystery of Francis Bacon*. Londres: n.p.

Smith, Lacey. *The Elizabethan World*. Nova York: Houghton Mifflin, 1967.

Sobran, Joseph. *Alias Shakespeare*. Nova York: The Free Press, 1997.

Spedding, James, ed. *The Letters and Life of Francis Bacon*, 7 vols. Londres: Cambridge University Press, 1861-74.

_____. *The Works of Francis Bacon*, 7 vols. Londres: Cambridge University Press, 1857-61.

Spurgeon, Caroline. *Shakespearean Imagery*. Londres: Cambridge University Press, 1935.

Stopes, Charlotte. *The Bacon-Shakespeare Question Answered*. N.p., 1889.

Strachey, Lytton. *Elizabeth and Essex: A Tragic History*. Nova York: Harcourt Brace & Co., 1928.

Strickland, Agnes. *The Life of Queen Elizabeth*. Londres: Hutchinson & Co., 1905.

Strong, Roy. *Portraits of Queen Elizabeth I*. Oxford: Clarendon Press, 1963.

Sweet, George Elliott. *Shakespeare, the Mystery*. Calif.: Stanford University Press, 1956.

Theobald, Bertram. *Enter Francis Bacon*. Londres: n.p., 1937.

Wadsworth, Frank. *The Poacher from Stratford*. Berkeley: University of California Press, 1958.

Waldman, Milton. *Elizabeth and Leicester*. Boston: Houghton Mifflin, 1945.

Wigston, W. F. C. *The Columbus of Literature*. Londres: n.p., 1892.

BIBLIOGRAFIA SELECIONADA

Woodward, Parker. *The Strange Case of Francis Tudor.* Londres: Robert Banks & Son, 1901.

Yates, Frances A. *Astraea: The Imperial Theme in the Sixteenth Century.* Londres: Pimlico, 1993.

____. *Majesty & Magic in Shakespeare's Last Plays.* Boulder, Colo.: Shambala, 1978.

____. *The Occult Philosophy in the Elizabethan Age.* Londres: Routledge Kegan Paul, 1979.

NOTAS

As citações no início de cada capítulo, a não ser quando mencionado, foram retiradas do livro *Ensaios*, de Francis Bacon (*The Essays,* ed. John Pitcher [Londres: Penguin Books, 1985]).

As passagens das peças e sonetos de Shakespeare foram retiradas de *The Complete Signet Classic Shakespeare* (Nova York: Harcourt Brace Jovanovich, 1972).

No material proveniente de fontes mais antigas, modernizamos, de modo geral, a ortografia, para facilitar a leitura.

Capítulo 1 • Uma História de Dois Estranhos

1. Delia Bacon (1811-1859) foi uma escritora norte-americana. Seu livro *The Philosophy of the Plays of Shakespeare Unfolded* (1857) foi um dos primeiros a sugerir a ideia de que Francis Bacon escreveu as obras de Shakespeare, a assim chamada teoria baconiana. Seu livro foi publicado 26 anos antes dos livros de Orville Owen.

2. Owen dedica-se a estudar com esmero a forma como o poema com Cifra de Palavras "The Spanish Armada" ["A Armada espanhola"] foi concebido. Ele compara alguns excertos das peças de Shakespeare com as passagens do poema cifrado, na qual esses excertos são usados. É um exemplo fascinante de como exatamente as mesmas frases são utilizadas para criar duas histórias diferentes. Ver a "Introdução" de Owen em *Sir Francis Bacon's Cipher Story,* livro 2 (inclui os volumes III e IV), originalmente publicado pela Howard Publishing Company, de Detroit, em 1894. Para os que quiserem ler o poema da Armada espanhola na íntegra, ele começa no livro 1 (vol. II, pp. 263-400) e termina no livro 2 (vol. III, pp. 401-570).

3. "Elizabeth I's Response to a Parliamentary Delegation on Her Marriage", 1559.

4. George Goodale, citado por Owen, *Sir Francis Bacon's Cipher Story*, vol. I (1893), p. 8 das páginas de abertura do livro.

5. Herbert Lawrence, *The Life and Adventures of Common Sense: An Historical Allegory* (1769; reimpressão, Nova York: Garland Publishing, 1974), pp. 146-147.

6. S. Schoenbaum, *Shakespeare's Lives* (Nova York: Oxford University Press, 1970), pp. 544-47; e "The First Baconian", por Lorde Sydenham de Combe, reimpresso a partir da edição de *Baconiana* de fevereiro de 1933, em http://www.sirbacon.org/firstbaconian.htm.

7. Ver Edwin Durning-Lawrence, *Bacon Is Shake-speare* (Londres: Gay and Hancock, 1910), p. 179.

8. Ibid., pp. 179-80.

9. Schoenbaum, *Shakespeare's Lives*, p. 571.

10. Mark Twain, *Is Shakespeare Dead? From My Autobiography*, cap. 8; o texto está disponível *online* através do Projeto Gutenberg.

11. Ignatius Donnelly, *Atlantis: The Antediluvian World* (Nova York: Harper, 1882).

12. Owen, *Sir Francis Bacon's Cipher Story*, vols. I-II, p. 3.

13. Ver "Sir Francis Bacon's Letter to the Decipherer", in Owen, *Sir Francis Bacon's Cipher Story*, vols. I-II, pp. 1-44.

14. Ibid., pp. 28-29, 23.

15. Ver Kate H. Prescott, *Reminiscences of a Baconian* (Haven Press, 1949), pp. 27-29.

16. Ibid., pp. 30-31.

17. Peter Dawkins, *The Shakespeare Enigma* (Londres: Polair Publishing, 2004), p. 173.

18. P. B. Shelley, prefácio a *Prometheus Unbound*, citado em "Imagery, Thought-Forms and Jargon", por M. P., *Baconiana*, set. 1969; disponível no endereço http://www.sirbacon.org/jargonmp.htm.

Capítulo 2 • O Paraíso da Infância

1. Jean Overton Fuller, *Francis Bacon* (Londres: East-West Publications, 1981), p. 25.

2. Sob o calendário juliano, então vigente na Inglaterra, o sol entrou em Aquário em 10 de janeiro. Em 21 de janeiro, o sol estava a 11 graus de Aquário.

3. Sobre as informações do astrólogo William Lily a respeito do mapa astrológico de Francis Bacon, ver http://www.sirbacon.org/links/charts/htm. Ver também Fuller, *Francis Bacon*, p. 26, nota 2.

NOTAS

4. Ver Fuller, *Francis Bacon*, p. 26, nota 1; e Alfred Dodd, *Francis Bacon's Personal Life-Story* (Londres: Rider and Company, n.d.), pp. 42.

5. Fuller, *Francis Bacon*, pp. 27-32.

6. Daphne du Maurier, *Golden Lads* (Garden City, N.Y.: Doubleday and Company, 1975), pp. 16-17.

7. S. A. E. Hickson, *The Prince of Poets and Most Illustrious of Philosophers* (Londres: Gay and Hancock, 1926), pp. 48-49.

8. Ibid., p. 60.

9. Shakespeare, *Sonho de uma noite de verão*, ato II, cena 1, linha 150.

10. Hickson, *Prince of Poets*, pp. 92-98.

11. Ibid., pp. 97-98. Alfred Dodd assinala que "Laneham" é um anagrama para "*lean ham*" ["presunto magro"]. Esse tipo de jogo de palavras era popular na época elisabetana (e nas peças de Shakespeare), e o uso desse nome oferece outro indício para a autoria de Bacon dessa peça (*Francis Bacon's Personal Life-Story*, p. 77).

12. William Rawley's Life of Francis Bacon, *Resuscitatio*, publicado em 1657.

13. Dodd, *Francis Bacon's Personal Life-Story*, p. 64.

14. Ver Mrs. Henry Pott, *Francis Bacon and His Secret Society* (Kessinger Publishing's Rare Mystical Reprints), pp. 230-31.

15. Ver Catherine Drinker Bowen, *Francis Bacon: The Temper of a Man* (Boston: Atlantic Monthly Press, Little, Brown and Company, 1963), parte I.

16. Du Maurier, *Golden Lads*, p. 18.

17. Margaret Barsi-Greene, comp., *I, Prince Tudor, Wrote Shakespeare* (Boston: Branden Press, 1973), p. 67. Barsi-Greene compilou excertos do livro de Elizabeth Wells Gallup, *The Bi-literal Cypher of Sir Francis Bacon* (Nova York: AMS Press, 1901). Os excertos estão organizados por tópicos, com ortografia modernizada.

18. Roger Ascham, "Preface to the Reader", in *The Scholemaster, or plain and perfect way of teaching children (...)*, disponível no endereço http://www.classiclanguagearts. net/resources/the-schoolmaster.htm

19. Ver 2 Sm. 11.

20. Hickson, *Prince of Poets*, pp. 24-25.

21. Andrew Lyell, citado em http://www.sirbacon.org/links/parentage.htm. Para informações adicionais sobre a relação de Elizabeth com Dudley, ver Dodd, *Francis Bacon's Personal Life Story*, pp. 38-43.

22. Ver *Dictionary of National Biography*, vol. XVI, publicado em 1888, p. 114, sob o verbete "Dudley".

23. Barsi-Greene, *I, Prince Tudor,* p. 199.

24. Ibid.

25. "The Story of Robert Devereux, Earl of Essex", in *Baconiana,* vol. XIII, n.º 51 (julho de 1915), p. 114.

Capítulo 3 • Uma Revelação para Mudar a Vida

1. Francis Bacon, "Of Envy", in *The Essays,* ed. John Pitcher (Londres: Penguin Books, 1985), p. 83.

2. Bacon, "Of Deformity", in *Essays,* p. 192.

3. Ver Barsi-Greene, *I, Prince Tudor,* pp. 82-84; ou Owen, *Sir Francis Bacon's Cipher Story,* vols. I-II, pp. 137, 138, 142.

4. Loren Eiseley, *The Man Who Saw through Time* (Nova York: Charles Scribner's Sons, 1973), pp. 17, 20.

5. Francis Bacon, *Cogitata et Visa.* De acordo com o biógrafo William T. Smedley, esse texto, escrito em 1607 e publicado em 1653, foi um precursor do *Novum Organum.* (Ver o livro de Smedley, *Mystery of Francis Bacon,* Capítulo 24.)

6. "The Medieval Bestiary: Animals in the Middle Ages", em http://bestiary.ca/beasts/beast78.htm.

7. Bacon descreve dessa forma seus tutores em seu manuscrito de 1605, *An Essay on Human Learning.*

8. Dodd, *Francis Bacon's Personal Life-Story,* p. 50.

9. Gallup, *Bi-literal Cypher,* parte I, p. 85; Barsi-Greenc, *I, Prince Tudor,* p.70.

10. Owen, *Sir Francis Bacon's Cipher Story,* vols. I-II, p. 59.

11. Ibid., p. 90.

12. Ibid.

13. Ibid., pp. 91-94.

14. Agnes Strickland, *The Life of Queen Elizabeth* (Londres: Hutchinson and Co., 1905), p. 275.

15. Carolly Erickson, *The First Elizabeth* (Nova York: St. Martin's Griffin, 1997), p. 262.

16. Elizabeth Jenkins, *Elizabeth the Great* (Nova York: Coward-McCann, 1958), p. 208.

17. Owen, *Sir Francis Bacon's Cipher Story,* vols. I-II, pp. 94-98.

18. Gallup, *Bi-literal Cypher,* parte II, p. 139; Barsi-Greene, *I, Prince Tudor,* pp.71-72.

NOTAS

377

19. Owen, *Sir Francis Bacon's Cipher Story*, vols. I-II, pp. 98-99.

20. Ibid., pp. 99-100.

Capítulo 4 • Mais Revelações

1. Owen, *Sir Francis Bacon's Cipher Story*, vols. I-II, pp. 103, 105.

2. Ibid., pp. 106, 108.

3. Bacon, "Of Beauty", in *Essays*, p. 189.

4. Milton Waldman, *Elizabeth and Leicester* (Boston: Houghton Mifflin Company, 1945), p. 1.

5. Frances A. Yates, *Astraea: The Imperial Theme in the Sixteenth Century* (1975; reimpressão, Londres: Pimlico, 1993), p. 11.

6. Jenkins, *Elizabeth the Great*, p. 25.

7. Strickland, *Life of Queen Elizabeth*, p. 18.

8. Ibid., p. 50.

9. Waldman, *Elizabeth and Leicester*, pp. 46-47.

10. Mary M. Luke, *A Crown for Elizabeth* (Nova York: Coward-McCann, 1970), pp. 434-35.

11. Owen, *Sir Francis Bacon's Cipher Story*, vols. I-II, p. 200.

12. Ibid., p. 201.

13. Ibid., pp. 201-2.

14. Ibid., p. 224.

15. Ibid., p. 250.

16. Dodd, *Francis Bacon's Personal Life-Story*, pp. 41-42.

17. Owen, *Sir Francis Bacon's Cipher Story*, vols. I-II, p. 59.

18. Ibid.

Capítulo 5 • Deportado para Paris

1. Owen, *Sir Francis Bacon's Cipher Story*, vols. I-II, pp. 130-35.

2. Ibid., pp. 135-36.

3. Bacon, *Essays*, pp. 226-27.

4. Owen, *Sir Francis Bacon's Cipher Story*, vols. I-II, pp. 137-38.

5. Barsi-Greene, *I, Prince Tudor*, p. 74.

6. Owen, *Sir Francis Bacon's Cipher Story*, vols. I-II, p. 142.

7. Ibid., pp. 251-53.

8. Ibid., pp. 255, 256, 258.

9. Ibid., p. 260.

10. Ver Owen, *Sir Francis Bacon's Cipher Story*, vols. I-II, pp. 257-58.

11. Jenkins, *Elizabeth the Great*, p. 54.

12. Owen, *Sir Francis Bacon's Cipher Story*, vols. I-II, pp. 261-62.

13. Ver Parker Woodard, *Sir Francis Bacon*, p. 12, citado por Alfred Dodd, em *The Marriage of Elizabeth Tudor*. Partes do livro de Dodd estão disponíveis on-line no endereço http://www.sirbacon.org. Para a citação de Woodard, ver http://www.sirbacon.org/francisqueenleicester.htm.

14. Ver Owen, *Sir Francis Bacon's Cipher Story*, vols. I-II, p. 262, e vols. III-IV, p. 571.

Capítulo 6 • Julieta e seu Romeu Inglês

1. Alfred Dodd, ele próprio um maçom, fornece muitas informações sobre o trabalho de Bacon na franco-maçonaria e no rosacrucianismo, em sua biografia *Francis Bacon's Personal Life-Story* e em *Shakespeare: Creator of Freemasonry*.

2. Gallup, *Bi-literal Cypher*, parte II, p. 337.

3. Ibid., pp. 79-80, 176. Para os relatos cifrados do amor de Francis por Marguerite de Valois, ver Barsi-Greene, *I, Prince Tudor*, pp. 89-98.

4. Dodd, *Francis Bacon's Personal Life-Story*, p. 91.

5. Owen, *Sir Francis Bacon's Cipher Story*, vols. III-IV, pp. 571-72.

6. Ibid., pp. 572-73.

7. Ibid., p. 573.

8. Ibid., pp. 574-575.

9. Ibid., p. 575.

10. Fuller, *Francis Bacon*, p. 35.

11. Dodd, *Francis Bacon's Personal Life-Story*, p. 90.

12. Ver Owen, *Sir Francis Bacon's Cipher Story*, vols. III-IV, pp. 581-91.

13. Ibid., p. 587.

14. Ibid., vol. V, p. 949.

15. E. R. Chamberlin, *Marguerite of Navarre* (Nova York: Dial Press, 1974), p. 42.

16. Em *Trabalhos de amor perdidos* o rei e vários lordes decidem que a corte deve ser uma "pequena academia", comprometida com a contemplação e o aprendizado, e que eles sustentariam um estilo de vida monástico, evitando a companhia de mulheres por três anos. Ver o Ato I.

17. Owen, *Sir Francis Bacon's Cipher Story*, vol. V, pp. 925-926.

NOTAS

18. Ibid., pp. 928, 930, 931.
19. Barsi-Greene, *I, Prince Tudor,* p. 93.
20. Owen, *Sir Francis Bacon's Cipher Story,* vol. V, p. 948.
21. Ibid.
22. Shakespeare, *Troilus e Créssida,* Ato I, Cena 2, linha 296.
23. Ibid., Ato IV, Cena 4, linha 102.
24. Ibid., Ato V, Cena 2, linha 104.

Capítulo 7 • A Glória de um Rei

1. Bowen, *Francis Bacon,* pp. 39-40.
2. Fuller, *Sir Francis Bacon,* p. 44.
3. Bacon, *Essays,* p. 90.
4. Ver William Ralph Inge, *England* (Nova York: C. Scribner's Sons, 1926), p. 43.
5. Ibid., p. 57.
6. Owen, *Sir Francis Bacon's Cipher Story,* vols. I-II, p. 22.
7. Inge, *England,* pp. 57-58.
8. Ibid., pp. 59-60.
9. Dodd, *Francis Bacon's Personal Life-Story,* p. 112.
10. Prov. 25: 2; Owen, *Sir Francis Bacon's Cipher Story,* vols. I-II, p. 32.
11. Ibid., pp. 33-35.
12. Ver Barsi-Greene, *I, Prince Tudor,* p. 90.
13. James Spedding, citado por Harold Bayley, em *The Tragedy of Sir Francis Bacon: An Appeal for Further Investigation and Research* (1902; reimpressão, Nova York: Haskell House Publishers, 1970), p. 31.

Capítulo 8 • Os Rapazes de Ouro

1. Gallup, *Bi-literal Cypher,* parte 11, pp. 108, 134, 172, 209-10; ou Barsi-Greene, *I, Prince Tudor,* pp. 64-65, 176, 198.
2. Daphne du Maurier, *The Winding Stair* (Garden City, N.Y.: Doubleday and Company, 1976), p. 173.
3. Tobie Matthew, citado por Du Maurier, *Winding Stair,* p. 174, e John Michell, *Who Wrote Shakespeare?* (Londres: Thames and Hudson, 1996), p. 121.
4. Gallup, *Bi-literal Cypher,* parte II, pp. 134-35.
5. Dodd, *Sir Francis Bacon's Personal Life-Story,* pp. 42-43, 83, 225.
6. William Camden, *Elizabeth,* p. 167, citado por Dodd, *Sir Francis Bacon's Personal Life-Story,* p. 83.

380   O CÓDIGO SHAKESPEARE

7.   Robert Lacey, *Robert, Earl of Essex* (Nova York: Atheneum, 1971), p.18.

8.   Ibid., p. 19.

9.   Shakespeare, *Os dois cavaleiros de Verona*, Ato 11, Cena 3.

10. Ver Strickland, *Queen Elizabeth*, p. 72.

11. Hickson, *Prince of Poets*, p. 161.

12. Dodd, *Francis Bacon's Personal Life-Story*, pp. 132-36.

CAPÍTULO 9 • DOIS IRMÃOS

1.   Lacey, *Robert, Earl of Essex*, p. 49.

2.   O objetivo da Armada espanhola era arruinar a Inglaterra protestante e restaurar a fé católica. A bordo da esquadra estavam noventa inquisidores espanhóis, além do equipamento necessário para estabelecer a Inquisição na terra conquistada. Em um cálculo aproximado, 180 sacerdotes são listados como carga não combatente da esquadra. Ver *Baconiana*, vol. 36, no. 144 (n.º 1952), p. 114, e http://www.tudorplace. com.ar/Documents/defeat_of_the_armada.htm.

3.   Carta de lady Anne Bacon para Anthony Bacon, citada por Du Maurier, em *Golden Lads*, pp. 73-74.

4.   W. T. Smedley, *The Mystery of Francis Bacon*, pp. 109, 98, 101, citada por Dodd, em *Francis Bacon's Personal Life-Story*, pp. 133, 134. Dodd lista mais de quarenta livros publicados entre 1579 e 1593 por Francis Bacon e seu círculo, e lançados anonimamente ou sob vários pseudônimos (Ver *Life-Story*, pp. 136-38, 179-80).

5.   De acordo com a Cifra Biliteral, Francis diz que "ter de escolher porta-vozes para nossa voz está longe de ser uma missão simples e agradável, mas bastante necessária e importante; e, na verdade, muitas vezes isso consome tudo o que recebemos por nossos escritos, antes que tenhamos pago por todos os seus custos". Em outra seção, ele diz: "Todos os homens que escrevem peças de teatro são menosprezados. Por essa razão, ninguém diz 'Que notável', quando comparece a um espetáculo, trazendo moedas de ouro, querendo saber o nome daquele que, mesmo divulgando-o, não será reconhecido por isso, e ninguém estará ciente de sua existência." (Gallup, *Bi-literal Cypher*, parte I, p. 89, parte II, p. 77.) Além disso, depreendemos das cifras de Donnelly que o personagem Falstaff, conforme interpretado por Shakespeare, foi um estrondoso sucesso, levando multidões às suas peças, e, portanto, aumentando sua participação na bilheteria. Até mesmo o ministro alemão disse que valia muito a pena vê-lo como Falstaff. (Ver p. 174 deste volume.) Aparentemente, Shakespeare detinha um percentual no Globe Theatre. Ver Ignatius Donnelly, *The Great Crypto-*

NOTAS

gram: Francis Bacon's Cipher in the So-Called Shakespeare Plays (Londres: Sampson, Low, Marston, Searle and Rivington, 1888), pp. 818-23; e *Baconiana,* vol. 36, n. 144 (nov. 1952), p. 110.

6. Anne Bacon para Anthony Bacon, 17 de abril de 1593, citado por Du Maurier, em *Golden Lads,* pp. 80-81.

7. Lytton Straehey, *Elizabeth and Essex: A Tragic History* (Nova York: Harcourt Brace and Co., 1928), p. 4.

8. Gallup, *Bi-literal Cypher,* parte II, pp. 209-10.

9. Ibid., p. 210.

10. Ibid., pp. 44-45.

11. G. B. Harrison, citado por Fuller, em *Sir Francis Bacon,* pp. 58-59.

12. Lacey, *Robert, Earl of Essex,* p. 64.

13. Strachey, *Elizabeth and Essex,* p. 38.

14. Fuller, *Sir Francis Bacon,* p. 58.

15. Barsi-Greene, *I, Prince Tudor,* p. 200.

16. Ibid., p. 199.

17. Shakespeare, Soneto 94.

18. T. Birch, *Memoirs of the Reign of Queen Elizabeth,* I, p. 152, citado por Lacey, em *Robert, Earl of Essex,* p. 113.

19. Ibid.

20. Anne Bacon, diálogo com Robert Cecil, 1595, citado por Du Maurier, em *Golden Lads,* p. 104.

21. Robert Essex para Francis Bacon, 24 de agosto de 1593, citado por Fuller, em *Francis Bacon,* p. 64.

22. Francis Bacon para Robert Essex, 30 de março de 1594, citado por Fuller, em *Francis Bacon,* p. 65.

23. Francis Bacon para Robert Cecil, citado por Dodd, em *Francis Bacon's Personal Life-Story,* p. 248.

24. Strachey, *Elizabeth and Essex,* p. 65.

25. Fuller, *Sir Francis Bacon,* p. 132.

CAPÍTULO 10 • TENTE, TENTE, TENTE DE NOVO

1. Shakespeare, Soneto 90.

2. Gallup, *Bi-literal Cypher,* parte II, p. 132.

3. Du Maurier, *Golden Lads,* p. 95.

4. John Chamberlain para Dudley Carleton, 22 de novembro de 1598, citado por Du Maurier, em *Golden Lads*, p. 197.

5. Ver Owen, introdução ao vol. II, in *Sir Francis Bacon's Cipher Story*, vols. I-II.

6. Du Maurier, *Golden Lads*, p. 97.

7. Anne Bacon para Anthony Bacon, 1594, citado por Du Maurier, em *Golden Lads*, pp. 97-98.

8. Du Maurier, *Golden Lads*, p. 98.

9. Fuller, *Sir Francis Bacon*, p. 146.

10. Donnelly, *Great Cryptogram*, vol. II, pp. 814-17. Ver também Fuller, *Sir Francis Bacon*, p. 147.

11. Ben Jonson, *Every Man Out of His Humor*, ed. Helen Ostovich, (Manchester University Press, 2001), p. 107.

12. Ibid., pp. 230-31.

13. Ver Barsi-Greene, *I, Prince Tudor*, p. 141.

14. Donnelly, *Great Cryptogram*, vol. II, pp. 812, 815-16.

15. Ibid., pp. 817-19, 820-22.

16. Greene, *Groatsworth of Wit*.

17. Donnelly, *Great Cryptogram*, vol. II, pp. 844-48.

18. Ibid., pp. 850-51.

19. Ibid., pp. 765-67.

20. Ibid., pp. 719-24.

21. Ibid., pp. 771-74.

22. Ibid., pp. 767-68.

Capítulo 11• Problemas Vindos de Stratford

1. Ver o resumo de Donnelly sobre o relato cifrado, *Great Cryptogram*, vol. II, pp. 873-76.

2. Ibid., p. 876.

3. Francis Bacon para lorde Puckering, 19 de agosto de 1595, citado por A. Wigfall Green, em *Sir Francis Bacon: His Life and Works* (Denver: Alan Swallow, 1952), p. 58.

4. Anne Bacon, citado por Bowen, *Francis Bacon*, p. 73.

5. Dodd, *Francis Bacon's Personal Life-Story*, p. 251.

6. Strachey, *Elizabeth and Essex*, p. 61.

7. Ver "Celestial Visitation", in Barsi-Greene, *I, Prince Tudor*, p. 76. A visão celestial completa aparece no Capítulo 7 desse volume, pp. 121-23.

NOTAS

8. Barsi-Greene, *I, Prince Tudor,* p. 199.

9. Erickson, *The First Elizabeth,* p. 387.

10. Strachey, *Elizabeth and Essex,* p. 100.

11. Ibid., p. 106.

12. Embaixador francês De Maisse, citado por Erickson, em *The First Elizabeth,* p. 387.

13. Francis Bacon para Robert Essex, 4 de outubro de 1596, citado por Dodd, em *Francis Bacon's Personal Life-Story,* p. 261. Essa carta, citada em muitas biografias de Bacon, Essex e da rainha, é encontrada na íntegra em James Spedding, *The Works, Letters and Life of Francis Bacon* (Londres: Cambridge University Press, 1858-1874), vol. II, pp. 40-50.

14. Ibid., p. 262.

15. Dedicatória aos 1.597 *Ensaios,* in Bacon, *Essays,* pp. 238, 239.

16. R. W. Church, *Bacon* (1889; reimpressão, Nova York: AMS Press, 1968), pp. 217-18.

17. Bacon, *Essays,* p. 219.

18. Ver o ensaio de Bacon "Of Envy".

19. Robert Essex para John Harrington, citado por Strachey, em *Elizabeth and Essex,* p. 193.

20. Strachey, *Elizabeth and Essex,* pp. 197, 198.

CAPÍTULO 12 • ESSEX, BACON E A TRAGÉDIA

1. Lacey, *Robert, Earl of Essex,* p. 223.

2. Francis Bacon, citado por Du Maurier, em *Golden Lads,* pp. 191-92.

3. Bacon relata em sua Cifra Biliteral a história de Essex e sua rebelião, que terminou de modo tão trágico. Ver Gallup, *Bi-literal Cypher,* parte II, especialmente pp. 29-32, 76, 209; ou Barsi-Greene, *I, Prince Tudor,* pp. 198-213.

4. Lacey, *Robert, Earl of Essex,* p. 237.

5. Francis Bacon para Robert Essex, 20 de julho de 1600, in Lisa Jardine e Alan Stewart, *Hostage to Fortune* (Nova York: Hill and Wang, 1999), p. 233.

6. Ver Gallup, *Bi-literal Cypher,* parte II, p. 68; ou Barsi-Greene, *I, Prince Tudor,* p. 206.

7. Bacon, *Apologia,* citado por Dodd, em *Francis Bacon's Personal Life-Story,* p.276.

8. Gallup, *Bi-literal Cypher,* parte II, p. 210; ou Barsi-Greene, *I, Prince Tudor,* p. 198.

9. Daphne du Maurier assinala que por essa época circulavam rumores de que Francis havia utilizado sua influência junto à rainha para desacreditar o conde. Francis era

384 O CÓDIGO SHAKESPEARE

bastante malvisto pelos que apoiavam o conde, conforme demonstram as evidências na própria carta escrita por Francis: "Minha vida foi ameaçada e meu nome, difamado (...) Mas estas são as práticas daqueles cujo desespero é perigoso, e, ainda assim, não tão perigoso quanto suas aspirações" (*Golden Lads*, pp. 195-96).

10. Dodd, *Francis Bacon's Personal Life-Story*, p. 282.

11. Strachey, *Elizabeth and Essex*, pp. 236-37.

12. Gallup, *Bi-literal Cypher*, parte II, p. 174.

13. Barsi-Greene, *I, Prince Tudor*, pp. 201, 202, 203-4.

14. Gallup, *Bi-literal Cypher*, parte II, p. 20; ou Barsi-Greene, *I, Prince Tudor*, p. 207.

15. Para um resumo das visões dos diferentes biógrafos da presença de Bacon no julgamento de Essex e as razões para isso, ver Dodd, *Francis Bacon's Personal Life-Story*, pp. 291-92.

16. Francis nos diz em cifras: "Sinceramente, não recebi com alegria esta tarefa, já, que, para mim, ela se tornou menos honrosa, colocar assim em evidência seus delitos, meu caro lorde, sob as ordens da rainha Elizabeth, embora eu o tenha feito, mas sob seu expresso comando, e sempre como um secretário de Sua Majestade (...)

    "Ainda assim, esta verdade deve, em algum momento, ser conhecida; se eu assim não acatasse, de algum modo, a denúncia, o posterior julgamento, bem como a sentença, poderia ter perdido a vida, que considerava inestimável. Para um estudioso, a vida é sua garantia para a humanidade (...)

    "A contrição torna a minha dor mais amarga, pois minha própria vida esteve por um fio, e, verdadeiramente, meu irmão estava manchado [era culpado], ainda assim, de bom grado eu escolheria uma centena de mortes vergonhosas do que contribuir para enviar um irmão para a Eternidade." Barsi-Greene, *I, Prince Tudor*, pp. 210, 208, 204. Vide também Gallup, *Bi-literal Cypher*, parte II, pp. 43, 22, 104.

17. Ver Spedding, IX, p. 205, citado por Fuller, em *Sir Francis Bacon*, p. 167.

18. Henri of Navarre, citado por Lacey, em *Robert, Earl of Essex*, p. 2.

19. Dodd, *Francis Bacon's Personal Life-Story*, p. 294.

20. Ibid.

21. Strachey, *Elizabeth and Essex*, p. 268.

22. Owen, *Sir Francis Bacon's Cipher Story*, vols. I-II, p. 63.

23. Barsi-Greene, *I, Prince Tudor*, p. 213.

Capítulo 13 • A Queda dos Tudor

1. Jenkins, *Elizabeth the Great*, p. 323.

NOTAS

2. Gallup, *Bi-literal Cypher,* parte II, p. 160; Barsi-Greene, *I, Prince Tudor,* p. 211.
3. Strickland, *Life of Queen Elizabeth,* pp. 344-45.
4. Gallup, *Bi-literal Cypher,* parte II, pp. 33-34; Barsi-Greene, *I, Prince Tudor,* pp. 211-12.
5. Alfred Dodd, em *Francis Bacon's Personal Life-Story,* cita diversas publicações do século XVII que incluíam a história sobre o anel da rainha. Ele apresenta a controvérsia sobre a autenticidade da história, fornecendo as opiniões dos primeiros biógrafos que descredenciavam a história, assim como aqueles inclinados a acatá-la. Ver pp. 301-2.
6. Para a descrição desses dois anéis, ver "The Rings of Queens Elizabeth and Mary", disponível no endereço http://www.jjkent.com/articles/rings-queens-elizabeth-mary.htm.
7. Ver Owen, *Sir Francis Bacon's Cipher Story,* vols. I-II, p. 181.
8. Strickland, *Life of Queen Elizabeth,* pp. 362-63.
9. Ibid., p. 362.
10. Ver Owen, *Sir Francis Bacon's Cipher Story,* vols. I-II, pp. 97-98.
11. Piers Compton, *Queen Bess,* p. 194, citado por Dodd, em *Francis Bacon's Personal Life-Story,* p. 300.
12. Francis se refere à história bíblica de Jacó e Esaú, em que o filho mais novo, Jacó, obtém o direito de primogenitura do faminto irmão mais velho, em troca de um prato de lentilhas e de pão (Gn. 25:31-34). Gallup, *Bi-literal Cypher,* parte II, p. 133; ou Barsi-Greene, *I, Prince Tudor,* p. 217.
13. Gallup, *Bi-literal Cypher,* parte II, p. 215.
14. Barsi-Greene, *I, Prince Tudor,* p. 239.
15. John Chamberlain para Dudley Carleton, 27 de maio de 1601, citado por Du Maurier, em *Golden Lads,* p. 224.
16. Ver Du Maurier, *Golden Lads,* p. 223.

Capítulo 14 • A Ascensão dos Stuart

1. Bowen, *Francis Bacon,* p. 100.
2. Francis Bacon para Tobie Matthew, abril de 1603, citado por Bowen, em *Francis Bacon,* p. 98.
3. Bacon, *Essays,* p. 98.
4. Embora James tenha se tornado rei da Inglaterra em 1603, a Escócia e a Inglaterra se mantiveram como Estados separados até 1707. Naquela época, com o estabelecimento do Tratado de União, as duas nações se uniram para criar um novo Estado, o reino da Grã-Bretanha.

5. Arthur Weldon, *Character of King James,* citado por John MacLeod, em *Dynasty: The Stuarts: 1560-1807* (Nova York: St. Martin's Press, 2001), p. 128.

6. Bacon, "Of Cunning", in *Essays,* p. 129.

7. Francis Bacon para John Davies, 28 de março de 1603, in Fuller, *Francis Bacon,* p. 182.

8. Church, *Bacon,* p. 63.

9. Francis fez essa afirmação sobre estar atado ao pulso de outra pessoa no primeiro rascunho de uma carta que estava escrevendo para James, datada de 29 de maio de 1612. Nesse segundo rascunho ele é mais diplomático e omite a frase. Não há evidências de que a carta tenha sido, de fato, enviada. Citado por Church, em *Bacon,* p. 93.

10. Donnelly, *Great Cryptogram,* vol. I, p. 192.

11. Na Cifra Biliteral, Francis nos revela as maldades que Cecil fez contra ele, primeiro com a rainha, mas continuando indefinidamente, até o dia da morte de Cecil. "Por meio de sua extraordinária influência sobre Elizabeth, ele envenenou sua mente com a suspeita de que eu alimentava o desejo de governar o mundo todo, começando pela Inglaterra, e de que meu plano era semelhante ao de Absalão: roubar furtivamente os corações da nação e fazer com que as pessoas desejassem um rei (...). Na verdade, Cecil trabalhou para me arruinar com suas maldades até o dia em que foi retirado do mundo." Ver Gallup, *Bi-literal Cypher,* parte II, p. 335.

12. Francis Bacon, "Of the Interpretation of Nature: Proem", citado por Dodd em *Francis Bacon's Personal Life-Story,* pp. 392, 393.

13. Francis Bacon para James, março de 1603. Ver Du Maurier, *Winding Stair,* p. 11; Fuller, *Sir Francis Bacon,* p. 181.

14. Francis Bacon para Robert Cecil, 1603, citado por Bowen, em *Francis Bacon,* p.100.

15. Gallup, *Bi-literal Cypher,* parte II, p. 213; ou Barsi-Green, *I, Prince Tudor,* p. 234.

16. Francis Bacon, *Novum Organum,* Aforismo X, do *The Second Book of Aphorisms.*

17. Eiseley, *Man Who Saw through Time,* pp. 32, 33.

18. Francis Bacon, citado por Eisley, em *Man Who Saw through Time,* p. 34.

19. Bacon, "Of Goodness and Goodness of Nature", *Essays,* p. 96.

20. Eisley, *Man Who Saw through Time,* p. 33.

21. Ibid.

22. Gallup, *Bi-literal Cipher,* parte II, pp. 26, 98; ou Barsi-Greene, *I, Prince Tudor,* pp. 240, 242.

NOTAS

23. Jardine e Stewart, *Hostage to Fortune,* p. 438.

24. King James, citado por A. Wigfall Green, em *Sir Francis Bacon* (Denver: Alan Swallow, 1952), p. 232.

CAPÍTULO 15 • UMA ASCENSÃO ACIDENTADA

1. Francis Bacon para Robert Cecil, 3 de julho de 1603, citado por Du Maurier, em *Winding Stair,* p. 16.

2. Gallup, *Bi-literal Cypher*, parte II, pp. 336-37; Barsi-Greene, *I, Prince Tudor,* p. 96.

3. Refere-se a sir Christopher Hatton, lorde-chanceler da rainha, que morreu solteiro. Seu sobrinho, sir William Hatton (marido de Elizabeth Hatton), era seu herdeiro. Quando William morreu, deixou sua herança para a jovem esposa, Elizabeth.

4. Gallup, *Bi-literal Cypher*, parte II, p. 188; Barsi-Greene, *I, Prince Tudor,* pp. 234-35.

5. Shakespeare, *Hamlet,* ato I, cena 3, linha 41.

6. Du Maurier, *Winding Stair,* p. 16.

7. Joel 2:28.

8. Bacon, *Essays,* p. 188.

9. Fuller, *Sir Francis Bacon,* p. 190.

10. Bowen, *Francis Bacon,* p. 116.

11. Shakespeare, Soneto 62.

12. Dudley Carleton para John Chamberlain, 11 de maio de 1606, citado por Fuller, em *Sir Francis Bacon*, p. 190.

13. Pierre Amboise, citado por Fuller, em *Sir Francis Bacon*, pp. 190, 194.

14. Shakespeare, *Romeu e Julieta,* Ato II, Cena 2, linhas 3, 15.

15. Bowen, *Francis Bacon,* p. 115.

16. Ibid., p. 116.

17. Ibid., p. 117.

18. Ibid., p. 118.

19. Ibid., p. 119.

20. Lawrence M. Vance, *A Brief History of the King James Bible,* disponível on-line no endereço http://www.av1611.org/kjv/kjvhist.html.

21. De "The 'Authorized Version' and Its Influence", *The Cambridge History of English and American Literature,* vol. IV, no endereço http://www.bartleby.com/214/0209.html.

22. J. Arthur, *A Royal Romance: Bacon-Shakespeare* (Madras: Theosophical Publishing House, 1941), p. 294.

23. William Smedley, *Mystery of Francis Bacon*, cap. XVII, disponível no endereço http://www.sirbacon.org/links/bible.html.

24. Tony Bushby, *The Bible Fraud* (Hong Kong: Pacific Blue Group, 2001), pp. 20-22. O Capítulo I, "What Was the Church Trying to Hide?", que contém essas páginas, também está disponível como um excerto on-line no endereço http://www.sirbacon.org/links/bible.html.

25. Gallup, *Bi-literal Cypher*, parte II, pp. 174-175.

26. Bowen, *Francis Bacon*, p. 125.

27. Ibid., pp. 125-26.

28. Francis Bacon para James, 7 de agosto de 1613, citado por Jardine e Stewart, em *Hostage to Fortune*, p. 338.

29. Barsi-Greene, *I, Prince Tudor*, p. 234; Gallup, *Bi-literal Cypher*, parte II, p. 213.

30. Bacon, "Of Judicature", em *Essays*, p. 225.

31. Francis Bacon para James, s.d., citado por Jardine e Stewart, em *Hostage to Fortune*, p. 443.

32. Shakespeare, *Romeu e Julieta*, Ato II, Cena 2, linhas 43-44.

33. Em sua obra *Life of the Right Honorable Francis Bacon*, William Rawley, capelão de Francis Bacon, escreveu que Bacon "nasceu na York House, ou em York Place, na Strand, no 22º dia de janeiro". O texto integral da biografia de Rawley, datado de 1657, está disponível on-line no endereço http://home.att.net/~tleary/rawley.htm.

34. Ver Ben Jonson, "Lord Bacon's Birth-day", citado por Bowen, em *Francis Bacon*, p. 172.

35. John Aubrey, *Brief Lives* (University of Michigan Press, 1982), p. 9.

36. Ibid., p. 10.

37. Ibid.

38. Dodd, *Francis Bacon's Personal Life-Story*, p. 354.

Capítulo 16 • Um Sacrifício Final

1. J. R. Green, citado por Alfred Dodd, em *The Martyrdom of Francis Bacon* (Londres: Rider, 1945), p. 57.

2. Dodd, *Martyrdom*, p. 56.

3. Ibid., pp. 56-57.

4. Gallup, *Bi-literal Cypher*, parte II, p. 102; Barsi-Greene, *I, Prince Tudor*, p.190.

5. Gallup, *Bi-literal Cypher*, parte II, p. 190; Barsi-Greene, *I, Prince Tudor*, p.190.

6. Francis Bacon para George Villiers, 29 de novembro de 1620, citado por Jardine e Stewart em *Hostage to Fortune*, p. 447.

NOTAS

7. Ibid.

8. Dodd, *Martyrdom*, p. 73.

9. Ver Dodd, *Martyrdom*, especialmente os capítulos VI-X.

10. Bacon, *Essays*, pp. 147, 155.

11. Bacon, "Of Seditions and Troubles", em *Essays*, p. 105.

12. Ver Dodd, *Martyrdom*, p. 78.

13. Bowen, *Francis Bacon*, p. 182.

14. Ver Dixon, *Life*, p. 234, citado por Dodd, em *Martyrdom*, p. 69.

15. Francis Bacon, no discurso de posse como lorde-chanceler-mor do reino, em 7 de maio de 1617. Ver Dodd, *Martyrdom*, p. 109; e Du Maurier, *Winding Stair*, p. 99.

16. Francis Bacon, 8 de junho de 1617, citado por Church, em *Bacon*, p. 109.

17. Francis Bacon para os lordes, 19 de março de 1621.

18. Francis Bacon para os lordes, 14 de março de 1621, citado por Bowen, em *Francis Bacon*, p. 187.

19. Francis Bacon escreveria depois que "nada é terrível, exceto o próprio medo". Ver *De Augmentis Scientiarum*, livro II.

20. Franklin D. Roosevelt, em seu primeiro pronunciamento, em 4 de março de 1933, disse: "A única coisa que temos de temer é o próprio medo."

21. A carta de submissão de Francis Bacon foi lida em voz alta na Câmara dos Lordes, em 30 de abril de 1621. Ver Dodd, *Martyrdom*, p. 101.

22. A biógrafa Lucy Aitkin, em *Memoirs of the Court of King James the First* (1822), diz: "A sentença do lorde-chanceler foi mais severa do que qualquer outra jamais proferida em um impedimento legal do exercício do mandato: em todos os exemplos prévios, a sentença havia sido proporcional ao descrédito [à desonra]." Ver Dodd, *Martyrdom*, p. 144.

23. Francis Bacon, escrito enquanto estava preso na Torre, citado por Dodd, em *Martyrdom*, p. 119.

24. Ver Dodd, *Martyrdom*, p. 86.

25. Francis Bacon para Buckingham, 14 de março de 1621, citado por Dodd, em *Martyrdom*, p. 86.

26. Bowen, *Francis Bacon*, p. 209

27. Alfred Dodd vale-se de excertos de vários biógrafos, assim como evidências de que James orientou Bacon a abandonar sua defesa e a declarar-se culpado. Ver *Martyrdom of Francis Bacon*, capítulo VIII, "The Confession of Guilt", particularmente as páginas 94-102. Trata-se de um relato impressionante. Muitos biógrafos e historiadores —

Dixon, Spedding, Hacket, Montague e outros — entenderam, claramente, o que havia acontecido; eles juntaram as evidências que estavam disponíveis em suas épocas. Dodd também descobriu novos materiais a partir dos escritos de "Shakespeare". Em seu prefácio, que pode ser lido on-line, ele apresenta a controvérsia sobre a culpa de Bacon, e algumas evidências que aparecem no Capítulo VIII. Vide http://www.sirbacon.org/links/martyrdom.htm.

28. Bowen, *Francis Bacon*, p. 183.

29. Dodd, *Martyrdom*, p. 124.

30. Ibid.

31. Church, *Bacon*, p. 137.

32. John Chamberlain para Dudley Carleton, 24 de março de 1621, citado por Dodd, em *Martyrdom*, p. 93.

33. Du Maurier, *Winding Stair*, p. 155.

34. Barsi-Greene, *I, Prince Tudor*, p. 243; Gallup, *Bi-literal Cypher*, parte II, p. 208.

Capítulo 17 • Novos Mundos

Citação de abertura: Francis Bacon para lorde Burghley, c. 1592.

1. Abraham Cowley, excerto de "To the Royal Society".

2. Ver "Francis Bacon's Life: A Brief Historical Sketch by Peter Dawkins", no endereço http://www.fbrt.org.uk/pages/essays/essay-fb-life.html.

3. Ibid.

4. Um adendo interessante à controvérsia — a descrição do busto pode estar relacionada à história cifrada, descoberta por Ignatius Donnelly. Nesse deciframento, publicado em *The Great Cryptogram*, Donnelly descobriu que o alegre e rechonchudo personagem Falstaff baseara-se no ator que desempenhava esse papel, Will Shaksper. Will morreu aos 52 anos. Talvez a imagem do busto, com seu rosto redondo e carnudo, reproduza sua aparência naquela idade com mais fidelidade do que se supunha. Para mais informações, ver a página 173 deste volume.

5. John Ward, citado por Stephen Greenblatt, em *Will in the World: How Shakespeare became Shakespeare* (Nova York: W. W. Norton, 2004), p. 387.

6. Penn Leary, *The Second Cryptographic Shakespeare* (Omaha, Nebr.: Westchester House Publishers, 1990), p. 90.

7. Ver Plinius Secundus, *The First Book of the Historie of Nature,* trad. de Philemon Holland (1601), disponível no endereço http://penelope.uchicago.edu/holland/plinyepistle.html.

NOTAS

8. William T. Smedley, "The First Folio", in *Baconiana,* vol. XII, n.º 46 (abril de 1914), p. 84; Michell, *Who Wrote Shakespeare?,* pp. 78-79.

9. *Complete Signet Classic Shakespeare,* p. 967.

10. Imagens escaneadas de muitos livros de Shakespeare, em formato de bolso, podem ser visualizadas no site da British Library. Ver "Shakespeare quartos" no endereço http://www.bl.uk/treasures/shakespeare/quartos.html.

11. *The Art of English Poesie* (1589), atribuído a George Puttenham, livro I, capítulo VIII; disponível on-line no endereço http://shakespeareauthorship.com/ptext1.html.

12. Gallup, *Bi-literal Cypher,* parte II, p. 115.

13. Ibid., p. 117.

14. Ibid., pp. 117-18. Ver também Harold Bayley, *The Tragedy of Sir Francis Bacon* (Nova York: Haskell House, 1970), pp. 111-12.

15. *A tragédia de Mary, a rainha dos escoceses* aparece no volume IV de *Sir Francis Bacon's Cipher Story,* de Orville Owen. Uma sinopse da peça, sintetizando seus atos e cenas, está incluída no sumário do volume V, que lista o conteúdo de todos os seis volumes, ou livros. (Infelizmente, o volume VI, embora preparado para publicação, nunca chegou a ser publicado.)

    Owen nos dá algumas informações sobre *A tragédia de Mary, a rainha dos escoceses.* A peça, segundo ele, "descreve as tentativas de Mary de obter a Coroa inglesa, seu julgamento e seu trágico fim". Publicada em 1894, foi "considerada uma obra-prima". Ele explica que "partes dela foram encontradas em todas as peças atribuídas a Shakespeare, e nos escritos de Spenser, Peele, Greene, Marlow, Burton e Francis Bacon (...) Acredita-se que tenha sido a primeira produção literária de um drama histórico de Bacon em cifras, e que tenha sido extraída, principalmente, das primeiras obras e peças, antes que tivessem sido reescritas e aumentadas, em 1608, 1617 e 1623". (Ver "Introduction", no volume V, a partir da p. 1001.)

    A outra peça cifrada, *A trágica história de nosso falecido irmão, o conde de Essex,* foi publicada pela Howard Publishing Company, de Detroit, Michigan, em torno de 1895. Uma "Nota dos Editores", em seguida à p. 1001 do vol. V de *Sir Francis Bacon's Cipher Story,* diz que a peça foi publicada separadamente, "sendo completa em si mesma, do mais sensacional interesse e valor histórico", podendo "ser apreciada como uma das primeiras maravilhas da literatura, antes mesmo de ter aparecido como parte integrante dos livros seguintes da série de Escritos Literários em Cifras de sir Francis Bacon". Esses livros seguintes nunca foram publicados.

16. Schoenbaum, *Shakespeare's Lives,* pp. 10-11.

17. Ibid., pp. 13-14, 11.

18. A. L. Rowse, citado por Schoenbaum, em *Shakespeare's Lives*, p. 13.

19. John Michell, *Who Wrote Shakespeare?* (Londres: Thames and Hudson, 1996), p. 86.

Capítulo 18 • Na Zona de Sombra

Citação de abertura: *Sir Francis Bacon's Apophthegms*, n. 119.

1. Bacon, *Essays*, pp. 64, 65-66.

2. Lucas 2:26, 29.

3. Bacon, "Of Death", *Essays*, p. 65.

4. Francis Bacon, citado por Church, em *Bacon*, p. 169.

5. Francis Bacon, citado por Bowen, em *Francis Bacon*, p. 224.

6. Aubrey, *Brief Lives*, pp. 15-16.

7. Bowen, *Francis Bacon*, pp. 225-26. Os biógrafos teorizaram sobre o experimento de Francis sobre "a conservação e a enduração" dos corpos. Lisa Jardine e Alan Stewart, em sua biografia de 1999, *Hostage to Fortune*, sugerem que Bacon estava utilizando a si mesmo como cobaia em um experimento para prolongar a vida, e que havia inalado uma substância medicinal, possivelmente nitrato de potássio ou opiato, e morreu de overdose (pp. 505-11). Parker Woodward também acredita que Bacon estivesse fazendo experiências com ópio ou outra substância qualquer, para produzir o efeito de "voo do espírito", simulando, dessa forma, um estado de quase-morte, a partir do qual poderia, posteriormente, renascer, depois que sua "morte" fosse confirmada por aqueles que cuidavam dele em seu leito. O autor acredita que o experimento foi um sucesso e que o funeral foi falso. (Ver Dodd, edição em dois volumes, *Francis Bacon's Personal Life-Story*, p. 541.)

8. James Howell para dr. Thomas Pritchard, citado por Jardine e Stewart, em *Hostage to Fortune*, p. 504.

9. Ver Dodd, edição em dois volumes, *Francis Bacon's Personal Life-Story*, p. 542.

10. O último testamento de Bacon, 19 de dezembro de 1625, citado por Jardine e Stewart em *Hostage to Fortune*, p. 518.

11. Prescott, *Reminiscences of a Baconian*, p. 84.

12. Ver Harold Bayley, *The Tragedy of Sir Francis Bacon* (Nova York: Haskell House Publishers, 1970), p. 142.

13. Fuller, *Sir Francis Bacon*, p. 345. Ao longo dos anos surgiram informações adicionais a respeito do "sepultamento" de sir Francis. Não investigamos de modo imparcial

NOTAS

os dois relatos seguintes, mas os apresentamos aos leitores a título de exemplo. Um artigo de Roderick Eagle, em uma antiga edição de *Baconiana*, diz que no funeral de sir Thomas Meautys, amigo de Bacon, realizado em 1649, em St. Michael's, os restos mortais de Bacon foram expostos, e que um certo dr. King de St. Albans manuseara o crânio, que se partira em dois. Ele diz que essa ocorrência está bem-documentada em dois livros — *The History of King Charles*, de H. L. Esquire (1656), e em "Worthies", de Fuller (1662). Aparentemente, Meautys foi enterrado próximo ao adorado mestre. (Outros refutam a ideia de que o crânio e o esqueleto eram mesmo de sir Francis.)

Em outro relato, Aubrey menciona: "Neste outubro de 1681 foi anunciado em toda a St. Albans que sir Harbottle Grimston, presidente da seção cível do Tribunal de Recursos, havia removido o caixão do mais renomado lorde-chanceler de todos os tempos para que se criasse um espaço em que ele próprio pudesse repousar na câmara mortuária ali localizada, na St. Michael's Church." Aubrey não faz menção alguma ao paradeiro final do caixão após sua remoção. Ver "The Tomb of sir Francis Bacon", no endereço http://www.sirbacon.org/links/tomb.html.

14. Fuller, *Sir Francis Bacon,* p. 345.
15. Ver Alicia Amy Leith, "Something about Arundel House", em *Baconiana*, vol. XII, n.º 46 (abril de 1914), p. 99.
16. Ibid.
17. Ibid., p. 100; Bowen, *Francis Bacon*. p. 226.
18. Ver "Highgate", no endereço http://www.sirbacon.org/highgate.htm; Leith, "Something about Arundel House", p. 101.
19. Aubrey, *Brief Lives,* p. 12.
20. Leith, "Something about Arundel House", p. 101.
21. Dodd nos revela que os amigos pessoais de Bacon contam que sua morte aconteceu em quatro casas diferentes. Ver Dodd, edição em dois volumes de *Francis Bacon's Personal Life-Story,* p. 542.
22. Ver Charles Molloy, citado por Dodd, na edição em dois volumes de *Francis Bacon's Personal Life-Story,* p. 542.
23. Ver Parker Woodward, "Did Bacon Die in 1626?", em *Baconiana*, vol. XII, n.º 46 (abril de 1914), p. 111.
24. Prescott, *Reminiscences of a Baconian,* pp. 56, 57.
25. Ibid., p. 84.
26. Ibid., pp. 92, 93.

27. Ibid., p. 85. Ver também Fuller, *Sir Francis Bacon*, p. 345.

Sobre Aquelas Cifras

1. *Advancement of Learning*, XVI:6. E-texto do Projeto Gutenberg, transcrito da edição de 1893 da Cassell & Company.
2. Bacon para James, n.d. [22 de outubro de 1623], citado por Jardine e Stewart, em *Hostage to Fortune*, p. 493.
3. Ibid., pp. 1-3.
4. Tradução de Gilbert Wats, 1640, de *De Augmentis Scientiarum*, reimpresso por Gallup, *Bi-literal Cypher of Sir Francis Bacon*, p. 52. Neste e em outros excertos do trabalho de Gallup usados neste capítulo a ortografia elisabetana e a pontuação de Gallup foram atualizadas, para atender à utilização moderna. Algumas notas de rodapé são fornecidas pelos editores.
5. Ibid., pp. 118-19.
6. Ibid., p. 120.
7. J. B. Millett, "Dr. Owen's Cipher Method", em *Baconiana*, vol. III, n.º 9 (abril 1895), pp. 94-95, 96-97.

Sobre a autora

Virginia Fellows nasceu na cidadezinha de Jordan Valley, interior de Oregon, a cem quilômetros da estrada de ferro mais próxima. Seus pais, típicos migrantes do Leste, haviam acatado o apelo popular de sua época para "fazer o Oeste". Mais tarde mudaram-se para a área mais metropolitana de Boise, Idaho, onde Virginia começou sua formação educacional. Ela frequentou o Scripps College, em Claremont, Califórnia, e se formou na Universidade de Washington, em Seattle. Mudou-se para Michigan na época de seu casamento, e continuou seus estudos na Universidade de Michigan, ao mesmo tempo em que criava quatro filhos. Considera as inúmeras viagens que fez à Europa, Índia, América do Sul e às ilhas do Pacífico como parte importante de sua formação.

Fascinada desde a infância pelo misterioso e pelo desconhecido, depois que seus filhos saíram de casa, Virginia deu início a estudos de misticismo, que a levaram a passar um tempo na Summit University, em Pasadena, Califórnia (agora localizada em Montana). Foi lá que sua atração pelo notável mundo de Francis Bacon começou. *O código Shakespeare* explica alguns dos fatos mais interessantes que ela descobriu, após anos de pesquisa sobre esse grande e apenas parcialmente compreendido filósofo. Embora tenha publicado inúmeros artigos e folhetos, este é seu primeiro livro mais aprofundado sobre o assunto.

Este livro foi composto na tipologia Sabon LT Stf,
em corpo 11/16,5, e impresso em papel off-white $75g/m^2$,
e impresso na gráfica Markgraph.